# DAS LODERN DER FLAMMEN

AF202109

Walter Christian Kärger, aufgewachsen im Allgäu, studierte an der Hochschule für Fernsehen und Film und arbeitete dreißig Jahre als Drehbuchautor in München. Über hundert seiner Drehbücher wurden für Kino oder TV verfilmt. Er lebt als Romanautor in Memmingen.

WALTER CHRISTIAN KÄRGER

# DAS LODERN DER FLAMMEN

## EIN FALL FÜR KOMMISSAR MAX MADLENER

*Bodensee Krimi*

emons:

Lust auf mehr? Laden Sie sich die »LChoice«-App runter, scannen Sie den QR-Code und bestellen Sie weitere Bücher direkt in Ihrer Buchhandlung.

**Bibliografische Information der Deutschen Nationalbibliothek**
Die Deutsche Nationalbibliothek verzeichnet diese Publikation in der Deutschen Nationalbibliografie; detaillierte bibliografische Daten sind im Internet über http://dnb.d-nb.de abrufbar.

© Emons Verlag GmbH
Alle Rechte vorbehalten
Umschlagmotiv: iStockphoto.com/Say-Cheese
Umschlaggestaltung: Nina Schäfer, nach einem Konzept von Leonardo Magrelli und Nina Schäfer
Umsetzung: Tobias Doetsch
Gestaltung Innenteil: César Satz & Grafik GmbH, Köln
Lektorat: Carlos Westerkamp
Druck und Bindung: CPI – Clausen & Bosse, Leck
Printed in Germany 2019
ISBN 978-3-7408-0516-6
Bodensee Krimi
Originalausgabe

Unser Newsletter informiert Sie regelmäßig über Neues von emons:
Kostenlos bestellen unter
www.emons-verlag.de

*You fought hard and you saved and earned*
*But all of it's going to burn*
*And your mind, your tiny mind*
*You know you've really been so blind*
*Now's your time, burn your mind*
*You're falling far too far behind*
*Oh no, oh no, oh no, you're gonna burn*
*Fire, to destroy all you've done*
*Fire, to end all you've become*
*I'll feel you burn*

The Crazy World of Arthur Brown, »Fire«

# Prolog

*Love is a burning thing*
*And it makes a fiery ring*
*Bound by wild desire*
*I fell into a ring of fire*
*I fell into a burning ring of fire*
*I went down, down, down*
*And the flames went higher*
*And it burns, burns, burns*
*The ring of fire*
Johnny Cash, »Ring Of Fire«

Er war ein widerliches Schwein.

Das stand nun einmal hundertprozentig fest, keine Frage.

Seit er sie verlassen hatte, konnte sie keinen klaren Gedanken mehr fassen.

Was heißt »verlassen«?

Den Laufpass hatte er ihr gegeben.

Sie in die Wüste geschickt.

Gnadenlos abserviert.

Von jetzt auf gleich.

Es ihr einfach so hingerotzt.

Eine SMS-Nachricht war alles, was er nach acht Monaten für sie übrig hatte.

*Das war's. Mach's gut.*

Viel kürzer ging's wohl nicht.

Der feige Hund.

Er hätte es ihr wenigstens ins Gesicht sagen können, ihr dabei in die Augen blicken.

Aber nein, so viel Anstand besaß er nicht.

Anstand – ein Wort, das lächerlich klang, wenn man es mit ihm in Verbindung brachte. So ein Typ war er nicht, nie gewesen.

Aber das hatte sie von vornherein gewusst.

Die Frauen wollten etwas von ihm, nicht umgekehrt. Das war ja das Fatale. Und diese Tatsache nutzte er weidlich aus. Weil er ein Sadist war. Und sie hatte seine herrische Art ertragen. Am Anfang hatte sie es angeturnt, es geil gefunden, wenn er nicht lange fragte, sondern über sie herfiel. Aber irgendwann war die Stimmung bei ihr gekippt. Er war ihr zu fordernd geworden, zu brutal. Wenn sie Nein sagte, war das nur der Anlass für ihn, erst recht das zu tun, wonach ihm gerade der Sinn stand. Sie dachte immer, sie könnte ihn von seinem gewalttätigen Trip herunterbringen, ihn ändern.

Was für eine törichte Illusion!

Er war so, wie er war.

Trotzdem heulte sie einen ganzen Tag und eine ganze Nacht, als es vorbei war.

Für ihn war es vorbei.

Für sie nicht.

Sie kochte innerlich.

Weil sie seinetwegen auch noch Schuldgefühle hatte.

Und warum?

Weil sie ihn zur Rede gestellt hatte, ihn gefragt hatte, wo er gewesen war, obwohl sie es genau wusste. Weil sie hören wollte, wie er sich in seinem eigenen Lügengespinst verhedderte. Sie hatte ihm eine Falle gestellt, ihn hineingelockt. Und zwar so, dass er nicht mehr anders konnte, als zuzugeben, dass er es längst mit einer anderen trieb.

Sie wollte nur hören, dass es ihm leidtat.

Wollte ihm verzeihen.

Sich wieder mit ihm versöhnen.

Das war schon immer das Schärfste gewesen, die Versöhnung nach dem Streit, der lautstark und meistens auch handfest ausgetragen worden war. Da flogen die Fetzen und auch bisweilen die Fäuste. Ohrfeigen, blindwütige Schläge, Tränen, Beschimpfungen, Gekreische, Heulen, Beleidigungen, Schreie, Umarmungen, Küsse, Bisse, Leidenschaft.

Nicht unbedingt in dieser Reihenfolge.

Aber immer volles Drama, Baby.

Die Versöhnung war dann umso schöner …

Wie oft hatten sie sich zerstritten und wieder miteinander versöhnt?

Zehnmal? Ein Dutzend Mal?

Egal.

Jetzt war sowieso alles aus und vorbei.

Sie wusste es in dem Augenblick, als er ihr nicht mehr auf ihre Fragen antwortete, ihr nicht mehr in die Augen blicken konnte. Weil er mit den Gedanken schon längst bei der anderen war.

Ja, sie hatte ihm nachspioniert, hatte sein Smartphone gecheckt und alles gesehen und gelesen, was nicht für ihre Augen und Ohren bestimmt war.

Oder vielleicht doch?

Vielleicht wollte er, dass sie seine Geheimnisse entdeckte.

Weil er wusste, dass sie sein Handy kontrollierte?

Und sie wusste, dass er nichts mehr hasste, als kontrolliert zu werden?

Weil er selbst ein Kontrollfreak war, sie nach seiner Pfeife tanzen musste?

Aber als sie das Handy herumliegen sah, konnte sie einfach nicht anders.

Sie liebte ihn doch!

Sie musste nachsehen, es war schon zwanghaft, sie musste ihren Verdacht verifizieren, obwohl oder weil sie ahnte, wie schmerzhaft das sein würde. War sie eine Masochistin, wenn sie das tat?

Es war ein Fehler gewesen, zu denken, dass sie ihn allein für sich haben könnte. Wenn sie nur tat, was er wollte und sagte.

Und zwar ausschließlich, wenn es ihm in den Kram passte.

Das konnte nicht funktionieren.

So viel Menschenkenntnis und Erfahrung im Umgang mit Männern hatte sie.

Aber bei ihm hatte einfach ihr Verstand ausgesetzt.

Und jetzt musste sie mit den Konsequenzen fertigwerden.

Dass er einfach nicht für eine dauerhafte Beziehung geschaffen war, das hatte er ihr von Anfang an klargemacht.

Hatte sie wirklich daran geglaubt, dass er es ernst meinte?

Nein – sie war nicht so wie alle anderen.

Bei ihr würde er sein Verhalten ändern.

Sie würde ihn ändern.

Sie konnte nicht fassen, dass sie tatsächlich so naiv gewesen war, das zu glauben.

Das hatte sie nun davon.

Als sie endlich kapierte, dass es aus war, endgültig aus, stürzte das Universum für sie ein.

Großer Vergleich, zugegeben.

Aber für sie war es so.

Sie holte ihren gesamten Kerzenvorrat zusammen und verteilte die Kerzen im Bad, zündete sie an und legte sich in die Badewanne, wo sie heißes Wasser einlaufen ließ.

Die flackernden Lichter machten aus dem hell gefliesten Raum die reinste Votivkapelle.

Opferkerzen – wofür?

Ihren ehemaligen Liebhaber?

Ihre gestorbene Liebe?

Alles Bullshit.

Wenn schon Abschied, dann sollte es ein stilvoller sein.

Sie wartete, bis ihr das Wasser bis zum Kinn reichte. Dann machte sie den Wasserhahn zu und sah die Rasierklinge an, die sie schon die ganze Zeit zwischen Daumen und Zeigefinger gehalten hatte. Vorsichtig pulte sie das Schutzpapier ab und schnippte es auf den Boden des Badezimmers.

Seine Rasierklingen waren das Einzige, was er bei ihr vergessen hatte. Neben der Zahnbürste, aber die hatte sie schon weggeworfen.

Es war eine altmodische Wilkinson.

Die Art von Rasierklinge, mit der man drei verschiedene Dinge anstellen konnte.

Man konnte sich damit rasieren, natürlich.

Man konnte damit Koks zerhäckseln, das er gelegentlich mitgebracht hatte.

Und man konnte sich damit die Pulsadern aufschneiden.

Sie hatte sich für Nummer drei entschieden.

Der Wasserhahn tropfte, obwohl sie mit aller Kraft versucht hatte, ihn ganz zuzudrehen.

Seit sie ihn kannte, hatte er versprochen, ihn zu reparieren.

Dazu war es natürlich nie gekommen.

Dip.

Dip.

Dip.

Sie sah den Tropfen zu, war wie hypnotisiert davon.

Das lag vielleicht auch daran, dass sie sich vorher Mut angetrunken hatte, eine halbe Flasche Wodka, den teuren schwedischen. Den sie immer für ihn daheimhatte, er mochte Wodka on the rocks.

Egal, das war vorbei.

Alles war vorbei.

Sie probierte die Schneide der Klinge mit ihrem Daumen. Sie war so scharf, wie sie sein sollte, sie schleckte an dem Blutstropfen. Nur um zu testen, was für einen Geschmack Blut hatte.

Wie Kupfer. Eindeutig.

Ihr Leben schmeckte wie Kupfer. Metallisch.

Eine Erkenntnis, die sie irgendwie enttäuschte.

Sie fing an, sich am Handgelenk zu ritzen.

Senkrecht, nicht quer. So, wie es sich gehörte, wenn man ernst machen wollte.

Sie sah dem roten Rinnsal zu, wie es an ihrem Unterarm herunterfloss und ins Wasser tropfte, sich dort mit ihm vermischte.

Der Schnitt war noch nicht tief genug, es war die Generalprobe vor der Premiere.

Noch ein Schnitt, noch ein bisschen tiefer …

Sie wusste nicht mehr, was in ihr vorgegangen war, warum sie den letzten, entscheidenden Schnitt nicht machte. Vielleicht gab es auch keine konkrete Erklärung dafür.

Es war einfach nur die plötzliche Erkenntnis, dass er es nicht wert war.

Die Wut war doch größer als das Selbstmitleid.

Er war einfach ein Schwein, das sie belogen und betrogen hatte.

Nichts weiter.

Ihre Hand mit der Rasierklinge hing über dem Badewannenrand.

Sie ließ die Klinge fallen.

Ein leises Klirren auf den Bodenfliesen.

Dann stand sie auf, nahm das Handtuch und wickelte es um ihr leicht blutendes Handgelenk.

So leicht würde sie ihn nicht davonkommen lassen.

Oh no!

# 1

Der Mercedes-Fahrer in dem schwarzen Hoodie, die Kapuze über dem Kopf, sah auf die Leuchtziffern seiner Armbanduhr.

Kurz nach drei Uhr nachts.

Zeit zu handeln.

Er stieg aus der alten schwarzen Limousine, die er an der Friedrichstraße am Yachthafen geparkt hatte, und sah sich um.

Kein Mensch war unterwegs.

Es nieselte leicht, die dichte Wolkendecke ließ kein Mondlicht durch, nur die Straßenlaternen bildeten trübe Lichtinseln.

Aus dem Kofferraum des Mercedes holte er graue, unförmige Arbeitshandschuhe, die nagelneu und entsprechend steif waren.

Er war nervös.

Die Handschuhe hatte er erst vor Kurzem gekauft, sie waren noch mit einer Plastiklasche verbunden. Er riss sie gewaltsam auseinander, dann schlüpfte er hinein.

Er sah seine unförmigen Hände an, zögerte, überlegte, griff sich an den Kopf, fluchte leise, zog die Handschuhe wieder aus. Weil ihm eingefallen war, dass er den zusammengerollten Saum seiner schwarzen Baumwollmütze, die er auf dem Schädel trug, herunterlassen musste, damit sein Gesicht nicht von einer der Überwachungskameras, die am Yachthafen angebracht waren, erfasst werden konnte. Er klemmte die Arbeitshandschuhe zwischen seine Knie und rollte den Saum der Mütze über sein Gesicht. Es war eine Sturmhaube, die einen Augenschlitz hatte und ihn wie einen Ninja auf Kriegspfad aussehen ließ. Dann zog er wieder die unförmigen Arbeitshandschuhe an und nahm eine schwere Plastiktüte aus dem Kofferraum, in der zwei für seine Zwecke präparierte Glasflaschen steckten.

Was das für Zwecke waren, würde sich in Kürze herausstellen.

Er schlug den Kofferraumdeckel zu und marschierte zügig an der Minigolfanlage vorbei zum Yachthafen hinunter.

Der schwarze See glitzerte im Licht der Lampen, im Regen hatten sich große Pfützen gebildet, denen die Gestalt nicht auswich.

Sie hatte nur ein Ziel vor Augen und steuerte schnurstracks auf die dickste Motoryacht zu, die direkt an der Mole vertäut lag, »Hella Wahnsinn« hieß und im leichten Wellengang dümpelte. Der Eigner, der vermögend genug war, um sich so ein kostspieliges Wasserspielzeug samt Liegeplatz leisten zu können, fand den angeberischen Namen wohl witzig. Sobald er einen Anruf von der Polizei bekam, würde ihm das Lachen schon vergehen, dachte die schwarz gekleidete Gestalt.

Das Wasser gluckste und gluckerte, die Takelagen der Segelboote klirrten leise an den Masten, alles in allem ein Bild des Friedens.

Aber der Mercedes-Fahrer war nicht hierhergekommen, um sich an einem kitschigen nächtlichen Hafenanblick zu ergötzen. Die Vorfreude auf das, was er gleich in die Tat umsetzen würde, versetzte ihn in Hochstimmung.

Er sah sich noch einmal nach allen Seiten um, vergewisserte sich, dass er wirklich der einzige Mensch weit und breit war, bevor er mit seinen Handschuhen die zwei Flaschen aus der Tüte zog. Die Flaschenhälse waren mit Baumwollfetzen verstopft. Es waren selbst hergestellte Molotow-Cocktails, Brandbomben mit einer hochexplosiven Mischung aus Öl und Benzin.

Der Mercedes-Fahrer im Hoodie mühte sich umständlich mit den unförmigen Handschuhen ab, mit einem Zippo-Feuerzeug eine Flamme zu erzeugen. Er fluchte und ärgerte sich maßlos, dass er keine Gummihandschuhe mitgenommen hatte, beim nächsten Mal würde er es besser machen. Aber man lernte eben immer dazu. Sein Vorsatz, so wenige Spuren wie möglich zu hinterlassen, war im Prinzip natürlich richtig, nur seine Methodik musste er dringend verfeinern.

Endlich gelang es ihm, trotz der unpraktischen Handschuhe, mit dem Feuerzeug eine Flamme zustande zu bringen. Er hielt sie an den mit Benzin getränkten Lappen, der aus der ersten Flasche hing, die andere hatte er auf dem Boden abgestellt, wartete drei

Herzschläge lang und warf dann den Molotow-Cocktail mit der brennenden Lunte mitten auf das Deck der Motoryacht.

Beim Aufprall zerplatzte die Flasche, und augenblicklich pilzte eine Flammenwolke empor.

Sie war haushoch und musste kilometerweit zu sehen sein.

Für einen Moment starrte er sie wie hypnotisiert an, sie spiegelte sich in seinen glänzenden Augen.

Gerade noch rechtzeitig fiel ihm ein, dass er noch eine zweite Flasche gleichen Inhalts mitgebracht hatte, um sein Werk auch wirklich mit letzter Gründlichkeit zu vollenden.

Zitternd versuchte er vergeblich, mit seinen klobigen Handschuhen im grellen Licht der fauchenden Flammenwand sein Zippo erneut in Gang zu bringen, bis ihm endlich in den Sinn kam, dass es vollauf genügte, die volle Flasche auf die brennende Yacht zu schleudern.

Er holte aus, aber gerade als er mit der Wurfhand durchzog, rutschte er auf dem glitschigen Gras aus und verfehlte die »Hella Wahnsinn«, die Flasche plumpste wirkungslos ins Wasser.

Laut fluchte er über sein Missgeschick.

Doch der erste Molotow-Cocktail war schon ausreichend, um die Motoryacht vollständig in Flammen aufgehen zu lassen.

Es kam ihm vor, als würde er von ihnen wütend angefaucht wie von einem wilden Tier.

Er hatte Schwierigkeiten, sich von dem apokalyptischen Anblick zu lösen. Ganz langsam wie ein Schlafwandler bewegte er sich Schritt für Schritt rückwärts von der Mole weg, bis er sich endlich abrupt umdrehte und zu seinem Mercedes spurtete.

## 2

Die schwarze Gestalt klemmte sich hinters Steuer ihres Wagens, zog sich die vermaledeiten Arbeitshandschuhe von den Händen und warf sie hinter sich auf den Rücksitz. Den Zündschlüssel hatte sie stecken gelassen. Zum Glück sprang der Motor sofort an. Ein letzter Blick auf das geile Flammeninferno am Hafenbecken, dann gab sie Gas und verschwand. Die Nummernschilder des Mercedes waren geklaut – für alle Fälle.

Im Rückspiegel sah der Fahrer, wie die Motoryacht endgültig in einem gewaltigen Feuerball in die Luft ging, anscheinend war der Tank voll und durch die enorme Hitzeeinwirkung explodiert. Schade, diesen göttlichen Anblick hätte er sich liebend gern aus nächster Nähe gegönnt.

Oder wenigstens als Video mit seinem Smartphone festgehalten. Aber das wäre dann doch des Guten zu viel gewesen.

Ein gewisses Risiko war zwar ein Fest für seinen Adrenalinspiegel, aber man durfte es nicht übertreiben, wenn man es nicht unbedingt darauf anlegen wollte, erwischt zu werden.

Schließlich war er nicht bekloppt.

Jedenfalls hoffte er das, weil er urplötzlich einen unbezähmbaren Lachreiz verspürte, dem er nichts entgegenzusetzen hatte, als er seine Augen hinter dem Sehschlitz der Sturmhaube im Rückspiegel sah und an das dachte, was er soeben getan hatte.

Er musste rechts ranfahren, sich das schwarze, wollene Ding vom Kopf reißen, hysterisch den Stern in der Mitte seines Lenkrads anlachen und zwanghaft mit den Fäusten auf das Armaturenbrett einhämmern.

Es war wie ein Krampf, dem man nicht so ohne Weiteres Einhalt gebieten konnte. Das Zwerchfell schmerzte ihm schon.

Er schaffte es erst, damit aufzuhören, als er Sirenen vernahm und flackernde Blaulichter näher kommen sah.

Die Feuerwehr tat ihre Pflicht.
Großalarm.

Heulend und blinkend rauschte ein roter Einsatzwagen nach dem anderen an ihm vorbei und klatschte ihm das Wasser von der Straße gegen seinen Mercedes.

Es war eine ganze Armada von Feuerwehren.

Man hätte glatt meinen können, er habe halb Friedrichshafen in Brand gesetzt. Dabei war es nur so ein Wichserschiff mit einem Wichsernamen.

»Hella Wahnsinn«.

Nun – jetzt war es »Brennender Wahnsinn«.

Beinahe hätte er den nächsten Lachanfall bekommen.

Aber diesmal riss er sich zusammen und gab Gas, um endlich von der Bildfläche zu verschwinden.

# 3

Kommissar Max Madlener stand in aller Herrgottsfrüh auf der weiträumigen Terrasse vor der Basilika Birnau und ließ seinen Blick über den Überlingersee, die nordwestliche Ausbuchtung des Bodensees, schweifen. Es war sein Lieblingsplatz am See, von hier aus hatte man einen wundervollen Panoramablick. Seiner Meinung nach den schönsten überhaupt.

Nebelschwaden schwebten über der Insel Mainau und den Pfahlbauten bei Unteruhldingen, es war windstill, der Himmel über den Schweizer Alpen färbte sich rosaviolett. Die Rebstöcke der Weinberge, die sich unter ihm wohlgeordnet in Reih und Glied ausbreiteten, waren noch frühlingsgrün.

Über der Szenerie lag eine friedvolle Ruhe, wenn man das latente Grundrauschen ausblendete, das vom ständigen Verkehr stammte, der Tag und Nacht ohne Unterlass die B 31 entlangbrauste.

Es war eben so wie überall: Jede Ruhe war trügerisch, es fragte sich nur, wann sie vorbei war, dachte Madlener. Und warum man im Innersten nur darauf wartete, dass es unaufhaltsam so kommen musste, früher oder später.

Er merkte schon, dass er wieder einmal seinen philosophischen Tag hatte.

Aber das war kein Wunder.

Er hatte sein Fernglas dabei und schwenkte den Horizont ab.

Madlener genoss es, eine Stunde für sich zu sein, er hatte sich an diesem Morgen extra freigenommen, weil er in aller Ruhe über sich und seine Zukunft nachdenken wollte.

Was heißt freigenommen – er hatte sich selbst freigegeben. Als interimistischer Dienststellenleiter der Kriminalpolizei im Polizeipräsidium Friedrichshafen war Kommissar Max Madlener der oberste Dienstherr vor Ort und konnte innerhalb des Rahmens seiner Befugnisse tun und lassen, was er für richtig und angemessen hielt. Solange er die alltäglichen Verwaltungsarbeiten und die Papierstapel, die sich zu seinem Leidwesen auf seinem Schreibtisch türmten und trotz emsiger Büroüberstunden einfach nicht weniger werden wollten, nicht allzu sehr vernachlässigte.

Obwohl er manchmal nicht übel Lust verspürte, es so zu machen wie der Briefträger im nahe gelegenen Konstanz, bei dem vor Kurzem eine Hausdurchsuchung zutage gebracht hatte, dass der gute Mann vollkommen überfordert war und einen Großteil der Post, die er austragen sollte, bei sich in der Garage zwischengelagert und nach und nach in einem leeren Blechfass in seinem Schrebergarten verbrannt hatte.

Wenn Madlener seinen Blick von den Papierbergen auf seinem Schreibtisch aus dem Fenster seines Chefbüros hinaus auf die Müllcontainer im Hof des Präsidiums schweifen ließ, war er durchaus imstande, die Gedankengänge des Briefträgers nachzuvollziehen, und geriet schwer in Versuchung, alle Memos, Zettel, Anordnungen und Anfragen zu einem Bündel zu schnüren und auf Nimmerwiedersehen im Rachen des Papiercontainers verschwinden zu lassen.

Allmählich hatte er es satt, auf einem Posten zu sitzen, den er nie angestrebt hatte. Ganz im Gegenteil – er war ihm schon mehrfach angetragen worden, und er hatte jedes Mal dankend abgelehnt.

Doch nach der erzwungenen Demission der Kriminaldirektorin Schwanitz-Terstegen musste er nolens volens auf Geheiß seiner Vorgesetzten in den sauren Apfel beißen und sie widerstrebend so lange vertreten, bis ein Nachfolger gefunden war.

Er riss sich zusammen, so gut er konnte, aber die Welt der Wiedervorlagemäppchen war nun mal nicht die seine.

Verwaltungskram, Diensteinteilung, endlose Etatsitzungen und Telefonate, Urlaubsplanungen, Statistiken, Fortbildungsseminare, Schriftverkehr mit dem Ministerium – das alles langweilte ihn entsetzlich, um es jugendfrei auszudrücken.

Er war ein Mann der Tat und der Straße.

Spesenabrechnungen und Überstundenanträge prüfen und genehmigen – das sollten andere machen.

Zur überbordenden Bürokratie kam noch politisches Lavieren und diplomatisches Antichambrieren dazu.

Aber das war beileibe nicht alles.

Am schlimmsten war das Repräsentieren.

Madlener, sowieso kein Freund von größeren Menschenansammlungen, war gezwungen, bei sämtlichen städtischen Veranstaltungen anwesend zu sein. An der Seite von lokaler Politprominenz, Geld- und sonstigem Adel, Bankern, Winzern, Unternehmern, kurz: allen, die wichtig waren für das gesellschaftliche und wirtschaftliche Leben im gesamten Bodenseeraum oder sich sonst wie für wichtig hielten. Und das waren eine ganze Menge.

Oft waren es zwei oder drei offizielle Anlässe pro Woche, auf denen er sich blicken lassen musste.

Und das insbesondere in der nach dem Weihnachtsrummel für ihn schlimmsten Jahreszeit am Bodensee, der fünften, dem Fasching. Im schwäbisch-alemannischen Sprachraum Fasnet genannt.

Wie hatte er den Aschermittwoch herbeigesehnt!

Aber ihm blieb nichts anderes übrig, als stoisch die Umzüge, die Karnevalssitzungen und das närrische Treiben über sich ergehen zu lassen, gute Miene zum bösen Spiel zu machen und dabei mit den Gedanken ganz woanders zu sein.

Dass diese ganzen Veranstaltungen eine lange historische Tradition hatten, war schön und gut und ihm von Kindesbeinen an bekannt.

Aber er hatte einfach keine Ader dafür.

Keinen Zugang.

Nie gehabt.

Das würde sich auch in diesem Leben nicht mehr ändern. Harriet Holtby ging das genauso.

Wenigstens hatte er in seiner Assistentin eine Leidensgenossin. Aber Harriet hatte den Vorteil, dass sie nicht gezwungen war, an diesen Veranstaltungen teilzunehmen.

Von ihm in seiner neuen Position wurde es hingegen selbstverständlich erwartet. Ja, es war sozusagen eine Pflichtaufgabe, der er sich schwerlich entziehen konnte, indem er Unpässlichkeit oder sonst eine windelweiche Ausrede vorschützte.

Er war weder humorlos noch intolerant, aber mit albernen Verkleidungen, dem gemeinsamen Absingen von Liedern, die man nur im Vollrausch lustig finden konnte, Schunkeln und Büttenreden konnte er partout nichts anfangen.

Im Gegenteil, das alles war ein einziger Gräuel für ihn, ein Fegefeuer der falsch verstandenen, aufgesetzten Fröhlichkeit, ein Vorgeschmack auf die Vorhölle, und es bereitete ihm körperliche und seelische Qualen.

Dabei war er ein waschechter Eingeborener, der Bodensee war seine Heimat.

Heimat – auch so ein überstrapazierter Begriff, der, oft genug missbraucht, momentan wieder eine Art Renaissance durchmachte, erneut in aller Munde war und von der Politik – wie immer – je nach Standpunkt instrumentalisiert wurde. Wie hatte der Wiener Lebenskünstler Alfred Polgar gesagt, als er nach seiner Heimat gefragt wurde: »Ich bin überall ein bisschen ungern.«

Das war auch Madleners Devise.

Der Umstand, dass der Bodenseeraum bis in die Schweiz und nach Vorarlberg hinein eine einzige Faschingshochburg in sämtlichen Spielarten war, von der schrägen Guggamusik bis zu den rituellen Zusammenkünften mit dem obligatorischen »Narhallamarsch«, machte ihm jedes Mal den letzten Rest von Heimatgefühl zunichte, wenn er sich damit konfrontiert sah.

Ein zugegeben sentimentales Gefühl, das er zuweilen verspürte, wenn er mutterseelenallein bei magischer Föhnlage oder einer dramatisch aufziehenden Gewitterfront von der Aussichtsterrasse der Basilika Birnau seine Blicke über den Bodensee schweifen ließ.

So wie jetzt.

Er »glotzte romantisch«, wie Bertolt Brecht polemisiert hätte und er sich selbstkritisch in solchen Momenten eingestand.

Und zugestand.

Er machte das zuweilen, zu jeder Jahreszeit, am liebsten in der Morgendämmerung, wenn noch keine Touristen unterwegs waren. Weil er unter Schlaflosigkeit litt. Jedenfalls redete er sich das ein.

In Wirklichkeit steckte noch etwas anderes dahinter.

Die Sehnsucht nach einer heilen Welt.

Das genaue Gegenteil von der Welt, in der er sich berufs- und geburtsbedingt durchschlagen musste.

Das war naiv und kindisch, so viel war ihm klar. Deshalb wusste auch niemand davon, weil ihm das selbst ein wenig peinlich war.

Aber das war nun mal seine Art von Heimatgefühl.

Wenigstens für ein paar stille Minuten.

So lange, bis er durch seinen unvermeidlichen Handyton und die Worte seiner Sekretärin Frau Gallmann in die manchmal prosaische, manchmal raue Wirklichkeit zurückgeholt wurde.

Ein wichtiger Termin – welcher Termin war nicht wichtig! – mit dem Organisator des alljährlichen Seehasenfestes war vorgezogen worden. Madlener nahm es zur Kenntnis und legte auf.

Wenn er nicht seine Vorzimmerdame Frau Gallmann an seiner Seite gehabt hätte, die schon seinen Vorgängern als Chefsekretärin – jetzt: First Office Management Female Assistant – kompetent und zuverlässig durch sämtliche Untiefen geholfen hatte, er hätte nicht gewusst, wo ihm der Kopf stand. Immer wie aus dem Ei gepellt, immer gut gelaunt, immer da, wenn er sie brauchte. Ganz abgesehen davon, dass sie stets mit einer Tube Zovirax zur Hand war, wenn ihn wieder mal ein aufkeimender Herpes labialis in helle Panik versetzte – was stressbedingt immer öfter der Fall war – und er wie immer seine Tube in seinem Hotelzimmer vergessen hatte.

Von Anfang an war ihm sein Posten als Dienststellenleiter eher wie eine Strafversetzung vorgekommen, nicht wie eine Beförderung aufgrund seiner Verdienste.

Aber sobald er im Ministerium nachfragte, wann er denn nun endlich mit dem von Anfang an avisierten Nachfolger für die ehemalige Kriminaldirektorin Schwanitz-Terstegen rechnen konnte, erntete er nur Ausflüchte und wurde vertröstet, dass es bald so weit sei.

Nach dem Motto »Steter Tropfen höhlt den Stein« blieb Madlener am Ball und rief wöchentlich beim zuständigen Staatssekretär im Ministerium in Stuttgart an. Allerdings ahnte er seit geraumer Zeit, dass sein Ansprechpartner sich verleugnen ließ, sobald er seine Sekretärin Frau Gallmann bat, ihn zu diesem durchzustellen. Entweder war er gerade angeblich in einer furchtbar wichtigen Besprechung, mit dem Minister zu Tisch, gesundheitlich indisponiert oder im Urlaub.

Aber Madlener blieb weiterhin hartnäckig und beschloss, in der Causa nicht lockerzulassen. Irgendwann würde er denen da oben in Stuttgart so sehr auf den Geist gehen, dass sie sich endlich gezwungen sahen, ihm die versprochene Ablösung zu schicken.

Dann konnte er sich wieder um das kümmern, was ihm wirklich am Herzen lag und weshalb er bei der Kripo gelandet war: Ermittlungsarbeit und das Knacken von diffizilen Fällen. Das waren seine berufliche Leidenschaft und seine Bestimmung.

Manchmal beschlich ihn der leise Verdacht, dass er nichts Großartiges mit sich anzustellen wusste, wenn er nicht an einem Fall arbeiten konnte, der seine ganze Aufmerksamkeit und Konzentration erforderte. Darüber konnte er mit niemandem reden. Mit seiner Lebensgefährtin Dr. Ellen Herzog, der einzigen Person neben seiner Assistentin Harriet Holtby, der er vorbehaltlos vertraute, ging das nämlich momentan nicht, es herrschte Funkstille zwischen ihnen.

Ein letzter Blick auf die Alpenkette, die zum Greifen nah vor ihm lag, bestätigte ihm, was er in der Wettervorhersage im Radio gehört hatte. Es würde ein schöner Frühsommertag werden. Kaiserwetter.

Er steckte sein Fernglas weg, setzte sich in seinen Dienstwagen und machte sich auf den Weg zurück.

Er hatte noch einen wichtigen persönlichen Termin, den er wahrnehmen wollte, bevor es ins Polizeipräsidium nach Friedrichshafen ging.

Einen sehr wichtigen – seine Entscheidung war endgültig, obwohl sie seine Beziehung zu Dr. Ellen Herzog einer ernsthaften Zerreißprobe unterziehen würde.

Er wusste nicht, ob diese Beziehung, die jahrelang so harmonisch funktioniert hatte, daran zerbrechen würde.

Sehr wahrscheinlich sogar.

Wenn er daran dachte, wurde ihm schwer ums Herz.

Aber er konnte nicht anders.

Er würde aus seinem Hotelzimmer ausziehen und eine Wohnung nehmen.

Eine eigene.

Und nicht bei Ellen in das Untergeschoss der väterlichen Villa einziehen.

So, wie sie es sich gewünscht hatte.

Ganz in seine schwermütigen Gedanken versunken, überholte er im Autopilotzustand halsbrecherisch einen Lastwagen samt Anhänger und scherte im wirklich allerletzten Moment vor dem plötzlich auftauchenden Gegenverkehr ein.

Mist, Mist, Doppelmist!

Das war gerade noch mal gut gegangen.

Wütend über seinen bodenlosen Leichtsinn, mit dem er sich und andere gefährdete, bremste er ab.

Er war ein erwachsener Mann, der eigentlich schon sämtliche Höhen und Tiefen des Lebens durchgemacht hatte und um Himmels willen endlich vernünftiger sein müsste.

Aber manchmal ging einfach der Gaul mit ihm durch.

Nicht umsonst nannte man ihn hinter seinem Rücken »Mad Max«.

Den Spitznamen hatte er sich redlich verdient.

Das wusste er nur zu genau.

# 4

Harriet Holtby sah kurz in den Spiegel im Flur ihres kleinen Apartments in Immenstaad, bevor sie zur Arbeit ins Polizeipräsidium fuhr.

Sie hatte keinen Spitznamen.

Jedenfalls soweit sie das wusste.

In ihrer Kindheit war sie »Harry« genannt worden, weil sie sich nur mit Jungs herumtrieb und weil sie wie ein Junge war: wild, ungestüm, bei jeder Frechheit ganz vorn mit dabei und bei jeder Rauferei ebenfalls. Ein Alptraum für Erziehungsberechtigte und Lehrer.

Jetzt, als Erwachsene, hatte sie nur ihrem Mentor und Kollegen Max Madlener einmal ihren früheren Spitznamen verraten und ihm sogar angeboten, sie so zu nennen, wenn sie unter sich waren.

Aber Madlener hatte das nie getan. Außer einmal, als er sich wirklich Sorgen um sie gemacht hatte.

Seither nie wieder.

Nicht etwa, um ihr nicht zu nahe zu treten. Das ließ sie sowieso nicht zu.

Doch für ihn war sie von Anfang an Harriet gewesen, und dabei blieb es. Vielleicht wollte er ihr unbewusst damit zeigen, dass er sie so respektierte, wie sie war.

Obwohl sie erst seit knapp drei Jahren zusammenarbeiteten, hatten sie bei den Fällen, in die sie involviert gewesen waren, mehr durchgemacht als andere Zweierteams in ihrem ganzen Berufsleben. Das hatte sie zusammengeschweißt. Jeder wusste, was er an dem anderen hatte. Das musste nicht ausgesprochen werden, weil ihnen das auch so klar war. Sie akzeptierten ihre jeweiligen Eigenheiten, die bisweilen grenzwertig waren. Sie kannten und verstanden sich meistens auch ohne Worte.

Auf Madlener hörte Harriet, obwohl sie im Allgemeinen widerborstig sein konnte wie ein störrisches Maultier. Ihre dabei offen zur Schau getragene Distanziertheit verlieh ihr ungewollt eine Aura der Arroganz. Sie hatte deswegen bei den meisten Kollegen den Ruf, eiskalt und überehrgeizig zu sein, aber wie sie auf andere wirken musste, das war ihr gleichgültig. Ihr soziales Verhalten hatte dadurch zuweilen etwas Autistisches.

Was ihr Äußeres anging, wunderte sich Madlener über ihren Hang zur ständigen Provokation und Veränderung schon lange nicht mehr. Das gehörte einfach zu ihrer Persönlichkeit. Für ihn hatte Harriet das Sternzeichen Chamäleon, Aszendent wahlweise Pippi Langstrumpf oder Sid Vicious.

Je nachdem, wie sie gerade drauf war.

Hatte sie einen schlechten Tag, gab sie sich abweisend und punkig. Lederjacke, Springerstiefel, Haare strubbelig und stachlig, mit Haarwachs zurechtgezwirbelt, adäquat zu ihrem Gemütszustand.

Hatte sie einen sonnigen Tag, kam Madlener sofort, wenn er ihr von der Seite einen unauffälligen Blick zuwarf, die dazu passende Liedzeile in den Sinn: *Ich mach mir die Welt, widdewidde wie sie mir gefällt …*

Von Anfang an hatte sie ihr Aussehen von einem Tag auf den anderen gern radikal verändert, einfach aus einer Laune heraus. So wie Farbe und Form ihrer Haare, ihre Kriegsbemalung, herkömmlicherweise auch Make-up genannt, und insbesondere den Anstrich ihrer Fingernägel, die sie mit Hingabe umlackieren konnte, während sie im Büro an ihrem Schreibtisch im Intranet der Polizei auf ihrem Computer herumsurfte. Ihre Arbeit vernachlässigte sie dabei nie. Sie hatte nicht nur ein eidetisches Gedächtnis, sondern war auch ein Multitasking-Phänomen.

Wenn ihr Kollege Götze sie auf ihre täglich wechselnden Fingernägel-Bepinselungen ansprach, entgegnete sie lapidar, dass Menschen, die ihre Nägel nicht lackierten, dazu neigten, die dafür notwendige Kunstfertigkeit zu unterschätzen. Dazu sah sie ihn so lange entwaffnend an, bis er achselzuckend das Weite suchte.

Ihr Selbstbewusstsein war so ausgeprägt wie ihr Glaube, sich auf diese Weise unangreifbar zu machen. Ihr rebellisches Image

und den Habitus der Unnahbarkeit trug sie wie einen Schutz-
schild vor sich her.

Wehe, es sollte jemand auf die Idee kommen, ihr auf die Pelle
zu rücken!

Das wiederum erinnerte Madlener an eine Sphinx.

Also hatte er insgeheim doch gleich mehrere Spitznamen für
sie, die er allerdings nur in Gedanken verwendete und strikt für
sich behielt.

Das Chamäleon blickte heute jedenfalls länger in den Spiegel
als üblich.

Was es sah, war eine neu gestaltete und neu definierte Harriet.

Das Einzige, was sich nicht geändert hatte, war das Kaugummikauen. Weil sie ständig damit kämpfte, mit dem Rauchen aufzuhören.

Sie warf einen kurzen Blick auf das große schwarz-weiße Pos-
ter, das gerahmt neben dem Spiegel an der Flurwand angebracht
war.

James Dean mit der Kippe zwischen den Lippen, wie er, ge-
beugt und gebeutelt vom Leben, bei grauem Regenwetter, den
Mantelkragen hochgezogen, am Times Square in New York
durch eine Wasserpfütze stapfte. Das berühmte ikonografische
Foto von Dennis Stock.

Es war das einzige Bild in ihrem Apartment, und es verkörperte für sie ihren seelischen Zustand perfekt.

Aber gleichzeitig ermunterte es sie jeden Morgen aufs Neue,
hinauszugehen in die Welt, um sich den inneren und äußeren
Dämonen zu stellen, die dort auf sie warteten.

Gestern hatte Harriet ihren freien Tag dazu genutzt, ihrem Drang
nach dramatischer Verwandlung wieder einmal nachzugeben und
an sich selbst eine vollkommene Runderneuerung vorzunehmen.

Nach einer ausgiebigen Trainingseinheit im Boxstudio, das sie
zweimal wöchentlich besuchte, nicht etwa aus rein sportlichen
Gründen, sondern eher, um sich ihre irrationale Wut, die sich
immer wieder in ihr anstaute, aus den Knochen zu boxen, in-

dem sie, so lange sie konnte und bis ihr der Schweiß in Strömen herunterlief, einen Punchingball und anschließend einen Boxsack bearbeitete.

Danach kämpfte sie noch zwei oder drei Runden mit einem erfahrenen männlichen Sparringspartner im Boxring, ihrem Trainer, einem türkischen Amateurmeister im Bantamgewicht, wobei sie beide nicht darauf aus waren, den anderen k.o. zu schlagen. Es ging vielmehr darum, Beweglichkeit, Reaktionsfähigkeit und Schnelligkeit zu verbessern, und um die Kunst, Defensive und Offensive abzuwechseln, Schlägen auszuweichen und zu kontern. Natürlich mit entsprechendem Kopf- und Mundschutz, aber bis zur völligen Erschöpfung. Wenn sie während einer Runde das Gefühl bekam, dass ihr Trainer nur mit sechzig Prozent Einsatz und vierzig Prozent Rücksichtnahme boxte, konnte Harriet wirklich sauer werden. Dann drehte sie so richtig auf, um ihn zu zwingen, sie als Gegnerin ernst zu nehmen. Auch wenn sie dann mehr einstecken musste, als ihr lieb sein konnte.

Sie genoss es, sich anschließend eine kleine Ewigkeit unter die eiskalte Dusche zu stellen, und fühlte sich danach immer wie neugeboren. Die paar blauen Flecken und die Schmerzen ignorierte sie. Denn wenn ihr etwas wehtat, dann verbuchte sie das unter »Erfahrungszuwachs« – das nächste Mal musste sie eben besser auf ihre Deckung achten.

Anschließend war sie mit ihrem neu erworbenen Enduro-Motorrad, einer gebrauchten, aber bestens erhaltenen BMW R 1200 Adventure – ihre alte Vespa hatte vor einiger Zeit den verbliebenen Geist mit einer letzten Fehlzündung endgültig ausgehaucht –, nach Lindau gefahren. Das Tattoo-Studio mit den zwei schwarz lackierten Schaufenstern hieß so, wie sich der Tätowierer, ein Meister seiner Kunst, nannte: »Rob Roy«, in stilisierter Frakturschrift geschrieben. Es lag zwischen einem Bio-Laden und einer türkischen Änderungsschneiderei in Lindau, aber nicht auf der Insel, sondern auf dem Festland bei Bad Schachen. Dort hatte Harriet eine längere Sitzung bei Rob, um ihre großflächige Rückentätowierung eines Long vollenden zu lassen. »Long«

war der chinesische Name des Feuerdrachen der Mythologie aus dem Reich der Mitte. Ein Fabelwesen mit dem gewundenen Leib einer mächtigen Schlange, den Schuppen eines Fisches, mit Bart, gezacktem Rückenkamm, vier Adlerklauen und dem Gebiss eines Löwen, die hervorspringende Zunge war ein stilisierter Flammenstoß.

Er reichte gerade bis zu ihrem Haaransatz im Nacken.

Mit dem fertigen Ergebnis, einem opulenten farbigen Kunstwerk, zeigte sie sich bei einem Blick in den Spiegel und einem tiefen Zug an dem von Rob angebotenen Joint nach der überstandenen Sitzung äußerst zufrieden.

Sie bezahlte ihn cash – Rob bestand immer auf sofortiger Barzahlung – und kaufte ihm noch zusätzlich für fünfzig Euro ein paar Gramm seines selbst gezüchteten und mit marokkanischem Dope gestreckten Krauts ab, die Mischung nannte sich »Taliban«.

Dass Harriet bei der Kripo war, was Rob wusste, störte ihn nicht. Und sie ebenfalls nicht. Was sie in ihrer Freizeit machte, war ihre Privatsache. Berufliches und Privates pflegte sie strikt zu trennen. In der Beziehung war Harriet überaus diszipliniert.

Vor dem Tattoo-Studio schwang sie sich auf ihre Enduro und brauste zu ihrem nächsten Termin.

Dort wartete schon die Friseurin ihres Vertrauens auf sie. Edwina war nicht ganz zufällig die Cousine des Tätowierers. Sie war ähnlich verrückt und abgehoben wie Rob Roy, genauso am ganzen Körper tätowiert und hatte zahlreiche Piercings in Nase, Lippen, Augenbrauen und Ohren.

Und das waren nur die sichtbaren.

Edwina war keine Coiffeurin, bei der sich alte Damen mit Dauerwellen, Lilafärbung, Revolverblättern und Filterkaffee ein Stelldichein gaben und sich umgarnen ließen. Ihre Klientel stammte vorzugsweise aus der Subkultur und der Raver-Szene, um nicht zu sagen: eher aus exhibitionistisch orientierten Kreisen. Sie war also jemand, mit der Harriet gut klarkam, weil sie modemäßig auf ähnlich experimentierfreudiger Wellenlänge war und es im Gegensatz zu ihren normalen Berufskollegen vorzog, während der Arbeit die Klappe zu halten.

Ein gepflegtes Gespräch bei der Frisurgestaltung wäre auch kaum möglich gewesen, weil es in ihrem Laden aus den Lautsprechern wummerte wie in einem Techno-Club in einer Wochenendnacht. Ihr Salon nannte sich »Edwina mit den Scherenhänden«, und als Harriet ihr zeigte, wie sie ihre Haare, mit denen sie bisher die ganze Bandbreite von stachliger Punkfrisur bis Amy-Winehouse-Bienenkorb abgedeckt und ausprobiert hatte, verändert haben wollte, machte Edwina sich ohne Kommentar gekonnt ans Werk.

Harriet hatte ihr zwei Fotos vorgelegt, die sie aus dem Internet heruntergeladen hatte, und genauso wie die Schauspielerin auf dem schwarz-weißen Szenenfoto, die neben Jean-Paul Belmondo auf einer Pariser Straße zu sehen war, wollte sie ihre neue Frisur haben. Der Film hieß »À bout de souffle«, war von Godard, ein Klassiker der Nouvelle Vague, und der weibliche Star war Jean Seberg. Ihre Kurzhaarfrisur war damals, in den 1960er Jahren, eine Sensation gewesen, Seberg wurde zur Stilikone ihrer Zeit und des französischen Films.

Aber so strahlend hell, wie ihr Stern aufgegangen war, so schnell verglühte er auch wieder. Sie starb jung, wie James Dean, und unter nie geklärten tragischen Umständen.

Das zweite Bild zeigte Mia Farrow, die sich extra für die Dreharbeiten zum Film »Rosemary's Baby« von Roman Polanski aus dem Jahr 1968 einen extremen Kurzhaarschnitt zugelegt hatte, der bei ihrem damaligen Ehemann Frank Sinatra – der schlappe dreißig Jahre älter war als Mia – zu einem Tobsuchtsanfall samt Scheidungsandrohung führte.

Im Gegensatz zu Frankieboy fand Harriet die Frisur großartig, und Edwina stimmte ihr stumm zu, bevor sie sich an die Arbeit machte.

Als sie fertig war, was mit Schnitt und Haarfärbung ziemlich lange dauerte, erkannte sich Harriet kaum wieder.

Jetzt war sie blond und sah tatsächlich aus wie die mittlere Schwester zwischen Jean Seberg und Mia Farrow.

Genau so hatte sie es sich vorgestellt, und es gefiel ihr.

Endlich hatte sie sich neu erfunden.

# 5

*Open your eyes*
*Look up to the skies and see*
*I'm just a poor boy, I need no sympathy*
*Because I'm easy come, easy go*
*A little high, little low*
*Any way the wind blows, doesn't really matter to me*
Queen, »Bohemian Rhapsody«

Er summte leise »Bohemian Rhapsody« von Queen vor sich hin, dessen Text er auswendig kannte, weil es einer seiner Lieblingssongs war, und schaute von der kleinen Dachterrasse über die Dächer von Friedrichshafen, sogar ein schmaler Streifen Bodensee war am Horizont zu erkennen. Und, im Dunst, die Appenzeller Alpenkette mit dem Säntis, der eine weiße Haube aus Schnee hatte.

Sein Handy klingelte. Er sah nach dem Anrufer auf dem Display. Es war Ellen. Madlener seufzte und nahm den Anruf trotz seines schlechten Gewissens nicht an.

Jetzt nicht.

Seine Entscheidung war endgültig, und er zweifelte nicht mehr daran, dass sie richtig war.

Obwohl die Konsequenzen absehbar waren, würde er nicht weiter herumlavieren oder sie rückgängig machen.

Er würde seinem Hoteldasein, das nun auch schon über drei Jahre dauerte, endgültig Adieu sagen und diese Drei-Zimmer-Wohnung gleich bei der Fußgängerzone nehmen.

Was dieser Entschluss für seine Beziehung zu Ellen bedeutete, war ihm klar. Sie hatte es ihm ultimativ angedeutet, wenn auch nur indirekt. Weil er schon länger damit geliebäugelt hatte, sein letzten Endes doch einigermaßen ödes Hotelzimmerleben aufzugeben. Seit Monaten hatte Ellen ihm deshalb in den Ohren gelegen und ihm angeboten, ganz in die Wohnung im Erdgeschoss der väterlichen Kaffeemühlenvilla einzuziehen. Das Angebot kam nicht überraschend, mehr oder weniger lebte er sowieso schon dort – er hatte sogar einen eigenen Schlüssel –, außer er war beruflich so in einen komplexen Fall verwickelt, dass er es vorzog, in seinem Zimmer im Hotel »Zum silbernen Zeppelin« zu übernachten. Aus reiner Rücksichtnahme, weil er dann nur zu absolut unchristlichen Zeiten nach Hause und in sein Bett kam. Oder er brach noch vor der Morgendämmerung zu Fuß ins Büro auf, weil er sowieso kein Auge zumachen konnte, wenn allzu viel Berufliches in seinem Kopf herumgeisterte.

Doch Ellens Einwand gegen dieses Nomadendasein war eindeutig: Entweder er gab es auf und zog ohne Wenn und Aber bei ihr ein, oder in ihrer Beziehung kam es zu einer unumgänglichen Auszeit, in der sie beide Grundsätzliches überdenken sollten.

»Auszeit« wie »Eiszeit«, assoziierte Madlener, sagte es aber nicht.

Er überlegte, wie lange die letzte gedauert hatte.

Neunzigtausend Jahre?

Hunderttausend?

Endgültig bei Ellen einzuziehen war ein verlockendes Angebot, gewiss, aber diesen letzten, den entscheidenden Schritt scheute Madlener wie der Teufel das Weihwasser.

»Bindungsangst« wäre die simple Diagnose von Dr. Auerbach gewesen, dem renommierten Psychiater und leider auch Übervater von Ellen – und Bewohner der ersten Etage.

Vielleicht hatte Dr. Auerbach diese Kurzdiagnose der Madlener'schen Hinhaltetaktik bezüglich des Zusammenziehens mit Ellen so wortwörtlich zu seiner Tochter gesagt und sie ausdrücklich noch einmal davor gewarnt, sich weiter mit Madlener einzulassen.

Sehr wahrscheinlich sogar.

Obwohl ihr Verhältnis inzwischen einigermaßen intakt war. Besser gesagt: Es herrschte eine Art Patt, nachdem es anfangs erhebliche Dissonanzen zwischen ihnen gegeben hatte, weil

Dr. Auerbach alles darangesetzt hatte, Madlener in den Augen seiner Tochter schlecht dastehen zu lassen, um zu verhindern, dass sie womöglich eine Beziehung unter ihrem Niveau einging.

Eine anerkannte Wissenschaftlerin und Pathologin mit Doktortitel aus einer regelrechten Dynastie von Medizinern mit einem Polizisten, der nichts Besseres zu tun hatte, als sich im Rotlichtmilieu und in zwielichtigen Kreisen herumzutreiben und Ganoven, Zuhältern und Schwerkriminellen hinterherzujagen – mon Dieu!

Inzwischen hatte es Ellen zwar geschafft, ihrem dominanten Vater die Meinung zu geigen, und Madlener war sozusagen als Schwiegersohn in spe notgedrungen akzeptiert worden, wenn auch sicherlich zähneknirschend.

Trotzdem – wenn Dr. Auerbach in der Nähe war, fühlte sich Madlener einfach nicht wohl in seiner Haut.

Es war irrational, zugegeben, aber er schaffte es nicht, in Bezug auf ein gemeinsames Zusammenleben in der Auerbach-Villa über seinen Schatten zu springen und die alten Querelen zu vergessen.

Und Ellen würde nie das Haus ihres Vaters verlassen, solange dieser noch im ersten Stock lebte, darum hatte sie Madlener mehrfach ans Herz gelegt, bei ihr einzuziehen.

Wenn er daran dachte, seufzte er aus tiefster Seele. Aber nur, weil er wusste, dass er allein war und ihn niemand hören konnte. Die Immobilienmaklerin, die ihn zum zweiten Mal in die leer stehende Wohnung gelassen hatte, damit er sich ganz sicher sein konnte, dass er sie auch wirklich wollte, führte ein wichtiges Telefonat und war deshalb vor die Tür gegangen.

Madlener machte erneut einen kleinen Rundgang durch die besenreinen, frisch geweißelten Räume, obwohl er seine Entscheidung schon gefällt hatte.

Es gab eine kleine Einbauküche mit Herd, Kühlschrank und Geschirrspüler, alles so gut wie neu, für die er noch eine Ablöse zahlen musste, aber sie war groß genug für ihn und seine Bedürfnisse, kleiner Esstisch, mattweiße Fronten, modern und zweckmäßig. Bei Eiche rustikal hätte er sofort den Rückzug angetreten. Aber die wohlfeile Ausrede, die Wohnung deswegen nicht zu nehmen, gab es in diesem Fall nicht.

Dazu ein helles Bad mit Oberlicht.

Das Wohnzimmer mit dem großen Panoramafenster in Richtung Süden hatte es ihm besonders angetan, ebenso die kleine Dachterrasse.

Dann waren da noch ein Schlaf- und ein Gästezimmer.

Oberstes Stockwerk, Dachgeschoss, alle Räume mit Dachschräge. »Lichtdurchflutet« hatte in der Anzeige gestanden.

Branchenübliches Maklergeschwätz, den schönfärberischen Ausdruck würde die Immobilienmafia auch auf eine Kellerwohnung in einem düsteren Hinterhof anwenden, selbst wenn es nur eine DIN-A4-große Fensterluke ins Freie gab.

Aber hier war der Begriff tatsächlich angebracht, es war hell und freundlich. Madlener fand es gemütlich. Einen Aufzug gab es auch.

Eigentlich wäre eine Zwei-Zimmer-Wohnung ausreichend für ihn gewesen. Das Gästezimmer brauchte er nur in der vagen Hoffnung, dass sein inzwischen siebzehn Jahre alter Sohn Oliver, der in einem Internat bei Radolfzell am Bodensee kurz vor dem Abitur stand, vielleicht doch ab und zu mal ein paar Tage bei seinem Vater zu verbringen gedachte.

Ein frommer Wunsch, das wusste er, weil sein Sohn sich inzwischen zu einem selbstständigen jungen Mann gemausert hatte, der so von Schule, Sport, Freunden, Events, Clubbesuchen und seiner Mutter, Madleners Ex-Frau, vereinnahmt war, dass er es gerade noch schaffte, seinen Vater alle zwei Wochen anzurufen. Anscheinend hatte er seit einiger Zeit auch eine Freundin, aber das wusste Madlener nicht von ihm, sondern von seiner Mutter. Er fand, dass es klüger war, abzuwarten, bis Oliver ihm von selbst davon erzählte. Mit Fragen löchern wollte er ihn nicht. Da war sein Sohn empfindlich und wurde sofort einsilbig. Erst recht, wenn es zu persönlich zu werden drohte.

Der Apfel fällt eben nicht weit vom Stamm, dachte Madlener und übte sich in Zurückhaltung.

Er war genauso gewesen.

Und war es auch heute noch.

Trotzdem – er gab die Hoffnung nicht auf, Oliver vielleicht öfter zu sehen, wenn er jetzt eine eigene Wohnung hatte und nicht ausschließlich in einem Hinterhofhotel hauste.

Nach einem Blick auf seine Uhr folgte ein erneuter tiefer Seufzer. Er musste zurück ins Büro. Sein First Office Management Female Assistant – vulgo: seine Sekretärin – Frau Gallmann hatte unter Garantie wieder ein Dutzend wichtige Anrufer damit vertröstet, dass er zurückrufen werde. Außerdem wartete der erste oder zweite Vorsitzende des Seehasenfest-Fördervereins auf ihn, er wusste es nicht mehr so genau, jedenfalls ging es um die Frage, wie viele Polizisten er aus seinem Ressort für die Zeit der alljährlich stattfindenden Großveranstaltung in Friedrichshafen abstellen konnte und wie viele er aus den angrenzenden Polizeidienststellen anfordern musste, um die Sicherheit des Festzuges zu gewährleisten. Das hätte auch Frau Gallmann besprechen können, die das schon seit Jahren gemanagt hatte, aber man erwartete von einem Dienststellenleiter, dass er sich in dieser für Stadt und Landkreis eminent wichtigen Angelegenheit selbst einbrachte. Zumal seine Kollegen Binder und Götze begeisterte »Häfler« waren, wie die Eingeborenen genannt wurden, und damit auch maßgeblich am Seehasenfest mitwirkten. Götze war sogar als zweiter Ersatzmann für den verkleideten Seehasen vorgesehen, falls der unwahrscheinliche Worst Case eintreten sollte, dass das Original und sein Backup ausfallen würden.

Die Anglizismen stammten nicht von Madlener, sie waren noch Überbleibsel aus der Ära seines Vorvorgängers, Kriminaldirektor Thielen, dessen Vorliebe dafür in Götzes Wortschatz hängen geblieben war. Götze war sich der großen Ehre bewusst, auserwählt worden zu sein, und konnte vor lauter Stolz kaum noch von etwas anderem sprechen.

Madlener hatte schon Panik geschoben, dass ihm der Oberfestorganisator die Rolle des Ersatzhasen auch noch antragen würde.

Ehrenhalber, sozusagen. Sodass er nicht Nein sagen konnte.

Schuld an dieser Befürchtung war Harriet, die ihm unter dem Siegel der Verschwiegenheit von diesem angeblichen Geheimplan erzählt und ihm damit einen gehörigen Schrecken eingejagt hatte.

In der darauffolgenden Nacht hatte Madlener davon geträumt, dass er in diesem albernen Hasenkostüm mit den Riesenohren als Bugs Bunny vorn auf dem Schiffsbug im Hafen anlandete, um Süßigkeiten an die jubelnden Menschenmassen zu verteilen – so wie das jedes Jahr zum Höhepunkt des Seehasenfestes üblich war.

Er war schweißgebadet aufgewacht, das Geschrei und Gekreische dröhnte eine ganze Weile in seinen Ohren nach, die er sicherheitshalber noch im Bett liegend abtastete, bis ihm klar wurde, dass seine Assistentin ihn ganz schön aufs Glatteis geführt hatte – Harriet wusste um seine Agoraphobie.

Sie neigte, was ihn anging, gelegentlich zu solchen Späßen, weil sie seine Schwächen und Ängste nur zu gut kannte.

Aber diesmal würde er sich rächen!

Er wusste noch nicht, wie, aber dass er ihr angeblich aufgeschnapptes Gerücht ernst genommen hatte und darauf hereingefallen war, das wurmte ihn doch beträchtlich.

Frau Gallmann konnte ihn am nächsten Tag vollends beruhigen: Erstens standen der Kandidat und seine Stellvertreter für den Seehas schon längst fest, und zweitens sei Madlener sowieso viel zu alt dafür.

Einerseits war er erleichtert, andererseits empfand er diese Aussage auch nicht gerade als Kompliment, als er sich an seinen überladenen Schreibtisch setzte und darüber ins Grübeln kam. Geistesabwesend räumte er die Akten und Papierstapel enger zusammen, um sich mehr Platz zu verschaffen.

Dann musste er sich regelrecht zwingen, seinen leeren Blick wieder auf die Papierstapel vor seinen Augen zu fokussieren. Das alles sollte noch durchgelesen, verstanden, umgesetzt und kommentiert werden.

An die Unterschriftenmappe, die Frau Gallmann gerade vorbereitete, die Briefe und die E-Mails, die er zusätzlich noch beantworten musste, wagte er gar nicht zu denken.

Mist, Mist, Doppelmist!

Irgendwie fühlte er sich an seinen fiktiven Kollegen Sherlock Holmes erinnert, der ebenfalls schwer darunter zu leiden hatte, wenn es keinen aufregenden und rätselhaften Fall für ihn gab. Dann fiel er stets aus purer Langeweile in tiefe Depressionen und Selbstmitleidsphasen, weil er wusste, dass er für ein normales menschliches Dasein nicht tauglich war.

Ja, vielleicht brauchte auch er wieder einen richtigen Fall, eine echte Herausforderung, um seine lähmende Alltagslethargie abschütteln zu können.

Er hörte eine Tür und Schritte. Die Immobilienmaklerin kam zurück in die Wohnung, sie hatte offensichtlich ihr Telefonat beendet.

Madlener sah ihr an, dass sie sich über irgendetwas aufregte, sie hatte hektische rote Flecken im Gesicht und schüttelte indigniert den Kopf.

»Ich will ja nicht indiskret sein«, fragte er besorgt, »aber ist was passiert?«

»Ja, kann man wohl sagen!«, antwortete sie mit einer gehörigen Portion Wut und Erregung in ihrer Stimme. »Sie sind doch von der Polizei …«

Er zuckte zustimmend mit den Schultern, fast als müsse er sich dafür entschuldigen.

»Dann erklären Sie mir doch bitte, warum es immer wieder Menschen gibt, denen es Spaß macht, anderer Leute Eigentum zu zerstören.«

Darauf hatte Madlener keine zufriedenstellende Antwort zu bieten, also übernahm das die Immobilienmaklerin, eine resolute, stämmige Mittfünfzigerin, gleich selbst.

»Ich will es Ihnen sagen. Weil einfach niemand mehr Respekt davor hat, was man sich mit Fleiß und Können aufgebaut hat. Heutzutage muss man seinen hart erarbeiteten Wohlstand geradezu vor anderen verstecken. Als ob man sich dafür schämen müsste. Der Sozialneid zündelt an unserer Gesellschaft, das ist eine gefährliche Entwicklung, finden Sie nicht auch?«

Madlener merkte, dass er sich mit einer eindeutigen Antwort auf dünnes Eis begeben würde, deshalb versuchte er es mit der alten Psychologentaktik, die er in diversen Therapiesitzungen bei Dr. Auerbach gelernt hatte, und stellte eine Gegenfrage: »Was meinen Sie konkret?«

»Mein Schwager war gerade am Telefon. Irgendjemand hat heute Nacht sein Schiff abgefackelt. Hier im Yachthafen von Friedrichshafen. Was sagen Sie dazu?«

»Was für ein Schiff?«

»Eine Motoryacht, die ›Hella Wahnsinn‹. Klein, aber fein. Was sind das für Menschen, die so was tun, Herr Kommissar?«

»Bösartige Menschen. Verbitterte. Betrunkene. Verwirrte. Ich weiß es nicht. Vielleicht hat Ihr Schwager Feinde, die sich rächen oder ihm eins auswischen wollen. Da gibt es viele Motive.«

»Und was tut die Polizei in so einem Fall? Nichts?«

»Das wird sehr ernst genommen, glauben Sie mir.«

»Können Sie sich nicht darum kümmern?«

»Tut mir leid, das fällt nicht in mein Ressort. Das ist Brandstiftung. Ich bin bei der Mordkommission. Aber ich werde mich beim zuständigen Kollegen erkundigen, was es damit auf sich hat und wie die Faktenlage ist. Ich gehe mal davon aus, dass Ihr Schwager gut versichert ist …«

»Das dürfen Sie annehmen. Er hat selbst eine Versicherungsagentur. Eine ziemlich große.«

»Und es wurde doch niemand verletzt, oder?«

»Nein. Nur das Ego meines Schwagers hat wahrscheinlich ein paar Kratzer abbekommen.«

Madlener unterdrückte ein Grinsen.

Die Immobilienmaklerin ebenfalls, so schien es ihm.

»Nehmen Sie die Wohnung?«, fragte sie unvermittelt.

»Ich nehme sie«, antwortete Madlener und ließ einen lauten und deutlichen Seufzer hören.

Ob aus Erleichterung darüber, dass die Würfel gefallen waren, oder aus der Sorge heraus, was das für seine private Zukunft bedeutete, erschloss sich der Maklerin nicht.

Sie nahm es als Erleichterung und schüttelte ihm die Hand.

»Gratuliere«, sagte sie. »Eine gute Entscheidung.«

Das wird sich noch herausstellen, dachte sich Madlener, behielt das aber für sich.

# 6

Sie hatten an der viel befahrenen B 31 Posten bezogen, die, von Meersburg kommend, in Richtung Friedrichshafen verlief, bevor sie sich teilte. Der linke Fahrstreifen, die Albrechtstraße, ging um das Stadtzentrum am Zeppelinwerk entlang vorbei, während der rechte geradeaus ins Zentrum und als Zeppelinstraße zum Hafen führte.

Julian Böhme und Martin Schöllhorn waren zwei junge Polizisten der Friedrichshafener Verkehrspolizei, die ihren Job sehr ernst nahmen und keinen Funken Humor besaßen. Oft genug wurden sie dumm angemacht, wenn sie einen Strafzettel ausstellten oder eine Verwarnung aussprachen. Dann ignorierten sie auch schon mal eine blöde Bemerkung. Aber wenn mit verschärften Verbalinjurien bestimmte Grenzen überschritten wurden, gab es gnadenlos mit allen Konsequenzen eine Anzeige wegen Beamtenbeleidigung. Zuweilen, wenn ein Verkehrssünder renitent wurde und zu pöbeln oder zu spucken anfing – was in letzter Zeit anscheinend immer mehr in Mode kam –, mussten eben Zwangsmaßnahmen ergriffen werden. Dann fackelten sie nicht lange, der Aggressor wurde mit Handschellen gefesselt und abgeführt.

Böhme und Schöllhorn fuhren seit drei Jahren Streife und hatten sich im Dienst eine dicke Haut zugelegt, so gut das eben ging. Sie waren Junggesellen und befreundet und auch in ihrer Freizeit oft zusammen, wenn sie gemeinsam Sport trieben, segelten oder am Abend ein Bier trinken gingen.

Eine feste Beziehung hatten sie noch nicht, es gab hin und wieder eine Verabredung oder einen One-Night-Stand, aber anscheinend hatten beide noch nicht die Richtige gefunden.

Beziehungsweise waren gar nicht auf der Suche danach.

Das Leben hatte noch so viel zu bieten, sich jetzt schon voreilig zu binden wie die meisten ihrer Kollegen und Kolleginnen, sich mit Kindern und dem Sparen auf ein trautes Heim zu belasten, und das die nächsten fünfundzwanzig Jahre – das wäre ihnen wie eine Verschwendung von Möglichkeiten vorgekommen. Abgesehen davon, dass die Scheidungsrate bei Polizisten besonders hoch war. Sie hatten beide das Gejammer von älteren Kollegen im Ohr, deren Gehalt mit den Ausgaben für getrennte Wohnungen und Unterhaltszahlungen hinten und vorn nicht ausreichte. Es gab einige, die Nebenjobs annehmen mussten, um über die Runden zu kommen. Die schoben dann in ihrer freien Zeit Wachdienste, wer handwerklich was draufhatte, arbeitete schwarz für Nachbarn, Verwandte und Bekannte auf dem Bau oder half mit bei der Obst- oder Weinernte.

Das war nicht das Leben, das sich Böhme und Schöllhorn vorstellten. Schöllhorn bekam das hautnah mit, seine Eltern bauten seit zehn Jahren an einem Haus für die große Familie. Immer wenn das Geld ausging, ruhte der Bau. Er hatte bis vor Kurzem noch zu Hause gewohnt, musste oft genug mithelfen und hasste es, dass es ständig irgendwo im Haus eine Baustelle gab und er häufig genug seinem Vater zur Hand gehen musste – er war das älteste von fünf Geschwistern. Eine eigene Wohnung hatte er sich lange Zeit nicht leisten können, bei den Ansprüchen, die er hatte. Sein großes Hobby – ein teures! – waren sein Motorrad und Oldtimer, an denen er in jeder freien Minute herumbastelte. Aber jetzt war er umgezogen und hatte eine ehemalige alte Werkstatt samt Wohnung in einem Dorf im Hinterland gemietet.

Friedrichshafen und überhaupt der gesamte Bodenseeraum waren berüchtigt dafür, mit Radarfallen gespickt zu sein. Die mattgrün lackierten, altmodischen, auf dicken Pfosten angebrachten Metallgehäuse mit der Kameralinse, die nicht nur das Nummernschild, sondern auch noch den Fahrer erfasste, damit das Beweisfoto auch vor Gericht standhalten konnte, waren allgegenwärtig. Sinn und Zweck dieser Überwachungsgerätschaften war, den Tag und Nacht auf den Hauptdurchgangsstraßen strömenden Verkehr wenigstens einigermaßen einzubremsen.

An Hinweisschildern wurde nicht gespart. Trotzdem gab es jede Menge Verkehrsteilnehmer, die gedanken- oder rücksichtslos dahinbretterten, vor allem nachts, weil sie es eilig hatten.

Ob mit oder ohne Grund, heutzutage hatte es jeder irgendwie eilig.

Um das zu ahnden, dafür waren sie da, die sogenannten Starenkästen.

Fieserweise an einigen Straßenabschnitten sogar mehrere hintereinander im Abstand von wenigen hundert Metern. Sodass der Fahrer, der glaubte, die erste Radarfalle ausgetrickst zu haben, indem er rechtzeitig nach dem Hinweisschild herunterbremste, um dann nach Passieren des Kastens wieder freie Fahrt zu haben und zu beschleunigen, prompt schon kurz darauf geblitzt wurde. Und wenn ihm das immer noch nicht genügte und er nicht vom Gas ging, weil's jetzt eh schon egal war, dann kam die dritte Radarfalle, die ihm endgültig eine Aufstockung seines Punktekontos in Flensburg einbrachte.

Einheimische und Berufspendler wussten das natürlich und passten ihre Geschwindigkeit dementsprechend an.

Oder nahmen Schleichwege.

Aber dort lauerten die Verkehrspolizisten mit mobilen Messgeräten an den unterschiedlichsten Stellen, bevorzugt an solchen, wo man nicht damit rechnete.

So wie Böhme und Schöllhorn.

Sie hatten ihren Streifenwagen sorgfältig hinter einem Busch versteckt, er konnte erst bemerkt werden, wenn es zu spät war. Daneben standen sie auf der Lauer, Schöllhorn mit dem optischen Lasermessgerät neben Böhme. Die Zahl fünfzig war groß auf die Straße geschrieben, und Schilder zeigten zusätzlich die zulässige Höchstgeschwindigkeit an. Niemand konnte sich damit herausreden, dass er die Hinweise übersehen hatte. Dazu musste man schon blind sein.

Schöllhorn erfasste die Geschwindigkeit eines sich nähernden Autos, dessen Fahrer die Polizisten, obwohl sie über ihrer Uniform noch zusätzlich auffällige orangefarbene Schutzwesten trugen, erst im allerletzten Augenblick sah, als es längst zu spät war. »Sechs drüber«, sagte er. »Lohnt sich nicht.« Böhme wartete mit seiner Kelle in der Hand und nickte zustimmend.

Ein halbes Dutzend Autos fuhr nacheinander knapp am Limit, aber das lag daran, dass ein Lastwagen, der die Kolonne anführte, alle aufhielt, weil sie gezwungen waren, hinter ihm herzuschleichen.

In der Ferne sahen sie einen Motorradfahrer herankommen. Schöllhorn zielte mit dem Lasergerät auf ihn.

»Sechzehn drüber. Den holen wir uns«, sagte er. Sein Partner konnte geradezu spüren, wie er sich darüber freute, den ersten Fang des Tages gemacht zu haben, obwohl er so tat, als sei alles nur Routine.

Böhme wusste, dass Schöllhorn am liebsten im Dienstwagen hinter einer großen Werbetafel gewartet hätte, wie die Jungs von der Highway Patrol in den USA, mit Stetson, verspiegelter Sonnenbrille und ausdruckslosem Gesicht, um dann beim geringsten Verkehrsverstoß oder einfach nur, weil man das Abzeichen am Ärmel hatte, mit aufheulender Sirene und flackerndem Blaulicht aus dem Hinterhalt hervorzupreschen, die Verfolgung des Sünders aufzunehmen und ihn zu stellen. Und sich anschließend kaugummikauend mit dem linken Ellbogen ins offene Seitenfenster zu lehnen – die rechte Hand sicherheitshalber auf dem Griff des Revolvers im Holster – und den Übeltäter gehörig schmoren zu lassen, bis man die obligatorische Frage nach den Fahrzeugpapieren stellte.

Da sie aber nicht in Dallas, Texas, waren, sondern in Friedrichshafen, Baden-Württemberg, stellte sich Böhme mit der Kelle winkend auf die Straße und gab dem Motorradfahrer zu verstehen, dass er rechts ranfahren und anhalten sollte.

Was er auch brav tat. Er blieb sitzen, machte den Motor aus und nahm den Helm ab, während Böhme und Schöllhorn herankamen.

Der Fahrer war die frisch erblondete Harriet Holtby. Seit

Kurzem zur Kommissarin beförderte rechte Hand des Dienststellenleiters der Kriminalpolizei, Max Madlener.

Böhme und Schöllhorn erkannten sie natürlich, wenn auch erst auf den zweiten Blick, weil sie ihr Aussehen komplett verändert hatte. Immerhin war sie eine Kollegin von der Kripo, man lief sich im Präsidium oft genug über den Weg. Außerdem hatte Harriet zusammen mit Kriminalhauptkommissar Madlener eine gewisse Berühmtheit erlangt, weil sie, wie alle in Polizeikreisen wussten, an der Aufklärung mehrerer großer Fälle maßgeblich beteiligt gewesen war. Das alles war oft genug durch sämtliche Medien gegangen.

Harriet sah betont gelassen zu, wie sie näher kamen.

»Guten Morgen«, sagte Schöllhorn in offiziellem Tonfall. »Sie wissen, dass Sie zu schnell gefahren sind?«

»Bin ich das?«

»Allerdings. Führerschein und Fahrzeugpapiere bitte.«

Harriet atmete einmal tief durch, bevor sie sagte: »Hey, ihr kennt mich. Ich bin beim gleichen Verein wie ihr. Also …«

Sie machte eine Geste, die ausdrücken sollte, dass sie das Vorgehen der Kollegen für reichlich übertrieben hielt. Sie hatten sie zweifelsohne erkannt, auch wenn sie jetzt Kurzhaarfrisur und blond trug. Eine kleine, nicht ganz ernst gemeinte Anspielung darauf und auf ihre – wie sie fand – unerhebliche Geschwindigkeitsübertretung, und damit hätten sie es bewenden lassen können.

Das taten sie aber nicht.

»Sie wissen genau, Kollegin Holtby, dass wir keine Ausnahme machen dürfen. Oder sind Sie dienstlich unterwegs?«

»Nein, bin ich nicht«, antwortete Harriet wahrheitsgemäß.

»Vorschlag: Ihr könntet trotzdem so tun, als wäre ich das. Ihr habt mich mündlich verwarnt, und damit wäre der Gerechtigkeit Genüge getan, und ihr könnt wieder euren Job machen.«

»Ts, ts, ts«, schüttelte Schöllhorn mit aufgesetzter Besorgnis den Kopf. »Das wollen wir aber nicht gehört haben. Oder, Kollege?«

# emons:

## SEHNSUCHTSORTE

emons: verlag
**Cäcilienstraße 48**

**50667 Köln**

---

emons: verlag **Tel. 0221 -569 77-0 · info@emons-verlag.de**

**Bitte senden Sie mir das aktuelle Verlagsprogramm zu**

**Ich möchte den Newsletter von emons: per E-Mail erhalten**

**Ich habe Interesse an Krimis aus folgender Region:**

**Besuchen Sie uns auch auf www.facebook.com/EmonsVerlag**

Name

Straße

PLZ/Ort

E-Mail

Ich bin damit einverstanden, dass meine hier angeführten Daten zu dem folgenden Zweck »Versand von Kundenprospekt« erhoben, verarbeitet und genutzt sowie unter Umständen an unseren Dienstleister zum Versand des angeforderten Kundenprospektes weitergegeben bzw. übermittelt und dort ebenfalls zu dem folgenden Zweck »Versand von Kundenprospekt« verarbeitet und genutzt werden. Hier werden die Daten unmittelbar nach dem Versand gelöscht. Im Fall des Widerrufs werden mit dem Zugang meiner Widerrufserklärung meine Daten gelöscht.

03/2019

# emons:
## SEHNSUCHTSORTE

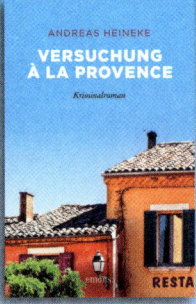

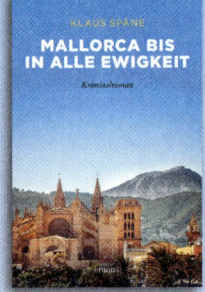
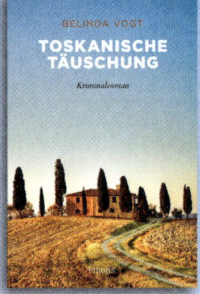

Er sah Böhme an, der mit ernster Miene zustimmte.
»Lieber nicht«, sagte er, schenkte Harriet aber wenigstens ein kleines Lächeln. Vielleicht deutete es auch den Triumph an, dass sie jetzt Gelegenheit hatten, dieser arroganten Braut von der Kripo, die sich für etwas Besseres hielt, einmal eins auswischen zu können.

Schöllhorn streckte wortlos die Hand aus.

Harriet unterdrückte sichtlich genervt einen Kommentar, zog die Papiere aus ihrem Rucksack und gab sie Schöllhorn in die Hand, der sie umständlich und genau unter die Lupe nahm.

»Um wie viel war ich zu schnell?«, fragte Harriet, die versuchte, die Konversation wieder auf ein vernünftiges Level zu bringen.

Schöllhorn zeigte ihr das Sichtfeld des Messgeräts und führte ihr den Messvorgang noch einmal vor, die Geschwindigkeit war eingeblendet. Sechsundsechzig Kilometer pro Stunde.

»Sechzehn Stundenkilometer«, sagte er mit gespieltem Bedauern, gab Harriet die Papiere zurück und drückte auf seinem elektronischen Gerät herum, das längst den herkömmlichen Strafzettel abgelöst hatte.

»War's das?«, fragte Harriet. Man hörte ihr deutlich an, dass sie sauer war.

»Das war's«, antwortete Schöllhorn kurz angebunden.

»Sie bekommen schriftlich Bescheid«, fügte Böhme hinzu, »gute Fahrt!«

Er tippte kurz an seine Dienstmütze und begab sich mit seinem Kollegen in die alte Lauerstellung zurück.

Harriet blieb äußerlich cool, weil sie sich nicht provozieren lassen wollte. Es lagen ihr ein paar deftige Worte auf der Zunge, doch sie schluckte sie lieber hinunter, so weit hatte sie sich im Zaum, steckte ihre Papiere weg, schlüpfte in die Riemen ihres Rucksacks, setzte sich den Helm mit dem selbst gepinselten weißen Totenkopflogo und den gekreuzten Knochen auf schwarzem Grund auf, ließ den Motor an und fuhr nicht zu schnell und nicht zu langsam davon.

Erst im letzten Moment, kurz bevor die Straße eine Kurve machte und man sie aus den Augen verlieren musste, gab sie Vollgas und verschwand.

Die beiden Verkehrspolizisten sahen sich an.

»War sie das? Diese Geschichte mit deinem Kumpel damals?«, fragte Schöllhorn.

»Ja«, nickte Böhme. »Zuerst hat sie dem Kollegen Dobler schöne Augen gemacht. Und dann, als sich der Idiot in sie verknallt hat, hat sie ihm den Laufpass gegeben. Ein Luder durch und durch.«

»Ich dachte, er hat sie gestalkt, entführt und eingesperrt. Hab ich jedenfalls so mitbekommen. War ja ein heißes Thema damals. Und mit einer Waffe soll er sie auch noch bedroht haben. Bis sie von Kommissar Madlener gefunden und befreit worden ist.«

»Behauptet sie! Ist alles auf ihrem Mist gewachsen.«

»Madlener hat das damals alles bestätigt, wenn ich mich recht erinnere. Dobler ist doch verurteilt worden deswegen, oder?«

»Allerdings. Und das nicht zu knapp. Aber was heißt das schon? Es gibt in solchen Dingen immer zwei Sichtweisen. Meinem damaligen Kumpel Dobler hat sie jedenfalls mit ihrer Lügengeschichte das Kreuz gebrochen. Er wollte ihr nur ein bisschen Angst einjagen. Hätte nie Ernst gemacht. Ich hab ihn gekannt. Er hat einfach durchgedreht.«

»Was ist mit ihm passiert? Danach?«

»Er hat seine Strafe im Knast abgesessen und sich dann abgesetzt. Ins Ausland, soviel ich weiß. Hab nie wieder von ihm gehört.« Er wandte sich ab. »Schluss jetzt mit den alten Geschichten.«

Damit deutete er auf die Straße, auf der sich ein dicker SUV näherte.

»Den knöpf ich mir mal vor«, sagte er und übernahm von Schöllhorn das Lasermessgerät, damit er den nächsten potenziellen Verkehrssünder ins Visier nehmen konnte.

# 7

Madlener hatte sich eben eine große Tasse Kaffee aus dem Automaten in der Teeküche des Präsidiums gelassen und balancierte sein schwarzbraunes Heißgetränk gedankenverloren in Richtung Chefbüro. Irgendetwas stimmte mit der Menge an Kaffee oder der Größe seiner Tasse nicht so ganz, sie wurde immer bis zum Rand gefüllt, und einen Schluck abtrinken konnte er auch nicht, weil die Brühe siedend heiß war.

Ansonsten war der Kaffee gut und stark, Madlener spendierte die Kaffeebohnen regelmäßig selbst, in einem Welt-Laden gab es eine Spezialmischung aus Kolumbien, die allen herkömmlichen Kaffeesorten im Supermarkt haushoch überlegen war, aroma-, duft- und leider auch preismäßig. Aber in dem Fall war das Geld gut angelegt. Er hoffte, mit dem nun folgenden Koffeinschub endlich in den dringend erforderlichen Büromotivationsmodus zu kommen.

Sein privates Problem, dass er Ellen gestehen musste, sich eine eigene Wohnung gemietet zu haben, verschob er einstweilen. Das würde kein angenehmes Gespräch werden, das ahnte er, aber er konnte sich nicht darum herummogeln. Ellen hatte heute beruflich in Ulm zu tun, sobald sie zurück war, würde er sie anrufen, das nahm er sich fest vor.

Aber zuerst musste er sich an seinen Schreibtisch machen, das hatte Priorität.

Gerade als er an der Treppe vorbeikam, stürmte eine Gestalt in Lederjacke und mit einem schwarzen Motorradhelm unter dem Arm herauf.

Harriet Holtbys Zwillingsschwester.

Jedenfalls hielt er sie für einen kurzen Augenblick dafür.

Der Augenblick dauerte einen Lidschlag lang, bis er kapierte, dass Harriet wieder einmal ihrem Ruf als Chamäleon gerecht geworden war.

Falls sie nicht doch eine Zwillingsschwester hatte, von deren Existenz er bisher nichts wusste.

»Du kannst den Mund wieder zumachen, ich bin's nur, Harriet«, fuhr sie ihn in ihrer gewohnt ruppigen Morgenbegrüßung an.

Erleichtert atmete er auf, das war der Originalton seiner Assistentin, wenn sie zum Dienstbeginn auftauchte, also musste es Harriet sein. Zwei von der Sorte wären auch ein bisschen viel auf einmal gewesen.

»Willst du hier Wurzeln schlagen, oder warum lässt du mich nicht an meinen Arbeitsplatz?«, fragte sie und flatterte mit ihren Wimpern, als wären es Schmetterlingsflügel.

Madlener merkte erst jetzt, dass er ihr den Weg zum Bürotrakt versperrte.

Er trat so rasch beiseite, dass der heiße Kaffee über den Tassenrand schwappte und ihm über die Hand tropfte.

Das holte ihn schmerzhaft in die Wirklichkeit zurück und gab ihm die Gelegenheit, seine Verblüffung zu überspielen, indem er die heiße Tasse in die andere Hand wechselte und versuchte, ein Taschentuch aus seiner Hosentasche zu angeln.

Harriet nahm ihm rasch die Tasse ab und hielt sie – sie hatte noch ihre Lederhandschuhe an –, sodass es Madlener schließlich gelang, sein Taschentuch herauszufriemeln und damit seine Hand abzutupfen.

»Danke«, sagte er und nahm die Tasse vorsichtig wieder zurück. »Also, ich muss schon sagen …«

»Was?«, fragte Harriet und wollte sich an ihm vorbeidrücken.

»Du … du hast dich ganz schön verändert«, stotterte er, weil er nicht wusste, wie er reagieren sollte.

Jetzt nur nichts Falsches sagen!, schoss es ihm durch den Kopf. Wenn jemand, sobald es zu persönlich wurde, empfindlich war wie eine Mimose, dann Harriet.

Sie beschloss, es ihm leicht zu machen, und strich sich über ihre kurzen blonden Haare.

»Wie gefällt's dir?«, fragte sie.

Ob die Koketterie in ihrer Haltung und Stimme echt war oder gespielt, machte ihm zu schaffen.

Wieder wusste er nicht, ob sie ihn testen wollte oder ob sie ihre Frage ernst meinte im Sinne eines überraschenden und unerwarteten Anfalls unverfälschter weiblicher Eitelkeit.

»Gut, sehr gut«, brachte er schließlich heraus. »Wirklich. Blond steht dir.«

»Aber?«, nagelte sie ihn mit inquisitorischem Blick fest.

»Nichts ›aber‹. Es gefällt mir uneingeschränkt gut. Es ist nur …«

»Was?«

»Na ja, ein wenig … gewöhnungsbedürftig.«

»Du wirst das schon auf die Reihe kriegen. Da bin ich mir sicher. Was bleibt dir auch anderes übrig …«

Sie tätschelte ironisch seinen Oberarm, schob sich endgültig an ihm vorbei und betrat das Großraumbüro.

Madlener folgte ihr und atmete auf, als er sah, wie sie den Motorradhelm auf ihren Schreibtisch knallte, den Rucksack abnahm, sich aus ihrer Lederjacke schälte und sich den Nierengurt abschnallte.

Der ganze Bewegungsablauf und die Art, wie sie sich in ihren Schreibtischstuhl wuchtete und gleichzeitig ihren Computer hochfahren ließ – das war ganz und gar die Attitüde der Harriet, die er kannte.

Da hatte sich Gott sei Dank nichts verändert.

Bis auf ihr Aussehen.

Aber das war man ja von ihr gewohnt.


Madlener musste sich zwingen, so in sein Chefbüro zu gehen, als wäre nichts geschehen.

Anscheinend begann Harriet, sich mit ihrer weiblichen Seite anzufreunden.

Wenn sie damit klarkam, sollte es ihm recht sein.

Hauptsache, sie war mit sich im Reinen.


Er ließ die Tür zu seinem Büro wie immer offen stehen und vergrub sich in seinen Aktenberg. Nebenher rührte er geistesabwesend mit einem Löffel in seinem Kaffee, während er sich durch die Unterlagen kämpfte.

Aber dann schaute er doch einmal kurz hoch zu Harriet im Großraumbüro, weil er es immer noch nicht so ganz glauben konnte.

Sie saß ihm gegenüber.

Jetzt endlich kam er drauf, an wen sie ihn erinnerte.

Irgendwie hatte sie in ihrer neuen Aufmachung etwas Französisches. Wie in diesen Schwarz-Weiß-Filmen eines Truffaut oder Godard aus den 1960er und 1970er Jahren. Dieser gewisse existenzielle Touch.

Und das stand ihr wirklich gut, er hatte nicht geflunkert.

Im selben Augenblick sah Harriet ebenfalls hoch zu ihm.

Ihre Blicke begegneten sich.

Er musste unwillkürlich lächeln.

Und das Wunder geschah.

Sie lächelte zurück.

Nur ganz kurz zwar, aber er hatte es registriert.

Auch wenn es vielleicht eher ein Grinsen darüber war, dass sie es wieder einmal geschafft hatte, ihn zu verunsichern.

Madlener nahm einen großen Schluck von seinem kolumbianischen Kaffee, stellte zufrieden fest, dass er ihm schmeckte, dachte kurz an Ellen und das, was er ihr beichten musste, verdrängte diese Überlegung, die ihm immer wieder durch den Kopf geisterte und ihm sofort ein schlechtes Gewissen machte, schnell wieder und versuchte, sich auf seine Schreibtischarbeit zu konzentrieren.

Was nicht einfach war.

# 8

Der schwarze Mercedes cruiste durch die menschenleeren nächtlichen Straßen von Friedrichshafen und darum herum. Scheinbar
ziellos steuerte der Fahrer mit der Wollmütze auf dem Kopf im
Schleichfahrtmodus durch die Gegend. Er suchte unsystematisch
alles im Umkreis von fünfzig Kilometern ab: Innenstadt, Außen-
bezirke, Dörfer und Marktflecken inklusive.

Auskundschaften oder Ausspionieren nannte man das im Allgemeinen.

Er nannte es Ausbaldowern.

Ein Begriff aus dem Rotwelsch, der Gaunersprache.

Der passte eigentlich am besten für das, was er tat und vorhatte, fand er.

Um ein Gefühl für die Nacht und ihre Möglichkeiten zu bekommen, Witterung dafür aufzunehmen, wo er als Nächstes
zuschlagen sollte, um Angst und Schrecken zu verbreiten.

Obwohl das nicht sein Hauptmotiv war. Das war ein ganz
anderes.

Aber darauf würde niemand kommen.

Weil es ein ganz persönliches Motiv war.


Einige vielversprechende Zielobjekte hatte er mehrfach umrundet, es waren Häuser verschiedenster Bauart und in allen möglichen Spielarten des Erhaltungszustandes.

Noble alte Villen, teuer renoviert. Phantastisch anmutende
Neubauten. Heruntergekommene alte Bauernhöfe. Leer stehende Bruchbuden. Sogar Campingplätze hatte er abgeklappert,
auf der Suche nach Glamping, dem neuen Trend, ein Portmanteau
für »glamouröses Camping«. Dort hatte er gehofft, eines dieser
sündteuren Wohnmobile zu finden. So etwas abzufackeln wäre
ihm ein wahres Freudenfest gewesen, er hasste Campingplätze,
seit er mit Eltern und Geschwistern als Kind dabei gewesen war,
vierzehn Tage bei Regen und Kälte, mit klammen Kleidern, die

Mutter nur am Kochen und Schimpfen, wie zu Hause, nur ungemütlicher und mit irgendwelchen unsympathischen Wohnwagennachbarn auf Tuchfühlung, die bis tief in die Nacht hinein feierten, bis sie endlich betrunken auf ihre Matratzen gesunken und eingeschlafen waren.

Wenn er daran dachte, grauste es ihm heute noch davon.

Aber er hatte nichts gefunden, was seinen Vorstellungen von glamourösem Camping entsprach und es wert war, in einem ebenso glamourösen Freudenfeuer zu Asche verbrannt zu werden.

Am Bodensee war man anscheinend noch nicht so weit. In Hegne am Gnadensee gab es zwar einen Campingplatz, der sich im Internet als »Glampingplatz« bezeichnete, aber der war beileibe nicht das, was er suchte.

Nein, es musste schon etwas Besonderes sein.

Er war einfach noch nicht auf etwas gestoßen, was seinem Geschmack entsprochen hätte.

Aber der war ja schließlich auch sehr speziell.

Er schwankte noch und konnte sich nicht so recht entscheiden.

Wenn er eines wusste, dann, dass es gar nicht so einfach war, ein Gebäude so abzufackeln, dass es bis auf die Grundmauern niederbrannte.

Darüber war er sich von Anfang an im Klaren gewesen.

Es gab drei Faktoren, die hauptsächlich dafür verantwortlich waren, dass es zu einem verheerenden und alles zerstörenden Hausbrand kam.

Erstens die Brandlast.

Zweitens die Luftzufuhr.

Und drittens die Zeit.

Unter Brandlast verstand der Fachmann die Wärme beziehungsweise die Hitze, die bei der Verbrennung entstand.

Üblicherweise benutzte man zur Erzeugung eines Brandes einen Brandbeschleuniger. Das konnte Spiritus sein, Benzin, Petroleum, Benzol, Styrol. Das chemische Zeug brannte leichter, schneller, dynamischer, heißer als alles andere.

Wollte man ein ganzes Gebäude abbrennen, musste es schnell gehen, Faktor Nummer drei.

Das war heutzutage schwierig.

Es gab Rauchmelder, automatische Löschanlagen, schwer brennbare Baustoffe, Notrufe, Nachbarn.

Die alarmierte Feuerwehr war dann rascher vor Ort, als sich ein Brand so durch das Gebäude fraß, dass es nicht mehr zu retten war und vollständig abbrannte.

Um den ganzen Vorgang deshalb entsprechend zu beschleunigen, war es ratsam, mehrere Brandherde gleichzeitig zu entfachen, indem man sie durch eine brennbare Flüssigkeit miteinander verband.

Zu Faktor Nummer zwei: die Sauerstoffzufuhr.

Um richtig Fahrt aufzunehmen, brauchte ein Feuer Luft. Viel Luft.

Also: Fenster und Türen auf, dann entwickelte sich das Feuer besser, schneller, unaufhaltsamer.

Durch die starke und zunehmende Hitzeentwicklung entstanden Pyrolysegase, die nach oben bis zur Decke stiegen. War das Gas heiß genug und kam genügend Sauerstoff hinzu, entflammte es sich schlagartig, der Fachmann sagte »Rauchdurchzündung« dazu.

Die Steigerung davon war der »Flashover«, der bei plötzlicher Sauerstoffzufuhr in einem geschlossenen Raum erfolgte und zu einem nicht mehr beherrschbaren und sich rasend schnell ausbreitenden Feuerwall führte.

War die Hitze so stark, dass bei sämtlichen brennbaren Oberflächen der Flammpunkt erreicht wurde, entzündeten sie sich von selbst.

Die Brandausbreitung erfolgte nun explosionsartig.

Es entstand der sogenannte unkontrollierbare Vollbrand.

Ab diesem Punkt blieb von einem Gebäude nicht mehr viel übrig, selbst wenn die Feuerwehr abschließend eingriff. Aber das machte sie für gewöhnlich nur noch, um ein Übergreifen der Flammen auf andere Gebäude zu verhindern.

Das alles ging dem Fahrer des Mercedes auf der Suche nach einem Zielobjekt durch den Kopf.

Er wusste das, weil er sich gründlich damit beschäftigt hatte. In der Theorie.

Die Praxis würde folgen, sobald die Vorgeplänkel abgeschlossen waren.

Ein Punkt kam nämlich noch erschwerend hinzu: Man durfte sich bei der ganzen Angelegenheit nicht erwischen lassen.

Außer man wollte es. Okay, solche Spinner gab es immer wieder.

Aber er gehörte nicht zu dieser Sorte.

Brandstiftung als solche erforderte keine wissenschaftliche Ausbildung. Jedes Kind mit einer Schachtel Streichhölzer war in der Lage, einen Brand auszulösen.

Doch wenn man dabei nicht geschnappt werden wollte, war das Legen eines Feuers in der Absicht, größtmöglichen Schaden anzurichten, entsprechend schwieriger und anspruchsvoller.

Viel Brandbeschleuniger half viel.

Aber viel Brandbeschleuniger fiel auch auf.

Mit einem Fass voller Benzin wäre es ein Leichtes, ein Höllenfeuer zu veranstalten. Aber abgesehen davon, dass so ein Fass einen Lastwagen und einen Gabelstapler zum Transportieren erforderlich machte, war es aussichtslos, ein Fass voll Benzin zu besorgen, ohne dass es auffiel.

Beides Dinge der Unmöglichkeit, wenn man unbemerkt sein Zielobjekt erreichen und genauso unbemerkt wieder entkommen wollte.

Und das war ja der Sinn der Sache.

Der Mercedes-Fahrer dehnte seinen Aktionsradius weiter aus, beschränkte sich nicht mehr nur auf Friedrichshafen und Umgebung, klapperte die Gegend bis hinauf nach Ravensburg und Weingarten ab, bis er sich darüber im Klaren war, dass so ein ganzes Gebäude abzubrennen noch eine Nummer zu groß war für ihn. Jedenfalls im jetzigen Stadium, wo er noch nicht so viel Erfahrung besaß. Er musste erst noch ein wenig herumexperimentieren.

Schließlich war er ein Novize im Geschäft der Brandstiftung, er sollte sich anfangs nicht gleich überheben.

Außerdem wollte er das Ausmaß seiner Werke ganz allmählich steigern, peu à peu. Nur durch die Eskalation der Ereignisse konnte sich die bestmögliche und nachhaltigste Wirkung entfalten.

Bekanntermaßen machte Übung erst den Meister.

Michelangelo hatte die Fresken in der Sixtinischen Kapelle auch nicht gleich am Beginn seiner Karriere einfach so aus dem Handgelenk auf den frischen Putz geklatscht.

Richtige und erfolgreiche Brandstiftung war eine Kunstform und musste wohlüberlegt und bestens vorbereitet über die Bühne gehen, um die ihr gebührende Aufmerksamkeit zu erzeugen.

Davon war der Fahrer mit der Wollmütze fest überzeugt.

## 9

Die »Hella Wahnsinn« war sein zweites Werk gewesen. Gleich ein ziemlich dicker Fisch, zugegeben. Aber das war ihm eher spontan eingefallen. Mit Grausen dachte er daran, wie sein erster Versuch buchstäblich in die Hosen gegangen war. Er hatte noch verschiedenste Mischungen für seine Brandbeschleuniger getestet und war dann entsprechend munitioniert losgefahren, um seine Premiere zu starten.

Unsinnigerweise hatte er einen absolut törichten Plan ins Auge gefasst. Er schüttelte jetzt noch den Kopf, wenn er daran dachte, was für ein Teufel ihn da wohl geritten haben mochte.

Mit seinem ersten Werk wollte er klein anfangen und doch gleichzeitig auf Anhieb einen medienwirksamen Skandal provozieren. Im April war in sämtlichen lokalen Zeitungen zu lesen gewesen, dass am 1. Mai die Zeit gekommen war, in der Vereine und Dorfgemeinschaften den Brauch des Maibaumaufstellens wiederaufleben ließen. Eine regionale Festveranstaltung, die vor allem im schwäbischen Württemberg begeisterte Anhänger hatte. So ein Maibaum war ein frisch geschlagener, möglichst gerader, entasteter und entrindeter Baumstamm, der bemalt, verziert und mit Krepppapier, Kränzen, Bändern und handgefertigten Zunftzeichen geschmückt mitten im Ort, am besten an der Kirche oder beim Feuerwehrhaus, aufgestellt wurde.

Im Internet suchte er nach ländlichen Gemeinden, in denen solche Maibäume aufgerichtet werden sollten. Stets waren das dörfliche Großereignisse, begleitet von Musikkapellen, unter reger Anteilnahme von Vereinsmitgliedern, Kirchenvertretern, Lokalpolitikern, Touristen, Adabeis und großen Teilen der örtlichen Bevölkerung.

Er fand die Ankündigung einer dementsprechenden Veranstaltung in Herbisriedlingen, ungefähr zwanzig Kilometer von

Friedrichshafen entfernt im Oberschwäbischen, und beschloss, den dortigen Maibaum bei der erstbesten Gelegenheit in Flammen aufgehen zu lassen. Natürlich mitten in der Nacht, wenn ein brennender Maibaum schön weit leuchten würde.

Ein Sakrileg, das war ihm klar, aber umso spektakulärer wäre die Außenwirkung.

Nur das mit den Wachen war ein Problem.

Es gab keinen Maibaum, der die Nächte vor der Aufstellungszeremonie unbewacht blieb.

Das war nötig, weil es den Brauch des Maibaumklauens gab.

Meistens waren es junge, tatkräftige Burschen von einem benachbarten Dorf, für die es eine Mordsgaudi war, einen Maibaum zu stehlen. Denn es war gleichzeitig eine Schande, ihn sich stehlen zu lassen. Dabei war der Diebstahl eine mühselige Sache, der Maibaum musste klammheimlich trotz seiner beträchtlichen Größe und Länge – manche waren bis zu dreißig Meter lang – und seines hohen Gewichts entwendet und abtransportiert werden. Wenn das unbemerkt bewerkstelligt werden konnte, war es ein ewiges Ruhmesblatt in den Annalen des erfolgreichen Dorfes und eine Schande für diejenigen, die auf ihren Maibaum nicht besser aufgepasst hatten. Sie mussten, um ihren Baum wieder zurückzubekommen, ein Lösegeld zahlen, meistens in Form einer ordentlichen Brotzeit und ein paar Fässern Bier für die Entführer.

Eine Riesenschau wäre es gewesen, wenn er den Maibaum, frisch hergerichtet in irgendeinem dafür geeigneten Versteck, meistens einer Scheune oder dem Spritzenhaus der örtlichen Feuerwehr, vor dem Aufstellen ausfindig gemacht und dort angezündet hätte. Obwohl er alle Möglichkeiten durchspielte, kam er jedoch zu dem Schluss, dass so eine Aktion nicht praktikabel war, weil der Baum zu diesem Zeitpunkt garantiert nicht ohne Bewachung blieb.

Er hatte also gewartet, bis der Maibaum aufgestellt worden war, um dann in der darauffolgenden Nacht mit seinem alten Mercedes nach Herbisriedlingen zu fahren, weil er dachte, dass um die Zeit – zwei Uhr morgens – kein Mensch mehr auf oder überhaupt da war, um auf den Baum aufzupassen. Außerdem war ein einmal aufgestellter Maibaum tabu, er durfte nicht mehr geklaut werden.

Er hatte einen großen Metallkanister mit Benzin mitgenommen. Die zwanzig Liter würden wohl ausreichen, um den Holzstamm so in Brand zu setzen, dass er schließlich in Flammen aufgehen würde wie ein vier Wochen alter Weihnachtsbaum und nicht mehr rechtzeitig gelöscht werden konnte. Er freute sich schon auf die Videoaufnahmen mit seinem Smartphone, er hatte sich nämlich vorgenommen, alle seine Feuerteufeltaten zu dokumentieren. Dann konnte er, immer wenn ihm der Sinn danach stand, sich an den Bildern delektieren. So, wie er das heute noch an den alten Aufnahmen seiner Eltern von seinen Kindergeburtstagen tat.

Was für eine prickelnde Vorstellung!

Vielleicht würde er eines Tages die Videos ins Netz stellen, anonym und nicht zurückverfolgbar natürlich, damit auch andere seine sprichwörtliche helle Freude daran mit ihm teilen konnten.

Er schleppte also den Zwanzig-Liter-Kanister vom abseits geparkten Auto bis zum Fuß des Maibaums, nachdem er sich vorher vergewissert hatte, dass die Luft rein war. Dort schüttete er das Benzin rundherum aus, als würde er den Baum mit einer speziellen Düngerflüssigkeit gießen, damit er noch ein wenig mehr in die Höhe wachse.

Gerade als er nach einem kurzen andächtigen Moment sein Zippo-Feuerzeug anzünden wollte, um den Akt der Vernichtung gebührend feierlich zu begehen, hörte er Schreie und Schritte, die schnell näher kamen, und sah das Licht von Taschenlampen aufblitzen.

»Haderlump! Schweinepriester! Huraseggl! Drecksack!« waren noch die harmlosesten Schimpfwörter, die durch die Nacht posaunt wurden. Er wartete nicht darauf, dass ihn die halb schlaf-, halb betrunkenen Burschen zu fassen bekamen und ihn in ihrer Wut noch am Maibaum aufknüpfen konnten, sondern warf sein geliebtes Zippo-Feuerzeug mit brennender Flamme in die Benzinlache und sah zu, dass er sich schleunigst vom Acker machte.

Zu seinem Glück züngelte das Feuer sofort am Maibaum empor und hielt die Wachmannschaft erst einmal auf, sodass er zu seinem Wagen spurten konnte. Im ersten Schreck und angesichts der gespenstisch hochschießenden Flammenwand wussten die Verfolger nicht, was sie zuerst machen sollten: dem Frevler nachrennen oder Rettungsmaßnahmen für ihren Maibaum ergreifen und die Feuerwehr rufen, deren freiwillige Mitglieder sie zum Teil selbst waren. Durch diesen Entscheidungszwiespalt maßgeblich aufgehalten, war es zu spät, den Täter noch zu stellen, als ein paar von ihnen es schließlich tun wollten und ihm hinterherhetzten. Sie konnten nur noch einen dunklen Wagen ohne Licht davonjagen sehen.

Dass er nur um Haaresbreite entkommen war, war ihm eine Lehre. Wenn ihn der aufgebrachte Mob erwischt hätte, und dazu noch bei einem Sakrileg, nämlich nicht der Entführung des Maibaums, sondern der Zerstörung – er war sich sicher, dass er erst auf der Intensivstation der nächsten Klinik aufgewacht wäre.

Wenn er Glück gehabt hätte.

## 10

*Smoke on the water*
*Fire in the sky*
Deep Purple, »Smoke on the Water«

»Heiliger Sankt Florian, verschon mein Haus, zünd andre an!«, murmelte die Gestalt im Hoodie während ihrer Erkundungsfahrt am Steuer des Mercedes vor sich hin und lächelte in sich hinein.

Beim Gedanken an seine heillose Flucht aus Herbisriedlingen konnte der Mercedes-Fahrer sich inzwischen amüsieren. Aber damals hatte er eine Heidenpanik ausgestanden.

Als er ein Wohnmobil mit einem Boot auf dem Anhänger überholte, das noch so spät unterwegs war, fiel ihm ein, was er jetzt in dieser Nacht tun musste.

Ein Bootshaus, das war genau das Richtige!

Er kannte eine abgelegene Straße am Bodenseeufer in der Nähe von Kressbronn, die mit dem Auto befahrbar war und bei zwei älteren Bootshäusern endete. Es war keine öffentliche Zufahrtsstraße, sondern ein Privatweg, weil die Besitzer der Bootshäuser vermeiden wollten, dass Touristen auch noch die letzten verbliebenen Refugien in Beschlag nahmen. Außerdem lagen die Häuser mitten in einem Naturschutzgebiet.

Aber das war kein Hindernis für ihn. Im Gegenteil, dort konnte er in aller Ruhe und mit der nötigen Muße ausprobieren und studieren, was passierte, und vor allem, wie lange es dauerte, wenn er in einem der Bootshäuser den Inhalt seines Zwanzig-Liter-Kanisters verteilte, bis der sogenannte Vollbrand eintrat.

Von der Theorie hatte er die Nase voll, der Anschlag auf die Motoryacht in Friedrichshafen war nur ein lustiges Intermezzo gewesen, jetzt endlich war es an der Zeit, den entscheidenden Schritt in die Praxis zu machen.

Er fuhr so langsam, dass er die Abzweigung zum See nicht verpassen konnte. Weit und breit war niemand mehr unterwegs.

Der Zugang zum Privatweg war mit einer Schranke samt »Durchfahrt verboten«-Schild versperrt, die durch eine Kette mit Vorhängeschloss gesichert war.

Kein großes Hindernis für den Mercedes-Fahrer mit der Wollmütze, der neben seinem Benzinkanister – er hatte ein Dutzend davon aus alten Militärbeständen aufgekauft – ein ganzes Werkzeugarsenal im Kofferraum seines Wagens verstaut hatte.

Mit einem Bolzenschneider knackte er das Vorhängeschloss mühelos, drückte die Schranke nach oben und fuhr darunter durch, bevor er sie wieder nach unten schwenken ließ, damit niemandem, der zufällig vorbeikam, auffallen konnte, dass jemand in den abgesperrten Bereich eingefahren war.

Nach ein paar hundert Metern kurvigem Feldweg, der mitten durch mannshohes Schilf ging, kam er an einem kleinen gekiesten Platz an, von dem aus ein Bohlensteg, der auf Pfählen ins Wasser gebaut war, zu zwei Bootshäusern führte.

Er kannte die versteckt gelegenen Bootshäuser so gut, weil er als Teenager dort oft verbotenerweise im Sommer mit Freunden gebadet hatte, wenn die Besitzer nicht da gewesen waren.

Seither hatte sich nichts verändert, Steg und Häuser waren bestens in Schuss, wie er im Lichtkegel seiner starken Taschenlampe feststellen konnte.

Er beschloss spontan, zwei Fliegen mit einer Klappe zu schlagen und beide Gebäude in Flammen aufgehen zu lassen.

Warum?, fragte er sich selbst.

Ganz einfach: weil er es konnte.

Sein Mantra vor sich hin singend: »Heiliger Sankt Florian, verschon mein Haus, zünd andre an!«, knackte er zuerst mit seinem Bolzenschneider die Vorhängeschlösser beider Bootshäuser und inspizierte ihr Inneres. Die Hütten hatten sogar Stromversorgung, er brauchte nur den Schalter zu drücken, und schon flackerte helles Neonlicht auf, um alles genau in Augenschein nehmen zu können. Die Besitzer waren ordnungsliebende Leute, an den Wänden waren Regale mit diversen Gerätschaften, die man zum Fischen brauchte, Bootszubehör, Werkzeuge und unzählige Weckgläser und Dosen mit Krimskrams, die für Holzarbeiten und Bootsreparaturen benötigt wurden.

Eines der Häuser war sogar wohnlich eingerichtet, es gab Spinde, ein Feldklappbett, eine Kochplatte und eine Spüle. Daneben ein kleiner brummender Kühlschrank, der, wie er sich mit einem Blick überzeugte, mit Bierflaschen gefüllt war.

Er gönnte sich eine davon. Dass er keine Handschuhe dabei anhatte, war irrelevant. Wenn die Bude erst komplett abbrannte, blieb sowieso keine Spur von seiner Anwesenheit mehr übrig.

Die Flügeltüren zum Wasser waren geschlossen, das Boot, das in der Mitte der ersten Hütte in der Wasserrinne lag, war ein einfaches Ruderboot aus Holz. Das im zweiten Haus eins aus Aluminium mit Außenbordmotor.

Nach der Besichtigung wurde es allmählich Zeit, dass er sich an die Arbeit machte. Vorsichtig und die Menge gut einteilend, damit sie auch für beide Schuppen ausreiche, verteilte er das Benzin gleichmäßig auf die Holzböden und das Holzboot.

Als der Kanister leer war, kam der große Moment.

Er entzündete eine flüssige Lunte, die er bis auf den Steg hinaus gelegt hatte, und sah dann zu, dass er genügend Abstand gewann.

Die bläuliche Flamme fraß sich mit zunehmender Geschwindigkeit zuerst in Richtung Bootshaus Nummer eins, dann an der Abzweigung auch in Richtung Nummer zwei.

Es dauerte nicht mehr lange, bis die Feuer ausbrachen und nacheinander zwei gewaltige Feuerbälle die Schuppen regelrecht auseinanderrissen.

Die Gestalt im Hoodie hatte ihr Smartphone gezückt und filmte alles mit.

Die Zerstörung durch Vollbrand war total. Die Flammen schlugen kirchturmhoch in den Nachthimmel.

Der Funkenflug setzte das umliegende Schilf in Brand.

Jetzt war es an der Zeit, den Rückzug anzutreten.

Noch im Rückspiegel seines Mercedes konnte er beobachten, wie sich das Feuer im gesamten Schilfgürtel ausbreitete.

Dass sein Gesellenstück so ein Ausmaß annahm, hätte er sich in seinen kühnsten Träumen nicht vorstellen können.

Beinahe hätte er sich vor lauter Begeisterung selbst auf die Schulter geklopft.

Seine eigentliche Premiere war ein voller Erfolg.

Das Einzige, was er irgendwie vermisste, war der Beifall eines Publikums.

Ein irrationaler Gedanke.

Aber angesichts seiner eben demonstrierten Kunstfertigkeit nachvollziehbar, wie er fand.

Die Rücklichter seines Wagens verschwanden in der aufkommenden Morgendämmerung im Osten.

Das brennende Schilf war kilometerweit zu sehen.

Es dauerte nicht mehr lange, bis man in der Ferne erste Sirenen näher kommen hörte.

# 11

Wie immer betrat Madlener den Frühstücksraum seines Hotels in aller Früh, fünf Minuten nachdem er geöffnet hatte, Punkt sechs Uhr fünfunddreißig.

Seine Laune war mindestens ein Grad unter dem absoluten Nullpunkt, der seines bescheidenen schulphysikalischen Restwissens nach bei minus zweihundertdreiundsiebzig Grad Celsius lag. Ein neuer Negativrekord, aber genau so fühlte es sich an.

Er hatte grauenhaft schlecht geschlafen, wie fast stets in letzter Zeit, wenn er in seinem Hotelzimmer übernachtete. Dazu kam, dass er in den wenigen Schlafphasen noch grauenhaftere Alpträume gehabt hatte, an die er sich Gott sei Dank nicht mehr erinnern konnte, was zu seinem Leidwesen sonst fast durchwegs der Fall war.

Um fünf Uhr morgens war er zum dritten Mal mit diffusen Schuldgefühlen aufgewacht und sparte sich den zwecklosen Versuch, sich herumzuwälzen und einen neuen Einschlafversuch zu starten, weil er schon wusste, dass es hoffnungslos war.

Das mussten die Nachwirkungen seines Zusammentreffens mit Ellen sein.

Als er sie nach einem langen Arbeitstag spät am Abend noch aufgesucht und ihr mitgeteilt hatte, dass er einen Mietvertrag für eine eigene Wohnung unterschrieben hatte und deshalb nicht bei ihr einziehen würde.

Ihre Antwort war ein langes – beredtes – Schweigen gewesen.

Da wusste er schon, dass genau das eingetreten war, was er die ganze Zeit über befürchtet hatte.

Die neue Eiszeit war angebrochen.

Und so war es auch.

Sie sahen sich lange an, bis Ellen das Schweigen brach.

»Ich nehme an, dein Entschluss ist endgültig?«

»Ist er, ja«, antwortete er mit belegter Stimme. »Es tut mir leid, glaub mir, ich habe mir die Entscheidung nicht leicht gemacht. Aber ich kann nicht anders. Wir haben das lange genug thematisiert. Ich kann hier nicht einziehen. Und du weißt, warum.«

Sie sagte nichts. Aber auf einmal wirkte sie traurig.

»Dann ist es wohl besser, wenn du deine Sachen packst«, meinte sie schließlich.

»Deshalb bin ich gekommen.«

Er fasste sie an den Schultern, sah ihr in die Augen.

»Ellen – es tut mir wirklich von Herzen leid.«

Sie entwand sich ihm und kehrte ihm den Rücken zu.

»Mir auch«, sagte sie. »Aber es ist vielleicht besser so. Ich habe in letzter Zeit viel über uns nachgedacht.«

»Und?«

»Ich glaube, du liebst mich nicht mehr. Und suchst einen Vorwand, weil du mir nicht die Wahrheit ins Gesicht sagen kannst.«

Damit drehte sie sich zu ihm um.

»Ist es nicht so?«

Madlener wollte ihrem Blick nicht ausweichen. Er hielt ihm eine ganze Weile stand.

»Vielleicht hast du recht«, gab er schließlich zu. »Ja, wahrscheinlich ist es so.«

Sie nickte.

Es gab nichts mehr zu sagen, und sie wussten das.

Er hatte eine Reisetasche dabei und suchte seine Sachen zusammen, die sich im Laufe der Zeit bei Ellen angesammelt hatten. Es war nicht allzu viel, aber Ordnung musste sein. Sie sah ihm beim Packen zu, keiner sagte ein Wort.

Eine grässliche Situation, aber da mussten sie durch.

Als er alles in seine Tasche gestopft hatte, einigten sie sich unverbindlich darauf, sich bei Gelegenheit anzurufen.

Wenn sich das Chaos der Gefühle einigermaßen gelegt hatte, wollte Madlener beinahe sagen, tat es dann aber doch nicht.

Sie wünschten sich noch höflich eine gute Nacht, und dann verließ Madlener mit seiner Reisetasche die Auerbach-Villa.

Er hätte sich gern noch von Ellens Kater Carlo verabschiedet, aber der blieb unauffindbar. Wahrscheinlich hatte er die angespannte Atmosphäre gewittert und es vorgezogen, lieber in fremden Gärten herumzustreunen.

Das war's dann, dachte Madlener und spürte eine dröhnende Leere in seinem Schädel, als er mit der vollen Tasche zu seinem Auto ging, das er vor der Villa geparkt hatte.

In seinem Hotelzimmer angekommen, sah er sich um und hatte plötzlich das Gefühl, dass die Tapetenwände ihm die Luft zum Atmen nahmen. Hastig schnappte er sich seine Jacke vom Haken und stürmte in die Nacht hinaus, in Richtung Hafenmole.

Es war noch viel los draußen, die Nacht war warm, die Uferpromenade eine Touristenmeile.

Die Cafés und die Eisdielen waren brechend voll; Straßenmusikanten lieferten sich Lautstärkewettbewerbe; Dutzende Radfahrer schoben ihre Räder, Mütter ihre Kinderwagen durchs Gewühl; Kinder schrien oder quengelten oder jagten sich lachend quer durch die Menschenmengen, der verzweifelte Vater hinterher; Hunde kläfften sich an und zerrten an der Leine; ein Jongleur führte Kunststücke mit Bällen vor – ein Treiben wie auf einem Volksfest.

Ausgelassene Urlaubsstimmung.

Das Gegenteil von dem, was Madlener jetzt brauchte.

Und ganz gewiss nicht der richtige Ort, um einen klaren Kopf zu bekommen. Aber er hatte nicht groß darauf geachtet, welche Richtung er eingeschlagen hatte. Er war einfach blindlings drauflosgegangen.

Eine betrunkene Jugendgang grölte herum und fand es irrsinnig komisch, die ganze Straßenbreite einzunehmen und alle Passanten zu zwingen, ihr auszuweichen.

Madlener marschierte stur mitten auf sie zu. In diesem Augenblick hatte er es darauf angelegt, sich anpöbeln zu lassen. Wenn das passierte – er wusste, dass er dann die Kontrolle über sich selbst verlieren würde. Was ihm auf einmal ganz recht gewesen wäre, weil er dann nicht länger über bestimmte Dinge nachdenken musste.

Aber anscheinend sah man ihm an, dass er auf Krawall ge-
bürstet war.

Die Jugendlichen wichen ihm aus und beachteten ihn nicht
weiter.

Er schalt sich selbst einen Narren und bog zur Mole ab, die zum
Aussichtsturm hinausführte. Er nahm den stählernen Treppen-
aufgang der neun Ebenen im Sturmlauf, in der Hoffnung, auf der
obersten Aussichtsplattform für eine Weile allein sein zu können.

Die Hoffnung erfüllte sich nicht. Ein Pärchen war eng zusam-
mengerückt und küsste sich, während es ein Vorhängeschloss am
Gitter anbrachte, zu den hundert anderen Liebesschlössern, die
dort schon befestigt waren. Der Junge zog den Schlüssel ab und
warf ihn anschließend mit großer Geste in hohem Bogen in den
See, um sich dann weiter intensiv um die körperlichen Vorzüge
seiner Partnerin zu kümmern.

Genau das Richtige für Madlener in seiner aufgewühlten Stimmung. Grimmig wandte er sich um und stapfte die neun Etagen
wieder nach unten.

Erneut mitten unter den vielen Menschen, erfasste Madlener ein
lähmendes Gefühl der Einsamkeit wie ein plötzlicher Schauder.
Aber so etwas wie Selbstmitleid wollte er erst gar nicht auf-
kommen lassen.

Er hatte die verfahrene Situation durch sein Verhalten und
seine Sturheit selbst verursacht.

Er hätte es unkomplizierter haben können.

Bequemer.

Wenn er einfach bei Ellen eingezogen wäre.

Warum wählte er immer den komplizierten Weg im Leben?

Darauf hatte er auch keine Antwort.

Oder vielleicht doch – weil er eine autistische, selbstzerstöre-
rische Neigung hatte wie Harriet Holtby, nur anders ausgeprägt?

Gut möglich.

Sein Beinahe-Schwiegervater Dr. Dr. h. c. Auerbach, der re-
nommierte Psychiater und Psychologe, hätte ihm sicher einen

stundenlangen Vortrag über emotionale Dysfunktion und Bindungsangst halten können. Und was in seiner Kindheit falschgelaufen war, dass er in dieser Hinsicht solche Probleme hatte. Er schüttelte über sich selbst indigniert den Kopf.

Weil er merkte, dass er allmählich in sarkastische Sphären abzugleiten drohte, verdoppelte er seine Schrittgeschwindigkeit und marschierte in hohem Tempo vor sich hin, vom Hafen weg über den Buchhornplatz. Im Rhythmus der Schritte gelang es ihm, das sinnlose Grübeln durch körperliche Anstrengung zu verdrängen, immerhin.

# 12

Zu seiner Verwunderung fand Madlener sich in seinem Hotelzimmer wieder.

Wie er dahingekommen war, war ihm schleierhaft. Irgendwie hatte er einen geistigen Blackout gehabt.

Er duschte, löschte das Licht, riss die Fenster erst jetzt auf, damit keine lästigen Mücken hereinfanden, und legte sich aufs Bett, um im Schlaf ein wenig Frieden zu finden.

Aber es war sinnlos. Er war hellwach, und die Gedanken rasten nur so in seinem Kopf.

In der Hitliste seiner unruhigen Nächte, in denen er einfach nicht schlafen konnte, nahm diese Nacht einen Spitzenplatz ein.

Und das wollte etwas heißen.

Denn er hatte jede Menge schlafloser Nächte.

Insbesondere in seinem Hotelzimmer.

Inständig hoffte er, dass sich in seiner neuen Wohnung daran etwas zum Positiven ändern würde, und starrte hinauf zur Decke, auf der sich das Straßenlicht als matter Schimmer abzeichnete.

Als er nach ausführlicher und stundenlanger Deckenbetrachtung entsprechend gerädert und miserabel gelaunt unten im Frühstücksraum eintraf und einen Blick aufs frisch hergerichtete Büfett warf, merkte er erst, wie hungrig er war. Er hatte es am Abend zuvor schlicht und einfach versäumt, ans Essen überhaupt einen Gedanken zu verschwenden. Er bediente sich großzügig, setzte sich an den Tisch neben das Büfett, trank drei Tassen Kaffee, aß eine doppelte Portion Rührei mit Speck und Würstchen, dazu zwei Croissants und zwei Semmelhälften, die er dick mit Butter bestrich und mit Wurst, Käse und einer aufgeschnittenen Gurke belegte. Abschließend trank er noch ein Glas Orangensaft, wegen der Vitamine.

Wie durch ein Wunder verlief sein Frühstück unfallfrei. Er bekleckerte sich nicht, und es fiel ihm auch keine Brötchenhälfte mit der falschen Seite auf den Schoß, den er sicherheitshalber mit einer Serviette abgedeckt hatte. Sogar das Glas mit dem Orangensaft stieß er nicht um, wenn er instinktiv nach dem Salzstreuer greifen wollte – das war seine Spezialität, wie es ihm in seiner Schusseligkeit in Tateinheit mit seiner Gedankenlosigkeit schon mehrfach gelungen war.

Vielleicht hatte sich seine motorische Ungeschicklichkeit, solange er noch nicht wirklich wach war, doch allmählich gebessert. Bei Ellen war ihm jedenfalls nie ein derartiges Malheur passiert.

Geistesabwesend tastete er an seiner Unterlippe herum, an der sich ein verdächtiges Brennen bemerkbar machte. Herpesalarm. Er musste unbedingt noch an das Zovirax in seinem Zimmer denken.

Nebenher durchblätterte er den »Südkurier«, die regionale Tageszeitung. Eine ganze Seite nahm der Bericht von der brennenden Yacht im Hafen ein, den er genauer durchlas, ebenso das Interview mit Kreisbrandmeister Erich Schöllhorn, dem Leiter der Feuerwehr Friedrichshafen, der sich von fachlicher Seite über den Brand und seine Bekämpfung ausließ und über die höchstwahrscheinliche Ursache spekulierte, nämlich vorsätzliche Brandstiftung.

Madlener war mit der Zeitung und seinem opulenten Frühstück schon fast durch, als er noch einmal zurückblätterte bis zu den Todesanzeigen.

Ein Name war ihm aufgefallen.

Der Name eines Verstorbenen.

»In stiller Trauer«, stand da im üblichen schwarz umrandeten Kästchen. »Roland Wohlfahrt, Kommissar im Ruhestand«, darunter Geburts- und Todesdatum.

Vierundsiebzig Jahre alt war er geworden.

*Plötzlich und unerwartet ist unser*
*geliebter Ehemann, Vater und Großvater*
*mitten aus dem Leben gerissen worden.*

Zwei Frauennamen am unteren rechten Rand.

*Martha Wohlfahrt, Ehefrau*
*Simone Zoller, Tochter*
*im Namen aller Angehörigen*

*Die Urnenbestattung hat auf Wunsch des Verstorbenen im*
*engsten Familienkreis stattgefunden.*

Fassungslos legte Madlener die Zeitung ab und starrte ins Leere.
Der Schreck war ihm in alle Glieder gefahren.

Ex-Kommissar Wohlfahrt, sein alter Freund, war sang- und
klanglos von dieser Welt verschwunden.

Er hatte nicht gewusst, dass Wohlfahrt gestorben war. Niemand konnte es gewusst haben, nicht einmal im Präsidium. Sonst hätte er davon erfahren. Frau Gallmann, die gute Seele seiner Abteilung und des Präsidiums, hätte ihn unter Garantie davon informiert.

Anscheinend hatte Wohlfahrt nicht gewollt, dass es eine große Beerdigung gab, mit Ex-Kollegen und einem angemessenen Polizeiaufgebot, einem Chor am Grab und Trauerreden.

Madlener erinnerte sich gut an seinen bescheidenen, zurückhaltenden Kollegen, dessen Frau in einem Pflegeheim untergebracht war und dessen Kuchen, nach dem Rezept seiner Frau, so gut schmeckte. Wie oft hatte er Wohlfahrt versprochen, vorbeizukommen auf eine Tasse echten »Copdrink«, wie Wohlfahrt den altmodischen Filterkaffee nannte, den er Madlener nebst einem Stück Rhabarberkuchen anzubieten pflegte. Er selbst nahm seinen stets mit einem Schuss Cognac.

Aber Madlener hatte ihn immer nur aufgesucht, wenn er Hilfe bei einem Fall brauchte, denn Wohlfahrt war das lebende Gedächtnis des Polizeipräsidiums der früheren Jahre. Jahrzehnte, musste man wohl sagen.

Schwärzer als rabenschwarz konnte ein Gewissen gar nicht mehr sein als das von Max Madlener in diesem Augenblick.

Wie oft hatte Wohlfahrt ihm in einem verfahrenen Fall geholfen, ihm den entscheidenden Tipp gegeben. Der Ex-Kommissar war ein einsamer, alter Mann gewesen, die Frau dämmerte im

Pflegeheim vor sich hin, und die einzige Tochter war weit weg in Berlin. Aber Wohlfahrt hatte nie gejammert, er war immer neugierig, aufgeschlossen und offenbar ein positiv denkender Mensch gewesen.

Und alles, was er sich von Madlener als Gegenleistung gewünscht hatte, wäre ab und zu mal ein kleines Schwätzchen gewesen. Ein wenig Tratsch über den einen oder anderen Fall und über ein paar Kollegen, die er noch kannte.

Madlener hatte nie Zeit dafür gefunden.

Oder war es so, dass es ihm nie wichtig genug gewesen war, bei all den anderen superwichtigen Terminen, die er immer am Hals hatte?

Das Versäumnis war nicht mehr zu ändern, aber es stimmte ihn traurig.

Er hatte den alten Kommissar, seine gesunde Spur von Selbstironie und seinen feinen Humor gemocht.

Jetzt tat es ihm von Herzen leid, dass er sich nie spontan zu einem Besuch hatte aufraffen können.

Nun war es endgültig zu spät dafür.

Madlener schämte sich entsetzlich.

Er wünschte, er könnte seine Schuld wiedergutmachen.

Aber dazu gab es keine Gelegenheit mehr.

Als ein älteres Ehepaar den Frühstücksraum betrat und ihm grüßend zunickte, brachte ihn das wieder in die Wirklichkeit zurück. Er gab sich einen Ruck, stand auf und verließ fluchtartig das Hotel.

# 13

Martha Wohlfahrt starrte mit leeren Augen zum Fenster hinaus. Draußen hätte man Bäume sehen können und Menschen, die im Garten des Altersheims spazieren gingen, die meisten mit einem Rollator oder einem Pfleger an ihrer Seite, oder sie wurden im Rollstuhl geschoben.

Nicht Martha Wohlfahrt. Sie sah nur noch das, was in ihrem Inneren vor sich ging, und murmelte ab und zu etwas Unverständliches.

Sie war alt und gebrechlich, hatte einen Morgenmantel an, glatt gebürstete schneeweiße Haare und saß in einem Rollstuhl am Fenster.

Madlener stand in ihrem Blickfeld und versuchte vergeblich, Augenkontakt zu ihr herzustellen.

»Frau Wohlfahrt«, sagte er überdeutlich, »können Sie mich verstehen?«

»Glauben Sie mir, es hat keinen Sinn«, wiederholte der weiß gekleidete Pfleger, der Madlener zu ihr in den großen Aufenthaltsraum des villenartigen Pflegeheims geführt hatte. »Sie hat nicht einmal mehr mit ihrem Mann gesprochen. Schon seit Jahren nicht.«

»War er oft hier?«

»Jeden Tag. Stundenlang. Hat ihr erzählt und erzählt und mal was vorgelesen. Manchmal saß er auch nur einfach da, hatte ihre Hand in der seinen und blickte mit ihr zum Fenster hinaus.«

»Er ist gestorben.«

»Ja, das ist traurig für seine Frau.«

»Glauben Sie, dass Sie weiß, dass Ihr Mann …« Er wollte aus Respekt vor Frau Wohlfahrt nicht den ganzen Satz aussprechen.

Der Pfleger schüttelte den Kopf. »Nein. Definitiv nicht.«

Madlener nickte und beugte sich zu der alten Dame im Rollstuhl hinunter. Dabei legte er seine Hand auf den Arm von Frau Wohlfahrt. Die Haut ihrer Hand war durchscheinend wie Pergament, und knotige Adern standen hervor.

»Auf Wiedersehen, Frau Wohlfahrt«, sagte er, »ich wünsche Ihnen alles Gute.«

Damit erhob er sich und sah zu, dass er den Pfleger an der Rezeption einholte.

»Sie können mir bestimmt weiterhelfen. Ich bräuchte die Adresse ihrer Tochter. Simone Zoller. Ich möchte mit ihr reden.«

»Sind Sie verwandt mit Frau Wohlfahrt?«

»Nein. Ich bin nur so was wie ein Freund der Familie.«

»Ich weiß nicht, ob ich in diesem Fall befugt bin, eine Privatadresse herauszugeben ...«, zierte sich der Pfleger.

»Wenn das ein Problem ist ...« Madlener griff schon in seine Jackentasche und wollte seinen Ausweis hervorholen.

»Es ist kein Problem«, sagte der Pfleger, lächelte erleichtert und wies zur Eingangstür. »Da kommt eben ihre Tochter.«

Madlener sah eine schlanke, kleine Frau, die sich mit energischen Schritten näherte. Sie war um die fünfzig, attraktiv, hatte brünette, halblange Haare, ein dunkelbraunes Kostüm zur weißen Bluse mit Trompetenärmeln, ihr Lippenstift war dezent dunkelrot aufgetragen.

»Frau Zoller«, sagte der Pfleger zu ihr, »da ist ein Herr, der Sie gern sprechen möchte. Er hat gerade Ihre Mutter besucht.«

Madlener machte einen Schritt nach vorn, bei seinem Anblick huschte ein Lächeln über ihr Gesicht. Sie streckte ihm ihre Hand entgegen.

»Sie können nur Kommissar Madlener sein. Zoller, sehr erfreut, Sie zu sehen«, sagte sie.

»Ganz meinerseits«, antwortete Madlener im Ton der alten Schule. Wenn er wollte, konnte er das. Und Simone Zoller war von Kopf bis Fuß eine Dame, die sein gutes Benehmen herausforderte.

Er gab ihr die Hand und stellte sich noch einmal korrekt vor.

»Madlener, ich kannte Ihren Herrn Vater.«

»Ich weiß, wer Sie sind. Mein Vater hat oft von Ihnen gesprochen.«

»Hoffentlich nur Gutes.«

»Glauben Sie mir: ausschließlich!«

»Darf ich Sie auf eine Tasse Kaffee einladen? Ich würde Ihnen gern ein paar Fragen stellen.«

»Das trifft sich gut. Ich habe da was für Sie.«

»Für mich?«

»Ja, ein Päckchen von meinem Vater, das ich Ihnen geben soll. Ich muss mich entschuldigen, dass ich es, seit ich nach seinem Tod hergekommen bin, im Auto mit mir herumfahre. Ich hatte tausend Sachen um die Ohren. Ich wollte es aber ganz bestimmt noch heute bei Ihnen vorbeibringen.«

Sie lächelte ihn entwaffnend an.

Madlener verbot sich zu denken, dass sie ihn in diesem Moment wirklich an ihren Vater erinnerte, und sagte: »Um Gottes willen. Dafür brauchen Sie sich nicht zu entschuldigen. Kommen Sie.«

## 14

Obwohl er wusste, dass jede Menge Arbeit im Polizeipräsidium auf ihn wartete und Frau Gallmann deswegen dringende Termine verschieben musste, hatte Madlener sich im Büro für eine Stunde abgemeldet, sein Handy abgeschaltet und nahm sich Zeit. Wenigstens für die Tochter von Roland Wohlfahrt, wenn er sie sich für ihren Vater schon nicht genommen hatte, als der noch lebte.

Jetzt saß er Simone Zoller gegenüber auf der Terrasse der »Gutsschänke Meersburg«, die neben dem schlossähnlichen Internat des Droste-Hülshoff-Gymnasiums auf der steilen Anhöhe der Stadt über dem Bodensee lag. Mit einem herrlichen Panoramablick, auf senkrecht nach unten fallendem Felsen direkt zweihundert Meter über dem Hafen, die Alpenkette in der Ferne im Dunst und doch zum Greifen nah, wie es schien.

Madlener hatte die keine zehn Kilometer vom Pflegeheim entfernt im postkartenidyllischen Meersburg liegende »Gutsschänke« vorgeschlagen für eine Plauderstunde über den Mann, der ihm etwas bedeutet hatte. Und es war ihm ein Bedürfnis, das auch seiner Tochter zu vermitteln.

Es war noch relativ früh, sie hatten einen Tisch direkt an der Brüstung der Terrasse, im Schatten eines Sonnenschirms, es herrschte Bilderbuchwetter, trotzdem war es noch angebracht, in der Morgenfrische eine Jacke anzuziehen, denn vom See her wehte eine frische Brise.

Sie warteten nicht, bis ihre Bestellungen kamen, sondern fanden sofort einen Draht zueinander, nachdem Simone Zoller das Päckchen auf den Tisch legte, das sie im Kofferraum ihres Autos mit sich herumgefahren hatte und das aus dem Nachlass ihres Vaters stammte. Es war schuhkartongroß, mit braunem Packpapier umwickelt und fein säuberlich mit Tesafilm zugeklebt, darauf stand in Wohlfahrts Handschrift:

*VERTRAULICH!*
*Für meinen Freund Max Madlener.*
*FOR HIS EYES ONLY!*
*Erst nach meinem Tode zu öffnen.*

Simone Zoller schob es Madlener zu.

»Das war meinem Vater wirklich wichtig. Immer wieder, wenn wir telefonierten, und noch in seinem Bett im Krankenhaus hat er gesagt: ›Das Päckchen für meinen Kollegen Madlener … du darfst nicht vergessen, es ihm zu geben. Versprich mir das! Es liegt in der obersten Schublade in meinem Nachtkästchen.‹«

Madlener nahm das Päckchen, blickte auf die handgeschriebenen Zeilen und dann Frau Wohlfahrt in die Augen, er konnte sie hinter den dunklen Gläsern der Sonnenbrille nur erahnen.

»Er war also im Krankenhaus … An was ist er gestorben?«

»Bauchspeicheldrüse. Krebs. Unheilbar. Er wusste, dass er nur noch wenige Wochen hatte.«

Madlener nickte und sah auf die Schweizer Alpenkette.

»Warum hat er mich nicht angerufen? Ich hätte mich gern von ihm verabschiedet …«

Die Kellnerin brachte Kaffee und für Frau Zoller ein Glas Bodensee-Secco und ein Stück Kuchen. Madlener begnügte sich mit dem Kaffee und rührte gedankenverloren mit seinem Löffel darin herum.

Simone Zoller beantwortete nach dem ersten Schluck Prosecco seine Frage.

»Sie wissen doch, wie mein Vater war. Um Gottes willen – kein Aufhebens um seine Person! Er lebte zurückgezogen und war sehr darauf bedacht, nur ja niemandem zur Last zu fallen. Oder gar jemanden mit seinen Sorgen und Nöten zu behelligen – das kam für ihn überhaupt nicht in Frage. Er hat nur noch für meine Mutter gelebt, obwohl sie schon seit Jahren nichts mehr von der Außenwelt registriert. Ich habe ein Geschäft und Familie – drei Kinder. Also gut, sie sind erwachsen und stehen auf eigenen Füßen, aber ich habe es nur mit Müh und Not alle paar Monate mal geschafft, von Berlin hierherzukommen.«

Sie ließ ihren Blick über den See schweifen und seufzte vernehmlich.

»Dabei wusste ich gar nicht mehr, wie schön es hier sein kann ...«

Madlener hob das Päckchen hoch, um zu prüfen, wie schwer es war.

»Ich wäre selbstverständlich auf die Beerdigung Ihres Vaters gekommen«, sagte er. »Aber ich hatte nicht einmal eine Ahnung davon, dass es ihm gesundheitlich schlecht ging.«

»Ich habe es auch erst erfahren, als er schon ins Krankenhaus eingeliefert worden war. Er hatte kein Wort über seine Krankheit verloren und alles genau geplant. Seine Beerdigung und wie sie ablaufen sollte. So war er immer schon. Er wollte keine großartige Zeremonie, keine Ansprachen, nur ich und die Kinder sollten dabei sein. Er hat sogar vorher schon die Grabstelle ausgesucht, für sich und meine Mutter.«

»Was ist mit Ihrem Mann?«, wollte Madlener wissen. Im selben Augenblick, als er die Frage stellte, befürchtete er schon, dass sie zu indiskret war, aber Simone Zoller antwortete völlig unbefangen.

»Von dem bin ich schon seit Jahren geschieden, er lebt mit seiner neuen Familie in Dänemark. Dabei wollten wir's belassen. Er und mein Vater ... Lassen Sie es mich so ausdrücken: Sie standen sich nicht besonders nah.«

Sie seufzte und nahm ihre Sonnenbrille ab, mit der sie gedankenverloren herumspielte, während sie sich wieder dem See zuwandte.

»Sie dürfen mir glauben – es war eine ziemlich traurige Beerdigung. Meine Kinder und ich sind zu viert hinter dem Mann mit der Urne hergelaufen. Er war vom Bestattungsinstitut und hat am Grab ein paar Worte gesprochen. Meiner Mutter wollte ich die Beerdigung nicht zumuten, außerdem hat mein Vater mich gebeten, sie im Pflegeheim zu lassen. Es hätte nicht viel Sinn gemacht, wenn sie nur im Rollstuhl dabeigesessen wäre und nicht begriffen hätte, um was es geht.«

»Ihr Vater wollte keinen Pfarrer?«

Sie schüttelte den Kopf. »Mit der Kirche hatte mein Vater nichts am Hut. Er hat es ausdrücklich so gewollt, wie es abgelaufen ist, und ich habe seinem Wunsch entsprochen. Er wollte nicht einmal, dass ich eine Todesanzeige in die Zeitung setzen lasse. Aber ich habe es dann doch kurzfristig noch gemacht, weil ich es angemessen fand, die Menschen von seinem Tod zu informieren, die ihn gekannt haben. Wenigstens als kleine Geste. Weil ich weiß, dass er bei seinen Kollegen sehr beliebt war.«

»Das war er«, bestätigte Madlener. »Und bestimmt nicht nur bei denen. Frau Zoller, ich muss Ihnen gestehen, dass ich ein schlechtes Gewissen habe.«

»Weswegen?«

»Weil ich ihn nicht einfach mal besucht habe. Dabei hatte ich es ihm versprochen.«

»Grämen Sie sich nicht deswegen. Er hat es Ihnen nicht übel genommen.«

»Woher wollen Sie das wissen?«

»Weil er es mir gesagt hat. Wir haben mindestens einmal pro Woche telefoniert. Er hat oft von Ihnen erzählt und dass er sie dafür bewundert hat, wie Sie Ihren Job erledigt haben.«

»Danke, dass Sie's mir leichter machen wollen. Trotzdem habe ich das Gefühl, dass ich ihm irgendetwas schuldig bin.«

»Entschuldigen Sie, wenn ich Sie das frage … aber sind Sie katholisch?«

»Nein. Nicht mehr.«

»Aber gewesen …« Sie zog ironisch eine Augenbraue in die Höhe. »Dann verstehen Sie bestimmt, dass ich leider nicht in der Lage und entsprechend autorisiert bin, ›Ego te absolvo!‹ zu sagen. Selbst wenn ich wollte. Sie sollten sich das schon selbst vergeben.«

Dabei sah sie ihn mit dem Ansatz eines Lächelns an.

Madlener verstand, was sie ihm damit vermitteln wollte.

»Ja, ich weiß. Entschuldigen Sie bitte …«

Er sah auf sein Handy. Dreizehn Anrufe.

Mist, Mist, Doppelmist.

Schnell steckte er das Handy wieder weg.

»Tut mir leid. Ich muss wieder los. Die Pflicht ruft.«

»Genau das hat mein Vater auch immer gesagt, wenn nachts ein Anruf kam.« Sie nickte ihm verständnisvoll zu. »Dann tun Sie Ihre Pflicht, Herr Kommissar.«

Das klang jetzt fast ein wenig spöttisch, fand Madlener.

»Ich danke Ihnen für das Gespräch, Frau Zoller. Sie haben meine Nummer. Rufen Sie mich bitte ohne zu zögern an, wenn ich etwas für Sie tun kann.«

»Das werde ich. Und wenn Sie noch Fragen zum Inhalt des Päckchens haben, die ich beantworten kann, dann melden Sie sich.«

»Das werde ich. Sie wissen nicht, was drin ist?«

»Nein. Es wundert mich schon, wie er es beschriftet hat. Als hätte er darin etwas Geheimnisvolles aufbewahrt. Sie haben keine Ahnung, was es sein könnte?«

»Nicht die geringste.«

»Ich meine nur … ›vertraulich‹ … ›For his eyes only‹ … Mein Vater hatte normalerweise keine ausgeprägte Neigung fürs Dramatische.«

»Aber er mochte Filme. Krimis und Agentenfilme.«

»Ja. Ich habe ihm jede Woche DVDs geschickt. Ah, ich verstehe, das ›For his eyes only!‹ ist eine Anspielung.«

»Ironisch und doch ernst. Er wird sich schon etwas dabei gedacht haben.«

»Nun, dann wollen wir uns auch daran halten.«

»Ja, das tun wir. Ich werde es erst öffnen, wenn ich allein bin.«

»Es kann allerdings sein, dass ich Sie doch eines Tages anrufe und Sie danach frage, was drin war. Ich bin von Natur aus neugierig.«

»Ich stehe jederzeit zu Ihrer Verfügung«, sagte Madlener, stand auf, nahm das Päckchen unter den Arm und verabschiedete sich mit einem Händedruck von Simone Zoller, nachdem sie noch Visitenkarten mit ihren Telefonnummern ausgetauscht hatten.

»Danke, dass Sie sich Zeit genommen haben. Es war mir ein Vergnügen, Sie kennengelernt zu haben. Alles Gute für Sie.«

Wenn er einen Hut aufgehabt hätte, so wie man ihn in alten

Zeiten getragen hatte, als man ohne nicht aus dem Haus ging, dann hätte er jetzt gentlemanlike an dessen Krempe gegriffen, zum Zeichen des Abschieds und des Respekts. Wäre formvollendeter gewesen, dachte er und hob noch einmal kurz die Hand. »Für Sie auch«, antwortete Simone Zoller. »Ich bleibe noch eine Weile. Damit ich mir diesen Ausblick besser einprägen kann. Für schlechte Zeiten in Berlin.«

Sie lächelte, setzte ihre Sonnenbrille wieder auf und wechselte auf einen Stuhl außerhalb des Schattens, wo sie ihr Gesicht mit geschlossenen Augen in die Sonne hielt.

Madlener war nach zwei Schritten stehen geblieben und drehte sich noch einmal zu ihr um.

»Haben Sie nie daran gedacht, wieder in Ihre alte Heimat zu ziehen?«, fragte er. »Ihre Kinder sind erwachsen, Sie sind alleinstehend, sagten Sie. Also – was hält sie ab davon?«

»Weiß nicht. Bin wohl eine Großstadtpflanze geworden. Außerdem ist der Bodensee im Winter manchmal ein richtiggehendes Nebelloch. Das hat mich immer deprimiert.«

»Das Gefühl kenne ich nur zu gut«, sagte Madlener, nickte ihr noch einmal zu, bezahlte die Rechnung bei der Kellnerin und warf im Gehen einen letzten Blick zurück auf Simone Zoller, die ihr Gesicht der Sonne entgegenstreckte, als könne sie gar nicht genug davon bekommen, bevor er sich mit seinem Päckchen über den knirschenden Kies davonmachte.

## 15

Als Madlener ins Präsidium kam, schickte ihn Frau Gallmann gleich weiter in den großen Sitzungssaal. Für alle überraschend war kurzfristig eine Lagebesprechung wegen der Brandanschläge angesetzt worden, bei der auch ein paar hohe Tiere aus Stuttgart anwesend waren. Es ging darum, erst einmal intern alle Fakten auf den Tisch zu legen, bevor eine Pressekonferenz zum Thema abgehalten werden musste, weil der Unmut und der Ruf nach polizeilichen Maßnahmen in der Öffentlichkeit zunehmend stärker wurden.

Der erste Anschlag auf die Motoryacht »Hella Wahnsinn« hatte schon sprichwörtlich hohe lokale Wellen geschlagen. Der zweite auf zwei Bootshäuser mitten im trockenen Schilfgürtel, der erheblichen Schaden im Naturschutzgebiet angerichtet hatte, war wegen der Gefahr eines sich ausbreitenden Flächenbrands auch überregional auf große Aufmerksamkeit und Empörung gestoßen. Noch schlimmeren Schaden hatten die Feuerwehren der gesamten Umgebung verhindert, die aus allen nahe liegenden Gemeinden eingetroffen waren, unter dem Kommando des Kreisbrandmeisters Schöllhorn umsichtig vorgingen und den Brand schließlich unter Kontrolle bringen und löschen konnten.

Aber allein die Tatsache, dass es jemanden gab, der durch die Gegend zog und anscheinend wahllos Boote und Häuser in Brand setzte, hatte die Alarmglocken so laut schrillen lassen, dass es offenbar bis in die Landeshauptstadt zu hören gewesen war. Dort wollte man sich bei den zuständigen politischen Stellen nicht ankreiden lassen, dass man den Vorkommnissen im Hinterland nicht genügend Augenmerk schenkte und höchste Priorität einräumte. Deshalb hatte sich eine Delegation hochrangiger Beamter nach Friedrichshafen aufgemacht, um Solidarität zu zeigen und sich öffentlichkeitswirksam über den Stand der Dinge informieren zu lassen. Kein politisches Lager wollte sich vorwerfen lassen, die Angelegenheit auf die leichte Schulter genommen zu haben.

Ehrmanntraut, der Chef der Spurensicherung, war gerade bei seinem Vortrag, der mangels Indizien recht mager ausfiel, als Madlener in den mit Polizeibeamten aus allen Ressorts und Feuerwehrleuten der nahen Feuerwache fast voll besetzten Sitzungssaal schlich, sich auf einen der letzten freien Stühle in der hintersten Reihe neben Harriet setzte, ihr zunickte und zuhörte. Bisher wusste er auch nur das, was in der Zeitung gestanden hatte.

Madlener wunderte sich, warum sie überhaupt hier war, es musste wohl Neugier sein, oder der Papierkram im Büro hatte sie gelangweilt.

Harriet schien nicht so richtig bei der Sache zu sein, die ganze Zeit über wischte sie auf ihrem Smartphone herum.

Auch Madlener spitzte erst die Ohren, als Ehrmanntraut die Vermutung äußerte, dass beide Brände höchstwahrscheinlich vom selben Verursacher ausgelöst worden waren. Es war nichts weiter als eine Annahme, die seiner langjährigen Erfahrung geschuldet war, mit handfesten Beweisen untermauern konnte er sie nicht. Weil es außer ein paar Glasresten vom ersten Anschlag so gut wie keine Spuren gab.

Ein fetter, rotgesichtiger Mann, der Madleners Meinung nach gerade mal einen Big Mac von einem dreifachen Bypass entfernt war, erhob sich schwerfällig, wandte sich an die Anwesenden und stellte sich kurzatmig als Kommissar Fischer vor. Er war der ermittelnde Beamte im Fall »Hella Wahnsinn«, wie er vorläufig genannt wurde. Fischer erklärte, dass auch er überzeugt von Ehrmanntrauts Theorie sei, weil es Zeugen gebe, die einen schweren Mercedes der S-Klasse älteren Baujahrs beim Brandanschlag im Friedrichshafener Yachthafen gesehen haben wollten. Das Kennzeichen sei als gestohlen gemeldet gewesen.

Auffällig sei, so Fischer weiter, dass ein Auto der gleichen Bauart, ebenfalls mit demselben gestohlenen Nummernschild, bei einem Brandanschlag auf einen bereits aufgestellten Maibaum in Herbisriedlingen gesichtet worden war. Dort war der

Täter zwar in flagranti überrascht worden, aber im letzten Moment entkommen. Der Maibaum musste entfernt werden, das mit Brandbeschleuniger entfachte Feuer hatte ihn zu stark beschädigt.

Unter der Voraussetzung, dass es sich wirklich um denselben Täter handelte, hatte er eine vage Personenbeschreibung vorzuweisen: von den Bewegungen her männlich, sportlich, dunkle Kleidung, den Schätzungen nach circa fünfundzwanzig bis fünfunddreißig Jahre alt. Vom Gesicht gab es keine Beschreibung, niemand hatte es gesehen. Die Zeugen des Yachtanschlags meinten außerdem, der Täter habe eine Sturmhaube getragen. Vom Brand der Bootshäuser gab es keine Zeugen.

Fischer äußerte die Befürchtung, falls der brennende Maibaum das Erstlingswerk eines Serienbrandstifters gewesen sei, sei durchaus die Möglichkeit in Erwägung zu ziehen, dass sich der Täter von Mal zu Mal größere Objekte vornehme und damit zunehmend zu einer Gefahr für die Bevölkerung werden könnte. Er selbst sei schon mit diesbezüglichen Twitter-Nachrichten und E-Mails zugemüllt worden. Die Anwesenden würden den Tenor dieser meist bösartigen und gehässigen Mitteilungen ja kennen: Die Polizei schaut nur zu und tut nichts. Und die Feuerwehr kommt zu spät.

Für seine Verhältnisse ging Fischer jetzt so richtig aus dem Sattel und wurde emotional.

»Diesen völlig aus der Luft gegriffenen verleumderischen Vorwürfen werde ich bei der Pressekonferenz mit aller Entschiedenheit entgegentreten und sie mit den gebotenen Fakten konterkarieren! Ich werde jedenfalls nicht dulden, dass Polizei und Feuerwehr schlechtgemacht werden! Schließlich sind wir alle hier diejenigen, die Leib und Leben einsetzen, um die Bürgerinnen und Bürger zu schützen!«

Madlener schaute überrascht hoch, weil er mit seinen Gedanken ganz woanders gewesen war, bis auf einmal da vorn dieser Fischer angefangen hatte, sich in Rage zu reden.

Sein Gesicht war dabei vor lauter Aufregung und Entrüstung so rot angelaufen, dass Madlener schon überlegte, wo der

Defibrillator hing, der für Notfälle im Polizeipräsidium bereitgehalten wurde.

Allgemeines Nicken und Murmeln für Fischers Breitseite gegen die Fake News erfolgte als Zustimmung, Beifall brandete auf, einige aus der Feuerwehrabteilung standen sogar auf und applaudierten mit den Händen über dem Kopf.

Als sich alle wieder einigermaßen beruhigt hatten, schoss zu Madleners Überraschung Harriet neben ihm plötzlich in die Höhe und hob die Hand.

»Ich habe da eine Frage«, sagte sie laut und deutlich.

Kommissar Fischer, der sich mit einem Tuch den Schweiß von der Stirn wischte, war sichtlich irritiert. Mit Fragen hatte er frühestens in der Pressekonferenz gerechnet, aber er machte mit seiner riesigen, fleischigen Pranke eine auffordernde Geste in Richtung Harriet und sagte: »Ja, bitte?«

»Wenn es tatsächlich ein Einzeltäter ist: Warum macht er das? Was für eine Absicht steckt dahinter? Was ist sein Motiv? Rache? Gibt es irgendwelche Forderungen, die er stellt? Oder handelt er aus einem Minderwertigkeitskomplex heraus?«

Sie ließ ihre Fragen im Raum stehen und setzte sich wieder.

Bevor Fischer reagieren konnte, stand sie gleich noch einmal auf. »Ach ja, noch etwas. Gibt es eine Verbindung zwischen dem Yachteigner und den Besitzern der Bootshäuser?«

Sie setzte sich erneut.

Madlener war erstaunt. Harriet hatte auf ihn den Eindruck gemacht, überhaupt nicht bei der Sache zu sein. Auf einmal stellte sie Fragen, über die er auch schon nachgedacht hatte, wenn auch nur peripher und im Stillen, weil er sich momentan nicht noch ein zusätzliches Problem aufhalsen wollte. Das hatte er so nötig wie ein Aufblühen von Herpes an seiner Unterlippe, nach der er intuitiv tastete. Zum Glück hatte er noch rechtzeitig entsprechende Gegenmaßnahmen ergriffen, anscheinend wirkte das Zovirax, das Frau Gallmann ihm schnell auf seine Bitte hin zugesteckt hatte, bevor er in den Sitzungssaal geeilt war.

Für die Brandanschläge ist Kommissar Fischer zuständig,

dachte Madlener noch einmal. Falls er nicht vorzeitig kollabiert, was Gott verhüten möge.

Aus und basta. Er hatte genug andere Baustellen und musste delegieren, er durfte sich einfach nicht selbst um alles kümmern, solange er Kriminaldirektor war.

Verstohlen warf er einen Seitenblick auf Harriet, die wieder mit ihrem Smartphone zugange war und sich anscheinend längst mit etwas anderem beschäftigte.

Aber so war Harriet eben – Multitasking war ihre zweite Natur. Selbst wenn man den Eindruck hatte, dass sie ganz und gar geistesabwesend war, bekam sie alles mit, was sich in ihrem Umfeld abspielte. Mit ihren Fragen hatte sie einen wunden Punkt getroffen, denn Kommissar Fischer war sichtlich angespannt, obwohl die Fragen von Harriet genau die waren, die ihm sensationslüsterne Reporter auf der bevorstehenden Pressekonferenz stellen würden.

»Zu Ihrer letzten Frage zuerst«, antwortete er. »Nein, es existiert keine Verbindung zwischen dem Yachteigner und den Bootshausbesitzern. Es sind auch bisher keine Forderungen oder Bekennerschreiben irgendwelcher Gruppierungen eingegangen. Was der Täter will oder was hinter seinen Anschlägen steckt, das wissen wir einfach noch nicht«, bekannte er wahrheitsgemäß.

»Ob es überhaupt ein Motiv gibt oder ob es sich um die Taten eines Verrückten handelt, der es einfach aufregend und geil findet, Dinge abzufackeln und zuzusehen, wie die Feuerwehr den Brand bekämpft – ist alles schon vorgekommen. Momentan können wir nichts ausschließen.«

»Vielleicht ist er ein Herostrat«, sagte Harriet für alle Anwesenden deutlich vernehmbar, aber wie nebenbei und ohne aufzusehen, weil sie sich weiter auf ihr Smartphone konzentrierte.

»Ein was?«, fragte Kommissar Fischer leicht indigniert, als hätte er sie akustisch nicht verstanden.

Harriet schaute immer noch nicht auf, aber sie gab eine für alle verständliche, laute Antwort. Sie klang leicht genervt, weil Kommissar Fischer anscheinend in vorchristlicher Geschichte nicht so bewandert war, wie man es von ihm erwarten konnte. Oder besser: wie Harriet es von ihm erwartete. Es war eine Schwäche von ihr, schwerlich akzeptieren zu können, dass nicht jeder so gedankenschnell war wie sie, da konnte sie leicht ungeduldig werden.

»Ein Herostrat. So hieß der Typ, der im 4. Jahrhundert vor Christus den Artemistempel in Ephesos in Brand steckte, eines der sieben Weltwunder der Antike. Und warum hat er das gemacht?«

Harriet ließ ihre Frage aus reiner Bosheit im Raum stehen.

»Ja – warum?«, fragte Fischer, der völlig aus dem Konzept geraten war.

Harriet war so generös, sie zu beantworten. »Aus einem einfachen Grund: Er wollte mit seiner Tat berühmt und unsterblich werden. Das hat er geschafft. Wir kennen seinen Namen heute noch. Also jedenfalls einige von uns. Vielleicht will unser gesuchter Brandstifter auch berühmt und unsterblich werden.«

Jetzt blickte sie doch hoch, um die Reaktion von Kommissar Fischer auf ihre Bemerkung zu testen.

Der zuckte mit den Achseln. »Ich sagte schon: Wir können momentan gar nichts ausschließen.«

Harriet nickte, weil sie einsah, dass weitere Nachfragen sinnlos waren, und widmete sich wieder ihrem Smartphone.

Fischer schien über ihr Schweigen heilfroh zu sein und fand mühsam wieder in die Spur zurück, indem er sein Jackett, das für seine überbordende Statur mindestens zwei Konfektionsgrößen zu eng war, zurechtzog.

Er führte in seinem Vortrag weiter aus, dass seiner Meinung nach der Täter hochgefährlich sei und vor nichts zurückschrecke. In seiner Eigenschaft als zuständiger Kommissar werde er jedenfalls alles tun, um den Brandstifter so bald als möglich zu fassen.

Abschließend erwähnte er noch, dass er bereits eine Fahndung nach dem als dunkelfarben beschriebenen Mercedes herausgegeben hatte und ein Phantombild mit Beschreibung erstellen ließ, das noch angefertigt werden musste. Damit hatte man wenigstens etwas Handfestes für die Pressekonferenz vorzuweisen.

»Das war's vorläufig«, sagte er sichtlich erleichtert, wischte sich mit einem Tuch den Schweiß von der Stirn und sank erschöpft in seinen Stuhl zurück.

Die Versammlung löste sich auf, Madlener hatte nur mit halbem Ohr zugehört. Erstens war er nun einmal nicht zuständig, und zweitens fuhrwerkten zu viele Gedanken in seinem Kopf herum – privater und beruflicher Natur –, als dass er sich jetzt auch noch mit einem Fall von Brandstiftung beschäftigen wollte, bei dem es nur Sachschäden gegeben hatte, auch wenn sie beträchtlich gewesen waren.

Dafür war Kommissar Fischer da, der übergewichtige Spezialist aus Konstanz, mit vielen Dienstjahren auf dem Buckel, zu vielen Rettungsringen auf den Hüften und zu wenig Haaren auf dem Kopf, der von der Aufregung, der allgemeinen Zustimmung, seinem Bluthochdruck und Harriets unerwarteten Fragen noch immer ganz rot im Gesicht war und jetzt auch noch angefangen hatte, die wichtigen Hände in der ersten Reihe zu schütteln.

# 16

Madlener wollte sich gerade unauffällig verdrücken, wie das Harriet inzwischen schon getan hatte, bevor er noch von einem der hohen Tiere da vorn etwas Neues und Zusätzliches aufs Auge gedrückt bekam, als er vom Vertreter des Polizeipräsidenten aus der Landeshauptstadt, Dr. Ilgner, den er noch persönlich aus seiner Stuttgarter Zeit kannte, abgefangen wurde. Er begrüßte Madlener überschwänglich, wie einen alten Kriegskameraden, mit dem er so manche Schlacht geschlagen hatte. Die Schlachten hatte alle Madlener in vorderster Linie bestritten, aber die Lorbeeren waren weiter oben eingeheimst worden. Dabei waren sie sich oft genug in die Haare geraten, wenn Madlener mal wieder eigene Wege vorgezogen und unorthodoxe Methoden angewandt hatte. Aber er hatte in den allermeisten Fällen recht behalten, und genau das wurmte Dr. Ilgner.

»Madlener – schön, Sie zu sehen!«, trompetete er scheinheilig in einer Lautstärke, dass alle Umstehenden mitbekommen mussten, was für ein wunderbares kollegiales Verhältnis er als Vorgesetzter zu seinen untergebenen Mitarbeitern hatte. Madlener nahm das mit einem Enthusiasmus zur Kenntnis, der normalerweise für die Diagnose reserviert war, dass eine Darmspiegelung gemacht werden musste. Was Ilgner geflissentlich ignorierte, er war immun gegen menschliche Gefühlsregungen negativer Art und schüttelte Madlener die Hand, als wollte er ihm den Arm auskugeln. Dann schob er ihn mit einem Blick auf die Anwesenden demonstrativ zu einem Einzelgespräch in eine stille Ecke.

Der will was von mir, befürchtete Madlener instinktiv und stellte sich innerlich auf striktes Abwehrverhalten ein. Ansatzlos schaltete Dr. Ilgner auf konspirativ um und fuhr seine anfängliche Lautstärke auf fast null herunter.

»Sie machen sich gut auf Ihrem neuen Posten, habe ich gehört. Na ja, ich wusste immer schon, dass Sie das können.«

»Ich gebe mein Bestes, aber –«

Dr. Ilgner ließ Madlener erst gar nicht zu Wort kommen und klopfte ihm jovial gegen den Oberarm. »Das wissen wir doch alle in Stuttgart, Madlener, das wissen wir doch.«

Wenn ihm jemand auf den Oberarm klopfte, war das etwas, was Madlener auf den Tod nicht ausstehen konnte, und er befürchtete, dass man es ihm auch ansah. Aber Dr. Ilgner, der noch nie als besonders sensibel aufgefallen war, machte unbeeindruckt weiter.

»Sie sind viel zu bescheiden, Madlener, stellen Ihr Licht immer unter den Scheffel. Dabei haben Sie doch das Zeug zu einer richtigen Karriere. Sie brauchen es nur zu sagen, Unterstützung aus Stuttgart ist Ihnen sicher. Wie wäre es, wenn Sie in unsere schöne Landeshauptstadt zurückkommen? In den engeren Stab des Polizeipräsidenten?«

Madlener merkte, dass er in dem Augenblick ein Gesicht machte, als ob ihm eben mitgeteilt worden wäre, dass sein Rührei beim Frühstück mit Rizin vergiftet worden war. Doch gerade noch rechtzeitig wurde ihm bewusst, dass Dr. Ilgner nur zu gern austestete, wo seine Schmerzgrenze lag. Er wollte ihn mit seiner Lobhudelei kräftig ins Bockshorn jagen, und beinahe wäre er darauf hereingefallen.

Aber nur beinahe.

»Danke, aber ich fühle mich sehr wohl hier am Bodensee«, sagte er.

»Mit der Karriereleiter kann man Ihnen keinen Gefallen tun, was?«, lenkte Dr. Ilgner ein, wieder tätschelte er Madleners Oberarm. Dabei war er gut zehn Jahre jünger als Madlener. Aber er musste eben immer demonstrieren, dass er das Zeug zum Volkstribun hatte, schließlich schielte er mit einem Auge auf höhere Weihen und strebte ein politisches Mandat an. Das war allgemein bekannt, dafür hatte er selbst oft genug die Trommel gerührt.

Solche Leute waren Madlener von jeher suspekt. Er hatte sich unter anderem auch deswegen von Stuttgart an den Bodensee versetzen lassen, weil er das Intrigenspiel nicht mehr mitansehen wollte, das ungeniert auf dem Rücken und zum Nachteil der niederen Chargen ausgetragen wurde, die den Kopf hinhielten und sich die Hände schmutzig machen mussten. Madlener hatte den unaufhaltsamen Werdegang von Dr. Ilgner stets mit Misstrauen verfolgt, er hatte noch immer den Spruch im Kopf, den maßgebliche Leute über Ilgner in die Welt gesetzt hatten: »Leichen pflastern seinen Weg.« Der Filmtitel eines Spaghetti-Westerns. Ilgner kannte seinen Ruf und kokettierte zuweilen sogar damit, so etwas konnte seinem Image nicht schaden, im Gegenteil, es würde seinen Nimbus eher befeuern, wenn er als starker Macher galt, der seine Ellbogen einzusetzen wusste. Wenn diese Charakterisierung auch etwas martialisch war, Madlener fand sie durchaus zutreffend. Er selbst hatte es vorgezogen, sich freiwillig ein anderes Revier zu suchen, und hatte sich nach Friedrichshafen versetzen lassen, bevor er zu einer von Ilgners »Leichen« werden konnte.

»Doch, Sie können mir durchaus einen Gefallen tun«, sagte Madlener in seine Überlegungen hinein.

»Wissen Sie was, Madlener? Ich weiß sehr genau, was Ihnen am Herzen liegt. Ob Sie's glauben oder nicht, aber ich habe Sie nie aus den Augen verloren. Und ich kann in Ihrem Gesicht lesen wie in einem Buch …«

»Tatsächlich? Wie beängstigend«, entgegnete Madlener und versuchte sich an einem möglichst neutralen Ausdruck.

Ilgner tätschelte wieder seinen Arm. »Sie haben sich in all den Jahren keinen Deut verändert, Madlener. Immer noch so misstrauisch wie früher. Sie trauen grundsätzlich keinem, was?«

»Das stimmt so nicht ganz. Richtig ist: Ich traue jedem erst mal alles zu. Im Guten wie im Schlechten. Das lässt mich vorsichtig sein.«

Ilgner sah Madlener mit einem durchdringenden Blick an, wohl um zu ergründen, wie er das nun wirklich meinte. Mit Misstrauen kannte er sich bestens aus, das war eine Eigenschaft, die er selbst nicht so einfach aus den Kleidern schütteln konnte. In seiner Position war sie überlebensnotwendig. Er beschloss, es mit den Sticheleien gut sein zu lassen, und zeigte sein makelloses Raubtiergebiss, das wie geschaffen war für Fotos und Wahlplakate.

»Ich habe da jemanden für Sie mitgebracht …«, fügte er in einem gespielt geheimnisvollen Ton hinzu.

Madlener stand kurz auf der Leitung, dann erst kapierte er die Andeutung. »Nein!«, entfuhr es ihm.

»Doch«, erwiderte Ilgner. »Ihr Nachfolger für den Posten des Kriminaldirektors wird noch heute seinen Dienst antreten.« Er zeigte wie ein Showmaster mit dem Finger direkt auf Madlener. »Sie wollten den Job ja nicht. Oft genug ist er Ihnen angetragen worden.«

Madlener fühlte buchstäblich eine große Last von seinen Schultern fallen, und wenn er jetzt noch katholisch gewesen wäre, hätte er ein dankbares Stoßgebet gen Himmel geschickt.

Er konnte es gerade noch vermeiden, allzu beglückt auszusehen, aber Ilgner blickte sich sowieso schon suchend um und scannte die Gesichter der vielen Menschen ab, die noch in Grüppchen herumstanden und sich unterhielten.

»Kommen Sie«, sagte er zu Madlener und zog ihn am Ärmel zu einem drahtigen, klein gewachsenen Mann mit Hornbrille, der in einem maßgeschneiderten Slim-Fit-Anzug steckte und nervös an seinen Manschetten nestelte, während er in sein Smartphone horchte.

Ilgner tippte ihm auf die Schulter – er musste anscheinend jeden anfassen, wenn er mit ihm ein Gespräch führte. Mr. Slim-Fit drehte sich zu ihm um, sagte »Ich rufe zurück!« ins Handy und steckte es weg.

»Darf ich vorstellen«, sagte Ilgner und deutete auf Madlener wie ein Zauberer auf seine Assistentin: »Kommissarischer Kriminaldirektor Madlener.« Dann fasste er den Slim-Fit-Mann am Oberarm – wie sollte es anders sein! – und bugsierte ihn vor Madlener. »Unser neuer Kriminaldirektor Cornelius aus Stuttgart, ab sofort bei Ihnen im hoffentlich friedlichen Friedrichshafen.«

Sie schüttelten sich die Hand, sagten »Freut mich« und gaben sich größte Mühe, sich nicht anmerken zu lassen, wie sie einander taxierten.

Cornelius war ein jugendlicher Typ, obwohl er bestimmt auf die fünfzig zuging.

»Ich habe schon viel von Ihnen gehört«, sagte er zu Madlener. »Respekt, wie Sie den Fall Arbogast gelöst und diesen Auftragskiller gefasst haben. Sie sind so was wie eine Legende bei uns im Präsidium.«

Madlener winkte ab. »Um Gottes willen! Das sind maßlose Übertreibungen«, entgegnete er und gönnte sich einen kleinen Seitenhieb auf Dr. Ilgner. »Dazu neigt man allzu gern in Stuttgart. Außerdem haben alle hier zum Erfolg beigetragen. Insbesondere meine Kollegin Frau Holtby.«

»Das ist die Blondine mit dem historischen Exkurs«, verdeutlichte Ilgner Cornelius, der einigermaßen irritiert reagierte. Deshalb schob Ilgner schnell eine Erklärung nach. »Die mit dem Seminarbeitrag über Herostrat.«

»Ach so, ja.« Cornelius nickte, als der Groschen bei ihm gefallen war. »Dann freue ich mich umso mehr, wenn wir hier so ein gutes Team haben«, meinte er betont freundlich zu Madlener.

Ilgner konnte sich eine Retourkutsche auf Madlener nicht verkneifen. »Im Vertrauen«, sagte er, »Kommissar Madlener ist alles, nur kein Teamplayer. Und Frau Holtby hat auch so ihre Eigenheiten. Die beiden haben andere Qualitäten. Sie werden das noch feststellen.«

Madlener ignorierte die rhetorische Blutgrätsche von Ilgner einfach, er hatte von ihm nichts anderes erwartet. Stattdessen fragte er sich, ob Frau Gallmann gewusst hatte, dass heute sein lang ersehnter Ersatzmann eintreffen würde. Wenn ja, hatte er ein Hühnchen mit ihr zu rupfen, weil sie ihn nicht eingeweiht und vorgewarnt hatte.

Er fackelte nicht lange und nutzte die peinliche Pause, um endlich dem Radarbereich von Dr. Ilgner zu entgehen, indem er den Ausgang ansteuerte und Cornelius mit sich winkte.

»Kommen Sie«, sagte er, »ich zeige Ihnen schon mal Ihren Arbeitsplatz. Und Ihre Sekretärin Frau Gallmann stelle ich Ihnen bei der Gelegenheit auch gleich vor. Sie wird Ihnen eine große Stütze sein. Oder haben Sie sie schon kennengelernt?«

»Nein, ich hatte noch keine Gelegenheit …«

Aha, dachte Madlener, das wäre also geklärt. Frau Gallmann

hatte auch nicht gewusst, dass an diesem Tag ein neuer Kriminaldirektor seine Aufwartung machen würde.

Beim Hinausgehen drehte er sich noch einmal nach Dr. Ilgner um, aber der war schon längst zu den wirklich wichtigen Leuten unterwegs, um nur ja nichts zu versäumen.

## 17

*Hey now, baby, get into my big black car*
*I want to just show you what my politics are*
*I'm a political man and I practice what I preach*
*I support the left though I'm leaning, leaning to the right*
*But I'm just not there when it's coming to a fight*
Cream, »Politician«

Wie immer hatte Dr. Ilgner Augen und Ohren auf Empfang gestellt, ihm entging nichts.

Irgendein nebensächliches rhetorisches Detail, irgendeine banale dahingeworfene Bemerkung, die einem der Amtsträger aus Versehen herausrutschte, konnte vielleicht irgendwann eine Bedeutung erlangen, die man im Kampf um Macht und Einfluss nicht gering schätzen durfte. Denn gegebenenfalls war auch noch die mickrigste Kleinigkeit, zum richtigen Zeitpunkt eingesetzt, zum eigenen Vorteil nutzbar.

Er war bester Laune, war ihm doch im Spiel auf der Klaviatur des Konkurrenten-aus-dem-Weg-Räumens ein erneutes Meisterstück gelungen. Diesen Cornelius war er geschickt losgeworden, indem er ihn auf den Außenposten in Friedrichshafen abgeschoben und es ihm auch noch als wichtigen Karriereschritt verkauft hatte.

Cornelius war zwar ein exzellenter Jurist, aber auch ein impertinenter Paragrafenreiter und Pedant. Und noch dazu völlig humorlos. An dem konnte sich dieser aufmüpfige Madlener, der es einfach nicht lassen konnte, ständig mit seiner antiquierten antiautoritären Grundeinstellung hausieren zu gehen, noch gründlich die Zähne ausbeißen. Und diese blonde Tussi namens Harriet Holtby, die anscheinend permanent den Klugscheißer geben musste, ebenfalls.

Dr. Ilgner war stolz auf sich und darauf, dass er seine Personalentscheidungen mit Raffinesse und Kalkül traf, nicht wie sein

Vorgänger mit Erfahrungswerten, Empathie und Emotion. Er hielt sich für einen grandiosen Menschenkenner, der sein Gegenüber nach kürzester Zeit richtig einschätzen und kategorisieren konnte. Dabei fühlte er sich wie ein überlegener Schachgroßmeister, der seine Spielfiguren – im korrekten Sprachgebrauch Mitarbeiter genannt – so auf dem Spielbrett verschob, dass es ihm zum Vorteil gereichte.

Manchmal war er kurz davor, sich selbst auf die Schulter zu klopfen. Er war ganz in seinem Element, dies war so ein Tag, an dem er richtig Gefallen fand.

Jetzt mussten diese Provinzler vom Bodensee nur noch den verrückten Feuerteufel zur Strecke bringen, dann konnte er behaupten, mit der Installation des neuen Kriminaldirektors genau den richtigen Impuls gesetzt zu haben.

Das gab eine neue Kerbe an seinem Colt, und genau so würde das die Öffentlichkeit registrieren, dafür würde er schon Sorge tragen. Es gab einige Journalisten, die ihm noch etwas schuldig waren, weil er gelegentlich interne Informationen an sie durchsickern ließ. Nicht im Übermaß, aber doch gerade so viel, um sie bei der Stange zu halten.

Er gesellte sich zu der Gruppe von Leuten aus dem Innenministerium, die mit ihm den Abstecher an den Bodensee gemacht hatten. Für sie hatte er extra noch einen schmutzigen Witz auf Lager, von dem er behaupten würde, dass ihn der Polizeipräsident höchstpersönlich erst heute Morgen erzählt hatte. Der Witz war ein Schenkelklopfer, aber zutiefst frauenfeindlich – und das in Zeiten der #MeToo-Debatte! –, aber da weit und breit keine weibliche Person herumstand, würde er ihn zum Besten geben können, nicht ohne dabei seinen angeblichen Urheber beim Namen zu nennen. Wenn der Witz gut ankam – wovon er ausging –, sammelte er einerseits Pluspunkte für seinen Humor und trug andererseits auf subtile Art dazu bei, den Polizeipräsidenten indirekt in ein schlechtes Licht zu rücken, weil dieser dadurch gleichzeitig als heimlicher Sexist entlarvt wurde.

Es gab im Ministerium genug ehrpusselige Saubermänner und

Gleichstellungsbeauftragte, die nannten so eine Vorgehensweise intrigant.

Er nannte es: zwei Fliegen mit einer Klappe schlagen.

Oder, mit anderen Worten: Politik tatkräftig gestalten.

Was er mit seinem unterirdischen Witz erntete, war schallendes Gelächter.

Also ein voller Erfolg.

## 18

*I'm a speed king*
*You go to hear me sing*
*I'm a speed king*
*See me fly ...*
Deep Purple, »Speed King«

Den Oldtimer der Mercedes-S-Klasse hatte der Brandstifter dieses Mal in der Garage gelassen. Zwar liebte er es, in dem alten »Panzer«, wie er die schwere Limousine insgeheim nannte, die Straßen der Gegend bei seinen nächtlichen Touren unsicher zu machen, aber für diesen Spaß war ihm momentan das Pflaster zu heiß.

Er hatte das Fahndungsplakat mit der Abbildung des Autos und dem Phantombild gesehen, es hing seit Kurzem an jeder Tankstelle und in zahlreichen Banken und Sparkassen aus und war auch schon in sämtlichen lokalen Zeitungen veröffentlicht worden.

Das Bild des Täters mit der Beschreibung war lächerlich und nichtssagend, aber das Automodell konnte ihm gefährlich werden. Es war nicht mehr so häufig auf den Straßen zu sehen und allein schon wegen der Größe und des markanten altmodischen Designs viel zu auffällig. Jedenfalls solange die Sache brenzlig und aktuell war. Zu seinem Leidwesen war er wohl oder übel gezwungen, dem »Feuerteufel« eine Zwangspause zu gönnen, so lange zumindest, bis sich die erste Aufregung einigermaßen gelegt hatte und er wieder weitermachen konnte.

In der Zwischenzeit musste er mit seiner Ducati Diavel vorliebnehmen, einem Motorrad, das satte hundertzweiundsechzig PS auf den Asphalt brachte und einen mächtigen Schub, wenn man aufdrehte. Das ultimative Macho-Bike, das eine andere Art von Spaß verkörperte als sein »Panzer«. Wenn er auf ihr saß, als wäre er ein Teil der Teufelsmaschine und mit ihr verwachsen, konnte er den Speed-Junkie in sich so richtig ausleben. Immer am Limit, immer im Adrenalinrausch.

Der Höhepunkt kam, wenn er sich an der Einmündung der B 31 in Friedrichshafen-Ost, kurz vor dem Kreisverkehr am Alfred-Colsman-Platz, noch einen Extrabonus gönnte und sich im Tunnel am Riedle-Park austobte, weil dort das Motorengeräusch geradezu obszön hysterisch und aggressiv von den Tunnelwänden widerhallte. Das Maschinengewehr-Geknatter einer Harley-Davidson war ein laues Lüftchen dagegen. Beinahe so, als ob er in einem Science-Fiction-Film ein Raketenfahrzeug fuhr. Sein Nummernschild bei diesen nächtlichen Ausflügen war vorsichtshalber geklaut, wie bei seinem Mercedes.

Der Höllenlärm war so geil, dass er mehrfach umkehrte und immer wieder von Neuem mit Vollgas durch den Tunnel röhrte. Es hörte sich an wie eine bösartige Monsterhornisse auf Ecstasy.

Die Hornisse war seine Ducati, das Monster auf Ecstasy war er selbst, er wusste, wo das Zeug in Konstanz vertickt wurde. Ab und zu brauchte er einfach diese Extraportion zusätzlichen Schub.

Wenn ihn dann zuweilen so richtig der Hafer stach, dann hielt er sogar vor einer der Überwachungskameras an, machte mit seiner Ducati einen Donut, einen schwarzen Gummikringel mit dem rauchend durchdrehenden Hinterrad mitten auf der Straße, und zeigte den Mittelfinger. Danach wurde er jedes Mal von einem unbezwingbaren Lachkrampf unter seinem Integralhelm überwältigt, weil er dabei an seine Kindergartentage denken musste.

»Nein, nein, du holst mich niemals ein. Denn ich werd immer schneller sein!«

In seiner Motorradkluft und mit seinem Helm fühlte er sich wie unsichtbar.

Unantastbar.

Unangreifbar.

Und mit seinen hundertzweiundsechzig PS unter dem Hintern ungreifbar.

Nicht nur einmal war er einer Polizeistreife einfach davongefahren. Mit Blaulicht und Sirene waren sie hinter ihm her gewesen. Aber wenn er Gummi gab, die Wendigkeit seiner Maschine und seine genaue Ortskenntnis einsetzte, gab es außer einem Formel-1-Boliden kein Fahrzeug auf vier Rädern, das auch nur den Hauch einer Chance hatte, ihn einzuholen. Sollten sie sein Nummernschild ins System eingeben, holten sie sich auch nur eine Abfuhr. Weil die Nummer als verloren gemeldet war oder weil sie zu einem Traktor in Oberbayern gehörte. Er wusste genau, wie man die Polizei an der Nase herumführen konnte. Und bis eine durch Funk herbeigerufene Verstärkung eingetroffen war, hatte er sich schon längst aus dem Staub gemacht.

Abrakadabra, dreimal mit den Augen gezwinkert und weg war er.

Ungreifbar eben.

So gut wie unsichtbar.

Als er in der Zeitung gelesen hatte, dass wieder ein Sonnwendfeuer am Maldonahang am Pfänder, dem Hausberg von Bregenz, angesagt war mit jeder Menge Zuschauer, Blasmusik und anschließendem Feuerwerk, hatte er eine göttliche Eingebung. Wie wäre es, wenn er den sechs Meter hohen Holzstapelturm, den sogenannten Funken, eine Nacht vor der Festveranstaltung mit Hilfe von ein oder zwei Mollis vor der Zeit in Brand setzen würde?

Was wäre das für eine Horrorshow und was für ein anschließendes Rauschen im Blätterwald!

Aber als er mit der Pfänderseilbahn den über tausend Meter hohen, am östlichen Bodenseeufer gelegenen Berg hinauffuhr, um die Lokalität genauer in Augenschein zu nehmen, musste er schnell einsehen, dass seine Idee nicht nur viel zu riskant, sondern sogar undurchführbar war.

Der Maldonahang war sicherheitshalber großräumig abgesperrt und bewacht. Es war unmöglich, auch nur in Wurfnähe des penibel aufgeschichteten Holzturms zu gelangen, ohne aufzufallen oder vorher schon aufgehalten zu werden.

Schade eigentlich, aber dieses Vorhaben konnte er abhaken.

Er musste sich wieder auf die Suche nach etwas anderem machen.

Nur spektakulär musste es sein.

Schließlich gehörte eine Steigerung zu jedem guten Plan.

Aber dann, als er voll auf Droge mit seiner Ducati durch die Tunnelröhre raste, einmal, zweimal, dreimal, bevor er endlich in ziviler Geschwindigkeit das Weite suchen wollte und am Ortseingang von Friedrichshafen an einer großen Plakattafel vorbeikam, fiel es ihm plötzlich wie Schuppen von den Augen, was er als nächstes Kapitel in seiner Brandstifteragenda aufschlagen musste.

Das Seehasenfest war dort groß angekündigt.

Die Hampelmänner von der Feuerwehr und der Bullerei würden Augen machen, da war er sich ganz sicher.

Er kicherte in sich hinein, als er als kleinen Gruß an die Videoüberwachung vor der Kamera einen Donut hinlegte, Vollgas gab und mit einem lang gezogenen Wheelie, einem Tanz auf dem Hinterrad, noch einmal durch den Tunnel zurückdonnerte und schließlich am Horizont in Richtung Lindau verschwand.

**19**

Madlener hatte sich sofort, nachdem er seinen Nachfolger Cornelius all seinen Mitarbeitern vorgestellt und ihn einigermaßen in seinen Aufgabenbereich und in die besonders dringlichen Angelegenheiten eingewiesen hatte, buchstäblich aus dem Staub gemacht und sich eine Woche freigenommen. Urlaub hatte er seit Ewigkeiten nicht mehr gehabt.

Frau Gallmann war lange genug als rechte Hand für mehrere Dienststellenleiter tätig gewesen, um Cornelius sowohl bei Komplikationen als auch bei Kleinigkeiten hilfreich unter die Arme zu greifen. Sie wusste über alle Vorgänge und die üblichen Dienstwege Bescheid, und überhaupt war sie generell stets in der Lage, das Unmögliche möglich zu machen.

Noch am Tag der Einführung von Cornelius hatte Madlener mit seiner Immobilienmaklerin telefoniert und abgeklärt, ob er vielleicht vor dem vertraglichen Termin seine Wohnung einrichten und beziehen könnte, weil sie sowieso leer stand und frisch renoviert war. Sie hatte die Zustimmung der Wohnungsbesitzerin eingeholt, und Madlener beschloss, sofort ans Werk zu gehen.

Als Harriet davon erfahren hatte, bot sie sich spontan an, ihm beim Einzug zu helfen, obwohl er das anfangs eigentlich gar nicht wollte, weil er fand, dass Unterstützung nicht nötig war.

Er hatte fast keine Möbel, und ihm gefiel der Gedanke, nicht gleich von Anfang an alles zuzustellen. Erst wollte er sich langsam wieder daran gewöhnen, eigene vier Wände mit genügend Auslauf zu haben anstatt seines Hotelzimmers, das nicht viel größer als eine Gefängniszelle war.

Diese seltsame Koinzidenz war ihm bisher noch nie aufgefallen.

Ein Leckerbissen für jeden Psychiater. Dr. Dr. h. c. Auerbach wäre geradezu begeistert gewesen.

Als er sein Hotelzimmer betrat und ihm klar wurde, dass sein Gästedasein in der Drei-Sterne-Kategorie im »Silbernen Zeppelin« bald für immer beendet sein würde, fragte er sich, wie er es überhaupt so lange darin ausgehalten hatte.

Ihn schauderte kurz.

Aber man musste auch die Vorteile bedenken.

Wenigstens gab es nicht viel einzupacken. Mit einer Transportfahrt mit dem Auto müsste er hinkommen.

Wenn ein Knastologe seine Haftstrafe abgesessen hatte, reichten normalerweise auch ein Koffer und ein großer grauer Müllsack für seine Habseligkeiten.

Viel mehr hatte er bei seinem endgültigen Auszug aus dem Hotel auch nicht vorzuweisen.

Der Vergleich mit einer Gefängniszelle war doch gar nicht so weit hergeholt.

Nun ja – immerhin waren die Fenster nicht vergittert.

## 20

*The lunatic is in my head*
*You raise the blade, you make the change*
*You re-arrange me till I'm sane*
*You lock the door and throw away the key*
Pink Floyd, »Brain Damage«

Es war Nacht.

Vermutlich die letzte, die er in seinem gewohnten Hotelzimmer verbrachte.

Der Hitze wegen hatte er die Fenster seines Zimmers ganz geöffnet, aber er war im Dunkeln, um keine dieser überaus lästigen Stechmücken hereinzulocken, die in heißen Sommernächten am Bodensee zu einer echten Plage werden konnten.

Madlener lag auf seinem Bett, hörte aus Rücksicht auf seinen lärmempfindlichen Zimmernachbarn mit Kopfhörern Pink Floyd, »Dark Side of the Moon«, weil er wieder einmal nicht schlafen konnte, und zerbrach sich den Kopf darüber, wie er seine neue Wohnung mit dem wenigen, das er hatte, so einrichten konnte, dass sie nicht wie ein ungemütliches Provisorium wirkte, in dem man sich nicht wirklich wohlfühlte.

Das war gar nicht so einfach, ihm fehlte es vor allem an dekorativen Kleinigkeiten, die dafür unabdingbar waren: ein paar Lampen, ein oder zwei Teppiche, schöne Vorhänge zum Beispiel.

Schließlich war er schon eine Weile aus dem Alter heraus, wo eine leere Chianti-Korbflasche als Kerzenständer im ersten eigenen Zimmer ausgereicht hatte, dazu die richtige Musik aus einem vom großen Bruder spendierten Plattenspieler, dessen billiger Lautsprecher bei Bässen immer dröhnte und dessen Abtastnadel gelegentlich eine Rille überhüpfte, weshalb man sie auf den Tipp eines Kumpels hin mit einem mit Tesafilm angeklebten Ein-Pfennig-Stück beschwerte, dazu ein paar leere Weinkisten aus Holz als Regale und eine Matratze am Boden – das war schon der Gipfel der Gemütlichkeit, und es reichte, um eine LP-Seite lang glücklich zu sein.

Insbesondere, wenn man nette weibliche Gesellschaft hatte und ein paar mehr oder weniger aufregende Insideranekdoten über die Band zum Besten geben konnte, deren Platte man gerade hörte.

Lästig war es nur, dass man aufstehen und die Platte umdrehen musste.

Vor allem, wenn man gerade anderweitig beschäftigt war.

Tempi passati, dachte er und lächelte in sich hinein. Lang ist's her.

Er hatte eine Menge Kataloge durchgeblättert, die ihm die fürsorgliche Frau Gallmann mitgegeben hatte, aber das brachte ihn einrichtungsmäßig auch nicht weiter.

Jetzt rächte es sich, dass er sich in Geschmacksfragen immer auf die gerade aktuelle Partnerin verlassen hatte.

Er beschloss zum x-ten Mal, ganz ruhig zu bleiben und alles einfach auf sich zukommen zu lassen, irgendetwas würde sich schon ergeben.

Wieder einmal fiel sein Blick auf das braune Päckchen im fahlen Mondlicht, das neben ihm auf seinem Nachtkästchen deponiert war, seit es ihm Wohlfahrts Tochter in die Hand gedrückt hatte.

Kommissar Wohlfahrts Nachlass für ihn.

Er hatte es bisher nicht geöffnet.

Da lag es wie ein stiller Vorwurf und wartete darauf, dass es entsprechend beachtet und schließlich so behandelt würde, wie es ihm zustand. Nämlich dass jemand den Inhalt, den es aufbewahrte, endlich herausnahm.

Und dieser jemand hieß Madlener.

Es war wie verhext – jedes Mal, wenn er das Päckchen ansah, meldete sich sein schlechtes Gewissen, weil er sich immer noch nicht darum gekümmert hatte.

Aber irgendwie, er wusste selbst nicht, warum, verspürte er eine seltsame, unerklärliche Scheu, es anzufassen und aufzumachen.

Eigentlich doch keine große Sache, oder?

Vielleicht hatte es damit zu tun, dass er unterschwellig das irrationale Gefühl hatte, Wohlfahrt würde durch das Päckchen aus dem Jenseits zu ihm sprechen und ihm Vorhaltungen machen.

Das war natürlich Nonsens.

So etwas kam einem nur in den Sinn, wenn man allein in melancholischer Stimmung in einem einfachen Hotelzimmer lag, es spät in der Nacht war, man nicht schlafen konnte und dazu Pink Floyd hörte.

So ein nachtragender Mensch war Ex-Kommissar Wohlfahrt nie gewesen.

Aber wie gut kannte man seine Mitmenschen schon?

Er nahm das Päckchen, legte es sich auf seine Brust und starrte es lange an.

So lange, bis das Musikstück in seinen Ohren zu Ende war und das Päckchen gewonnen hatte.

Entschlossen nahm er die Kopfhörer ab, stand mit einem Ruck auf, schloss die Fenster und sperrte die angenehm kühle Nachtluft aus, weil er Licht anmachen wollte.

Im Schein der Nachttischlampe las er die Aufschrift zum wiederholten Mal.

*VERTRAULICH!*
*Für meinen Freund Max Madlener.*
*FOR HIS EYES ONLY!*
*Erst nach meinem Tode zu öffnen.*

Wann, wenn nicht jetzt, war der richtige Zeitpunkt da, um zur Tat zu schreiten? Er dachte an die Büchse der Pandora aus der griechischen Mythologie, während er nach seinem Schweizer Taschenmesser suchte. Aus den übrig gebliebenen Restbeständen seiner humanistischen Schulbildung wusste er noch, dass die Büchse ein Geschenk von Zeus war, ein wahres Danaergeschenk, das besser nie geöffnet worden wäre. Aber die Untugend der menschlichen Neugier überwog alle Bedenken, die, wie sich am Ende herausstellte, leider zum Nachteil der gesamten Menschheit mehr als berechtigt gewesen waren. Denn als Pandora nicht länger widerstehen konnte und die Büchse öffnete, kamen alle Übel der Welt heraus, Schmerz, Krankheit und Tod. Die Strafe der Götter für die menschliche Neugier bis in alle Ewigkeit.

Na – ganz so schlimm wird es schon nicht kommen, dachte sich Madlener und machte sich mit der schärfsten Klinge seines Taschenmessers daran, Klebeband und Packpapier zu entfernen.

Was zum Vorschein kam, war ein stinknormaler Schuhkarton. Auf dem Deckel war ein Briefkuvert angeklebt mit dem handschriftlichen Vermerk:

*Max Madlener*

Der Name war schwungvoll unterstrichen.

Er öffnete das Kuvert und zog ein paar zusammengefaltete Papierbogen heraus. Er schlug sie auf, legte sich aufs Bett und fing an, die Seiten zu lesen. Sie waren eng beschrieben, in Wohlfahrts gestochen scharfer und klarer Handschrift, ohne Korrekturen oder Fehler. Die Schrift war wie Wohlfahrt selbst: geradlinig und sorgfältig, und ein paar kleine Schnörkel ließen auf eine gewisse Eigenständigkeit und ein gesundes Selbstbewusstsein schließen.

## 21

*Lieber Max Madlener – was sagen Sie dazu: Jetzt spreche ich
schon aus dem Grab zu Ihnen!*

*Verzeihen Sie die Aufschrift auf dem Päckchen, sie ist ein wenig
melodramatisch, aber mit meinem letzten Auftritt in irdischen
Gefilden habe ich mir ein wenig Aufmerksamkeit verdient, denke
ich.*

*Dieser Karton ist mein kleines Vermächtnis an dich.*

*Ich duze dich ab hier endlich, weil ich dir das schon längst
anbieten wollte und du es jetzt, wenn du diese Zeilen liest, nicht
mehr ablehnen kannst. Wir haben uns schon lange nicht mehr
gesehen, und meine Tage sind gezählt. Das Du finde ich deshalb
durchaus angebracht, denn was ich dir mitzuteilen habe, ist sehr
persönlich. Und geschäftlich beziehungsweise beruflich zugleich.
Das ist in diesem Fall kein Widerspruch, sondern eine Tatsache,
die sich dir gleich offenbaren wird.*

*Worum geht es?*

*Du wirst lachen: um einen Kriminalfall.*

*Nein, ich korrigiere mich: Du wirst nicht lachen.*

*Weil ich dich bitten werde, da weiterzumachen, wo ich und
meine Kollegen gründlich versagt haben.*

*Das ist viel verlangt, ich weiß. Du kannst natürlich jederzeit
ablehnen. Ich bin ja jetzt nicht mehr in der Lage, dich mündlich
zu überzeugen.*

*Darum dieser Brief. Wenigstens schriftlich will ich es versuchen.*

*Es geht um einen Fall, der mir gewissermaßen zum Verhängnis
geworden ist.*

*Ein Cold Case, wie das heutzutage auf Neudeutsch heißt, ein
Fall, der nie gelöst worden ist, obwohl es eine zwanzigköpfige
Sonderkommission über Monate hinweg versucht hat. Mit allen
Mitteln und Methoden, die uns damals zur Verfügung standen.
Ich spreche vom Jahr 1989.*

*Bitte versteh mich nicht falsch, Max.*

*Ich weiß, wir haben damals alle gegen eine der grundsätzlichsten Regeln der Kriminalistik verstoßen: Abstand halten um jeden Preis!*

*Weil es dich sonst krank macht. Also: sich nie in einen Fall persönlich verwickeln lassen!*

*Das ist natürlich völlig richtig.*

*Nur so kann man ein halbes Leben lang in der Mordkommission arbeiten, ohne daran zugrunde zu gehen.*

*Aber dieser eine Fall war anders.*

*Er hat mich bis jetzt nicht losgelassen, und so wird es bleiben, bis ich ins Grab sinke.*

*(Bitte verzeih mir den pathetischen Ausrutscher!)*

*Es wäre mir sehr wichtig, dir verständlich machen zu können, warum es so ist.*

*Dass wir alle, die sich im Jahre 1989 damit beruflich auseinandergesetzt haben, versagt haben, weil wir etwa nicht gründlich genug vorgegangen sind, kann ich wirklich nicht behaupten. Die ganze Soko hat Tag und Nacht gearbeitet, um den Täter zu fassen und vor Gericht zu bringen. Jeder Einzelne von uns ist weit über das normale Ausmaß an Arbeit hinausgegangen.*

*Das war der geschäftliche Teil.*

*Jetzt kommen wir zum privaten.*

*Niemals – ich betone dies ausdrücklich, weil es die reine Wahrheit ist – hat uns ein Fall so berührt wie dieser.*

*Niemals ist uns ein Fall so nahegegangen.*

*Worum handelte es sich?*

*(Die genauen Daten und alle wichtigen Unterlagen findest du im Karton. Hier folgt nun die Kurzversion ...)*

*Ein Junge, gerade mal elf Jahre alt, verschwindet spurlos auf dem Heimweg von der Schule. Die Leiche des Jungen wird vier Wochen später bei Bauarbeiten in einem mannshohen Abwasserkanal aufgefunden, von dessen Existenz kein Mensch mehr wusste. Er war auf dem Gelände einer ehemaligen Ziegelfabrik, die nach dem Zweiten Weltkrieg aufgegeben worden war und seitdem verwahrloste.*

*Die Leiche des Jungen war schrecklich verstümmelt, er war missbraucht worden. (Obduktionsfotos anbei.)*

*Wir setzten alles daran, den Täter ausfindig zu machen.*

*Alles, das kannst du mir glauben.*

*Wir fanden nichts Verwertbares, keine verräterische Spur, niemand hatte etwas gesehen.*

*(Zum Tathergang, so wie wir ihn rekonstruiert haben, ein Bericht anbei.)*

*Nach einem Jahr wurde die Sonderkommission aufgelöst, nur ich habe weiter an dem Fall gearbeitet. Ich bin Spuren nachgegangen, habe mit Menschen aus dem Umfeld des Opfers gesprochen, Datenbanken nach ähnlichen Fällen durchgekämmt.*

*Nach einem weiteren Jahr hatte ich einen Verdächtigen. Er wurde verhaftet und verhört – aber wir mussten ihn mangels Beweisen wieder laufen lassen.*

*Es war bis dahin der schlimmste Tag meines Lebens.*

*Warum?*

*Ich hatte ihn verhört, war ihm mehrfach gegenübergesessen und konnte in seine Augen sehen. Da wusste ich, dass er es war. So sicher war ich mir noch nie gewesen.*

*Aber erzähl das mal einem Haftrichter!*

*Langer Brief, kurzer Sinn: Dies ist mein einziger ungelöster Fall, der mich bis heute quält. Ich habe mit niemandem darüber gesprochen, dass er mich nicht mehr loslässt. Nicht mit meiner Frau, als sie noch bei klarem Verstand war, nicht mit meiner Tochter.*

*Und nicht mit dir, was ich am meisten bereue.*

*Weil ich mir gewünscht hätte, auf dein Verständnis hoffen zu können.*

*Und weil mir deine Meinung dazu wichtig gewesen wäre.*

*Ich kann einfach nicht in Ruhe und Gelassenheit in eine andere Welt gehen, wo ich vielleicht in nicht allzu ferner Zukunft wieder auf meine Frau treffen werde, so wie ich sie in Erinnerung habe, als wir uns kennengelernt haben, solange ich meine irdischen Angelegenheiten nicht zu einem befriedigenden Ende gebracht habe.*

*Und das tue ich hiermit, indem ich den Fall (die Aktenblätter, Zeitungsausschnitte und Fotos sind alle kopiert, das Original ist natürlich im Archiv des Präsidiums) an dich, Max Madlener, übergebe. Warum?, fragst du dich jetzt.*

*Ganz einfach, weil du ein verdammt guter Polizist bist.*

*Doch, doch – so viel Lob muss sein!*

*Natürlich kannst du dieses Vermächtnis wie jede Erbschaft ablehnen und den Inhalt des ganzen Kartons, so wie er ist, in den nächsten Mülleimer werfen. Das bleibt ganz dir überlassen.*

*(Kassettenrekorder und Batterien bitte extra entsorgen!)*

*Ich bin dir da nicht böse.*

*Aber falls du dich doch damit auseinandersetzen willst – es wäre mir ein Herzensbedürfnis!*

*Der Einfachheit halber habe ich eine Zusammenfassung der ganzen Ereignisse auf eine Kassette gesprochen, damit du es dir in deiner knapp bemessenen Zeit anhören kannst, wann immer es dir passt.*

*So fällt es mir am leichtesten, alles noch einmal vor meinem geistigen Auge Revue passieren zu lassen. Und du musst dir nicht die Mühe machen, sämtliche Protokolle durchzulesen.*

*Im Gegensatz zu meinem Körper lassen mich mein Geist und mein Gedächtnis noch nicht im Stich. Ich habe kein Detail von damals vergessen und erinnere mich noch so genau, als wäre es gestern gewesen, obwohl es dreißig Jahre her ist.*

*Für die Kassette entschuldige ich mich, ich weiß, dass dieses Ding längst museumsreif und aus der Mode gekommen ist, aber das bin ich auch. Das Abspielgerät dazu ist gleich mit im Karton, es ist kinderleicht zu bedienen, die Kassette steckt bereits drin, frische Batterien ebenfalls. Du brauchst nur auf die Play-Taste zu drücken, und schon geht es los.*

*Anbei noch mein Rezept (beziehungsweise das meiner Frau) für den Rhabarberkuchen, der dir immer so gut geschmeckt hat. Der Trick dabei ist, dass man gemahlene Mandeln in die Streusel gibt und zur Milch einen Schuss Eierlikör! Vielleicht hast du ja jemanden, der ihn dir backen kann. Ich wünsche es dir von*

*Herzen, du hast mir nicht den Eindruck gemacht, dass du selbst etwas vom Kochen oder Backen verstehst.*

*Ich hoffe nun, ich kann meinen Frieden finden, und der Gedanke, dass du dich um diesen Fall kümmerst, hilft mir dabei.*

*Lass Gerechtigkeit walten – wie, das bleibt ganz dir überlassen.*

*Aber urteile nicht zu streng mit mir.*

*Der letzte Satz wird dich jetzt beim Lesen irritieren.*

*Glaub mir – je tiefer du in die Materie eindringst, desto mehr wirst du meine Bitte verstehen.*

*Ich bin meiner damaligen Verantwortung nicht gerecht geworden und habe einen großen Fehler begangen, der mich bis heute verfolgt. Und den ich nun, da es zu Ende geht mit mir, nicht mehr gutmachen kann.*

*Verantwortung – ist das nicht das Einzige, was wirklich zählt im Leben?*

*Bei dir habe ich stets diese Art von Verantwortung gespürt.*

*Keine sentimentalen Gedanken jetzt.*

*Was zählt, ist nur die Wahrheit.*

*Und wenn es noch so bitter ist, sie aufzudecken …*

*Du bist der Einzige, dem ich das zutraue.*

*Ist das ein frommer Wunsch?*

*Ich denke, doch.*

*Jedenfalls ein letzter.*

*Pass auf dich auf, Max.*

*Dein*
*Roland Wohlfahrt, Kommissar im Ruhestand*

*PS: Verzeih mir, dass ich dir eine so gewaltige Last aufbürde.*

*Aber es ist das Einzige, was mir in diesem Leben noch wichtig ist.*

*Ich hoffe, du verstehst das.*

## 22

Und ob er das verstand.

Sehr gut sogar.

Er legte die Briefseiten beiseite und hob den Deckel des Schuh-kartons so vorsichtig ab, als lauerte darin eine Schlangenbrut, die nur darauf gewartet hatte, herauszuschnellen und ihm die Giftzähne ins Gesicht zu schlagen.

Im übertragenen Sinn kam das Madlener auch so vor.

Was hatte Wohlfahrt sich nur dabei gedacht, ihn mit einer so schwierigen Erblast zu betrauen?

Mit einem Fall, den zwanzig kompetente Leute in einem Jahr konzentrierter Arbeit nicht zu lösen imstande gewesen waren.

Und nicht nur das – inzwischen waren dreißig Jahre vergan-gen. Der Cold Case war so kalt, dass man sich dabei Frostbeulen zuziehen konnte, wenn man ihn auch nur anfasste.

Andererseits: Die Forensik hatte in den letzten zehn, zwanzig Jahren immense Fortschritte gemacht.

Je nachdem, welche Beweisstücke noch asserviert waren, konnten Mikrospuren heutzutage noch brauchbare Ergebnisse liefern, der DNA-Nachweis hatte Quantensprünge in der Auf-klärung längst vergangener Verbrechen ermöglicht. Wahrschein-lich war das Wohlfahrts große Hoffnung gewesen, denn allein auf Madleners Spürsinn zu zählen, um einen Fall aufzuklären, an dem sich so viele Experten abgearbeitet hatten – das war absurd.

Ganz abgesehen davon, dass ihm die Zeit fehlte, so tief zu graben, wie Wohlfahrt sich das vielleicht vorgestellt hatte.

Und was sollten die seltsamen und nebulösen Andeutungen am Ende?

Damit konnte er nichts anfangen.

Aber sie machten ihn doch neugierig.

Er kramte den Inhalt des Kartons heraus.

Ganz oben lag das handschriftliche Rezept für Rhabarberkuchen. Die Schrift war eine andere, wahrscheinlich von Wohlfahrts Frau. Ein Polaroidfoto war mit einer Heftklammer oben an das Rezept geklemmt.

Es zeigte Wohlfahrt mit seiner Frau Martha vor einem Wochenendhaus irgendwo im Grünen. Stolz hielten sie einen frisch gebackenen Rhabarberkuchen in die Kamera. Zwischen ihnen die Tochter, ein Teenager.

Er drehte das Foto um.

Auf der Rückseite war ein Datum: 18.6.1986.

Nach dem Rezept kamen Zeitungsausschnitte, Fundortskizzen der Leiche, Fotos, Verhörprotokolle, Zusammenfassungen von Berichten.

Wohlfahrt hatte doch auch eine skurrile Art von Humor, dachte sich Madlener, als er das Rezept mit dem Foto beiseitelegte und sich die Unterlagen des Falles vornahm.

Zwar war alles sauber chronologisch geordnet, und anscheinend enthielt das Konvolut nur die Quintessenz der Ermittlungen – der gesamte Papierkrieg eines solchen Falles umfasste unter Garantie Dutzende Aktenordner –, aber selbst um das alles gründlich durchzusehen, würde man Tage brauchen.

Beim wahllosen und oberflächlichen Durchblättern beschloss Madlener, Harriet hinzuzuziehen.

Nicht um den Fall noch einmal offiziell aufzurollen, sondern einfach deshalb, weil er eine zweite Meinung dazu brauchte. Und ihre Meinung war ihm wichtig.

So würde er es machen.


Ganz unten kam schließlich der Kassettenrekorder zum Vorschein, es war ein AIWA TP-VS535.

Madlener nahm ihn in die Hand und schüttelte bei seinem Anblick den Kopf. Er war erstaunlich leicht und kaum größer als die Kassette selbst. Wie ein Vorgängermodell des Walkman. So ein ähnliches Ding hatte er auch einmal besessen und Hunderte von selbst bespielten Kassetten. Als dann die CD kam, brachte er es nicht übers Herz, die Kassetten alle wegzuwerfen. Sie waren immer noch in einem Umzugskarton, der sein dunkles Dasein im

Container fristete, in dem er seine wenigen Möbel und anderen persönlichen Kram untergebracht hatte. Er wusste nicht, wie oft er damit schon umgezogen war.

Er legte das ganze Konvolut samt Rekorder zurück in den Karton, löschte das Licht, drehte sich um und war beim Nachdenken darüber, wann und wie genau er sich damit beschäftigen sollte, eine Minute später eingeschlafen.

Kein Wunder, es war inzwischen zehn nach vier in der Nacht.

## 23

Als er am nächsten Tag zum zweiten Mal allein in der leeren Wohnung war, entschied er sich, die weißen Wände seines Wohnzimmers gelb anzumalen, weil er sich davon erhoffte, auch bei Winter- und Schmuddelwetter eine gewisse südländisch wirkende optische Wärmewirkung erzielen zu können, die dazu beitragen sollte, seine zeitweiligen melancholischen Phasen aufzuhellen. Doch er sah ein, dass er tatkräftige Hilfe benötigte, weil an ihm in praktischen Dingen nicht gerade ein Handwerker verloren gegangen war.

Ganz im Gegensatz zu seiner Assistentin.

Pardon, entschuldigte er sich in Gedanken, weil sie für ihn immer noch wie in den Anfangszeiten seine Assistentin war, Kommissarin Holtby natürlich. Denn inzwischen war Harriet zur Kommissarin befördert worden und damit praktisch zu einer richtigen Kollegin avanciert. Als gleichberechtigte Partnerin hatte er sie sowieso immer schon behandelt. Was ihn irgendwie mit Stolz erfüllte, weil er sich insgeheim dessen bewusst war, dass er ihr gegenüber so etwas wie väterliche Gefühle hatte. Das durfte er natürlich um Himmels willen niemals auch nur ansatzweise ihr gegenüber erwähnen, aber es war so.

Er sorgte sich um sie und war schlicht und einfach froh, sie um sich zu haben.

So wie er froh und stolz war, dass sein Sohn Oliver, dem er versprochen hatte, ihn nie mehr Olli zu nennen, wenn er nächstes Jahr das Abitur schaffte, scheinbar mühelos seine Prüfungen mit mehr oder weniger guten Noten absolvierte. Was, wie Oliver frank und frei zugegeben hatte, auch daran lag, dass er im Internat aus lauter Gruppenzwang und Langeweile heraus nichts anderes tun konnte als lernen.

Madlener bildete sich etwas darauf ein, Harriets Werdegang begleitet und gefördert und ihre unbestreitbaren Kompetenzen zum Vorschein gebracht zu haben. Sie war für ihn fast so etwas wie eine Ziehtochter geworden. Eine Tochter, die er sich manchmal in früheren Zeiten gewünscht, aber nie gehabt hatte.

Dass Harriet auch in praktischer Hinsicht ungeahnte Vorzüge hatte, zeigte sich gleich, als sie ihn kurzerhand nach seinem Geständnis, dass er ein strahlend gelbes Wohnzimmer haben wollte, wie er es bei Ellen gesehen hatte, in den nächsten Baumarkt schleppte.

Sie nahm sich die Zeit, im Präsidium war sowieso nichts Weltbewegendes los, alle schwätzten nur noch über das bevorstehende Seehasenfest.

Im Baumarkt kauften sie unter Harriets fachkundiger Anleitung alles ein, was man für eine halbwegs vernünftige Malaktion brauchte: eimerweise Farbe in der richtigen Farbtonmischung, die Menge akkurat umgerechnet auf die Wandflächen, die nötigen Malerutensilien, eine Abdeckplane und ausreichend Kreppklebeband.

Als sie alles im Kofferraum des Wagens verstaut hatten, wagte es Madlener, Harriet sein »geheimes« Lager zu zeigen, in dem er vor Jahren alles untergebracht hatte, was er nach seiner zweiten Scheidung und seinem Umzug nach Friedrichshafen für so wichtig hielt, dass er es für später aufbewahren wollte, bis er sich wieder entschließen konnte, sich irgendwo häuslich niederzulassen.

Dazu hatte er einen Container in einer alten Lagerhalle gemietet, die in der Nähe des Messegeländes angesiedelt war.

Er behauptete, dass er seit über drei Jahren nicht mehr da gewesen war, seit er das letzte Mal das Rolltor hinter seinen Siebensachen zugemacht und abgesperrt hatte.

Was nicht ganz, aber fast stimmte.

Am Tag zuvor hatte er den Container zum ersten Mal seit langer Zeit wieder betreten, um sich davon zu überzeugen, dass sich sein magerer Hausrat inzwischen nicht in Luft aufgelöst hatte und was da überhaupt noch vorhanden war. So genau hatte er das nämlich gar nicht mehr im Kopf. Es war wie mit einem Kellerraum, in dem Dinge eingelagert worden waren, die man längst vergessen hatte, weil man sie eigentlich nicht mehr brauchte.

Dass er den Container aufsuchte, hatte aber noch einen zweiten Grund – er wollte einen kleinen Gag für Harriet vorbereiten,
als Revanche dafür, dass sie ihn mit dem Seehasengerücht her-
eingelegt hatte.

Und jetzt war die Gelegenheit günstig.

## 24

»Das, was da drin ist, Agent Starling, ist alles, was mir in meinem Leben etwas bedeutet hat«, sagte er mit einem demonstrativ tragischen Gesichtsausdruck, um seinen Spruch angemessen mit einem Schuss Melodramatik zu unterstreichen, während er den Schlüssel für den Container feierlich hochhielt.

»Mir kommen gleich die Tränen, Mr. Crawford«, entgegnete Harriet.

Sie schätzte seinen Hang zur Selbstironie und wie er gelegentlich einen gewissen Zynismus an den Tag legte. Aber sie wusste auch genau, dass er das brauchte, um über die vorläufige Trennung von Dr. Ellen Herzog hinwegzukommen, was ihm gar nicht so leichtfiel, wie er immer tat.

Er warf ihr einen gespielt vorwurfsvollen Blick zu, bevor er umständlich am Schloss herumfummelte, aufsperrte und mühsam das schwere Rolltor nach oben schob. Harriet musste ihm dabei helfen.

Dann wollte er effektvoll den Lichtschalter anmachen, aber die Neonröhren an der Decke flackerten nur kurz auf, um schließlich ganz zu streiken. Er behalf sich nach mehreren Fehlversuchen mit der Lichtfunktion seines Handys, was natürlich nicht so hell war, wie er es sich vorgestellt hatte. Es war nur ein Notbehelf, im Container war es sonst stockdunkel.

Der fahle weiße Lichtschein beleuchtete einen massiven Schrank im chinesischen Stil, schwarz lackiert und mit roten Kirschblüten, eine moderne, dreiteilige, teuer aussehende Couchgarnitur aus Leder, eine Matratze, einen Lattenrost, einen Bettrahmen, einen alten Holzschreibtisch, ein paar Thonet-Stühle mit drei kleinen dazu passenden Beistelltischchen, zwei Alukisten und etwa ein Dutzend Umzugskartons, die aufeinandergestapelt waren.

»Ist das dein Ernst?«, fragte Harriet und wischte sich mit der

Hand eine Spinnwebe aus dem Gesicht. »Das ist alles, Mr. Crawford? Alles, was dir im Leben etwas bedeutet hat?«

Sie ging auf sein Dialog-Pingpong ein, das sie bisweilen spielten, wenn sie unter sich waren. Agent Starling und Mr. Crawford waren ihre Helden aus ihrem gemeinsamen Lieblingsfilm »Das Schweigen der Lämmer«, und sie machten sich gelegentlich einen Spaß daraus, sich in den Rollen als FBI-Vorgesetzter und dessen Assistentin gegenseitig auf den Arm zu nehmen.

Ganz einfach deshalb, weil man im Leben nicht immer alles nur todernst nehmen konnte, sonst war es ja nicht auszuhalten.

Er zuckte mit den Achseln, als müsse er sich entschuldigen.

»Mehr gibt's nicht, Agent Starling. So interessant scheint mein Leben nicht gewesen zu sein.«

»Bitte sag jetzt nicht, dass du da irgendwo noch eine Leiche versteckt hast«, scherzte sie. »Vielleicht eine deiner Ex-Frauen ...«

Das war eine Anspielung auf eine Filmszene mit Jodie Foster, die sich mit Hilfe eines Wagenhebers gewaltsam Zugang in ein mit unglaublichem Krempel vollgestopftes Lager verschafft hatte und dort auf einige unheimliche Hinterlassenschaften eines Ermordeten traf.

Madlener konnte sich vorstellen, was sie meinte, und leuchtete mit dem schummrigen Licht seines Handys den Schrank ab.

»Wer weiß das schon ...«, murmelte er bedeutungsschwanger vor sich hin und machte eine dramatische Pause, bevor er an der offenbar klemmenden Schranktür rüttelte, die nicht aufgehen wollte.

Schließlich riss er die Tür mit einer theatralischen Geste auf.

Und tatsächlich kippte etwas Gruseliges auf Harriet.

Etwas, das wie ein menschliches Körperteil aussah.

Ein Torso ohne Kopf und ohne Arme.

Er fiel ihr direkt entgegen.

»Herrgott ...«, entfuhr es ihr.

Sie machte unwillkürlich einen Schritt zurück und stieß das grässliche Ding von sich weg. Dabei kam sie ins Stolpern, verlor das Gleichgewicht und setzte sich auf ihren Hosenboden.

Madlener leuchtete das Corpus Delicti an und grinste.

Der Torso erwies sich als lebensgroßes Modell eines menschlichen Oberkörpers auf einem hölzernen Standbein.

»Keine Sorge«, beruhigte er Harriet. Er hatte Mühe, sich ein Lachen zu verkneifen, und reichte ihr die Hand, um ihr wieder auf die Beine zu helfen. »Das ist nur eine Schneiderpuppe.«

Harriet funkelte ihn an. »Gib zu, du hast gewusst, dass die rausfällt ...«

»Na ja, sagen wir: Ich hatte es gehofft.«

Er drückte auf den Lichtschalter.

Dieses Mal flackerten die Neonröhren zweimal auf und gingen ohne Weiteres an. In diesem Moment verstand Harriet, dass er nur so getan hatte, als würde das Licht nicht funktionieren.

Die ganze Performance war extra für sie inszeniert gewesen.

Und sie war darauf hereingefallen.

Was blieb ihr anderes übrig, als gute Miene zum bösen Spiel zu machen und die Angelegenheit sportlich zu nehmen?

Aber sie gab ihm im Reflex trotzdem einen deftigen Boxhieb gegen den Oberarm dafür, bevor sie sich die Hose abklopfte.

Er akzeptierte das lachend, aber innerlich freute er sich diebisch, dass es ihm einmal gelungen war, ihr einen kleinen Schrecken einzujagen.

Harriet Holtby, die sich vor nichts fürchtete.

Der sonst so toughen Kriminalistin, die zwar »Angst« für eine deutsche Krankheit hielt, aber behauptete, dagegen immun zu sein.

»Reingefallen, Agent Starling«, sagte er, weil er seinen – zugegeben: geschmacklosen – Scherz als Revanche dafür betrachtete, dass Harriet ihm gesteckt hatte, er sei zum Seehas-Double auserkoren. »Jetzt sind wir quitt!«

Sie wusste, was er meinte, und strafte ihn noch mit einem tödlichen Blick, was sie gut konnte. Bevor sie selbst schmunzeln musste und sich schnell bückte, um die Puppe mit ihrem einbeinigen Standfuß wieder aufzustellen, damit Madlener ihre Reaktion nicht bemerkte.

Er half ihr dabei.

»Das ist so eine Art stummer Diener für meine Hemden und Sakkos zum Aufhängen gewesen«, erklärte er. »Damit sie am nächsten Morgen nicht zerknittert sind. Na ja – hat vielleicht auch sentimentale Gründe, warum ich das Ding nie auf den Müll geworfen habe. Gehörte meiner ersten Frau. Sie war begeisterte Amateurschneiderin und hat daran ihre Kleidermodelle abgesteckt.«

Harriet sah die Puppe an und schüttelte den Kopf.

»Du willst doch dieses Ding nicht wirklich in deiner Wohnung haben …?«

»Warum nicht? Es ist praktisch, dekorativ und schreckt gleichzeitig mögliche Einbrecher ab.«

Sie warf ihm einen despektierlichen Blick zu, aber er hatte das auch nicht unbedingt ernst gemeint.

»Es ist scheußlich«, sagte sie. »Ich dachte nicht, dass du so einen schlechten Geschmack hast.«

»Apropos schlechter Geschmack …«, sagte Madlener und hob zum Zeichen, dass die nächste Enthüllungsnummer den absoluten Höhepunkt seiner Containerführung darstellte, den Zeigefinger in die Höhe. Er packte ein altes Betttuch, das einen Gegenstand in der Größe einer Kommode als Staubfang bedeckte, und zog es in einem Ruck weg wie ein Magier, der auf der Bühne eines Varietés einen Elefanten zum Vorschein bringen konnte. Nur dass kein Dickhäuter darunter war, sondern eine Musicbox.

Sie glänzte, als wäre sie gerade frisch in der Fabrik in Chicago, Illinois, vom Band gelaufen. Daher kam sie nämlich.

»Was sagst du dazu?«, wollte er wissen, und Harriet sah zum ersten Mal so etwas wie Besitzerstolz bei ihm aufblitzen.

»Neu?«, fragte sie und berührte das jahrmarktbunte Ungetüm vorsichtig.

»So gut wie«, antwortete Madlener. »Generalüberholt. Weißt du überhaupt, was das ist, Agent Starling? Gab's lange vor deiner Zeit. Also für dich im finstersten Mittelalter.«

»Ich hab so ein Riesengerät in Filmen gesehen, Mr. Crawford«, sagte sie. »Müsste ein analoges iPod sein. Nur dass man es nicht mit sich herumtragen kann. Hat es auch viertausend Titel drauf?«

Madlener tätschelte die Musicbox beinahe zärtlich.

»Nicht annähernd. Aber darum geht es mir nicht.«

»Worum dann?«

»Um die Authentizität, wenn du so willst.«

Nun war er ganz in seinem Element. Wie ein kleiner Junge, der voller Begeisterung sein Panini-Sammelalbum vorzeigte, das er endlich mit allen Fußballerbildchen komplettiert hatte.

»Das ist eine Jukebox namens Rock-Ola Capri II aus dem Jahr 1964. Ein Klassiker. Und eine absolute Rarität. Davon wurden nur achttausendeinhundertsiebzehn Stück hergestellt. Weltweit. Und was das Beste ist: Sie ist noch voll funktionsfähig.«

»Wusste ich's doch, Mr. Crawford. Du bist geistig in einer Zeitschleife im letzten Jahrhundert stecken geblieben. Irgendwo zwischen den sechziger und siebziger Jahren.«

»Danke für das Kompliment. Dieses Modell kann genau fünfzig Singles abspielen. Ich habe es mit den meiner Meinung nach besten Pop- und Rocksongs aller Zeiten ausgestattet. Von mir selbst zusammengestellt. Übrigens alles Original-Singles, die damals auf dem Markt waren. Diese Rock-Ola Capri II enthält sozusagen meine ganz persönliche Hitparade.«

»Du meinst: Playlist«, verbesserte sie ihn.

»Sagt man das heutzutage?«

Harriet kannte niemanden, der sich so unverblümt altmodisch geben konnte wie Madlener und damit auch noch kokettierte.

Weil angeblich früher alles besser war.

Na ja – fast alles.

Sie seufzte in tiefer Resignation, weil er in dieser Beziehung unverbesserlich war, und zeigte auf die Tastatur.

»Da fehlt ein Titel.«

Madlener staunte. Harriet hatte nur einen beiläufigen Blick auf die Tasten und die dazugehörigen Beschriftungen geworfen, und schon war ihr aufgefallen, dass ein einziges Feld leer geblieben war.

»Ja«, sagte er mit Bedauern. »Was fehlt, ist eine ganz seltene

Platte. Leider konnte ich sie nie auftreiben, obwohl ich's überall probiert habe. Außer für einen Mondpreis. Aber das ist unsportlich. Ist so was wie die Blaue Mauritius unter den Singles, wenn dir das was sagt.«

»Und was ist das für ein Titel?«

»›Bohemian Rhapsody‹ von Queen.«

»Oh, die kenne sogar ich noch. Das war doch dieser exaltierte Sänger mit dem Schnurrbart, den Hasenzähnen und der tollen Stimme.«

»Freddie Mercury. Eigentlicher Name Farrokh Bulsara. Eine richtige Rampensau. Hab ihn selbst noch live erlebt. Eine Naturgewalt. Unglaubliche Bühnenpräsenz und Musikalität. Und ebenso unglaubliche Stimme. Leider an Aids gestorben. So jemanden wie ihn gibt es nicht mehr …«

Bevor er noch zu sentimental werden konnte, deckte er die Jukebox wieder mit dem Betttuch ab.

Wenn er eine Schwäche hatte, die er nicht zugeben wollte – und er hatte eine ganze Menge Schwächen –, dann war es, dass er mit dem Universum oder wem auch immer haderte, dass alles Lebens- und Liebenswerte, alles Schöne und Berührende auf der Welt vergänglich und endlich war.

Während das Böse, das Grausame, alles Hässliche und Tragische mit den unabsehbaren Folgen bis in alle Ewigkeit fortdauerte.

Jedenfalls kam es ihm manchmal so vor.

Und alles, was er tun konnte, war, dagegen anzukämpfen.

Vielleicht hatte er sich deshalb für eine Laufbahn bei der Polizei entschieden und war bei der Mordkommission gelandet.

Um die Welt im Rahmen seiner Möglichkeiten ein bisschen besser zu machen.

»Komm«, sagte er zu Harriet, bevor er sich wieder allzu sehr im melancholischen Gedankengestrüpp verlor, »gehen wir an die Arbeit.«

Harriet half ihm, das schwere Rolltor wieder herunterzulassen. Dann machten sie sich auf, um mit ihrer Malerausrüstung im Auto zu seiner neuen Adresse zu fahren.

Stunden später und gute achtzig Quadratmeter gelb bemalter Wand weiter drehten sie sich nach getaner Arbeit inmitten des Wohnzimmers um sich selbst und begutachteten müde, aber zufrieden ihr Werk. Sie hatten ein paar Farbspritzer auf dem Gesicht und auf den weißen Spurensicherungsoveralls, die Harriet dem Chef der KTU Ehrmanntraut für die Malerarbeiten abgeschwatzt hatte – sie hatte eben auch eine durchaus praktische Ader –, und sie fanden, dass sie als Amateure im Malerhandwerk einen vorzüglichen Job gemacht hatten.

»Einheimisch, italienisch, asiatisch oder amerikanisch, Agent Starling?«, fragte Madlener, als er merkte, dass ihm der Magen knurrte, und schälte sich aus seinem Wegwerfoverall. Kein Wunder, es war schließlich schon spät am Abend, und sie hatten doch wesentlich länger gebraucht, als er einkalkuliert hatte.

»Indisch«, sagte Harriet, wie aus der Pistole geschossen.

Damit hatte Madlener gerechnet.

Weil Harriet nie das tat, was man von ihr erwartete.

## 25

*Now, when the day goes to sleep*
*And the full moon looks*
*The night is so black that the darkness cooks*
*Don't you come creepin' around*
*Makin' me do things I don't wanna do*
Fleetwood Mac, »The Green Manalishi«

Der Brandstifter hatte das ganze Terrain rund um sein neues Zielobjekt mehrmals umrundet, bis er wirklich absolut sicher sein konnte, dass die Luft rein war.

Eigentlich hatte er erst so richtig Gras über die Sache mit den Bootshäusern wachsen lassen wollen, bevor er sich wieder ans Zündeln machte. Aber die Zeit drängte, er wollte noch den einen oder anderen Testlauf vornehmen, bevor er zu guter Letzt am Seehasenfest zuschlagen konnte.

Sein letzter Coup sollte das Abfackeln desjenigen Schiffes der Weißen Flotte des Bodensees werden, das als Flaggschiff in den Hafen von Friedrichshafen einfuhr, mit dem Seehas auf dem Bug.

Nun gut, er musste zugeben, dass es ihn inzwischen auch so in den Fingern juckte, je länger seine selbst auferlegte Zwangspause andauerte, die er wegen der Fahndung nach seinem Mercedes einzulegen gezwungen war.

Er hatte lange gezögert, aber wenn er daran dachte, was er mit seinen Brandattacken eigentlich bezwecken wollte, dann hatte er doch eingesehen, dass er wieder zuschlagen musste, um ernst genommen zu werden.

St. Florian sei Dank – bei einer seiner nächtlichen Spähfahrten mit der Ducati hatte er endlich ein geeignetes Zielobjekt ausgemacht.

Was heißt geeignet? Es war das ideale Zielobjekt schlechthin. Ein garantiert unbewohntes und unbewachtes Gebäude weit abseits jeglicher Wohnsiedlungen. Denn eine Maxime war unumstößlich: Er wollte nicht, dass irgendwelche Menschenleben gefährdet werden konnten. Das war nicht Sinn und Zweck seiner geplanten Brandschneise quer durch den Bodenseeraum mit dem glorreichen Abschluss in Friedrichshafen.

Dort, wo er jetzt die Lage ausbaldowerte, gab es keine Überwachungskamera weit und breit. Außerdem waren bestens ausgebaute Fluchtwege in alle Himmelsrichtungen vorhanden – nach menschlichem Ermessen, selbst unter Einbeziehung aller Unsicherheitsfaktoren, war das eine todsichere Sache.

Was ihm auch noch entgegenkam: Das Gebäude war in Holzbauweise errichtet, besseres Futter für seine zwei vollen Benzinkanister konnte es gar nicht geben. Natürlich war davon auszugehen, dass alle Brandschutzbestimmungen beim Bau eingehalten worden waren, schließlich war man in Deutschland, wo es mehr rigide Bauvorschriften und Brandschutzverordnungen gab als blutsaugende Stechmücken am Amazonas.

Aber was konnten die beste Brandschutzmauer und die neueste brandhemmende Bauweise gegen solide vierzig Liter bleifreies Benzin ausrichten?

Eben.

Im Internet hatte er vorher noch das Objekt seiner Begierde genau unter die Lupe genommen und abgecheckt. Gründliche Planung, Vorbereitung und Analyse aller Möglichkeiten war die Voraussetzung für die erfolgreiche Durchführung einer Feuerattacke.

Sogar einen geeigneten Beobachtungsposten hatte er ausfindig gemacht, von dem aus er mit einem Fernglas und der Videofunktion seines Smartphones das Spektakel optimal observieren und aufzeichnen konnte, ohne Gefahr zu laufen, entdeckt und gefasst zu werden.

Vom Flachdach eines verlassenen und heruntergekommenen Firmengebäudes aus hatte er gewissermaßen einen Logenplatz für seine eigene Inszenierung. Eine ausziehbare Leiter, an die

Rückwand des Gebäudes gelehnt, reichte aus, auf das Dach und wieder herunterzukommen, um danach zu seiner auf der Rückseite abgestellten Ducati zu gelangen und davonzufahren. Die zwei Kanister mit Benzin und die Leiter hatte er schon am Tag zuvor mit seinem Mercedes, für den er längst andere Nummernschilder besorgt hatte, hertransportiert und gut getarnt hinter einem Gebüsch in der Nähe deponiert.

Das alles war nur möglich, weil das Gebäude, auf das er es abgesehen hatte, am nördlichen Rand eines Gewerbegebiets lag, in dem nach Feierabend kein Mensch mehr unterwegs war.

Es war eine Kirche.

»Kirche des heiligen Pfads zur Erleuchtung« nannte sie sich offiziell und umständlich, abgekürzt »Erleuchtungskirche.«

Sie war zweckmäßig im nichtssagenden Bauhaus-light-Stil errichtet und hatte die Größe einer Tennishalle mit zwei Plätzen. Es war keine Behelfs- oder Barackenkirche, sondern ein massiver quaderförmiger Längsbau mit einer schnörkellosen weißen Fassade und einfachen, hochgezogenen Rundbogenfenstern, ein einschiffiges Gebäude ohne Querhaus und mit einem kleinen Kirchturmstumpf, auf dem statt eines Kreuzes zwei stilisierte Hände waren, die zum Gebet aneinandergelegt waren. Sie stand mitten auf einem großen, begrünten und sauber gemähten Eckgrundstück ohne Baumbestand, davor war ein ausladender Kiesplatz für ungefähr fünfzig Autos.

Hinter dem Grundstück und daneben waren nur Felder und Brachflächen.

Dass die Kirche so im Abseits errichtet worden war, hatte wohl zwei Gründe: Erstens war dort der Baugrund noch erschwinglich, und zweitens war die Kirche Treff- und Mittelpunkt einer kleinen, strenggläubigen New-Age-Gemeinde, die sich dem Buddhismus und der Spiritualität nahe fühlte und glaubte, dem Lebensglück und der Erleuchtung durch Meditation und die Worte ihres Meisters näher zu kommen. Sie war nichts anderes als eine Sekte. Eine Sekte, die lieber im Stillen operierte und alles tat, um nicht in den Fokus der Öffentlichkeit zu geraten, weil die

Rekrutierung neuer Mitglieder und die Theorien und Methoden der Kindererziehung als höchst umstritten galten.

Aber immerhin hatte sie das Geld für den Kirchenbau zusammengebracht, es gab Gerüchte, dass etliche Mitglieder der Gemeinde sehr vermögend waren. Wer es nicht war, spendete trotzdem kräftig, das war Grundvoraussetzung, um ein Kirchenmitglied der »Jünger des heiligen Pfads zur Erleuchtung« zu werden. Ein Mann, der sich den Titel »Lama« gegeben hatte, war Gründer und charismatisches Oberhaupt der Sekte. Er war im besten Alter jenseits der sechzig und hatte seine Schäfchen gut im Griff, was ihm in der Presse den nicht unbedingt ehrenhaften Titel »Guru« eingebracht hatte.

Diese Informationen aus dem Internet waren dem Brandstifter so gleichgültig wie sein eigenes Seelenheil, an das er sowieso nicht glaubte. Woran er glaubte, war die normative Kraft des Faktischen. Und Fakt war, dass er im Begriff war, eine Kirche – selbst wenn sie einer noch so obskuren Glaubensrichtung anhing – abzufackeln.

Wenn das kein Sakrileg war.

Allein diese Tatsache würde einen megagroßen Aufschrei der Empörung in den Medien verursachen und würde nur noch davon übertroffen worden, wenn er eine Moschee in Brand setzte. Er hatte diese Möglichkeit in Betracht gezogen, aber zweierlei hatte ihn letzten Endes wieder davon Abstand nehmen lassen. Erstens hatte er den nicht unbegründeten Verdacht, dass Moscheen heutzutage bewacht wurden, von Leuten der Gemeinde, von Sicherheitsdiensten und von gelegentlichen Streifen der Polizei. Zweitens war ihm so ein Vorhaben zu politisch. Und er war alles andere als an Politik interessiert, geschweige denn, dass er damit noch sein eigenes Süppchen kochen wollte. Mit dem ganzen braunen Gedankengut wollte er nichts zu tun haben, in diese Schublade wollte er unter keinen Umständen gesteckt werden.

Das einzig Reizvolle daran war, dass der Brand einer Moschee natürlich unausweichlich eine heillose Diskussion in Gang setzen würde. Aber daran wollte er sich buchstäblich nicht die Finger verbrennen. Eine stinknormale Kirche war Provokation genug und genügte vollauf, sein eigentliches Ziel zu erreichen: nämlich jemand anderem die Schuld für die Brandanschläge in die Schuhe zu schieben. Das war eine diffizile Angelegenheit.

Jedenfalls durfte er sie nicht vermasseln, sonst fiel die Sache auf ihn zurück.

Es war gerade dunkel geworden, als die Ducati hinter dem alten Fabrikgebäude von einer schlanken Gestalt abgestellt wurde, die ihren Helm abnahm, ihn auf den Sitz legte und in ihrer Lederkluft – schwarz, was sonst – losmarschierte.

Der Brandstifter hatte in seinem Rucksack genug Werkzeug dabei, um in die Kirche einbrechen zu können. Ob die Kirche an ein stilles Alarmsystem angeschlossen war, wusste er nicht. Aber das glaubte er kaum – was konnte es schon in einer Kirche, die erst vor ein paar Jahren mitten in die Pampa gebaut worden war, Wertvolles zu klauen geben? Und selbst wenn, dann hatte er genügend Zeit, sich rechtzeitig aus dem Staub zu machen. Sein Vorhaben würde vielleicht zehn Minuten in Anspruch nehmen. Bis ein privater Wachdienst oder die Polizei im Anmarsch war, hatte er längst alles erledigt und das Weite gesucht.

Es war eine mondhelle Nacht, und die Straßenlampen waren erst vor Kurzem angegangen, als er die zwei Kanister Benzin aus dem Versteck im Gebüsch holte und sie über das freie Grundstück zum Kircheneingang schleppte. Sie waren verflucht schwer, und bis er ankam, musste er sie zweimal absetzen, weil ihm die Arme wehtaten. Er stellte die Kanister vor der zweiflügeligen Tür ab und griff nach seinem Rucksack. Er fischte nach seiner Stirnlampe, setzte sie sich auf den Kopf und machte sie an.

Im Licht der Lampe kramte er sein Werkzeug durch. Ein simples Stemmeisen genügte, und die Tür sprang auf. Es war einfacher, als er gedacht hatte. Kurz leuchtete er den Türrahmen ab. Er konnte keine Drähte oder Kontakte entdecken, die auf eine Alarmanlage hindeuteten.

Dann betrat er den Vorraum.

Dort führte eine seitliche Treppe zum ersten Stock eines Anbaus hinauf, in dem wohl ein paar zusätzliche Räumlichkeiten waren, die ihn nicht interessierten.

Er ging durch das kleine Vestibül in das eigentliche Kirchenschiff, das ein saalartiger, hoher Raum war, und sah sich kurz um.

Von außen kam durch die hohen Fenster genügend Mond- und Straßenlicht herein, sodass er sich gut orientieren konnte. Er schaltete seine Stirnlampe wieder aus, kehrte um, packte einen der Kanister und trug ihn durch den Mittelgang zwischen den Bankreihen nach vorn zur Apsis. Der gesamte Innenraum war schlicht und schmucklos. Ein paar Lampen einfachster Art hingen an langen Kabeln von der Decke, auf einem Podest stand eine Art Thron aus Holz, davor ein Pult mit Mikrofon für den Prediger. Daneben war eine Nische mit einem sitzenden vierarmigen Buddha, der zwei Hände meditierend flach aufeinandergelegt hatte, die anderen zwei waren ausgestreckt und hielten Kerzen, die halb heruntergebrannt waren.

Es gab keinen Blumenschmuck, keine Bilder, Seitenwände und Decke waren sauber geweißelt. Auf den Bankreihen lagen, ordentlich abgelegt, Schriften des Lama.

Im Vorbeigehen bespritzte er die Sitzreihen und die Bücher mit Benzin, so gut es ging.

Er war gottfroh, als der Kanister allmählich leichter wurde, und leerte ihn um das Podest in der Apsis großzügig ganz aus. Dort stellte er ihn achtlos neben dem Podest ab, bevor er zurückmarschierte.

Ein Blick auf die Uhr zeigte ihm, dass gerade mal sechs Minuten vergangen waren, seit er die Tür aufgebrochen hatte.

Er war voll im Zeitplan, schraubte den Deckel des zweiten Kanisters ab und leerte den Inhalt entlang der Seitenwände aus. Eine Hälfte rechts, die andere links.

Als er fertig war, spürte er, dass ihn die Benzindämpfe schon leicht benommen machten.

Zeit, wieder an die frische Luft zu kommen.

Er tastete in seinen Taschen nach seinem Zippo, einmal, zweimal, und der Schreck fuhr ihm in alle Glieder, als er es nicht fand.

Zum Teufel noch mal – hatte er etwa vergessen, sein Feuerzeug einzustecken?

Jetzt hatte er vierzig Liter Benzin schön gleichmäßig verteilt, und dann scheiterte sein geniales Vorhaben, die ganze verdammte Kirche in Brand zu setzen, daran, dass er sein Feuerzeug zu Hause liegen gelassen hatte …

Das konnte doch nicht wahr sein!

## 26

Madlener und Harriet wurden von einem Kellner bedient, der anscheinend wirklich indische Wurzeln hatte und nicht nur so tat, als käme er aus Uttar Pradesh, obwohl er weder Turban noch Pluderhosen trug, sondern eine normale Kellnerweste über weißem Hemd zu schwarzen Hosen. Aber seine große Gestalt, sein pechschwarzes Haar, seine dicken Klunker an den Fingern und sein blasiertes Benehmen sorgten dafür, dass man sich angesichts von rosarotem Kitschdekor im Taj-Mahal-Look, weißen Stühlen, unvermeidlichen quietschbunten Fototapeten vom Elefantengott Ganesha und Ravi-Shankar-Gedächtnismusik mit Sitarklängen und Tablabegleitung im Hintergrund vorkommen musste wie in einem Lokal in Neu-Delhi.

In einem Disney-Neu-Delhi natürlich, aber die Gäste schienen das Zusammenspiel von künstlicher Klischee-Exotik und kulinarischen Köstlichkeiten zu goutieren, sonst wäre es nicht so voll gewesen, dass Madlener und Harriet, weil ohne Reservierung, zwanzig Minuten warten mussten, bis ein Tisch frei wurde.

In ihrem Hunger, der nach der ungewohnten körperlichen Arbeit schon als Kohldampf bezeichnet werden konnte, bestellten sie schließlich mehr als großzügig.

Harriet wählte als Vorspeise Vegetable Pakoras, in Kichererbsenmehl gebackenes Gemüse, Madlener Vegetable Samosas, Weizenpasteten mit Gemüse gefüllt, jeweils mit drei Soßen serviert, dazu Naan, Fladenbrot aus Hefeteig. Als Hauptspeisen gab es für Harriet Haryali Malai Kabab, Hühnerbrust, mariniert in Ingwer, Minze, Joghurt und Gewürzen und im Tandoor gegrillt, während Madlener Tandoori Mix bevorzugte, eine Riesenportion mit marinierter und gegrillter Hühnerkeule, Garnelen, Entenfleisch und Hühnerbrustfilet mit Kartoffeln. Dazu natürlich Reis, so viel man wollte.

Der Kellner kam bei jedem Gang wie ein Dschinn, der Geist aus der Flasche in »Tausendundeine Nacht«, völlig geräuschlos, und servierte mit der maßlos übertriebenen Grandezza eines verarmten Maharadschas, die zugleich etwas Herablassendes hatte. So als wäre er in Wirklichkeit zu etwas Größerem geboren. Aber das war wohl erst einmal auf die nächste Wiedergeburt verschoben.

Madlener lächelte in sich hinein, weil er bei so viel indischem Chichi an den Lieblingsfilm seiner Kindheit denken musste, den Zweiteiler »Der Tiger von Eschnapur« und »Das indische Grabmal«, der Jahr für Jahr an den Weihnachtsfeiertagen im Fernsehen wiederholt wurde und in dem es einen indischen Fürsten namens Chandra gab, der ihn in seiner Manieriertheit an den Kellner erinnerte. Dieser Chandra war für ihn damals – er war zehn oder elf Jahre alt – der Inbegriff des Inders überhaupt gewesen, bis er eines Tages anhand der Filmtitel zu seiner Enttäuschung feststellen musste, dass der edle, aber grausame Maharadscha von einem österreichischen Kammerschauspieler namens Walther Reyer verkörpert wurde.

Und die nicht nur sehr exotische, sondern auch noch sehr erotische Tempeltänzerin, die er mit großen Augen und roten Ohren beim betörenden Tanz mit der tödlichen Kobra bewundert hatte, sein erster richtiger, wenn auch heimlicher Schwarm, war auch keine waschechte Inderin, sondern hieß Debralee Griffin, nannte sich Debra Paget und stammte aus Denver, Colorado.

Sogar die todbringende Kobra war, wie er später beim nochmaligen Ansehen als Erwachsener feststellte, nicht echt, sondern ein künstliches Exemplar aus Plastik, das wohl wie eine Marionette an Fäden bewegt worden war. Aus heutiger Sicht sah sie eigentlich nicht wirklich gefährlich aus, sondern eher nach Augsburger Puppenkiste.

Was für ein Fake schon im Jahre 1958!

Nichts, aber auch gar nichts war echt.

Er erzählte Harriet davon und entlockte ihr damit wenigstens ein echtes Grinsen.

»So ist das eben, wenn man erwachsen wird«, sagte sie gnadenlos zwischen zwei Bissen. »Das ist der Zeitpunkt, wo man kapiert, dass man als Kind permanent betrogen und angelogen worden ist.«

Er sah ihr an, dass da mehr als ein wunder Punkt in ihrem Leben war. Auch wenn sie so souverän tat, als wäre das Schnee von gestern für sie.

Manchmal gestattete sie ihm einen kurzen Blick auf ihr wahres Ich.

Aber nur ganz flüchtig und äußerst selten.

Dann zwinkerte sie zweimal mit ihren langen Wimpern, und der Moment war wieder vorbei.

So wie jetzt.

Madlener wusste genau, was sie meinte, und gab ihr schweren Herzens recht.

Das Leben war eigentlich nur eine Abfolge des ständigen schmerzhaften Verlusts von Illusionen. Das fing mit Storch, Zahnfee, Nikolaus und Osterhase an, die angeblich alle etwas brachten, und hörte mit dem Trugbild der großen, immerwährenden Liebe noch längst nicht auf, die einem, wenn es schlecht lief, so ziemlich alles wegnahm, sowohl von der romantischen als auch von der ökonomischen Seite aus gesehen – jedenfalls im Falle einer teuren Scheidung.

Madlener fand das zuweilen auch als Erwachsener noch äußerst deprimierend.

Er verscheuchte den defätistischen Gedanken wieder und konzentrierte sich auf die letzte Garnele, obwohl sein Magen schon längst an der Grenze der Belastbarkeit angelangt war.

Als sie gerade etwas mehr als die Hälfte geschafft hatten, waren sie beide pappsatt.

Sie schauten sich über ihren Tellern an und wussten es im selben Moment: Die Augen waren wieder einmal größer gewesen als der Magen.

Der indische Kellner reagierte beinahe beleidigt – »Hat es Ihnen nicht geschmeckt?« –, weil so viel übrig geblieben war.

Sie dementierten angemessen heftig, und Harriet bestellte zum Beweis, dass sie alles köstlich gefunden hatte, »um den Magen zu schließen«, wie der Kellner gnädig kommentierte, tatsächlich noch eine Portion Gulab Jamun, das waren frittierte Milchbällchen in Zuckersirup mit Eis.

Manchmal neigt sie zu Übertreibungen, aber bei ihr schlägt sowieso nie etwas an, dachte Madlener neidisch, weil er ständig mit überflüssigen Pfunden zu kämpfen hatte.

Er bekam dann doch die Hälfte vom Nachtisch ab, weil Harriet zugeben musste, dass sie sich ein klein wenig überschätzt hatte, und gerade als Madlener bezahlt hatte und sie beide aufbrechen wollten, kam plötzlich ein Mann an ihren Tisch, der höflich wartete, bis der Kellner sein angemessenes Trinkgeld erhalten hatte, sich dezent verbeugte und wegtrat.

Der Mann war ihr neuer Dienststellenleiter Kriminaldirektor Cornelius.

Noch ein Dschinn aus der Flasche, dachte Madlener überrascht.

»Schönen guten Abend. Ich möchte nicht stören«, sagte Cornelius freundlich, »ich habe Sie nur zufällig gesehen und wollte Sie fragen, ob ich Sie beide an unseren Tisch noch auf ein Glas einladen darf. Als Einstand sozusagen. Wenn wir schon alle mal nicht im Dienst sind.«

Madlener und Harriet wechselten einen kurzen Blick, und als Harriet ihm unmerklich zunickte, antwortete Madlener: »Warum nicht, da sagen wir doch nicht Nein …«

Sie folgten Cornelius ans andere Ende des Lokals zu einer Nische, in der ein beinahe überkorrekt gekleideter Mann im Anzug mit Krawatte und Einstecktuch, Dreitagebart und lockigen Haaren bei ihrem Anblick aufstand.

»Darf ich vorstellen«, sagte Cornelius, »das sind meine Mitarbeiter aus dem Präsidium, die Kommissare Holtby und Madlener. Und das ist mein Mann, Robert Wallner.«

Sie schüttelten einander die Hand und setzten sich.

»Also«, fing Cornelius an, »auf was darf ich Sie einladen?«

»Ich glaube, ich könnte jetzt einen Verdauungsschnaps vertragen«, antwortete Madlener, und Harriet stimmte ihm vorbehaltlos zu.

»Wir sind in einem indischen Restaurant – also wie wär's mit Mangoschnaps?«, fragte Cornelius.

Keiner hatte etwas dagegen.

»Aber bitte einen doppelten!«, schlug Harriet vor.

Wie gesagt, dachte Madlener, Harriet neigt gelegentlich zu Übertreibungen. Und zu Experimenten.

Aber er war auch dabei.

Also bestellte Cornelius drei doppelte Mangoschnäpse, Robert Wallner blieb bei seinem Lassi, einem Joghurtgetränk. Er war von Beruf Fahrlehrer, wie er dazu erläuterte, und konnte sich nicht erlauben, mit Alkohol am Steuer erwischt zu werden.

Sie stießen mit Mangoschnaps und einem Lassi auf gute Zusammenarbeit an.

## 27

In seiner Wut auf sich selbst hätte der Brandstifter im ersten Moment am liebsten alles kurz und klein geschlagen. Seine Gedanken rasten. Fieberhaft durchsuchte er seinen Rucksack, leerte schließlich den ganzen Inhalt auf eine der Kirchenbänke, ging davor in die Knie und durchwühlte alles, obwohl er wusste, dass er nur Werkzeug und kein Feuerzeug finden würde.

Herrgott noch mal – wie konnte er nur so gedankenlos sein! Er schloss die Augen.

Denk nach, verdammt, denk nach!, hämmerte er sich ein und klopfte sich mit der behandschuhten Faust gegen die Stirn.

Er sah sich um, roch den immer penetranter werdenden Gestank der Benzindämpfe, die ihm schon Tränen in die Augen trieben, und eine vage Furcht kroch ihm langsam den Nacken hoch, weil ihm klar war, dass ihm die Zeit allmählich davonlief.

Was blieb ihm anderes übrig, als zu seinem Motorrad zurückzuhetzen und zur nächsten Nachttankstelle zu fahren?

Nein, das konnte er nicht machen, in Tankstellen gab es Überwachungskameras. Wenn jetzt ein Kunde in Motorradkleidung ein Feuerzeug kaufte und zehn Minuten später ging in der Nähe eine Kirche in Flammen auf – so dumm war die Polizei auch nicht, dass sie da nicht sofort einen Zusammenhang vermutete.

Sein Blick wanderte in der Kirche umher und fiel auf den sitzenden Buddha mit den halb abgebrannten Kerzen in der Nische neben dem Podest.

Er stand auf und stolperte fast über seine eigenen Füße, als er durch den Mittelgang zur Apsis stiefelte.

Und tatsächlich: Halleluja und dem Herrn sei's gepriesen!

Am Fuß des Buddhas lag wirklich eine Schachtel Streichhölzer. Die altgewohnte »Welthölzer«-Schachtel, weiße Schrift auf blauem Grund.

Er griff nach der Schachtel und schüttelte sie.

Die Erleichterung war schier grenzenlos, als er das Klappern vernahm, das ihm anzeigte, dass die Schachtel nicht leer war. Vorsichtig schob er sie auf. Es waren tatsächlich noch einige Streichhölzer darin. Und Gott sei Dank keine abgebrannten, sondern nur welche mit intakten roten Köpfen.

Er drückte einen Kuss auf die Schachtel, packte rasch die Werkzeugsachen wieder in den Rucksack zurück, hängte ihn sich über eine Schulter und begab sich zum Ausgang. Dort blieb er stehen, sah noch einmal in Richtung Podest und nahm ein Streichholz.

Gern hätte er es so gemacht wie Clint Eastwood in seinen Italo-Western und das Streichholz an seinem Stiefelabsatz angerissen, einfach weil es cool war. Aber es war eben kein amerikanisches, sondern ein stinknormales deutsches Streichholz, weshalb er es nur an der braunen Reibefläche anzünden konnte.

Was er in dem Augenblick versuchte.

Aber mit den Handschuhen ging das nicht.

Er zog sie aus, klemmte sie sich zwischen die Knie, und mit den bloßen Händen klappte es.

Er wartete einen Moment, bis das Hölzchen richtig brannte, bevor er es auf den Boden fallen ließ, wo das ausgeschüttete Benzin eine breite Pfütze hinterlassen hatte.

Augenblicklich bildete sich eine bläuliche Flamme.

Er steckte die Streichholzschachtel als Souvenir ein und sah zu, dass er schleunigst den Rückzug antrat.


Kaum war er ins Freie getreten, hatte der hungrige Drache namens Feuer sich schon rasend schnell ausgebreitet, wie er durch die offene Doppeltür sehen konnte.

Er zog sich die Handschuhe wieder an und sah fasziniert zu.

Seine dunkle Gestalt hob sich wie ein Schattenriss gegen den immer heller werdenden Hintergrund ab.


Aber dann gab die Gestalt in der schwarzen Lederkluft Fersengeld, weil sie nicht genau wusste, wie schnell und wie aggressiv sich die Benzindämpfe entzünden würden.

Schnell. Sehr schnell.

Und sehr aggressiv.
Im Weglaufen drehte sie sich zur Kirche um.

Der Drache bekam genügend Sauerstoff durch die offene Tür, und mit einem Schlag verwandelte er sich in ein glühend orange-farbenes Monster, das sich so rasend und mit so unvorstellbarer Kraft fauchend aufblähte, dass es die seitlichen Fenster mit einem Knall klirrend heraussprengte.

Der Brandstifter gewann im Laufschritt weiter Abstand und hielt dabei sein Smartphone über die Schulter, um alles zu dokumentieren, was die Feuersbrunst hinter ihm anrichtete und wie rasch sie sich ausbreitete.

Dass es wesentlich schneller ging, als er es sich vorgestellt hatte, merkte er schon daran, dass ihn von hinten ein heller Licht-schein überholte.

Er überquerte den leeren Parkplatz und sah zu, dass er auf das gegenüberliegende Gelände mit der verlassenen Lagerhalle kam, hinter der er sein Motorrad versteckt hatte.

Er schwitzte bereits wie ein Schwein in seiner Lederkluft, als er endlich die an die Rückwand der Halle gelehnte Leiter erreichte, richtig in die Schlaufen seines Rucksacks schlüpfte und im Eil-tempo hochkletterte.

Auf dem Flachdach angekommen, blieb er wie hypnotisiert stehen und kam nicht umhin, das Flammeninferno zu bewundern, das er angerichtet hatte. Dabei vergaß er nicht, sein Smartphone voll draufzuhalten. Er konnte nicht anders, er musste einfach ein Selfie von seinem Gesicht machen, das im Lichtschein der Flam-men strahlte, als würde sich darin ein Silvesterfeuerwerk spiegeln. Dann richtete er die Kameralinse wieder direkt auf die brennende Kirche, die leuchtete wie eine Supernova mitten in der Nacht.

Allmählich griffen die Flammen auf sämtliche Gebäudeteile über, und schließlich wurde auch der vordere Anbau erfasst.

Fast schon überwältigt von diesem Gesamtkunstwerk, hielt er das Geschehen mit seinem Handy fest.

Das Bild erinnerte den Brandstifter an ein unheimliches Gemälde, das er einmal in irgendeinem Schulbuch gesehen hatte. Er war beileibe kein Kunstkenner, aber der Name des Malers hatte sich in sein Gedächtnis eingebrannt, weil er in seinen Ohren so seltsam klang. Und weil das Bild einer brennenden nächtlichen Stadt und der teuflischen Schreckenswesen davor, die allerlei bestialische Foltern an den armen Sündern veranstalteten, ihm tage- und nächtelang nicht mehr aus dem Kopf gegangen war.

Hieronymus Bosch, ja, so hieß dieser Freak mit den absurden und surrealistisch anmutenden Szenarien, die nur einem Gehirn im LSD-Rausch entsprungen sein konnten. Aber als Bosch seine Vorstellung der Apokalypse mit seinem Pinsel auf der Leinwand Wirklichkeit werden ließ, war noch finsterstes Mittelalter.

Er lauschte in die Nacht, weil er eben etwas gehört hatte. Waren das schon die fernen Sirenen der herannahenden Feuerwehren, die längst irgendjemand alarmiert haben musste?

Nein, es klang eher wie menschliche Schreie.

Aber wahrscheinlich täuschte er sich.

Das Krachen und Prasseln und Fauchen der Flammen war so dominant geworden, dass es sämtliche anderen Geräusche übertönte.

Der Feuerdrache zermalmte alles, was ihm in den Weg kam. Und solange genügend Futter da war, wurde sein unstillbarer Hunger noch größer, er wurde immer wütender und gefräßiger.

Der Brandstifter spähte in die andere Richtung, nach Süden, zur Stadt hin, ob dort schon das Flackern von Blaulichtern am Horizont zu sehen war.

Und tatsächlich – ganz klein noch, aber deutlich zu erkennen und näher kommend, zuckende blaue und rote Lichter. Und jetzt war auch leises Sirengeheul zu vernehmen, das sich ganz allmählich steigerte. Ein Crescendo aus Dutzenden Fahrzeugen.

Aber dann hörte der Brandstifter es wieder – da war noch etwas anderes.

Ohne Zweifel – das waren menschliche Schreie.

Sie kamen aus der brennenden Kirche.

Hilfeschreie.

Sie klangen schrill und verzweifelt, nach absoluter Panik.

Er sah genauer hin – bewegte sich da was in der Flammenwand am Eingang?

Das konnte, das durfte nicht wahr sein …

Nacheinander kamen ein, zwei, drei, nein: vier gebückte Gestalten herausgewankt, sich gegenseitig stützend und schiebend, sie hatten sich anscheinend nasse Decken übergeworfen und stürzten, kaum dass sie ins Freie gelangt waren, der Länge nach auf den Boden oder ließen sich einfach fallen, weil sie am Ende ihrer Kräfte waren. Die Decken kokelten, rauchten, brannten vereinzelt. Alle vier husteten und spuckten. Gegenseitig versuchten sie, sich die Flammen auszuschlagen, die teilweise an ihrer Kleidung oder in den Haaren züngelten.

Und dann, die schwarze Gestalt auf dem Dach traute ihren Augen nicht, folgten ihnen noch zwei Nachzügler, die sich ebenfalls unter Decken verbargen, auch sie fielen ein paar Meter vom Kircheneingang entfernt zu Boden. Einer brüllte immer wieder »Noah! Noah!« und wollte wieder in die Kirche zurück, die anderen mussten ihn gewaltsam daran hindern.

Chaos pur.


Der Brandstifter in seiner Lederkluft stand da in Schockstarre, er war unfähig, sich zu regen.

Auch in seinem Kopf brodelte das Chaos.

Da waren Menschen in der Kirche gewesen, wahrscheinlich im ersten Stock des Seitenanbaus, er hatte es nicht für nötig befunden, dort nachzuschauen.

Warum auch?

Es war kein einziges Auto auf dem Parkplatz vor der Kirche gewesen, kein Fahrrad, nichts. Es gab keinerlei Anzeichen dafür, dass sich im Gebäude noch irgendjemand aufgehalten hatte.

Gottverdammt – wie war das möglich? Was machten die da so spät noch in der Kirche? Und das ohne Licht? Ohne dass er etwas gehört hätte, was in kirchlichen Räumen zu vermuten gewesen wäre – Musik, Gesang, ein Vortrag, eine Predigt.

Ein furchtbarer Verdacht kochte binnen Kurzem in ihm hoch.

Wo sechs Menschen waren, konnten auch noch mehr sein.

Wenn da jetzt noch jemand drin war?

Nicht umsonst wollte eine der Gestalten vor der Kirche mit aller Gewalt zurück in die Flammen.

Um einen Noah zu retten, der in diesem Moment elendiglich verbrannte und erstickte?

Er fing an zu zittern, wusste nicht, was er jetzt tun sollte.

Sein erster Impuls war: abhauen, so schnell wie möglich.

Aber er konnte ihm nicht nachgeben.

Jetzt noch nicht.

Er warf einen Blick in die andere Richtung.

Da kamen sie heran, nacheinander, nebeneinander, auf allen Zufahrtsstraßen: ein gewaltiges Aufgebot an roten Feuerwehrwagen, es mussten mehrere Löschzüge sein. Es war alles dabei, was die Feuerwehren rund um Friedrichshafen aufzubieten hatten, vom Einsatzleitwagen über Mannschaftswagen bis hin zu mehreren Löschfahrzeugen, eine gewaltige Armada.

Er konnte nur hoffen, dass mit den sechs Leuten dort unten alle der Feuerhölle entkommen waren.

Aber er wusste, dass das reines Wunschdenken war.

Wenn jetzt noch jemand in der Kirche war – für den konnte es kein Entrinnen mehr geben.

Die angekohlten Gestalten im Lichtschein der brennenden Erleuchtungskirche – soweit er es erkennen konnte, waren es Jugendliche – mussten den Letzten, der es ins Freie geschafft hatte, immer noch zurückhalten. Er wehrte sich aus Leibeskräften, schrie, wimmerte und schluchzte.

Der Einsatzleitwagen kam als Erster auf den Parkplatz gerast, bremste scharf im Kies ab, Männer in Feuerwehruniform stürzten heraus, und zwei davon kümmerten sich um die Gruppe vor der Kirche.

Der Brandstifter auf dem Dach erkannte Erich Schöllhorn, den Einsatzleiter, der sofort in Stellung ging und die nachfolgenden Feuerwehrwagen mit Gesten und einem Funksprechgerät einwies. Im Nu füllte sich der Vorplatz halbwegs geordnet mit blinkenden Fahrzeugen.

Schöllhorn bellte Befehle und organisierte die Vorbereitung und Durchführung der Löscharbeiten.

Immer mehr Fahrzeuge rauschten heran, darunter auch Streifenwagen der Polizei.

Für Fachfremde war das Gelände vor der Kirche ein einziges Durcheinander aus zuckenden Lichtern, rennenden Männern und einer wahren Sirenenkakophonie.

In Wirklichkeit wussten alle, was sie zu tun hatten, jeder Handgriff war tausendfach geübt und saß.

Der Brandstifter konnte hier nichts mehr ausrichten. Im Gegenteil, er musste zusehen, dass er seine eigene Haut rettete, bevor ihn jemand entdeckte. Momentan konzentrierte sich die ganze Aufmerksamkeit noch auf die brennende Kirche und die erforderlichen Löschmaßnahmen. Sobald die Vermutung aufkam, dass es sich um Brandstiftung handelte, konnte es auch für ihn im wahrsten Sinne des Wortes brenzlig werden.

Eigentlich wollte er schon längst Fersengeld geben, aber er war wie gelähmt.

Dass jemand vielleicht durch seine Schuld ums Leben gekommen war – daran wagte er nicht einmal zu denken.

Wenn das der Fall war, dann würde die Polizei buchstäblich jeden Stein umdrehen, um ihn zu finden.

Er sank in die Knie, konnte nicht mehr hinschauen.

Es nutzte nichts, wenn er jetzt seiner Verzweiflung nachgab, die ihn an der Gurgel gepackt hatte wie eine Krallenhand in einem trashigen Horrorfilm.

Jetzt trafen auch noch Sankas ein.

Durch einen dummen Zufall brauchte nur irgendjemand einen Blick nach oben auf das Dach der Lagerhalle zu werfen, die einen Steinwurf vom Parkplatz der Kirche entfernt war – er konnte jederzeit auffliegen. In letzter Zeit war es vermehrt vorgekommen, dass sogenannte Gaffer Rettungsarbeiten behindert hatten und dafür hart bestraft wurden. Bei dem Riesenaufgebot an Hilfskräften und Polizisten, die inzwischen vor seiner Nase herumwuselten, würde man ihn schnell fassen und festnehmen. Das konnte er natürlich unter keinen Umständen riskieren.

Allein bei der Vorstellung daran schauderte ihn, und das löste endlich seine Starre.

Schleunigst legte er sich so flach aufs Dach, wie es nur irgend ging, nahm den Rucksack ab und holte ein kleines Fernglas heraus, um genauer beobachten zu können, was da im Detail geschah.

Er konnte nicht anders, er musste einfach herausfinden, ob noch jemand in der Kirche geblieben war, egal, welcher Gefahr er sich dabei aussetzte.

Mit dem Fernglas suchte er nach dem Einsatzleitfahrzeug und fand den Kreisbrandmeister Erich Schöllhorn, der das scheinbare Chaos in geordnete Bahnen gelenkt hatte, sich jetzt in aller Eile in einen speziellen Anzug zwängte und mit einem Atemschutzgerät mit Sauerstoffversorgung ausgestattet wurde.

Die Kirche brannte immer noch lichterloh, und es war nur noch eine Frage der Zeit, bis sie in sich zusammenfallen und alles unter sich begraben würde.

Zu wenig Zeit, soweit er das durch sein Fernglas beurteilen konnte.

Er erkannte, was Schöllhorn vorhatte, der erregt mit anderen Feuerwehrleuten diskutierte und sich offensichtlich nicht aufhalten ließ.

Sein Vorhaben war der helle Wahnsinn.

Nein, das war noch eine Untertreibung.

Es war der reine Selbstmord mit Ansage.

Am liebsten wäre der Brandstifter auf dem Dach aufgesprungen und hätte geschrien, dass es zu spät war, in das Inferno aus

Rauch und Flammen hineinzugehen, um noch jemanden herausholen zu wollen, viel zu spät.

Aber er tat es nicht und blieb, indem er sich platt wie eine Flunder machte, auf dem Bauch liegen.

Schöllhorn schüttelte seine Männer ab, befahl den Feuerwehrleuten an zwei Schläuchen, mit ihrem Löschwasser den Eingangsbereich der Kirche ins Visier zu nehmen, und betrat den Eingang, wo er zwischen dem Wasservorhang und den Rauchschwaden verschwand wie in einem Höllenschlund.

Der Brandstifter auf dem Lagerhausdach hielt unwillkürlich den Atem an.

Er zählte die Sekunden mit, während die Löschschläuche unter Hochdruck den Eingang unter Wasser setzten.

Es dauerte und dauerte, aber der Einsatzleiter kam nicht mehr heraus.

Der Brandstifter mit dem Fernglas konnte jeden einzelnen Herzschlag in seinem Hals spüren. Die nackte Verzweiflung kroch wieder unaufhaltsam in ihm hoch. Er hatte doch nur ein paar spektakuläre Brände legen wollen. Aber er wollte nie Menschenleben dabei aufs Spiel setzen oder in Gefahr bringen.

Und jetzt?

So wie es aussah, hatte er nicht nur einen, sondern gleich zwei Menschen auf dem Gewissen.

Es war einzig und allein seine Schuld, dass es so weit gekommen war. Er hätte eben umsichtiger vorgehen müssen, sich vorher versichern müssen, dass die Kirche und die Nebenräume leer waren.

Er wartete nur noch darauf, dass der brennende Gebäudekomplex alles unter sich begrub.

Wie sollte er mit dieser Schuld weiterleben?

Als er schon nicht mehr daran glaubte, nach einer schier endlosen Zeitspanne, kam Schöllhorn mit dem Rücken voran aus dem Eingang und zog etwas, das wie ein regungsloser menschlicher Körper aussah, hinter sich her.

Also war doch noch jemand in der Kirche gewesen, der es aus eigener Kraft nicht mehr geschafft hatte, den Flammen zu entkommen.

Schöllhorn hatte ihn gefunden, und mehrere Feuerwehrleute eilten heran, um ihm zu helfen.

Es war keine Sekunde zu spät, denn kaum waren sie ein paar Meter vom Eingang entfernt, sackte der ganze Gebäudekomplex wie in Zeitlupe in sich zusammen, und Funken stoben wie explodierende Feuerwerkskörper gen Himmel.

Der Brandstifter auf dem Dach steckte das Fernglas in den Rucksack zurück, robbte rückwärts über das Flachdach in Richtung Leiter und kletterte hinab.

Er hatte mehr als genug gesehen.

Vielleicht war doch noch nicht alles verloren.

Vielleicht hatte der Mann, den Schöllhorn aus der Kirche gezogen hatte, doch überlebt.

Jede Menge »vielleicht«, aber wenigstens ein Hoffnungsschimmer am Horizont.

Unten angekommen, warf er sich den Rucksack über die Schulter, riss die Leiter um und ließ sie im Brennnesselgebüsch liegen, das die ganze Lagerhalle umsäumte. Auf keinen Fall durfte er irgendwelche Spuren hinterlassen, das war sein nächster Gedanke. Aber die Leiter war alt, sollten sie denken, dass sie beim Ausräumen und Verlassen des Lagers vergessen worden war. Fingerabdrücke hatte er keine hinterlassen, er hatte immer penibel darauf geachtet, Handschuhe zu tragen.

Die Sirenen waren endlich ausgeschaltet worden.

Umso unheimlicher war der flackernde Lichtschein, der den ganzen nördlichen Nachthimmel illuminierte. Und die blauen Signallichter an den Feuerwehrwagen und Polizeifahrzeugen hörten nicht auf zu zucken.

Der Brandstifter nahm den Helm vom Sitz seiner Ducati, stülpte ihn sich über den Schädel, zurrte ihn hastig fest und schob die schwere Maschine so weit weg wie möglich, hinein in einen Schotterweg, der zwischen zwei Maisfeldern hindurchführte, der Mais war gerade hüfthoch.

Die Schieberei war Schwerstarbeit, er musste sich gegen den Lenker stemmen und höllisch aufpassen, dass die Ducati nicht umkippte, sie wieder hochzustemmen war allein fast nicht möglich.

Als er schließlich an einer Kreuzung der Feldwege anhielt und schweißgebadet hochschaute, blickte er geradewegs einem Jungen ins Gesicht, der höchstens zwölf oder dreizehn Jahre alt war und gerade mit seinem Bike auf seinen Weg einbiegen wollte.

Der Junge hielt sich mit beiden Händen am Lenker seines Fahrrads fest, das er geschoben hatte, weil er sich vorsichtig dem Brandspektakel nähern wollte, ohne gesehen und gleich wieder verjagt zu werden.

Er starrte die schwarze Gestalt am Motorrad mit offenem Mund an, als wäre sie ein Alien.

## 28

Sie blickten sich bewegungslos an.

Sekundenlang.

Jeder hatte seine Hände auf dem Lenker. Der Brandstifter die seinen auf dem der Ducati, der Junge auf dem seines schwarzen Fatbikes. Offensichtlich sein ganzer Stolz. Es hatte megadicke Reifen, die das Rad klobig aussehen ließen.

Der Unterschied war, dass der Junge seine Furcht und Fassungslosigkeit nicht verbergen konnte und die schwarze Gestalt mit der Ducati einen Integralhelm aufhatte, dessen Visier verspiegelt war. Sie sah aus wie einer von Darth Vaders galaktischen Stormtroopern, nur in Schwarz, und hatte kein Gesicht.

Der Brandstifter registrierte die pure Angst im Blick seines Gegenübers, in dessen Augen sich das Feuer spiegelte. Er konnte an der Miene des Jungen ablesen, dass er ahnte, was dieser Stormtrooper in Schwarz getan hatte.

Aber was konnte er der Polizei schon sagen?

Nichts.

Er war einem Motorradfahrer begegnet, der seine Maschine von der brennenden Kirche weggeschoben hatte.

Das war alles.

Er stieg auf seine Ducati und startete wortlos den Motor.

Der Junge stand immer noch wie versteinert da und umklammerte die Griffe seines Fatbikes so heftig, dass die Knöchel weiß hervortraten.

Vorsichtig gab der Ducati-Fahrer Gas und passierte den Jungen, ohne ihn weiter zu beachten, obwohl dieser ihm mit seinem Blick folgte.

Nach ein paar hundert Metern hielt er noch einmal an, spielte mit dem Gas und schaute über seine Schulter zurück.

Der Junge verharrte immer noch an derselben Stelle, das Gesicht ungläubig ihm zugewandt, als würde er nur darauf warten, dass der schwarze Stormtrooper seine Maschine hochriss und wie eine Rakete zwischen den funkelnden Sternen verschwand.

Wenn das möglich gewesen wäre, hätte er das auf der Stelle so gemacht.

Aber er hatte alles andere als Muße für solche Gedanken.

Er sah zum Ende des Feldes zurück, der Junge war ihm gleichgültig.

Hinter dem Jungen wurde der Flammendrache inzwischen mit Löschwasser bekämpft, er flackerte nur noch vereinzelt hoch, weil ihm allmählich das Futter ausging.

Oh Mann – was für ein Fiasko hatte er da angerichtet!

Hieronymus Bosch war ein Klacks dagegen.

Die Blaulichter der unzähligen Feuerwehrfahrzeuge zuckten und blitzten, noch immer kamen rote Fahrzeuge herangerast, wahrscheinlich waren alle Feuerwehren im Umkreis von fünfzig Kilometern alarmiert worden. Das Sirengeheul nahm wieder zu.

Von der einst stolzen Kirche standen nur noch brennende Reste, Funken tanzten gen Himmel, eine dicke Rauch- und Dampfsäule stieg nach oben, vom Löschwasser in den Flammen hervorgerufen.

Was hätte der Brandstifter noch vor einer Stunde für so ein Bild gegeben!

Aber die Lust am Filmen war ihm gründlich vergangen.

Siedend heiß durchfuhr es ihn – wo war sein Smartphone?

In heller Panik tastete er die Taschen seiner schwarzen Lederkluft ab.

Oben.

Unten.

Seitlich.

Kein Smartphone.

In die Gesäßtaschen seiner Lederhose hatte er noch nie etwas geschoben. Allzu leicht konnte es dort herausrutschen, ohne dass er es bemerkt hätte. Er tastete sie trotzdem ab.

Und dort war sein Smartphone. Gerade noch mit dem äußersten Rand in der Tasche festgeklemmt. Eine falsche Bewegung und er hätte es verloren.

Er nahm es heraus und steckte es in die Innentasche seiner Jacke, wo es sicher verwahrt war. Dann pustete er einmal gründlich durch.

Beinahe wäre wirklich alles schiefgegangen, was schiefgehen konnte. Es hätte ihn nicht gewundert, wenn er das Smartphone zu guter Letzt noch auf dem Flachdach oder im Gras hinter der Lagerhalle verloren hätte.

Als Visitenkarte für die Polizei gewissermaßen.

Damit hätte er die Arschkarte gezogen.

Besser gesagt: die Ereigniskarte aus dem Monopolyspiel.

Gehe in das Gefängnis.

Begib dich direkt dorthin.

Er gab so sanft wie möglich wieder Gas und ließ die Kupplung vorsichtig kommen, um nicht auf dem Schotter durch den Einsatz von zu viel PS wegzurutschen und zu stürzen, und tuckerte auf dem furchigen Feldweg dahin.

So langsam und leise war er mit seiner Ducati noch nie gefahren. Dafür war sie auch nicht gemacht.

Erst als er auf der geteerten Landstraße war, drehte er voll auf und raste davon.

Aber es war nicht mehr das testosteronbefeuerte und adrenalingeschwängerte Gefühl von Freiheit, das ihn dabei durchströmte.

Der bleierne Gedanke an den Mann, den Schöllhorn in letzter Sekunde aus dem Inferno gezerrt hatte, ließ ihn nicht mehr los. Er konnte nur hoffen, dass er überlebt hatte.

Geografisch konnte der Brandstifter das Desaster, das er angerichtet hatte, hinter sich lassen.

Mental nicht, das wusste er vom ersten Moment an, als er die ersten brennenden menschlichen Gestalten aus der Tür der Erleuchtungskirche hatte torkeln sehen.

Sie würden ihn bis ans Ende seiner Tage verfolgen.
Von den Nächten gar nicht zu sprechen …
Dabei war sein Rachefeldzug noch gar nicht zu Ende.
Ab jetzt konnte es kein Zurück mehr geben.

Wie ein Geist in der Nacht verschwand die Gestalt auf der schweren Ducati mit aufheulendem Motor.

## 29

Sie waren die letzten Gäste. Es war unerwartet noch eine recht fröhliche Runde geworden. Das lag nicht nur daran, dass es nicht bei den drei doppelten Mangoschnäpsen geblieben war – nur Robert Wallner hatte sich eisern an seine Joghurt-Drinks gehalten.

Am Ausgang des Lokals stand der Maharadscha-Backup hinter dem Tresen und polierte stoisch die schon blitzsauberen Gläser zum wiederholten Mal.

Die Stimmung am Tisch bei Cornelius, Wallner, Madlener und Harriet war deshalb so entspannt, weil Cornelius ganz im Gegensatz zu seinem Auftritt im Präsidium, wo er eher einen verschlossenen und zurückhaltenden Eindruck auf Madlener gemacht hatte, inzwischen aufgetaut war und ziemlich locker wirkte. Er hatte sogar angefangen, von seiner Jugendzeit zu erzählen. Cornelius war nämlich ein echter Häfler, wie die Eingeborenen genannt wurden. Er war in Friedrichshafen groß geworden und hatte, Madlener konnte es nicht fassen, tatsächlich einmal den Seehas geben dürfen, vor fast dreißig Jahren.

Madlener wollte nach diesem Geständnis wissen, wie Cornelius auf die Idee gekommen war, eine Laufbahn bei der Polizei einzuschlagen.

Cornelius schüttelte über sich selbst den Kopf.

»Der eigentliche Grund dafür ist eine Geschichte, die kann ich nicht erzählen.«

»Keine Sorge«, sagte Madlener, »sie bleibt unter uns.«

»Sicher?«, fragte Cornelius und suchte den Augenkontakt zu Harriet, die zustimmend nickte.

»Wissen Sie«, erklärte er, »die Story habe ich nämlich noch nicht mal meinem Mann erzählt.«

Damit sah er seinen Ehepartner vielsagend von der Seite an.

»Ist sie so schlimm?«, fragte Wallner.

»Ich geniere mich eigentlich heute noch dafür.«

»Dann musst du sie einfach loswerden«, forderte Wallner ihn auf.

»Na gut, kann ich mir das auch mal von der Seele reden«, gab Cornelius nach. »Ich war siebzehn Jahre alt ... aber das soll keine Entschuldigung sein ...«, fing er an, als ein Handy fiepte. »'tschuldigung, das ist meins«, unterbrach er sich selbst und angelte sein Smartphone aus der Tasche seines Sakkos, das er längst ausgezogen und über seine Stuhllehne gehängt hatte. Er warf einen Blick auf das Display. »Da muss ich rangehen. Das ist Frau Gallmann aus dem Präsidium. Ja, Cornelius?«

Er hörte konzentriert zu.

Madlener, Harriet und Wallner konnten an seinem Gesicht ablesen, dass es um eine ernste dienstliche Angelegenheit ging.

»Wo?«, fragte er und: »Wann ist das passiert?«

Dann beendete er das Gespräch mit einem »Danke, Frau Gallmann« und steckte das Handy wieder weg.

»Hat sie schwäbisch gesprochen?«, wollte Madlener wissen.

Cornelius sah ihn erstaunt an.

»Hat sie. Woher wissen Sie das?«

»Immer wenn Frau Gallmann schwäbelt, dann ist wirklich Feuer unter dem Dach, bildlich gesprochen«, konstatierte Madlener.

»Ja, kann man so sagen. Es ist Feuer unter dem Dach. Leider nicht nur bildlich, sondern tatsächlich«, bestätigte Cornelius. »Ein neuer Großbrand. Ob er mit den anderen Brandstiftungen zu tun hat, wissen wir noch nicht. Nur gab es diesmal Verletzte. Und einen Schwerverletzten, der in der Klinik mit dem Tod ringt.«

Er stand auf.

»Ich muss sofort dahin. Robert fährt mich. Wollen Sie mich begleiten? Ich weiß, Sie sind eigentlich im Urlaub, Kommissar Madlener. Und ein Fachmann aus Konstanz ist schon vor Ort.«

»Fischer?«

»Ja, Fischer. Aber ich fürchte, das könnte auch ein Fall für die Mordkommission werden ...«

## 30

Es wirkte gespenstisch, weil alle Sirenen und Signallichter abgeschaltet waren, als eine schier endlose Prozession aus Feuerwehrfahrzeugen sämtlicher Größen und Kategorien dem Wagen entgegenkam, in dem Robert Wallner Cornelius, Madlener und Harriet zum Ort des Großfeuers chauffierte.

Als sie dort eintrafen, waren nur noch von Scheinwerfern beleuchtete, rauchende und qualmende Überreste auf dem Grundstück der »Kirche des heiligen Pfads zur Erleuchtung« übrig geblieben.

Die Erleuchtungskirche war Geschichte.

Wasser aus zwei Löschschläuchen wurde weiterhin unter der Anleitung von Schöllhorn so in den kokelnden Trümmerhaufen gelenkt, dass auch die letzten Brandnester nicht wiederaufflackern konnten.

Ein Polizeifotograf und ein Reporter machten Fotos.

Auf dem Gelände vor der Kirche standen nur noch zwei Löschzüge, der Einsatzleitwagen und zwei Streifenwagen.

Madlener und Harriet nahmen den verkohlten Schutthaufen und die Aschenberge in Augenschein, die der Brand zurückgelassen hatte.

Robert Wallner war ebenfalls ausgestiegen, blieb aber beim Auto.

Es stank penetrant nach kalter Asche und wie nach verbranntem Müll.

Der neu installierte Kriminaldirektor ging auf einen Mann in Gummistiefeln zu, der in seiner Leibesfülle unverkennbar war und etwas in sein Smartphone diktierte: Kommissar Fischer.

»Willst du?«, fragte Harriet, die sich eben einen Kaugummi in den Mund gesteckt hatte und Madlener das Päckchen hinhielt.

»Was ist das?«, fragte er zerstreut, während er das Gelände rund um den Brandort herum abscannte.

»Was wohl – ein Kaugummi, extrastark.«

Madlener verzog das Gesicht und machte eine abwehrende Geste.

»Deine Kaugummis kenne ich. Schmecken nach Lakritz. Und Lakritz kann ich nicht ausstehen.«

Harriet streckte ihm das Päckchen erneut auffordernd hin, diesmal direkt vor die Nase.

»Ich habe nur den mit Lakritz. Dir wird nichts anderes übrig bleiben«, sagte sie lakonisch.

»Muss ich wirklich?«, fragte er.

Harriet nickte. »Wenn du auch nur halbwegs so eine Fahne hast wie ich ... unbedingt.«

Madlener dachte an die doppelten Mangoschnäpse, wie viele es gewesen waren, wusste er nicht mehr. Sie waren ein wenig in Feierlaune geraten und hatten ja nicht ahnen können, dass ihnen noch ein Einsatz bevorstand. Wohl oder übel nahm er einen Kaugummi und steckte ihn sich ohne weiteren Kommentar in den Mund, bevor er zu Cornelius und Fischer marschierte, Harriet folgte ihm.

Er schüttelte Fischer die Hand. Der nickte nur und machte weiter, er war gerade dabei, den Kriminaldirektor ins Bild zu setzen.

»Was die sechs Verletzten angeht: Die haben's aus eigener Kraft noch einigermaßen rechtzeitig rausgeschafft. Sind schon alle mit dem Sanka in die Klinik transportiert worden. Brandverletzungen und Rauchvergiftung. Aber sie werden's überleben.«

»Und was ist mit dem Schwerverletzten?«, fragte Cornelius.

»Wenn Sie mich so fragen: Seine Überlebenschance ist nahe null. Aber ich bin kein Arzt.«

»Haben Sie ihn gesehen?«

»Ja. Sah schrecklich aus. Verbrennungen dritten Grades, sagte der Notarzt. Haare, Gesichtshaut, Hände – alles verbrannt. Die Kleidung am Körper wie festgebacken. Aber er lebte noch, als sie ihn weggebracht haben.«

Er sah Madlener und Harriet, die ihm konzentriert zugehört hatten, synchron kauen und war dadurch doch ein wenig irritiert.

»Übrigens …«, sagte er dann, »der Mann da drüben ist ein Held.«

Er wies mit dem Kopf auf Schöllhorn, der mit seinen Stiefeln und einer dicken Taschenlampe das Brandrechteck umrundete, auf der Suche nach versteckten Hitzenestern, die sie noch übersehen haben konnten.

»Der Einsatzleiter, Schöllhorn heißt er. Er hat den Schwerverletzten unter Einsatz seines Lebens in letzter Sekunde aus der brennenden Kirche geholt. Kurz bevor sie eingestürzt ist.«

»Ist die Feuerwehr sicher, dass nicht noch mehr Menschen in der Kirche waren?«, fragte Madlener.

Fischer zuckte mit den Schultern.

»Das kann noch niemand mit Sicherheit sagen, wir gehen aber davon aus.«

»Haben Sie nicht die Verletzten gefragt?«

»Die waren schon unterwegs in die Klinik, als ich hier eingetroffen bin. Schöllhorn sagt, dass niemand mehr in der Kirche war bis auf den, den er rausgezogen hat. Das haben ihm die anderen gesagt, die sich aus eigener Kraft aus der Kirche retten konnten und noch in der Verfassung waren, dass sie ein paar Worte herausbrachten. Sie haben Schöllhorn erst darauf aufmerksam gemacht, dass noch einer drin war.«

»Weiß man schon etwas über die Brandursache?«, fragte Cornelius.

»Dafür ist es noch zu früh.«

»Kommen Sie, Fischer …«, sagte Madlener. »Sie sind doch ein alter Fuchs im Brandgeschäft. Was sagen Sie? Sie können mir nicht erzählen, dass Sie sich noch keine Meinung gebildet haben. So vorläufig sie auch sein mag.«

»Das ist so eine Sache mit der vorläufigen Meinung … Kann irgendein Kurzschluss in den elektrischen Leitungen gewesen sein … Das habe ich auch schon bei einigen Großfeuern erlebt … kleine Ursache, große Wirkung …«

»Das glauben Sie doch selbst nicht.« Madlener schüttelte den Kopf.

»Nein. Sie haben recht. Das glaube ich selbst nicht. Der

Brand war zu heftig, rasend schnell, breitete sich fast schon explosionsartig aus, wie uns ein Augenzeuge sagte … und wie er mir auf seinem Handy zeigte. Er hat alles von der Ferne aufgenommen.«

Madlener war sofort wie elektrisiert. Sein Jagdinstinkt war erwacht, das lag ihm einfach im Blut.

»Wo ist dieser Augenzeuge?«, fragte er.

»Da drüben, im Streifenwagen. Eine Kollegin nimmt seine Aussage auf. Es ist ein vierzehnjähriger Junge, der sein neues Rad ausprobieren wollte, das er zum Geburtstag geschenkt bekommen hat. Irgend so ein Geländerad. Was Neumodisches mit ganz dicken Reifen. Er hat's zu Hause nicht mehr ausgehalten. Ist bei Anbruch der Dunkelheit dahinten querfeldein über die Äcker und Wiesen gefahren, als er die Kirche brennen gesehen hat.«

»Harriet, redest du mal mit dem Jungen?«, fragte Madlener.

Harriet nickte und ging zum Streifenwagen, während Fischer mit seinen Ausführungen weitermachte.

»Also, die Intensität des Feuers und das hohe Tempo, mit dem es sich im ganzen Gebäude ausgebreitet hat, das lässt meiner Vermutung nach – bei aller Vorsicht – nur einen Schluss zu …«

»Brandstiftung mit Brandbeschleuniger«, nahm ihm Madlener das Wort aus dem Mund.

Fischer wurde wieder durch Madleners heftiges Kaugummikauen irritiert, bevor er zustimmend nickte und sich am Kopf kratzte.

»Eindeutig. Ja! Und zwar eine ganze Menge davon. Aber sobald es hell wird, wissen wir Genaueres. Bei Tageslicht kann ich mir ein besseres Bild vom Brandverlauf machen. Jetzt ergibt das nicht viel Sinn, weil man vielleicht wichtige Spuren übersieht oder zertrampelt.«

Das Handy von Kriminaldirektor Cornelius fiepte wieder, er nahm den Anruf sofort entgegen.

»Ja?«, bellte er in einem Ton, den Madlener so noch nie von ihm vernommen hatte.

Er wächst schneller in seinen neuen Job hinein, als ihm lieb sein kann, dachte er und wartete auf Neuigkeiten, auch wenn es, dem Gesicht von Cornelius nach zu urteilen, keine guten waren.

Der Kriminaldirektor legte auf und erwiderte mit ernster Miene die fragenden Blicke der beiden Kommissare Fischer und Madlener.

In kühlem, geschäftsmäßigem Ton sagte er: »Der Schwerverletzte ist gerade im Krankenhaus verstorben. Wir haben hier also ein Tötungsdelikt vorliegen, das sofortige Ermittlungen dringend notwendig macht und rechtfertigt. Ich werde Leute von der Spurensicherung anfordern, sie sollen kommen, sobald es hell ist. Wie heißt der zuständige Leiter von hier gleich noch?«

»Ehrmanntraut«, sagte Madlener. »Ein guter Mann. Wenn jemand etwas findet, dann er.«

»Ich bin ja auch noch da«, brummte Fischer, er klang eingeschnappt. »Das ist schließlich mein Spezialgebiet.«

»Das sollte kein Seitenhieb gegen Sie sein, Kollege«, wiegelte Madlener ab. »Ihr werdet euch schon einig werden, wer was wo umgraben darf. Ich spreche mit Ehrmanntraut.«

»Gut. Tun Sie das«, stimmte Cornelius zu. »Kommissar Madlener, ich möchte, dass Sie schnellstmöglich eine Sonderkommission unter Ihrer Leitung zusammenstellen. Wir nennen sie ›Erleuchtungskirche‹. Nehmen Sie dazu, wen immer Sie auch brauchen. Aber finden Sie den Kerl, der für diese Schweinerei hier verantwortlich ist. Er ist höchst gefährlich und scheint vor nichts zurückzuschrecken. Wir dürfen nicht zulassen, dass er weitermacht und noch mehr Schaden anrichtet. Von Menschenleben gar nicht zu sprechen.«

Er wandte sich ab.

Madlener fand, dass er das gesagt hatte, was ein guter Dienststellenleiter zu sagen hatte. Er drehte sich weg und entsorgte den Kaugummi in einem Tempotaschentuch, das er wieder einsteckte.

Er schmeckte wirklich entsetzlich.

Dann sah er sich um.

Zum Glück hatte jemand von der Feuerwehr eine große Kanne mit einem Heißgetränk dabei, ein paar Männer und Frauen in

Uniform und mit Feuerwehrhelmen auf dem Kopf standen beisammen, zapften und tranken aus dampfenden Pappbechern.

Madlener steuerte darauf zu in der Hoffnung, den Lakritzgeschmack hinunterspülen zu können.

Alles war besser – selbst wenn es nur die übliche Pfefferminzteeplörre war.

# 31

»Kann ich dein Handy vorläufig behalten, Ben?«, fragte Harriet, nachdem sie sich angesehen hatte, was der Junge aufgezeichnet hatte. »Höchstens für einen Tag, dann bekommst du es wieder.« Er zierte sich. »Nicht so besonders gern. Da sind nämlich auch noch andere Sachen drauf, die … na ja … Sie nichts angehen …«

»Die sind tabu. Die werden wir nicht anschauen.«

»Versprochen?«

»Versprochen.«

»Na gut, wenn's sein muss. Aber dafür müssen Sie mir auch einen Gefallen tun … Sie wissen schon: wegen Eltern und so …«

Ben ist ein ganz schön aufgewecktes und raffiniertes Bürschchen, dachte Harriet.

Sie saß neben ihm auf dem Rücksitz des Streifenwagens. Die Polizistin in Uniform war von Harriet zu ihren anderen Kollegen geschickt worden. Sie wollte allein mit dem Jungen reden und hatte sich vorher in Stichworten informieren lassen, was der Junge schon ausgesagt hatte.

Er hieß Ben, hatte die angesagte Fußballerfrisur – Undercut plus einrasiertem Scheitel mit viel Wachs auf dem langen Kopfhaar – und war sich bewusst, wie wichtig er für die Polizei war. Er war kurzzeitig von zu Hause für eine heimliche Probefahrt mit seinem neuen Fatbike ausgebüxt, ohne dass seine Eltern davon wussten. Die waren noch nicht darüber informiert worden. Und genau dieser Punkt, nämlich seine Eltern, war es, der Ben, der sonst außerordentlich selbstsicher und vorlaut war, wirklich Probleme bereitete. Denn wenn er jetzt von der Polizei heimgebracht wurde, befürchtete er echten Stress mit seinen Erzeugern.

Das konnte Harriet verstehen. Sie versprach ihm, schnell zu machen mit ihren Fragen, ihn außerdem danach persönlich zu Hause abzuliefern und seinen Eltern alles zu erklären.

»Sie kennen meine Eltern nicht …«, antwortete Ben mit einer großen Portion Skepsis in seiner Stimme.

»Pass auf«, entgegnete Harriet, »der Mann, der jetzt kommt ...«, dabei deutete sie auf Madlener, der mit drei Bechern auf sie zumarschierte, »... der ist der Kommissar, und der wird mit deinen Eltern reden. Glaub mir, er wird mit ihnen schon klarkommen.«

»Wenn Sie das sagen ...« Ben seufzte vernehmlich, aber nicht sehr überzeugt.

»Das ist Ben«, stellte Harriet den Jungen vor.

»Hi, Ben«, sagte Madlener, beugte sich zur offenen Autotür hinein und gab einen Becher an Harriet weiter, den zweiten an Ben.

»Ist Tee, kein Kaffee«, erläuterte er dazu und hielt dem Jungen die Faust hin. Er kannte das von seinem Sohn Oliver. Ben schaltete schnell, ballte seine Rechte und boxte damit zur Begrüßung leicht gegen die Faust von Madlener.

»Was haben wir?«, fragte Madlener Harriet.

»Den Brand vom Anfang bis zum Ende«, antwortete Harriet. »Außerdem als Zugabe auch noch den mutmaßlichen Brandstifter, behauptet Ben. Alles auf Video.«

»Tatsächlich?«, wunderte sich Madlener.

»Na ja«, sagte Harriet, »um der Wahrheit die Ehre zu geben: Es ist alles von großer Entfernung aufgenommen. Und als Ben näher kam ... Erzähl schon, Ben«, forderte sie den Jungen auf, der postwendend die Augen verdrehte.

»Hab ich doch schon zweimal ...«, maulte er.

»Dann kannst du das auch noch ein drittes Mal. Na los!«

»Okay, das war so ... Ich war mit meinem Fatbike unterwegs, und da hab ich auf einmal von Weitem Flammen gesehen, hinten beim Gewerbegebiet. Ich hab sofort mein Handy draufgehalten, und als ich kapiert habe, dass das nur diese komische Kirche sein kann, bin ich näher rangefahren. Ich war ja ziemlich weit weg. Dann bin ich von meinem Bike abgestiegen und vorsichtig näher geschlichen, weil da so viele Feuerwehrleute und Bullen ... also Polizisten ... waren, und da kam er mir entgegen ...«

»Wer?«, fragte Madlener.

»Na, der Typ, der die Kirche abgefackelt hat. Er hat ein Motorrad geschoben und so Motorradfahrersachen angehabt.«

»Hatte er einen Helm auf?«

»Ja. Aber der war verspiegelt, ich habe sein Gesicht nicht erkennen können. Er hat mich dann ganz ruhig angesehen. Das war ein komisches Gefühl. Ich hab irgendwie Schiss gehabt ...«

»Warum? Hat er dir gedroht?«

»Nein. Er hat kein Wort gesagt. Aber ich dachte, wenn er mein Handy sieht, dann ... dann ist die Kacke am Dampfen. Sorry, aber so war's. Das war nämlich immer noch auf Aufnahme geschaltet.«

»Wo hattest du's? In der Hand?«

»Nee, ich bin ja mit dem Rad gefahren, querfeldein. Hier hatte ich es ...«

Er klopfte auf seine Brusttasche. Harriet steckte ihm zu Demonstrationszwecken für Madlener das Handy wieder in die Tasche. Die Kameralinse schaute gerade eben so oben heraus.

Harriet zeigte Madlener den fraglichen Ausschnitt des Videos auf dem Handy. Viel war nicht zu erkennen, dazu war es zu dunkel und zu verwackelt. Der Motorradfahrer war zeitweise nur angeschnitten oder verschwommen zu sehen. Aber auf dem besten Standbild, das Harriet suchte und fand, konnte man den Helm und das verspiegelte Visier ausmachen.

»Woher willst du wissen, dass er der Brandstifter war?«, fragte Madlener.

Ben zuckte mit den Schultern. »Er war es. Das weiß ich.«

»Okay, Ben«, sagte Madlener. »Wie alt war er deiner Meinung nach?«

»Keine Ahnung. Zwanzig, dreißig ungefähr.«

»Also eher jung.«

»Ja.«

»Sein Gesicht konntest du wirklich nicht sehen? Er hat nicht kurz das Visier hochgeklappt?«

»Nein.«

»Wie groß war er?«

»So wie Sie vielleicht.«

»Schlank?«

»Ja, schon.«

»Er hat sein Motorrad geschoben«, wandte Harriet ein. »Warum hat er das gemacht? Nicht weil es defekt war. Er ist ja anschließend problemlos davongefahren. Er hat es erst mal weggeschoben, weil er offensichtlich etwas zu verbergen hatte. Er wollte nicht, dass man ihn hört, wenn er den Motor anlässt.«

»Stimmt das, Ben?«, fragte Madlener. »Dass er den Motor nicht anhatte?«

»Ja«, bestätigte der Junge. »Er hat es geschoben, bis er mich gesehen hat. Da ist er auf einmal stehen geblieben. Ich dachte schon, er ...«

Er zögerte.

»Was?«, fragte Harriet. »Dass er dir was antut?«

»Ja. Dass er mich killt oder so. Weil ich ihn gesehen habe.«

»Du siehst viel Krimis, Ben?«, fragte Madlener.

»Klar. Meine große Schwester hat Netflix und Amazon Prime und ist so gut wie nie daheim.«

Er grinste, Harriet schmunzelte, Madlener blieb ernst.

»Und was hat dieser Mann dann getan, Ben? Nachdem er vor dir angehalten hatte?«

»Er hat mich angeschaut, ziemlich lange, dann hat er auf einmal den Motor angemacht und ist davongefahren.«

»Weißt du, was das für ein Motorrad war?«

»Keine Ahnung. Damit kenne ich mich nicht aus. Ein dickes Ding jedenfalls. Nicht so, wie sie die alten Rockeropas haben, mit dem hohen Cruiserlenker und so. Eher wie eine Rennsemmel.«

»Hast du sein Nummernschild gesehen?«

»Nee. Dafür hab ich ja das Handy.«

Harriet führte Madlener den letzten Teil der Aufzeichnungen auf dem Handy vor, in dem das Motorrad wegfuhr.

Das Nummernschild war vage zu ahnen, aber es war zu unscharf und zu dunkel, um es richtig identifizieren zu können.

»Vielleicht kann die Technik da noch mehr rausholen«, meinte Harriet.

Madlener nickte. »Okay, das war's für dich, Ben. Hast du gut gemacht. Aber damit meine ich ausdrücklich nicht deine nächtliche Extratour! Wie alt bist du eigentlich?«

»Fast vierzehn.«

»Was heißt fast?«

»Er ist gestern dreizehn geworden«, half Harriet aus.

»Großartig!«, seufzte Madlener. »Gratuliere nachträglich«, setzte er trocken hinzu und sah auf seine Uhr. »Deine Eltern werden sich ganz schön Sorgen machen. Sind sie eigentlich schon von irgendjemandem informiert worden, wo du steckst?«

»Bis jetzt nicht«, sagte Ben kleinlaut. »Sie schlafen bestimmt. Ich bin heimlich weg, das haben die gar nicht bemerkt.«

»Na schön«, brummte Madlener. »Die Polizistin da vorn wird dich jetzt nach Hause bringen.«

Ben sah Harriet mit Bettelblick an.

Sie verstand, was er von ihr wollte.

»Wir beide müssen ihn nach Hause bringen«, sagte sie zu Madlener. »Ich habe es ihm versprochen, dass du bei seinen Eltern ein gutes Wort für ihn einlegst.«

»Was du alles versprichst … Warum ausgerechnet ich?«

»Weil du einigermaßen seriös wirkst und wie eine Respektsperson auftreten kannst, wenn du willst.«

»Echt jetzt?«, fragte er spöttisch. »Einigermaßen?«

»Ja. Echt. Also – es geht darum, dass Ben nicht mit der Höchststrafe belangt wird.«

»Und die wäre?«, wollte Madlener wissen.

»Dass sie mir für vierzehn Tage mein Fatbike wegsperren. Mindestens …«, sagte Ben und verzog ahnungsvoll das Gesicht.

»Na gut«, lenkte Madlener ein. »Wollen mal sehen, was sich machen lässt, damit das nicht passiert. Schließlich hast du uns sehr geholfen.«

## 32

Es wurde eine sehr lange Nacht.

Am nächsten Morgen spürte sie Madlener in allen Knochen, und einen brummenden Schädel plus Kater hatte er obendrein, obwohl er seinen Brand mit literweise Pfefferminztee bekämpft hatte. Wovon er prompt schweres Sodbrennen bekam, aber das konnte auch vom Essen oder dem Mangoschnaps herrühren. Er schwor sich jedenfalls nur eines: keinen indischen oder sonstigen Schnaps mehr! Wenn er Harriet anschaute, wusste er, dass es ihr genauso ging, auch wenn sie versuchte, es sich nicht anmerken zu lassen, und sich wacker hielt. Aber ihre Augenringe sprachen Bände.

Als er mit Harriet, die sich mit einigen Flaschen Cola Zero von der nächsten Tankstelle eingedeckt hatte, im Besprechungsraum des Polizeipräsidiums – früher, unter Kriminaldirektor Thielen: Meeting-Room – um acht Uhr morgens den Ablauf des anstehenden Briefings für die Sonderkommission durchging, musste er sich mit erheblichen Mengen an Kaffee dopen, die Frau Gallmann wie immer bereitstellte. Natürlich hatte sie in ihrer geheimen Schublade nicht nur Anti-Herpes-Creme, sondern auch Tabletten gegen Sodbrennen. Wovon Madlener gleich mal drei wegkaute, damit er den Kaffee vertragen konnte. Er sorgte auch immer mit einem großzügigen Obolus dafür, dass genügend Geld in der büroeigenen Kaffeekasse war, dem moosgrünen Sparelefanten aus den längst vergangenen Zeiten, als es noch einen Weltspartag an den Schulen gab.

Frau Gallmann besorgte belegte Brötchen und Butterbrezen, und wie immer wusste Madlener nicht, was sie ohne ihre nimmermüden Aktivitäten und ihre Notfallapotheke im Präsidium machen würden. Wenn er sich bedankte und ihr das sagte, wurde sie immer rot, Lob war ihr irgendwie peinlich. Sie, die sonst nur aus der Ruhe zu bringen war, wenn ein schlimmes Verbrechen die Idylle ihres heiß geliebten Bodensees zum Beben brachte und in Frage stellte.

So war sie auch jetzt eifrig bestrebt, ihren Part dazu beizutragen, dem »Feuerteufel«, wie er schon allgemein genannt wurde, Einhalt zu gebieten und ihn zur Strecke zu bringen. Solange das nicht der Fall war, sah man sie unermüdlich im Einsatz, und Madlener wunderte sich jedes Mal aufs Neue, wo sie die Energie dafür hernahm und dass sie bei der Arbeit und der Hektik trotzdem immer aussah wie aus dem Ei gepellt. Obwohl sie wieder einmal Tag und Nacht im Polizeipräsidium präsent war.

Zum wiederholten Mal überlegte er, ob und was sie überhaupt für ein Privatleben hatte. Aber das pflegte sie vollkommen außen vor zu lassen. Fragen danach blockte sie konsequent und geschickt ab.

Vielleicht hatte sie auch gar keins, und die Kollegen um sie herum im Kommissariat waren ihr Familienersatz.

Einmal, als er noch interimistischer Kriminaldirektor war, hatte er ihre Personalakte in den Fingern gehabt. Er war kurz davor gewesen nachzuschauen, was eigentlich ihr Familienstand war, wie es so schön im Beamtendeutsch hieß, aber dann hatte er es nicht getan und die Akte ungelesen zurückgelegt.

Wenn Frau Gallmann nicht wollte, dass man das wusste, war das eine Angelegenheit, die er zu respektieren hatte, fand er und ließ ihr privates Geheimnis ungelüftet.

Sie war so, wie sie war.

Eine Perle für das Kommissariat und ein lebendes Phänomen.

Madlener und Harriet waren in der Morgendämmerung zum Präsidium zurückgefahren worden, nachdem sie Ben wie versprochen samt seinem Fatbike bei seinen Eltern abgeliefert hatten.

Dazu mussten sie einen Polizeibus mit Fahrerin in Anspruch nehmen, weil sie nicht selbst am Steuer sitzen wollten, schließlich hatten sie vermutlich immer noch genügend Promille Alkohol im Blut, und im Kofferraum eines normalen Streifenwagens konnten sie das Fatbike nicht unterbringen.

Bei Ben zu Hause, einem der üblichen Einfamilienhäuser

in der nächsten Ortschaft, einer reinen Schlaf- und Wohnsiedlung, klingelten sie die Eltern aus dem Bett, und Madlener zog sämtliche Register, um ihnen klarzumachen, welche Verdienste Ben um die mögliche Aufklärung eines neuen, verheerenden Brandanschlags erworben hatte, obwohl es natürlich sträflicher Leichtsinn gewesen war, der ihn nachts noch über Feld, Wald und Wiesen fahren ließ. Mit Engelszungen überredete er den Vater und die Mutter, ausnahmsweise Milde walten zu lassen, und Harriet gab ihnen und Ben noch eine Telefonnummer, unter der sie jederzeit anrufen konnten, sollten Ben noch irgendwelche Einzelheiten einfallen.

Harriet bewunderte Madlener im Stillen dafür, wie er die Causa Ben handhabte. Im Umgang mit Menschen bei der Überbringung halbwegs schlechter und ganz schlechter Nachrichten war er unschlagbar, besser als jeder dafür ausgebildete Polizeipsychologe. Er folgte dabei einfach seiner Menschenkenntnis und seinem feinen Gespür, man hatte jederzeit den Eindruck, dass er es ehrlich mit dem meinte, was er sagte. Sie nahm ihren vorher geäußerten Ausdruck »einigermaßen« innerlich wieder zurück.

Nein, wenn er wollte, konnte er ausgesprochen seriös und überzeugend auftreten.

Als sie sich endlich mit der hoffentlich eingehaltenen Zusicherung, dass Ben mit einer angemessen strengen Ermahnung davonkam, verabschiedet hatten, bat Madlener die Fahrerin des Polizeibusses, die nächste Vierundzwanzig-Stunden-Tankstelle anzusteuern, weil er jetzt unbedingt einen Kaffee brauchte.

Und eine Schachtel Zigaretten.

Wovon er eine gleich noch an der Tankstelle paffte.

Sie schmeckte abscheulich. Nach zwei Zügen drückte er sie im Standaschenbecher neben der Eingangstür aus.

Er hatte Harriet die offene Schachtel angeboten, aber sie schüttelte nur den Kopf. Ihr war sowieso schon schlecht.

Ihr Kreislauf streikte, und sie musste sich für fünf Minuten auf die Rückbank des Transporters legen, dann erholte sie sich wieder.

Madlener warf die angebrochene Schachtel in einen Mülleimer und wollte Harriet nach Hause bringen lassen. Aber sie weigerte sich und behauptete tapfer, dass sie wieder voll einsatzfähig sei.

Das glaubte ihr Madlener nicht, aber es war sinnlos, gegen Harriets Sturheit anzugehen, also ließ er es.

## 33

Die Sitzung der neu gebildeten Sonderkommission »Erleuchtungskirche« unter Vorsitz von Madlener, zu der auch Cornelius stoßen wollte, sollte pünktlich beginnen, obwohl Ehrmanntraut mit seiner Truppe und Fischer nicht anwesend waren, weil sie noch am Brandherd zu tun hatten.

Aber Madlener verstand die Sonderkommission eher als Mittel zur Dingfestmachung des »Feuerteufels« als zur Eruierung des Tathergangs. Das konnte man später noch in die Ermittlungsarbeit einfließen lassen, wenn es dabei neue Aspekte gab, die Rückschlüsse auf die Vorgehensweise des Brandstifters und damit zu seinem Profil zuließen.

Frau Gallmann protokollierte, wie immer in Steno, wahrscheinlich war sie die Letzte in ganz Baden-Württemberg, die in Kurzschrift schreiben, das Gekritzel auch noch lesen und anschließend in den Computer eingeben konnte.

Anwesend waren die Kommissare Binder und Götze, Harriet und Madlener selbst, der zunächst auf den Kriminaldirektor wartete, weil Cornelius extra darum gebeten hatte, nicht ohne ihn anzufangen.

Da saß sie also erwartungsvoll vor Madlener, die Sonderkommission »Erleuchtungskirche«, während er ihren Namen in Schönschriftbuchstaben ganz oben auf die Plexiglastafel schrieb, die Binder bereits hereingerollt hatte.

Binder war wie immer so gekleidet, wie er war – nämlich das Gegenteil eines modischen Trendsetters.

Unauffällig, stockkonservativ und zurückhaltend.

Man hätte ihn in seinem mausgrauen Anzug, mit dem schütteren Haar und der altmodischen Bürokratenbrille glatt übersehen können. Aber vielleicht war diese Mimikry auch absichtliche Tarnung. Er war der Veteran im Kommissariat und hatte etliche Kriminaldirektoren kommen und gehen sehen. Madlener dachte jedes Jahr, dass Binder bald pensioniert würde. Doch das täuschte. Er war noch nicht so alt, wie er aussah, Madlener hatte sich als Kriminaldirektor einmal seine Akte angesehen.

Götze dagegen war jung und streberhaft, entwickelte immer falschen Ehrgeiz an den falschen Stellen und hatte, insbesondere jetzt in der Sommerzeit, eine fatale Vorliebe für knallbunte Hawaiihemden mit südländisch inspirierten oder rein abstrakten, aber umso farbenprächtigeren und geschmackloseren Motiven, die er sozusagen zu seiner Arbeitsuniform auserkoren hatte. Ob er damit demonstrieren wollte, dass er der geborene Lebenskünstler war, oder ob er schlicht farbenblind war, erschloss sich Madlener nicht. Er glaubte eher Letzteres, wobei er sich nicht sicher war, ob Götze bei nachgewiesener Farbenblindheit in den Polizeidienst aufgenommen worden wäre.

Aber Götze gab sich wenigstens Mühe, obwohl die Bewertung »Der Schüler hat sich redlich bemüht« noch nie ein Ruhmesblatt in einem Schulzeugnis gewesen war.

Solange alle auf Cornelius warteten, wischte er auf seinem Smartphone herum, was bestimmt keine dienstlichen Gründe hatte.

Endlich kam der neue Kriminaldirektor herein, und Madlener gab Harriet das Zeichen, das Video von Bens Handy für alle gut sichtbar auf dem großen Bildschirm an der Wand abzuspielen.

Alle sahen gebannt auf die wackligen Bilder.

Als die Aufzeichnung zu Ende war, räusperte sich Madlener und fing an zu rekapitulieren, was sie an Fakten hatten.

Vier Brände, vermutlich viermal derselbe Täter. Madlener nahm den Maibaumbrand in die Liste auf, wegen des auffälligen schweren Wagens, der auch beim Yachtbrand gesehen worden war.

Zweimal trug der Täter schwarze Kleidung mit Kapuze, wenn man den Maibaumbrand einbezog; vom Bootshausbrand gab es keine Zeugen; einmal trug er Motorradkleidung mit Helm – falls es derselbe Täter war.

Das Gesicht hatte bisher noch niemand gesehen.

Schlank, jung, sportlich.

Jedes Mal Einsatz von Brandbeschleuniger.

Das Auffälligste war die zunehmende Eskalation bis hin zum Tötungsdelikt.

Madlener kritzelte mit dem weißen Spezialstift die Plexiglastafel voll, und Harriet brachte Fotos der jeweiligen Tatorte und eine Karte in großem Maßstab an, auf der die Brände markiert waren.

»Die Frage ist«, konstatierte Madlener, »geht der Täter zielgerichtet oder nach dem Zufallsprinzip vor? Und was bezweckt er mit seinen Brandstiftungen? Ist er ein stinknormaler Pyromane, der sich am Feuer aufgeilt? Momentan sieht es danach aus, wir haben bisher keinen Hinweis darauf, dass er irgendetwas mit seinen Taten erreichen will außer Aufmerksamkeit und das Schüren von Ängsten in der Bevölkerung. Wenn das sein Motiv ist, stellt sich des Weiteren die Frage: War es Zufall, dass in der Kirche, die er abfackelt, Menschen waren, oder war es Absicht? Dann wusste er davon und hat es zum ersten Mal in Kauf genommen, dass sein Vorgehen Menschenleben kostet.«

»Wir müssen also damit rechnen, dass er jederzeit wieder zuschlagen kann«, kommentierte Binder.

»In der Tat, das müssen wir«, bestätigte Madlener. »Der Mann ist hochgefährlich. Ich glaube nicht, dass er jetzt so einfach aufgibt.«

»Er hat Geschmack daran gefunden«, fügte Harriet hinzu. »Falls es ein und derselbe Täter ist. Ich habe da nämlich noch ein paar Infos zur ›Kirche des heiligen Pfads zur Erleuchtung‹. Es handelt sich dabei um eine Sekte mit buddhistischen Wurzeln, die aber die Traditionen des Buddhismus nach eigenem Gutdünken auslegt. Soll heißen, die Mitglieder sind stramm nach den Regeln ihres Oberhaupts ausgerichtet, eines selbst ernannten Lama, der unter anderem als Anhänger der Polygamie gilt und selbst mehrere Frauen haben soll. Er heißt Björn Oledahl, ist vierundsechzig Jahre alt, und seine Jünger sind ihm sklavisch ergeben, so heißt es in mehreren kritischen Artikeln. Es soll eine wehrhafte Sekte sein, sprich: Einige Mitglieder sollen Waffen besitzen und der sogenannten Reichsbürgerbewegung nahestehen. Der Verfassungsschutz scheint sich schon das eine oder andere Mal näher mit ihnen befasst zu haben, konnte ihnen aber nichts strafrechtlich Relevantes nachweisen. Ehemalige Jünger, die aus der Sekte ausgestiegen sind, sprechen von Machtmissbrauch, Islamophobie und Rechtspopulismus, werden dann aber sofort mit Abmahnungen eingedeckt, sodass sie lieber schweigen.«

»Alles?«, fragte Madlener.

»Das war nur die Kurzfassung«, antwortete Harriet.

»Hört sich nicht gut an. Da gibt es wohl jede Menge potenzielle Täter, die ein Motiv hätten, die Kirche abzufackeln. Also müssen wir auch in dieser Richtung ermitteln. Und im Hinterkopf behalten, dass es sich beim Kirchenbrandstifter eventuell auch um einen Trittbrettfahrer handeln könnte, der aus einem ganz persönlichen Rachemotiv heraus die Chance genutzt hat, die ihm unser ursprünglicher Brandstifter geboten hat, weil er dem jetzt die Schuld in die Schuhe schieben kann.«

»Alles möglich«, bestätigte Harriet.

»Ich weiß nicht so recht«, meldete sich Götze. »Wir haben das Video vom Motorrad. Könnt ihr euch ein Ex-Mitglied einer durchgeistigten Sekte auf einem dieser Rennbikes vorstellen?«

»Erinnert ihr euch an den Bhagwan?«, erwiderte Harriet. »Shree Rajneesh hieß er, glaube ich. Diesen Guru, der im US-Staat Oregon auf der Big Muddy Ranch seinen Aschram errichten ließ? Der hatte, soviel ich weiß, dreiundneunzig Rolls-Royce.«

»Wirklich? Dreiundneunzig?«, fragte Götze ungläubig.

»Dreiundneunzig«, bestätigte Harriet. Und wenn sie es sagte, musste es stimmen. »Und seine Jünger patrouillierten schwer bewaffnet mit Jeeps und Bikes durch die Gegend.«

»Das war in Amerika«, sagte Cornelius. »Und ist schon eine Weile her.«

Harriet zuckte mit den Schultern. »Fast fünfunddreißig Jahre, um genau zu sein. Aber ich finde, im jetzigen Stadium sollten wir nichts ausschließen.«

Madlener schrieb »Rache von Ex-Sektenmitglied?« auf die

Tafel, dann sagte er: »Harriet, du bleibst bitte dran an dieser Sekte.«

Harriet nickte nur.

Madlener fing an, die Aufgaben zu verteilen.

»Binder, Sie kümmern sich darum, wer beim Brand in der Kirche war, warum da anscheinend eine Gruppe übernachtet hat und wer alles davon wusste.«

Dann wandte er sich an Götze. »Sie wissen, was auf Sie zukommt, Götze?«

Götze nickte ebenfalls, wobei er nicht gerade übergroße Begeisterung an den Tag legte. Er hatte diese Aufgabe beim letzten Fall mitten im Winter, wo es um ein abgebranntes Autowrack mit einem Ermordeten im Kofferraum ging, schon einmal übernommen.

»Allerdings«, sagte er. »Ich klappere die Tankstellen in der Umgebung nach Auffälligkeiten ab und sehe zu, dass ich jemanden auf Videoüberwachungskameras finde, auf den die Beschreibung passt, die wir bisher haben. Schweres Motorrad, schwerer Wagen, Mercedes S-Klasse. Inzwischen kenne ich jeden Tankstellenbetreiber im Umkreis von fünfzig Kilometern um den Bodensee persönlich. Vorarlberg und die Schweizer Kantone Thurgau, St. Gallen und Schaffhausen eingeschlossen. Und das sind nicht wenige …«, fügte er mit einem unvermeidlichen Seufzer hinzu.

»Na schön«, sagte Madlener. »Dann wissen ja alle, was sie zu tun haben. Ach ja …« Er wandte sich an Cornelius. »Es wäre hilfreich, wenn Sie Ihre Kontakte nach oben nutzen und herausfinden würden, was der Verfassungsschutz über diese Sekte weiß.«

»Kann ich machen«, sagte Cornelius.

»Harriet wertet das Handy unseres Zeugen noch aus«, merkte Madlener an. »Sobald Ehrmanntraut und Kommissar Fischer zurück sind, werden sie ihre Erkenntnisse an Frau Gallmann weitergeben. Sie ist immer auf dem neuesten Stand und hält uns alle auf dem Laufenden. Wenn wir Glück haben, hat die Spurensicherung am Brandort was Relevantes gefunden. Harriet gibt eine Fahndung nach dem Motorrad und dem Motorradfahrer heraus, sie wird die besten Bilder aus dem Video herausfiltern. Auch wenn nicht viel zu erkennen ist, aber man kann nie wissen.« Er warf Harriet einen Blick zu, die erneut mit einem Nicken bestätigte.

»Wenn du was Brauchbares findest, Harriet«, sprach Madlener sie direkt an, »leite es auch an die Presse und die üblichen Internetforen weiter.«

Harriet stand schon auf.

»Das wär's dann vorläufig. Wann halten Sie die Pressekonferenz ab?«, fragte Madlener den Kriminaldirektor.

»In einer Stunde.«

»Gut. Bis dahin hat Harriet ein paar Bilder vom Handy des Zeugen für Sie, die an die Zeitungen gehen. Und irgendwann ist Kommissar Fischer ja auch wieder hier, nehme ich an. Er kann sicher einiges zu Brandursache und -verlauf sagen, was die Medienleute und die Öffentlichkeit interessiert.«

Damit hatte er geschickt den Fokus auf Fischer und von sich abgelenkt.

Madlener hatte nämlich nicht vor, an der Pressekonferenz teilzunehmen. Eigentlich ein Pflichttermin für ihn als Leiter der Sonderkommission. Aber solange es nichts wirklich Neues zu vermelden gab, hielt er das für Zeitverschwendung. Für solcherlei seiner Meinung nach nicht besonders produktive, sondern eher repräsentative Angelegenheiten gab es einen Kriminaldirektor, und der hieß jetzt Cornelius. Bei der Gelegenheit konnte er sich gleich der Öffentlichkeit vorstellen und die üblichen Honneurs machen. Madlener war gottfroh, dass er sich vor Veranstaltungen dieser Art wieder drücken konnte.

Weil es nicht viel gab, was ihm unangenehmer war.

Außer Lippenherpes, Trennungsgesprächen oder Bergwanderungen vielleicht.

Er suchte und fand die letzte Anti-Sodbrennen-Tablette in der Tasche, löste sie aus dem Blister, steckte sie in den Mund und zerkaute sie.

Im Hinausgehen fügte er wie beiläufig noch an: »Und ich fahre noch mal raus zum Brandort.«

»Was wollen Sie denn da draußen?«, fragte Cornelius. »Da sind doch schon unsere ganzen Experten und durchkämmen jeden Quadratzentimeter.«

»Jetzt ist es hell. Ich habe den Ort nur bei Nacht gesehen und war – aus gegebenem Anlass …«, ein kurzer Seitenblick auf Cornelius, »… nicht so fit, wie ich es sein sollte.«

Cornelius wusste, worauf Madlener anspielte, und hob eine Hand, zum Zeichen, dass er verstanden hatte.

»Ich will mich dort einfach noch einmal umsehen«, setzte Madlener hinzu. »Nennen Sie's ›Witterung aufnehmen‹.«

Er wartete ab, bis alle den Besprechungsraum verlassen hatten, um sich an die Arbeit zu machen, dann verschwand auch er.

## 34

Cornelius sah ihm nachdenklich hinterher. Eigentlich hatte er Madlener sagen wollen, dass er sich ein paar Stunden aufs Ohr legen sollte, weil er am eigenen Leib spürte, wie müde und zerschlagen er war. Aber Madlener war wohl ein Mann, der sich nicht reinreden ließ. Im Positiven wie im Negativen. Das wusste er aus erster Hand. Dr. Ilgner hatte ihm noch in Stuttgart Kopien aller Personalakten des gesamten Kommissariats im Polizeipräsidium Friedrichshafen zukommen lassen, mit besonderem Hinweis auf Max Madlener, in internen Kreisen »Mad Max« genannt.

Dr. Ilgner hatte viele Randbemerkungen dazugeschrieben und einige Passagen von psychologischen Beurteilungen mit orangefarbenem und gelbem Marker gekennzeichnet, bei allen. Aber besonders auffallend war die Akte von Kriminalhauptkommissar Max Madlener. Sie war regelrecht bunt bemalt, weil so viele Stellen im Text hervorgehoben waren.

Cornelius fand sie wirklich bemerkenswert. Madlener war mindestens schon drei- oder viermal von Cornelius' Vorvorgänger Kriminaldirektor Thielen vom Dienst suspendiert worden. Und das allein innerhalb von drei Jahren in Friedrichshafen. Aber jedes Mal war die Suspendierung wieder rückgängig gemacht worden. So einen Vorgang hatte Cornelius in seiner ganzen Polizeilaufbahn noch nicht gesehen.

Dieser Madlener hatte wirklich eine abenteuerliche berufliche Achterbahnfahrt hinter sich. Seine umstrittenen Methoden und seine unbestreitbaren Erfolge waren ebenso abenteuerlich. Zusätzlich zu den Suspendierungen hatte Madlener in seiner Zeit in Stuttgart zwei Abmahnungen erhalten. Weil er seinen Vorgesetzten in zwei Fällen vehement widersprochen und sich geweigert hatte, Anordnungen zu befolgen.

Vornehm ausgedrückt.

Ilgner hatte dazu handschriftlich an den Rand notiert:

*M. hat seine Vorgesetzten lautstark coram publico als »igno-rante Haubentaucher« bezeichnet.*

Als zusätzliche Fußnote stand weiter unten mit einem Stern-chen gekennzeichnet:

*\* Beim Abgang mit Türenschlagen soll er noch hinzugefügt haben: »Und das ist noch eine Beleidigung für die ganze Vogelgattung!«*
*Aber das weiß ich nur vom Hörensagen.*
*Gez. Dr. Ilgner*

Political Correctness schien nicht unbedingt Madleners Domäne zu sein.

Doch auch hier hatte Madlener letzten Endes recht behalten.

Der Kommissar war ein ausgesprochen cholerischer Eigenbröt-ler, ein notorischer Querulant und legte sich anscheinend gern mit Vorgesetzten an.

Das alles konnte Cornelius einem zusätzlichen psychologi-schen Gutachten entnehmen, das von einem gewissen Dr. Auer-bach stammte, einem ausgewiesenen Fachmann auf dem Gebiet der Psychologie, der schon vor Jahren empfohlen hatte, Madlener für dienstunfähig zu erklären.

*Handschriftliche Anmerkung Dr. Auerbach, behandelnder Psychiater/Friedrichshafen: Patient M. M. ist notorisch un-pünktlich, ein pathologischer Lügner, gesteuert von seinen verdrängten sexuellen Obsessionen. Leicht reiz- und erreg-bar in Stresssituationen, erhöhte Vigilanz, Restless-Legs-Syndrom. Schwere Neurose, Hauptmerkmal: Patient stellt zwanghaft ständig neue Ranglisten auf, z.B. die von ihm selbst so genannte (S)hit-Liste für Dinge, die die Welt nicht braucht (nach Aussage des Probanden):*
*Rang 1: Duravit-Fernbedienung für Klospülungen*
*Rang 2: sämtliche Musikstücke von André Rieu (?)*
*Rang 3: Birkenstocksandalen*

*Diagnose nach drei Therapiesitzungen: manische Depression, endogene Psychose, dissoziative Dysthymie und bipolare Störung infolge posttraumatischer Belastungsstörung, dienstuntauglich.*

*Empfehle Suspendierung und Versetzung in den Vorruhestand.*

*Gez. Dr. Dr. h. c. Auerbach*

Max Madlener war also erwiesenermaßen ein durch und durch schwieriger Mann.

Ein kompromissunfähiger Gerechtigkeitsfanatiker.

Aber ein guter Polizist.

Dr. Ilgner hatte Cornelius ausdrücklich auch noch mündlich vor Madlener und dessen Alleingängen gewarnt.

Alles in allem genügend Gründe, um Kriminalhauptkommissar Madlener unauffällig im Auge zu behalten. Und alles aufmerksam zu registrieren, was gegen ihn sprach, so verstand Cornelius die selbstverständlich nicht direkt geäußerten Andeutungen von Dr. Ilgner. Aber er hatte im Laufe der Jahre gelernt, wie solche Bemerkungen aufzufassen waren. Und wie man damit umzugehen hatte, wenn man karrieremäßig weiterkommen wollte. Nämlich als indirekte Aufforderung, etwas zu unternehmen, was dann wie Eigeninitiative aussah.

Dazu musste er in diesem konkreten Fall genügend Munition gegen Madlener sammeln. Dann konnte man ihn vielleicht endlich ins Stolpern bringen, bildlich gesehen.

Dass sich gleich bei seinem Einstieg in Friedrichshafen eine Gelegenheit dazu bot, war eine dicke Chance, die Cornelius beim Schopf packen musste.

Er war gespannt, wie sich Madlener im Fall »Erleuchtungskirche« anstellte. Sollte er sich einen gravierenden Fehler erlauben, konnte man ihn eventuell schon früher ans Kreuz nageln, als alle gedacht hatten.

Alle, die ihm nicht freundlich gesinnt waren.

Und das waren nicht gerade wenige da oben in Stuttgart.

Madlener schien es nicht schwerzufallen, in alle möglichen Fettnäpfchen zu treten und sich Feinde zu machen.

Cornelius brauchte einen Hebel, ein ausreichend großes Druckmittel gegen Madlener. Dann konnte er dafür sorgen, dass Madlener gezwungen war, aus freien Stücken aus dem Polizeidienst auszuscheiden.

Das hörte sich nach einem Widerspruch an, war aber die indirekte oder auch politische Methode, die Spezialität von Dr. Ilgner, um eine missliebige Person auszuschalten und sich selbst dabei die Hände in Unschuld zu waschen.

»Finden Sie was, damit wir ihn endlich elegant loswerden können«, hatte ihm Dr. Ilgner unter dem Siegel der Verschwiegenheit mit auf den Weg gegeben. »Er ist uns schon in Stuttgart ein Dorn im Auge gewesen.«

Was er mit der Vergangenheitsform meinte, war: Madlener war ihm immer noch ein Dorn im Auge.

Und zwar jetzt, in der Gegenwart.

Cornelius wusste auch, warum: Madlener war dafür verantwortlich, dass seine Vorgängerin in Friedrichshafen, die ehemalige Kriminaldirektorin Schwanitz-Terstegen, ihren Polizeidienst quittiert hatte. Angeblich auf eigenen Wunsch. Aber in Wirklichkeit, um einem drohenden Disziplinarverfahren zu entgehen. Sonst wäre sie mit Schimpf und Schande davongejagt worden. Weil sie mit ihrer Desinformationspolitik im Fall des Auftragskillers, der letzten Winter den ganzen Bodenseeraum unsicher gemacht und mit seinen Morden für Schlagzeilen gesorgt hatte, indirekt am Tod eines Menschen schuldig geworden war.

Genau das hatte Madlener ihr zu Recht vorgeworfen.

Und er war derjenige gewesen, der zusammen mit Harriet Holtby unter Umgehung aller Vorschriften und dem Einsatz seines Lebens den Killer zur Strecke gebracht hatte. Obwohl Frau Schwanitz-Terstegen alles getan hatte, um ihm Knüppel zwischen die Beine zu werfen.

Ex-Kriminaldirektorin Schwanitz-Terstegen war die Schwägerin von Dr. Ilgner.

Sie hatte nicht vergessen, dass Madlener für ihren schmachvollen Abgang von ihrem Posten in Friedrichshafen verantwortlich war.

Weil sie nämlich extrem nachtragend war.

Und ihr Schwager war ihr noch etwas schuldig.

Sie bestand darauf, dass Ilgner seine Schuld bezahlte.

Mit einer ganz bestimmten Währung.

Mit etwas, das Cornelius ihm liefern sollte.

Nämlich den Skalp von Max Madlener.

## 35

Madlener war mit seinem Dienstwagen zunächst zu seinem Hotel gefahren und hatte dort einen kleinen Zwischenstopp eingelegt. Eine eiskalte Dusche und frische Klamotten brachten ihn wieder einigermaßen auf Vordermann, bevor er in das Gewerbegebiet hinaussteuerte.

Dort ließ er seinen Wagen auf der Straße vor den verkohlten Überresten der Erleuchtungskirche stehen und unterquerte das Absperrband, das ihm ein Polizist hochhielt.

Es hatten sich inzwischen eine Menge Schaulustige eingefunden, sie filmten fleißig mit ihren Handys und machten Selfies vor der Brandruine, ein Verhalten, das Madlener einfach nicht verstand. Das Flammeninferno hatte sich durch Nachrichten und Mundpropaganda herumgesprochen und allgemein für ziemlichen Aufruhr gesorgt.

Er sah kurz zu, wie Ehrmanntraut und seine Leute in ihren weißen Overalls immer noch inmitten von schwarzen Balkenresten, Asche und Schutt herumstocherten, in ihre Handys diktierten und fotografierten.

Im Vorbeigehen besorgte er sich aus einem offen stehenden Koffer beim Spurensicherungswagen ein paar Vinylhandschuhe, die er einsteckte. Vielleicht brauchte er sie noch, man konnte nie wissen.

Ein letzter Löschwagen der Feuerwehr stand zur Absicherung bereit, nur Kommissar Fischer konnte er nirgendwo entdecken.

Er fragte einen Polizisten in Uniform, der dafür sorgte, dass die Neugierigen und Gaffer auch schön brav hinter der Absperrung zurückblieben, nach ihm und erfuhr, dass sein Kollege aus Konstanz schon gegangen war. Es hatte offenbar noch ein kleines Kompetenzgerangel zwischen ihm und Ehrmanntraut gegeben, und Fischer schien ziemlich wütend den Schauplatz des Brandes verlassen zu haben, wie ihm der Polizist bereitwillig und mit schadenfrohem Grinsen erzählte. Fischer war anscheinend nicht sonderlich beliebt, aber Madlener schrieb das dem üblichen Revierverhalten unter Polizisten zu. Fischer kam aus Konstanz, und Friedrichshafen war eben feindliches Terrain.

Für Madlener war das kindisches Verhalten, doch diese Meinung behielt er für sich. Er hatte durch seine überregional bekannten Erfolge einen Ruf wie Donnerhall in Friedrichshafen, und das wollte er sich nicht verscherzen, wer wusste schon, wozu das eines Tages nützlich sein konnte.

Zumindest verschaffte es ihm genügend Spielraum, er musste niemandem gegenüber Rechenschaft ablegen für das, was er für angemessen und richtig hielt. Und genau auf diese Unabhängigkeit im Dienst kam es ihm an.

Als Ehrmanntraut kurz hersah, hob Madlener die Hand zum Gruß und versuchte dann, sich zu konzentrieren, um sich in die Gedankenwelt und Logik eines möglichen Brandstifters zu versetzen.

Eines Brandstifters, der sich ausgerechnet die »Kirche des heiligen Pfads zur Erleuchtung« am Rand eines Gewerbegebiets für seine Tat auserkoren hatte.

Warum eine Kirche? Warum diese Kirche?

Weil es ein Trittbrettfahrer war, der die Gelegenheit günstig fand, sich an dieser Sekte zu rächen?

Ein Ex-Sektenmitglied auf einem schweren Motorrad auf Rachefeldzug? War das nicht ein Widerspruch in sich?

Oder weil es der Brandstifter der Yacht und der Bootshäuser war, der sich allmählich steigerte und einfach ein größeres Objekt abfackeln wollte?

Für diese Fragen war es noch zu früh, dazu musste er auch mehr über mögliche Motive wissen, die über das des simplen Racheakts hinausgingen.

Warum also ausgerechnet hier, Motiv hin oder her?

Diese Frage war leichter zu beantworten.

Die Kirche war abgelegen – das als Zielobjekt zu bestimmen erschien ihm folgerichtig, zumindest aus der Sicht eines Brandstifters.

Die Kirche war ein Symbol, und sie war groß.

Jedenfalls größer als ein Maibaum, eine Yacht und die Boots-häuser.

Die Steigerung war unverkennbar.

Falls es der Serienbrandstifter war.

Je mehr Madlener darüber nachdachte, desto mehr vermutete er, wenn er seinem Bauchgefühl folgte, dass der Brandstifter nicht darauf aus gewesen war, Menschen bei seinen Taten zu gefähr-den. Er hatte sich eine Kirche ausgesucht, weil das an sich schon spektakulär war, Riesenaufsehen erregte und weil er annehmen konnte, dass sie nachts leer war. Wenn es ein Racheakt gewesen wäre, dann hätte der Täter – falls er ehemaliges Sektenmitglied war – wahrscheinlich davon gewusst, dass gelegentlich Jünger dort übernachteten oder irgendwelche Meditationsseminare ab-hielten. Das machte es Madleners Meinung nach wieder wahr-scheinlicher, dass doch der Serienbrandstifter am Werk gewesen war. Hier konnte er in aller Ruhe sein Benzin ausleeren und sich daran ergötzen, wie ein ziemlich großes Gebäude ein Raub der Flammen wurde.

Flammen, die er entfacht hatte.

Mit dem Motorrad hätte er das dazu nötige Benzin nicht her-anschaffen können. Bei so einem Feuer, das sich rasend schnell ausbreitete, wie Madlener dem Handy von Ben hatte entnehmen können, war bestimmt eine Menge Benzin nötig. Also musste er das Zeug vorher in einem geeigneten Fahrzeug in Kanistern hergebracht und versteckt haben, um bei Anbruch der Nacht mit dem Motorrad zurückzukehren und die Aktion zu starten. Falls er nicht irgendeinen Helfer hatte, was man nicht ausschließen konnte, aber das glaubte Madlener nicht.


Die Erleuchtungskirche lag auf einem Eckgrundstück des Ge-werbegebiets. Dahinter gab es nur Brachland und Felder, und am hügeligen Horizont kam der Waldrand.

In Richtung Friedrichshafen wechselten sich Lagerhallen verschiedenster Art, marode Autoreparaturwerkstätten mit abgewrackten Autos im Hof und mehr oder weniger solvente

Baufirmen ab. Viele Gebäude schienen stillgelegt zu sein, die Besitzer pleite.

Die Gegend war unbelebt, besonders in der Zeit nach Feierabend.

Supermärkte, Hostels für Fernfahrer und Saisonarbeiter, Tankstellen, Spielhallen und Imbissbuden waren hier nicht angesiedelt, dafür war ein neu erschlossenes Gewerbegebiet nahe dem Messegelände aus dem Boden gestampft worden.

Madlener überlegte weiter.

Ein Mann, der Feuer legen wollte, mochte auch etwas davon haben. Er wollte das Produkt seiner Tat sehen, Augenzeuge sein dessen, was er bewerkstelligt hatte. Egal, aus welchem Motiv heraus – die Flammen hochschlagen zu sehen versprach Genugtuung, Befriedigung, vielleicht sogar mehr, wenn das Motiv wirklich perverser Natur war und ihn ein Feuer erregte.

Er hatte gelesen, dass es Menschen gab, die sogar ein sexuelles Motiv für Brandanschläge hatten.

Wie auch immer – wenn davon auszugehen war, dass der Täter mit seinem Motorrad hierhergekommen war, um die Auswirkungen seiner Tat so lange wie möglich verfolgen zu können, vielleicht sogar bei den Löscharbeiten zuzusehen, was ihn eventuell besonders scharfmachte, dann musste er ein Versteck gehabt haben. Einen möglichst hoch gelegenen Aussichtspunkt, von dem aus er alles gut im Blickfeld hatte und von dem aus er gleichzeitig auch schnell verschwinden konnte, falls die Lage gefährlich zu werden drohte.

Dafür das Motorrad, mit dem er in Nullkommanichts weg war.

Wo hatte er das Bike abgestellt?

Madlener sah sich in der Umgebung um und nahm eine alte, anscheinend leer stehende Lagerhalle mit eingeschlagenen Fensterscheiben auf einem völlig verwilderten Grundstück aufs Korn. Die Halle war weit genug weg, um vom Feuer nicht in Mitleidenschaft gezogen zu werden, und nahe genug, um von dort aus alles in erster Reihe genießen zu können – Feuerentwicklung und Löscharbeiten inklusive.

Das Grundstück, auf dem die Lagerhalle stand, war – wie die anderen in Sichtweite – zwar umzäunt, aber der Zaun war alt und teilweise eingerissen.

Madlener tigerte daran entlang.

An der abgewandten Seite der Lagerhalle, hinter der nur noch Maisfelder kamen, war der Zaun auf einer Länge von ein paar Metern niedergerissen. Genau dort entdeckte Madlener im Brennnesselgestrüpp eine Schneise und zusammengedrücktes Grünzeug. Hier konnte gut ein Motorrad durchgeschoben worden sein.

Vorsichtig, um keine Spuren zu zertrampeln, betrat er das Gelände und ging auf die hintere Längsseite der Lagerhalle zu.

Er sah die Aluminiumleiter schon nach ein paar Schritten in den Brennnesseln, die den Rand des Gebäudes zuwucherten. Und hier war das Unkraut deutlich zusammengequetscht.

Er blickte nach oben.

Der Rand des Flachdachs der Halle war vielleicht drei Meter hoch.

Madlener zog die Vinylhandschuhe über und lehnte die Leiter an den Dachrand. Sie war genau so weit ausgezogen, dass man bequem hochklettern und auf das Dach steigen konnte.

Er zögerte nicht und hangelte sich hoch. Ein Schritt zur Seite und er war auf dem Flachdach.

Dort sah er nach Norden und hatte einen Panoramablick auf die niedergebrannte Ruine der Erleuchtungskirche. Wenn man sich hinkniete oder vielleicht sogar flach auf das Dach legte, konnte man in aller Ruhe der Kirche beim Abbrennen zuschauen und anschließend die Löscharbeiten bewundern, ohne selbst gesehen zu werden.

So musste es gewesen sein.

Er ging vor bis zur Dachkante, das Dach war mit der üblichen Teerpappe bedeckt, die stellenweise in der Sommerhitze schon Blasen geworfen hatte und voller Flechten und Moosen war.

Aber hinter einer dicken Blase war etwas …

Madlener ging in die Hocke und hob es mit seinem Vinylhandschuh auf.

Es war eine Streichholzschachtel.

Die normale Allerwelts-Haushaltszündholzschachtel.

Weiße Schrift auf dunkelblauem Grund. »Welthölzer«.

Er schob sie auf.

Sechs oder sieben Streichhölzer waren noch darin.

In Ermangelung einer Beweismitteltüte nahm er einen Gummihandschuh ab und stülpte ihn über die Schachtel.

Dann erhob er sich, steckte den Handschuh mit der Streichholzschachtel in seine Jackentasche, holte sein Handy heraus und wählte eine Nummer, die er gespeichert hatte.

Inmitten des Schutthaufens der abgebrannten Kirche ging Ehrmanntraut an sein Handy.

»Ja?«, knurrte er griesgrämig, weil er nichts mehr hasste, als bei der Arbeit gestört zu werden. Außerdem schwitzte er in seinem billigen Plastikoverall fürchterlich, weil die sommerliche Sonne inzwischen hoch am wolkenlosen Himmel stand und gnadenlos herunterbrannte, er war am ganzen Körper schweißgebadet.

»Hier Madlener. Siehst du mich winken?«, sagte Madlener ins Handy und ruderte mit dem freien Arm in der Luft herum.

Ehrmanntraut brauchte eine Weile, bis er den fuchtelnden Madlener auf dem Flachdach der Lagerhalle erspäht hatte.

»Ja«, grantelte er. »Aber kannst du mir bitte *einen* triftigen Grund nennen, warum du mich von der Arbeit abhältst, indem du dich aufführst wie der Seehas beim Einlaufen des Schiffes in den Hafen?«

»Ja, kann ich«, antwortete Madlener. »Ich habe die Stelle gefunden, wo unser Feuerteufel auf der Lauer lag. Du solltest dir das genauer ansehen. Und bring deine Ausrüstung mit.«

Damit legte er auf und fand es komisch, wie Ehrmanntraut in seinem weißen Overall, den Plastiküberschuhen und der weißen Kapuze über dem Kopf ungläubig zu ihm herüberschaute.

Fehlten nur noch die langen Ohren, von der Weite sah er aus wie der perfekte Seehas.

Ein Seehas ohne Ohren, der im Brandschutt herumwühlte statt in einem Eimer mit Kamellen, die er an die jubelnde Kindermeute im Hafen verteilen sollte.

Nur gut, dass den kleinen Festbesuchern dieser Anblick erspart blieb, dachte Madlener.

Ein paar Illusionen sollte man als Kind schon noch haben dürfen.

## 36

Zwei Stunden später merkte Madlener, dass er eine kurze Auszeit brauchte, um geistig und körperlich wieder halbwegs in normales Fahrwasser zu kommen.

Hier vor Ort, an der Brandruine der Erleuchtungskirche, konnte er nichts mehr ausrichten.

Außerdem war ihm der kryptofaschistische Oberguru der Sekte der »Kirche des heiligen Pfads zur Erleuchtung« wahnsinnig auf den Keks gegangen.

Sie waren in einem schweren SUV herangerauscht, einem weißen Porsche Macan. Am Steuer ein bärtiger Mann im weißen Anzug, der nach Leibwächter aussah und sich wie ein Tom-Cruise-Imitator gab. Er trug eine verspiegelte Ray-Ban-Pilotensonnenbrille und blieb bei laufendem Motor sitzen, weil er die Klimaanlage nicht ausschalten wollte, während der Guru, gestützt von seinen zwei Jüngerinnen, aus dem Auto kletterte. Neben dem Fahrer war ein Mann mit Glatzkopf, der ebenfalls eine Sonnenbrille aufhatte und weiß gekleidet war.

Die Mädchen, beide langhaarig, bildhübsch und zusammen vielleicht halb so alt wie ihr oberster Meister, steckten in Kleidern, als kämen sie gerade aus Haight-Ashbury, dem Hippieviertel in San Francisco, und hätten sich in der Zeit um gute fünfzig Jahre verspätet.

Der imposante Mann hatte weiße Haare, militärisch stoppelkurz geschnitten, buschige Augenbrauen, war glatt rasiert und trug Jesuslatschen zu seinem cremeweißen Polohemd und der weißen Cargohose. Man sah ihm sein Alter nicht an, er hatte eine kerzengerade Haltung wie ein Stabsoffizier der alten Schule. Obwohl er Mitte sechzig war, gab er immer noch eine eindrucksvolle Erscheinung ab und strahlte eine gewisse Autorität und Strenge aus, von einem überproportionalen Selbst- und Sendungsbewusstsein ganz zu schweigen.

Madlener beobachtete, wie er mit einem Polizisten sprach, der in seine Richtung zeigte.

Natürlich, dachte sich Madlener seufzend, der Mann suchte sich ihn als Ranghöchsten an der Brandstelle aus, er machte sich schon einmal auf ein unangenehmes Gespräch gefasst.

Obwohl er ein gewisses Verständnis dafür hatte, dass der Mann aufgebracht und wütend war, das fand er durchaus menschlich. Aber religiöser Fanatismus jeglicher Couleur war etwas, das er nicht ausstehen konnte. Sobald eine übergroße Portion Glaube im Spiel war, kam man mit rationalen Argumenten nicht weit.

Der Guru marschierte geradewegs auf ihn zu wie der personifizierte Zorn Gottes, während die zwei Jüngerinnen angesichts ihrer verkohlten Kirche in Tränen und Wehklagen ausbrachen und anfingen zu beten.

»Sind Sie Kommissar Madlener?«, wurde er von ihm angeherrscht, als wäre er Vorsitzender des Jüngsten Gerichts und Madlener der erste arme Sünder, der nach dem Weltuntergang für seine zahlreichen irdischen Sünden Rechenschaft vor ihm ablegen musste.

»Der bin ich. Und wer sind Sie?«, fragte Madlener.

»Ich bin Lama Björn Oledahl. Vielleicht haben Sie schon von mir gehört«, sagte der Guru, als erwartete er, dass Madlener angesichts seiner Aura der Heiligkeit ehrfürchtig in die Knie sinken und den Saum seines Lacoste-Polohemds küssen würde.

Aber den Gefallen tat ihm Madlener nicht.

»Nein. Bis jetzt nicht«, antwortete er nicht ganz wahrheitsgemäß.

»Das war meine Kirche! Wer das getan hat, wird im siebten Kreis der Hölle schmoren!«, donnerte der selbst ernannte Lama und zeigte auf den kokelnden Trümmerhaufen.

Madlener glaubte, einen skandinavischen Akzent aus der Philippika herauszuhören, die Oledahl im Tonfall eines Predigers der Pfingstbewegung von sich gab.

»Ich frage Sie also als Oberhaupt der Kirche des heiligen Pfads zur Erleuchtung: Wer hat diese Todsünde begangen? Wer hat meine Kirche und einen meiner Jünger auf dem Gewissen?«

»Diese Frage kann ich Ihnen leider noch nicht beantworten. Wir stehen erst am Anfang unserer Ermittlungen«, sagte Madlener.

»Was heißt das?«

»Dass wir es noch nicht wissen. Aber ich kann Ihnen versichern, dass wir alles tun, um den Täter zu fassen.«

»Sie sind sich also schon sicher, dass es ein einzelner Täter war?«

»Das nehmen wir an, ja.«

»Hat diese frevlerische Tat etwas mit dem Islam zu tun?«

»Wie meinen Sie das?«

»Verstehen Sie kein Deutsch? Der Islam ist ein ausgewiesener Feind unserer Kirche. Wer sonst könnte so etwas Gotteslästerliches begehen und unser geistiges Zentrum abbrennen?«

»Heißt das, Sie wurden bedroht? Konkret bedroht? Aus islamistischen Kreisen?«

»Nein. Aber das ist nicht nötig. Ich weiß, wo unsere Feinde stehen. Und die Bedrohung durch den Islam ist universell. Nur haben das die wenigsten bisher kapiert. Haben Sie den Koran gelesen?«

»Ich bin religionsphilosophisch nicht gerade ein Experte ...«, verteidigte sich Madlener, der sich im selben Augenblick ärgerte, dass er sich von dem Guru gleich in die Defensive drängen ließ.

»Dann wird es Zeit, dass Sie sich damit auseinandersetzen! Sollte Pflichtlektüre bei der Polizei sein. Dann wüssten Sie nämlich, dass das, was Sie hier sehen, erst der Anfang ist. Der Islam will unseren Untergang. Und niemand stellt sich ihm entgegen. Aber das wird sich ändern! Ändern müssen! Einer meiner liebsten Jünger ist tot! Warum? Was hat er den Islamisten getan?«

»Moment, Herr Oledahl. Das, was da passiert ist, ist ohne jeden Zweifel ein abscheuliches Verbrechen. Aber wir können in diesem Anfangsstadium der Ermittlungen noch gar nichts darüber sagen, was das Motiv für die Tat war und wer dahintersteckt.«

»Wofür sind Sie dann hier? Warum setzen Sie nicht alle Hebel in Bewegung, um dieses Verbrechen zu sühnen?«

»Das tun wir ja …«

»So? Das tun Sie? Warum stehen Sie dann noch hier herum? Warum ist noch niemand verhaftet worden? Hat die Polizei keine Datei mit islamistischen Gefährdern aus dieser Gegend, deren Alibi man schleunigst überprüfen sollte? Wissen Sie nicht, was es bedeutet, wenn erst Kirchen in Brand gesteckt werden? Haben Sie keine Lehren aus unserer Geschichte gezogen? Warum ist das so?«

Er tat so, als warte er auf eine Antwort. Aber ehe Madlener überhaupt reagieren konnte, beantwortete er seine Frage selbst.

»Ich kann es Ihnen sagen. Weil die Polizei auf dem Auge blind ist. Oder besser: sich blind stellt! Warum müssen wir uns als Religionsgemeinschaft, nur weil wir die wahren Werte des Lebens verkörpern und verteidigen, auf diese gewaltsame Weise ausgrenzen und diskriminieren lassen? Dies ist keine katholische oder evangelische Kirche gewesen, sondern ein buddhistischer Gebets- und Meditationstempel. Sind wir es nicht wert, gleich behandelt zu werden? Steht das nicht im Grundgesetz?«

»Das sind eine Menge Fragen auf einmal. Ich kann Ihre Empörung durchaus nachvollziehen, Herr Oledahl, glauben Sie mir. Das, was hier passiert ist, ist ein fürchterliches Verbrechen, und ich verurteile es schärfstens. Aber Koran hin und Grundgesetz her – hier geht es zunächst nur um wertneutrale Aufklärung, um nichts anderes. Ich kann Ihnen versichern, dass wir in alle Richtungen ermitteln, ohne Scheuklappen oder Tunnelblick.«

»Das kann doch nur heißen, dass Sie nichts dagegen tun und tatenlos zusehen, wie Islamisten meine Kirche abbrennen. Sie, die Polizei, kann unsere Religionsgemeinschaft nicht schützen. Ja, schlimmer noch: Sie *will* sie nicht schützen! Wissen Sie, was das ist? Das ist Rassismus! Nichts anderes. Rassismus gegen Andersdenkende! Und wissen Sie was? Wir Jünger des heiligen Pfads zur Erleuchtung sagen schon seit Jahren, dass wir uns wehren müssen, wenn wir angegriffen werden! Weil die staatliche Gewalt nicht auf unserer Seite ist. Und das hier …«, er zeigte wieder auf die Überreste seiner Kirche, »… das hier ist das Resultat dessen, dass religiöse Minderheiten in diesem Staat nicht den nötigen Schutz genießen, so wie es in der Verfassung vorgeschrieben ist. Wenn wir einem hemmungslosen Rassismus ausgesetzt sind, weil wir anders sind und man uns nicht will, dann pfeife ich auf diesen Staat. Und ich pfeife auf die willfährigen Knechte dieses Staates, wie Sie es einer sind!«

»Das sei Ihnen unbenommen«, gab Madlener ungerührt zurück. »Von mir aus pfeifen Sie, auf wen oder was Sie wollen, schließlich haben wir Meinungsfreiheit. Aber jetzt entschuldigen Sie mich. Ich habe zu tun. Während Sie mit Pfeifen beschäftigt sind, muss ich mich um den Brandstifter kümmern.«

»Ach, so ist das! Sie weigern sich, meine Aussagen auch nur anzuhören und danach zu handeln. Obwohl ich einen konkreten Verdacht ausgesprochen habe und Sie von Amts wegen die Pflicht und Schuldigkeit haben, dem nachzugehen.«

»Ich sagte schon: Wir ermitteln in alle Richtungen, es hat schließlich bedauerlicherweise einen Toten gegeben. Sie können sicher sein: Wir tun alles, was in unserer Macht steht, um den Täter zu fassen.«

Die Miene des Lama war wie versteinert. Plötzlich fing er an, mit dem Zeigefinger in die Luft vor Madleners Augen zu stechen.

»Das kaufe ich Ihnen nicht ab!«, bellte er synchron dazu.

Madlener wich kein Jota zurück und wartete nur darauf, dass Oledahl ihn berührte. Bei so etwas konnte er leicht pampig werden. Er war sowieso schon kurz davor. Aber noch beherrschte er sich.

Oledahl stach weiter im Rhythmus seiner Worte in Richtung Madleners Augen. »Das kaufe ich Ihnen ganz und gar nicht ab, Herr Kommissar Madlener! Das Fanal mit meiner Kirche ist erst der Auftakt. Das wird eine Angelegenheit auf Leben und Tod. Das wird zum Armageddon! Und ich sehe es Ihnen an, dass Sie das nicht genügend ernst nehmen. Ihr laxes Verhalten wird Konsequenzen für Sie haben, das verspreche ich Ihnen«, sagte er.

Dann stemmte er auf einmal seine Hände in die Hüften, als wäre er der Feldwebel und Madlener ein linkischer Rekrut, der endlich einmal gründlich zur Räson gebracht werden musste. »Wie heißt Ihr Vorgesetzter, und wo treffe ich ihn an?«

Madlener zeigte unbeeindruckt in Richtung Süden die Straße hinunter. »Sie lassen sich direkt zurück nach Friedrichshafen kutschieren. Ich denke mal, dass Ihr Auto mit einem Navi ausgerüstet ist, es sieht ja ziemlich teuer aus. Da soll Ihr Chauffeur ›Polizeipräsidium Ehlersstraße‹ eingeben, falls er dazu in der Lage ist und sich nicht darauf konzentrieren muss, cool auszusehen. Ihr Ansprechpartner im Präsidium ist Kriminaldirektor Cornelius. Mit C wie Cäsar. Er wird sich mit Ihren Anschuldigungen bestimmt gern auseinandersetzen.«

Damit drehte sich Madlener um und ließ Lama Björn Oledahl stehen. Aus seiner langjährigen Erfahrung wusste er, dass es nichts brachte, sich auf weitere Diskussionen mit diesem Fanatiker einzulassen.

Insgeheim hatte er Mitleid mit Cornelius, wenn er an den bevorstehenden Auftritt des Gurus beim neuen Kriminaldirektor dachte.

Was war er froh, dass er diesen Job nicht mehr machen musste!

Er stieg in sein Auto und sah zu, wie der erboste Guru seine zwei Jüngerinnen zum Porsche zurückscheuchte. Sie parierten eilfertig, halfen ihm auf den Rücksitz und nahmen ihn in ihre Mitte. Dann raste der Porsche Macan in einem Höllentempo davon, als müsste er die vier Reiter der Apokalypse einholen, die schon mal vorausgeritten waren.

# 37

Als Madlener endlich losfuhr, merkte er wieder, wie müde und abgekämpft er war. Und das kam nicht nur vom unerquicklichen und nervenzermürbenden Disput mit dem Hohepriester des Populismus und selbst ernannten Lama Björn Oledahl.

Er war vorher schon zu lange bei Ehrmanntraut und dessen Leuten gestanden, die sich über die Spuren hergemacht hatten, die der Brandstifter hinterlassen hatte.

Das war ungefähr so aufregend, wie der gelben Wandfarbe in seiner neuen Wohnung beim Trocknen zuzusehen.

Nur dass er den Spurensicherungsleuten auch noch ständig im Weg war.

Nein, es war vernünftiger, an seiner Matratze zu horchen, damit er wieder tatkräftig genug war, um klar denken und handeln zu können. Alles, was im Fall der abgebrannten Kirche zu tun war, hatte er angeleiert, jetzt lag es an Binder und Götze, die Ermittlungen voranzubringen.

Er selbst und Harriet hatten sich eine Auszeit redlich verdient.

Er rief von unterwegs Frau Gallmann an, um ihr zu sagen, dass sie Harriet nach Hause schicken sollte. Auf sie hörte Harriet noch eher. Dann gab er noch eine Warnung an Cornelius durch, Frau Gallmann sollte ihn auf den Besuch des Obergurus der Sekte vorbereiten, deren Kirche abgebrannt war.

Er legte auf und rekapitulierte noch einmal, was Ehrmanntraut ihm im Schnelldurchlauf und in Kurzform vor der Konfrontation mit Björn Oledahl noch nebenher mitgeteilt hatte, nämlich den Stand der Spurenlage in Bezug auf die Brandstiftung und den Täter.

Viel war es nicht.

»Okay«, hatte er gesagt und die Kapuze seines Overalls zurückgeschoben. »Die gute Nachricht ist: In dem Schutt da drüben sind keinerlei menschliche Überreste mehr.«

»Dann haben wir also, was schlimm genug ist, nur ein Brandopfer.«

»So ist es. Wir haben außerdem etwas gefunden, das die Brandursache eindeutig definiert.«

»Und was ist das?«

»Zwei Metallklumpen.«

Als er Madleners fragende Miene gesehen hatte, konkretisierte
er: »Zusammengeschmolzene Benzinkanister. Also gehen wir
davon aus, dass der Täter zwei Kanister mit Benzin dabeihatte,
deren Inhalt er in der ganzen Kirche ausgeschüttet und anschließend angezündet hat.«

»Und was habt ihr hier?«, hatte Madlener gefragt und auf die
Lagerhalle gedeutet.

»Du hattest recht. Der Typ muss dort an der Wand sein Motorrad abgestellt haben, kletterte dann auf der Leiter nach oben
und genoss die Privatvorstellung für sein Werk. Wir haben entsprechend frische Kratzspuren gefunden.«

»Und die Leiter?«

»Mach dir da mal keine falschen Hoffnungen. Zwar ist die
Leiter mit Spuren übersät, aber schau sie dir an! Die ist alt und
durch tausend Hände gegangen.«

Da war Madlener eingefallen, dass er noch etwas in der Tasche
hatte.

Er hatte den über die Streichholzschachtel gestülpten Vinylhandschuh herausgezogen und ihn Ehrmanntraut überreicht.

»Hab ich dort oben auf dem Dach entdeckt. Könnte vom
Brandstifter sein.«

Ehrmanntraut hatte den Handschuh samt Inhalt hochgehoben
und angesehen.

»Das muss ich im Labor genauer unter die Lupe nehmen.«

»Hast du was zum Motorrad?«

»Bisher nichts Weltbewegendes. Da an der Wand stand wirklich eines. Wir haben im Gras winzige Ölspuren.«

»Reifenspuren?«

»Eindeutig. Wir dokumentieren natürlich alles, aber wir haben
nichts, was auf die Marke schließen lässt.«

Madlener hatte sich bedankt und sich auf den Weg zu seinem Auto gemacht.

»Hey, Max …!«, hatte Ehrmanntraut ihm nachgerufen.

Madlener war stehen geblieben und hatte sich umgedreht.

»Sag deinem Kollegen aus Konstanz, er soll hier nicht den Beleidigten spielen.«

»Hat er einen Grund dazu?«

»Ich habe ihm gesagt, dass er Overall und Überschuhe anziehen muss, wenn er die Brandstätte betreten will. Das hat ihm nicht geschmeckt. Er hat gesagt, die Brandursache sei für ihn eindeutig und weitere Untersuchungen seien überflüssig und Zeitverschwendung. Dann ist er gegangen.«

»Ist sie das? Eindeutig?«

»Ja. Ohne jeden Zweifel. Ihr sucht nach einem Einzeltäter. Für die Ergreifung des Brandstifters und das Motiv bist du zuständig.«

Als Madlener jetzt hinter dem Steuer seines Dienstwagens saß, an der gefühlt zehnten Ewigkeitsampel von Friedrichshafen wartete und die Klimaanlage noch weiter herunterdrehte, musste er sich gewaltsam zwingen, wach zu bleiben.

Er hatte zwar in seiner Thermoskanne noch Kaffee dabei, aber sein Magen war bereits so übersäuert, dass er sich sicher war, der nächste Schluck Kaffee würde ihm den Rest geben und ihm eine chronische Gastritis bescheren.

Auch die Idee, noch schnell auf dem Heimweg bei seiner Lieblingsbäckerei vorbeizufahren und zwei Zimtschnecken mitzunehmen, die er geistesabwesend vertilgte, während er sich vom Rotlicht der Ampel hypnotisieren ließ, trug bestimmt nicht gerade zu einer Normalisierung seines Säurehaushalts bei. Trotzdem schmeckten sie ihm, als er sie entgegen jeglicher Vernunft mit dem Rest Kaffee aus der Thermoskanne hinunterspülte und dann versuchte, die Brösel von seiner Hose zu wischen.

Wenn schon, denn schon.

Es war wirklich an der Zeit, für heute Feierabend zu machen.

Als es hinter ihm laut und heftig hupte und er merkte, dass es längst Grün geworden war, fuhr er im Gewohnheitsmodus zurück in sein Hotel, obwohl er inzwischen eine eigene Wohnung hatte.

Aber da war alles noch eine halbe Baustelle. Er wollte nur noch in sein Bett und nicht über leere Farbeimer und aufgerollte Plastikplanen stolpern. Ganz abgesehen davon, dass seine Möbel noch im Container eingelagert waren.

*Brain Salad Surgery*
*It will murder you, it murdered me*
*We made it for our enemy*
*Brain Salad Surgery*
Emerson, Lake and Palmer, »Brain Salad Surgery«

Mist, Mist, Doppelmist.

Es war wieder einmal wie verhext.

Kaum lag er im Bett, spielten seine Gedanken Flipper, obwohl er die Vorhänge zugezogen hatte und es dunkel war bis auf die üblichen roten und grünen Punkte, die anzeigten, dass sein technisches Equipment vom CD-Player über Handy-Ladegerät bis zum Fernseher am Leben beziehungsweise ordnungsgemäß ans Stromnetz angeschlossen war.

Ob das davon kam, dass er den Schuhkarton von Wohlfahrt neben sich auf dem Bett liegen hatte?

Er drehte sich zur anderen Seite und schloss die Augen.

An etwas Schönes denken!, setzte er sein Mantra ein, das ultimative Mittel, um den Schlaf herbeizuzwingen.

An etwas Schönes denken …

Das war gar nicht so einfach.

Was war schön?

Die Trennung von seiner Lebensgefährtin? Die Auseinandersetzung mit diesem Oberguru, der die Wahrheit für sich gepachtet zu haben glaubte? Wie er den Feuerteufel schnappen sollte? Warum Wohlfahrt noch aus dem Grab heraus mit ihm sprechen wollte?

Nach mehreren sinnlosen Anläufen kapitulierte er.

Ihm war nichts Schönes eingefallen.

Jedenfalls nichts mit einer Halbwertszeit von mehr als zwei Sekunden.

Dann war es wieder weg, weil er es gedanklich nicht festhalten konnte.

Er gab sich endgültig geschlagen, machte Licht an und nahm den Deckel der Schachtel herunter. Irgendwie kam es ihm vor, als würde er vom Inhalt des Kartons magisch angezogen, seit er ihn zum ersten Mal geöffnet und kurz durchgesehen hatte.

Was war Wohlfahrt so wichtig gewesen, dass er ihn an Madlener weitervererbt hatte? Ein dreißig Jahre alter ungelöster Fall?

Da stimmte etwas nicht, das ergab doch keinen Sinn.

Irgendetwas war faul an der Sache. Entweder an Wohlfahrt oder an diesem Fall, der ihn nicht mehr losgelassen hatte.

Er nahm den Kassettenrekorder und drückte auf die Play-Taste.

Zuerst war nur ein Rauschen zu hören. Als Wohlfahrts Stimme einsetzte, regelte er die Lautstärke herunter.

Es erschien ihm seltsam, die Stimme eines Toten aus dem Lautsprecher zu hören, es war fast so, als sitze Wohlfahrt neben ihm, wenn er die Augen schloss und einfach nur zuhörte.

Nein, das war die Untertreibung des Jahres: Es war nicht nur seltsam, es war gespenstisch.

Wohlfahrt sprach langsam und deutlich, jedes einzelne Wort war zu verstehen.

Madlener konzentrierte sich und lauschte.

»Hallo, Max. Das mit einer Einführung und den Anreden lassen wir jetzt, das habe ich dir ja schon alles schriftlich mitgeteilt.

Ich grüße dich aus dem Jenseits, auch wenn das reichlich makaber klingt – so ist es nun einmal.

Gehen wir gleich in medias res.

Am 19. März im Jahr 1989, eine Woche vor Ostern, es regnete in Strömen, das weiß ich noch genau, kam eine Meldung herein, dass bei Bauarbeiten eine männliche Leiche aufgefunden worden war.

Ich fuhr an den Fundort, ein altes, seit dem Ende des Zweiten Weltkriegs verlassenes Firmengelände am Rand von Schätzingen, circa fünfundfünfzig Kilometer nordwestlich von Friedrichshafen. Ein Ort mit damals ungefähr fünfzehntausend Einwohnern, einem Bahnhof, einer Justizvollzugsanstalt und einer Bundeswehrkaserne.

Die Einfahrt zum Gelände der Fabrik, einen Steinwurf von den Bahngleisen entfernt, war zugestellt mit Lastwagen, Baggern und Polizeiwagen, als ich ankam. Nach jahrzehntelangem Streit zwischen Land, Bahn und Kommune, was mit dem riesigen Grundstück geschehen sollte – die Besitzverhältnisse waren kompliziert –, hatte man sich endlich darauf geeinigt, dass der noch vorhandene Restbaubestand abgerissen und stattdessen dort ein ganzes Wohnviertel mit Miet- und Sozialwohnungen errichtet werden sollte. Das Gelände in der Größe von zehn Fußballfeldern war inzwischen zur Müllhalde verkommen und zum Abenteuerspielplatz für Kinder und Jugendliche geworden, obwohl alles umzäunt war und überall ›Betreten strengstens untersagt‹-Schilder angebracht waren. Doch das hatte niemanden abgeschreckt, im Gegenteil. Für einen Großteil der Jugend war es umso reizvoller, dort Gotcha-Spiele zu veranstalten oder einfach Party zu machen.

Ein Kollege führte mich zu einem vergessenen Tunnel. Er war von außen kaum zu sehen, schwer zugänglich und völlig zu-

*gewuchert, die Tunnelröhre mannshoch. Ein stinkendes Rinnsal sickerte heraus, Scheinwerfer beleuchteten die Röhre, die Kollegen von der KTU waren dort schon zugange und die Rechtsmedizin ebenfalls. Dr. Seibold war zuständig, ich kannte ihn, er war übergenau, um nicht zu sagen pedantisch, was aber in seinem Metier sicher kein Fehler ist.*

*Er kam mir entgegen, mit einem ganz grauen Gesicht, das ich noch nie bei ihm gesehen hatte. Er schien mich nicht zu bemerken und steckte sich am Ausgang des Tunnels eine Zigarette an, bevor er mich überhaupt registrierte.*

*›Was haben wir?‹, fragte ich, der übliche Spruch, du wirst ihn selbst schon Hunderte Male gehört und gesagt haben.*

*Es ist seltsam, aber ich kann mich jetzt noch an jedes Wort und jede noch so kleine Geste erinnern.*

*Er blickte mich lange mit seinen Basset-Augen an, die ihm sowieso immer einen Anflug von Traurigkeit verliehen, nahm einen tiefen Zug von seiner Zigarette, blies den Rauch zum Himmel empor, drückte sie an einem Stein aus, wollte sie im ersten Impuls wegwerfen, steckte sie aber dann mit seinen behandschuhten Händen in die Schachtel zurück und sagte endlich: ›Du willst wissen, was wir haben? Komm mit. Ich zeig es dir.‹*

*Ich folgte ihm in die Tunnelröhre, es war stickig und stank nach Abwasser und Fäkalien. Ich habe heute noch den typischen Geruch in der Nase.*

*Nach Tod und Verwesung.*

*Und nach Gewalt und etwas grundsätzlich Bösem.*

*Kommt dir sicher bekannt vor.*

*Siehst du – das ist auch wieder etwas, das man keinem Außenstehenden erzählen kann. So etwas kann ich nur dir sagen, andere verstehen es nicht, oder es verstört sie.*

*Entschuldige meine Abschweifung.*

*Weiter im Text.*

*Wir tasten uns also ungefähr fünfzig Meter hinein in diese Röhre.*

*Es kam mir im Nachhinein vor wie der Gang ins Herz der Finsternis, das kann ich dir sagen.*

*Als Dr. Seibold im Lichtkegel eines Scheinwerfers beiseitetrat,* so gut, wie das in diesem schrecklichen Tunnel möglich war, sah ich es.

Ich habe im Laufe meines Berufs bei der Mordkommission an der Aufklärung von über sechzig Tötungsdelikten mitgearbeitet, aber so etwas Grausames und Unmenschliches, ja, ich muss schon sagen: Monströses, habe ich nie gesehen.

Weder vorher noch nachher.

Dort lag die Leiche eines Jungen, nackt, mit dem Gesicht nach unten.

Oder besser: das, was der Täter von ihm übrig gelassen hatte.

Du kennst den Fachbegriff ›Übertötung‹, wenn ein Täter in seinem Hass oder in einem Blutrausch seinem Opfer Dutzende Stiche mit einem Messer zufügt, wo einer genügt hätte, um zu töten, oder es sonst wie schrecklich verstümmelt, obwohl es schon längst tot ist. Aber dieses Tötungsdelikt, diesen Mord mit so einem Fachterminus zu umschreiben, kann der Grausamkeit der Tat nicht im Entferntesten gerecht werden.

Der Gerichtsmediziner stellte sich neben mich und sprach, fast flüsterte er, mir ins Ohr. So als wollte er nicht, dass seine Worte den Jungen ein zweites Mal schänden würden.

›Jetzt sage ich dir mal, was wir haben. Der Junge ist seit ungefähr zwei Wochen tot. Er ist mit diesem Rohr ...‹ – er zeigte auf ein Rohr, das neben der Leiche lag – ›... missbraucht worden, vermutlich mehrfach. Der Täter hat ihn aufgeschlitzt vom Kehlkopf bis zum Schambein, ihm seine Innereien herausgenommen und dort hinten abgelegt. Er hat ihn regelrecht ausgeweidet. Dann hat er ihm das Geschlechtsteil abgeschnitten, es ist bis jetzt nicht aufgefunden worden. Mehrere Finger wurden abgetrennt, Muskelfleisch aus Oberschenkel und Gesäß wurden herausgeschnitten. Das ist es, was wir haben.‹

Ich stand da und brachte kein Wort heraus. Ich hatte große Mühe, mein Frühstück bei mir zu behalten. Aber ich zwang mich, hinzuschauen. Genau hinzuschauen. Das war ich diesem Jungen schuldig.

Dabei schwor ich mir, denjenigen zu erwischen und zur Rechenschaft zu ziehen, der das getan hatte.

*Das hatte ich auch noch nie gemacht.*

*Distanz zu wahren ist oberstes Gebot, sonst gehst du an deiner Arbeit kaputt.*

*Aber in diesem Moment hielt ich mich nicht mehr an eine der üblichen Regeln der Polizeiarbeit.*

*Das war der Moment, der mich zum Besessenen werden ließ.*

*Besessen davon, den Mörder zu fassen.*

*Koste es, was es wolle.*

*Ich konnte einfach nicht anders. Weil ich wusste, dass so ein Unmensch, der zu dieser Tat fähig war, nicht länger frei herumlaufen durfte. Es waren nicht unbedingt Rachegefühle, die ich verspürte, es war mehr der unbedingte Wille, mit allen mir zur Verfügung stehenden Mitteln zu verhindern, dass so ein Täter noch einmal zuschlagen würde.*

*Wer das getan hatte, der konnte damit nicht einfach aufhören. Der würde es wieder tun.*

*Das durfte ich unter keinen Umständen zulassen.*

*Der Tod dieses Jungen sollte nicht umsonst gewesen sein ...«*

Es machte klack, und eine Pause entstand.

Madlener ahnte, warum.

Wohlfahrt hatte sich so sehr in die damalige Situation hineingesteigert, dass er erst einmal kurz den Rekorder anhalten musste, um wieder weitermachen zu können.

So war es auch.

Es klackte erneut, und Wohlfahrts Stimme klang wieder halbwegs normal.

*»Die genauen Einzelheiten kannst du der Fundortskizze – wie sich herausstellte, war es auch der Tatort – und dem Obduktionsbericht sowie den Fotos entnehmen.*

*Die Identifizierung des Opfers ging schnell. Ein dreizehnjähriger Junge namens Hendrik Jenssen war seit vierzehn Tagen als vermisst gemeldet. Er hatte sich in der Schule wegen angeblicher Übelkeit krank abgemeldet und war auf dem Nachhauseweg spurlos verschwunden.*

*Zeugen hatten ihn noch am Bahnhof herumlungern sehen. Eine alte Frau sagte aus, sie sei mit ihrem Hund unterwegs gewesen und Hendrik habe den Hund gestreichelt, er mochte Tiere. Sie war die letzte Zeugin, die den Jungen lebend gesehen hat. Sie hat beobachtet, wie der Junge anschließend mit einem Mann weggegangen ist. Sie hat diesen Mann als ›ungepflegt und groß, auffälligstes Kennzeichen Halbglatze mit Pferdeschwanz, Haare dünn und blond, circa dreißig bis fünfunddreißig Jahre alt‹ beschrieben. Was nicht sehr aussagekräftig war, weil diese Frau, wie ich später feststellen konnte, ziemlich kurzsichtig war und aus Versehen nur ihre Lesebrille dabeihatte.*

*Zum familiären Umfeld des Jungen: Er lebte bei seinem Vater, seine Mutter war gestorben, als er acht Jahre alt war. Seine Eltern hatten ein Reihenhaus gekauft, und der Vater musste es allein abbezahlen. Er war Fernfahrer und entsprechend selten zu Hause. Ab und zu passte die Großmutter auf Hendrik auf, aber sie war alt und konnte nicht mehr so wie früher. Der Junge war also die meiste Zeit allein auf sich gestellt, ein Schlüsselkind, und hat das wohl weidlich ausgenutzt und sich mit anderen Jungs herumgetrieben, die in ähnlichen Verhältnissen lebten wie er, zum Teil älter waren und schon rauchten und Alkohol tranken.*

*Als wir dem Vater die Nachricht vom Tod seines Sohnes überbrachten, der anhand seines Zahnschemas eindeutig identifiziert worden war, drehte der vollkommen durch. Er musste medikamentös ruhiggestellt werden und ist fünf oder sechs Jahre später gestorben. Hat sich systematisch zu Tode gesoffen. Ich bin mir sicher, es waren die Schuldgefühle und der Kummer, das hat ihn umgebracht. Noch ein Opfer, das indirekt auf das Konto des Täters geht.*

*Glaub mir, wir haben buchstäblich jeden Stein in Schätzingen und der gesamten Umgebung umgedreht, Plakate aufgehängt, sind von Haus zu Haus gegangen, haben Mitschüler befragt, seine Lehrer, alle, die ihn irgendwie gekannt haben. Wir haben jeden potenziellen Täter überprüft, der als pädophil in unserer Datei war, haben das Fabrikgelände von Hundertschaften absuchen lassen. Das Einzige, das wir gefunden haben, war die Kleidung* des Jungen. Darauf war Blut, das nicht vom Jungen stammte, also haben wir angenommen, dass es die Blutgruppe des Täters sein musste. Es war nur ein winziger Blutpartikel, mikroskopisch. Zu wenig für eine DNA-Analyse damals, der genetische Fingerabdruck war gerade erst im Entwicklungsstadium, es reichte knapp, um die Blutgruppe festzustellen. AB Rhesus positiv, eine sehr seltene Blutgruppe, nur etwa vier Prozent der Bevölkerung haben sie. Neben der Kleidung war der Rucksack des Jungen mit seinen Schulsachen. Anscheinend unberührt. Was glaubst du, wie viele Fingerabdrücke darauf waren – Hunderte. Wir haben alle ins System eingegeben, eine Sisyphusarbeit, zwecklos, das führte zu nichts.

Der Fall hatte natürlich inzwischen einen Riesenwirbel in der Öffentlichkeit verursacht. Es wurden Leute denunziert und festgenommen, nur weil jemand gesehen hat, dass ein Nachbar alte Kleidung verbrannt hat, oder weil ein Passant zufällig der schlechten Phantomzeichnung ähnelte, die überall plakatiert war.

Dann begann ich damit, mir die Insassen aus dem Gefängnis von Schätzingen vorzunehmen, über hundert Gefangenenakten habe ich durchgearbeitet, mit dem Fokus darauf, was aus denen wurde, die vor oder am Tag des Verschwindens von Hendrik entlassen worden waren. Wir überprüften jedes Alibi.

Resultat: nichts.

Das Einzige, was wir hatten, war die extrem seltene Blutgruppe AB Rhesus positiv.

Damit tanzten wir bei den Soldaten der Bundeswehrkaserne an. Bei den Soldaten wird die Blutgruppe schon bei der Musterung festgestellt. Tagelanges Durchforsten aller relevanten Unterlagen. Zwei Rekruten hatten tatsächlich die passende Blutgruppe. Beim Nachhaken kam heraus, dass sie am fraglichen Tag einen Gewaltmarsch mit zwanzig Kilogramm Gepäck auf dem Rücken gemacht hatten.

Also wieder nichts.

Der Druck der Medien wurde immer größer, Politiker fragten, was wir eigentlich die ganze Zeit trieben, warum wir immer noch keinen Täter, ja nicht einmal eine Spur hätten. Es war unerträg-

*lich. Niemand von der Sonderkommission wollte diesen Vorwurf auf sich sitzen lassen. Wir alle hatten ein Jahr rund um die Uhr gearbeitet, bis zur völligen Erschöpfung, körperlich und mental.*

*Damals kannten wir den Begriff ›Fallanalytiker‹ beziehungsweise ›Profiler‹ noch nicht, geschweige denn wusste man, dass so ein Spezialist dazu beitragen kann, sich eine Vorstellung vom möglichen Täter zu machen. Nämlich indem man von der Vorgehensweise des Täters ausgeht und so Rückschlüsse auf seine Person und seine Persönlichkeit zieht. Quasi das Pferd von hinten aufzäumt.*

*Ich begann, das Phantombild, das ich vor meinem Schreibtisch immer vor Augen hatte, mit Leben zu erfüllen, ihm gewissermaßen Plastizität zu geben, ihn greifbar, erfassbar, vorstellbar werden zu lassen, immer von dem ausgehend, was wir an Fakten hatten. Und von dem, was wir von Tätern wussten, die ähnliche Verbrechen begangen hatten und erwischt worden waren. Zuerst die Beschreibung seines Aussehens. Dann sein möglicher Hintergrund, seine Lebensweise. Was für ein Mensch konnte das sein? Abgesehen davon, dass er eine hochgradige Persönlichkeitsstörung haben musste, das lag schließlich auf der Hand. Es musste ein Mann sein, der emotional schwerste Defizite hatte, eiskalt sein konnte, in bestimmten Situationen aber völlig die Kontrolle über sich selbst verlor, total ausrastete. Ein Mann ohne jede Empathie oder Gewissensbisse.*

*Ich stellte mir einen Mann vor, der zurückgezogen lebt. Der nicht viel Kontakt zu seinen Mitmenschen hat. Der ein zweites, heimliches Leben führt, von dem niemand weiß. Ein Leben voller Hass auf jeden und alles. Seine schwarze Seite. So unsichtbar wie die dunkle Seite des Mondes, aber doch unzweideutig vorhanden. Er musste eine schreckliche Kindheit und Jugend durchgemacht haben, mit großer Wahrscheinlichkeit war er selbst missbraucht worden, jedenfalls konnte ich mir nicht vorstellen, dass er aus normalen Familienverhältnissen kam. Er hatte eine abnorm gestörte Sexualität, eine hohe Gewaltbereitschaft, die sich schon mehrfach in körperlichen Attacken und Schlägereien gezeigt haben musste.*

*Ich befasste mich mit Männern, die ihre pädophilen Neigungen ausgelebt hatten und dafür im Knast gelandet waren, ich traf mich sogar einmal mit einem Mann, der einen anderen getötet und teilweise gegessen hatte, nur um herauszubekommen, wie er sich dabei gefühlt und warum er das getan hatte.*

*Es war sinnlos. Er wollte sich nur wichtigmachen und versuchte mich so lange wie möglich hinzuhalten, weil er sich in meinem Interesse sonnen wollte.*

*Aber mir wurde dadurch klar, dass diese Spezies Mensch anscheinend extrem narzisstisch ist, überaus eitel und von sich selbst eingenommen. Sie fühlen sich den ›normalen‹ Menschen überlegen, weil sie etwas getan haben, zu dem andere nicht fähig sind.*

*Diese Denkweise ist total krank für mich, aber sie ist eine Tatsache.*

*Das wurde mir auch von Spezialisten bestätigt, die ich konsultierte. Professoren und Psychologen, die auf diesem Gebiet forschten und unterrichteten und von diesen Tätern mehr verstanden als ich.*

*Aber auch das brachte mich nicht weiter.*

*All das führte mich zwar wieder ins Herz der Finsternis zurück, aber nicht zum wirklichen Täter.*

*Dann hatte ich auch noch mit Trittbrettfahrern zu tun, fürchterliche Leute. Und gleichzeitig bemitleidenswert. Sie kamen an und sagten, dass sie den Mord an Hendrik gestehen wollten. Wenn man sie dann nach Details fragte, die nur polizeiintern bekannt und nie an die Öffentlichkeit gelangt waren, bekam man schnell heraus, dass sie mit dem Fall nicht das Geringste zu tun hatten. Das Einzige, was sie wollten, war, einmal im Mittelpunkt zu stehen. Oder sie waren komplett verrückt und bildeten sich wirklich ein, der Täter zu sein.*

*Jedenfalls hielten sie uns nur unnötig auf, und wir hatten auch noch damit zu tun, sie wieder loszuwerden.*

Wohlfahrt schien eine Pause zu machen, ohne auf den Pause-Knopf zu drücken. Man hörte es rascheln, dann sprach er weiter.

*Bis ... ja, bis wir schließlich einen erwischten, der ins Raster passte. Gelegenheitsarbeiter ohne Anhang, ohne Schulabschluss, ohne festen Wohnsitz, mehrere Ausbildungen abgebrochen, ein Streuner, achtunddreißig Jahre alt. Sein Vorstrafenregister füllte einen Leitz-Ordner. Er war als Kind in mehreren Heimen und Pflegefamilien aufgewachsen, seine Mutter hatte ihn gleich nach der Geburt weggegeben. Seit seinem fünfzehnten Lebensjahr hatte er ganz Baden-Württemberg unsicher gemacht, jedenfalls war er in dem Alter zum ersten Mal aktenkundig geworden. Heute würde man sagen: ein Intensivtäter. Da war nichts wirklich Großes dabei, aber jede Menge krimineller Kleinkram – Betrügereien, Diebstahl, Erpressung, Urkundenfälschung, Hehlerei, Drogendelikte, Brandstiftung, illegaler Tierhandel, Körperverletzung, Autodiebstahl ... Du kannst irgendetwas Kriminelles nennen – er hatte es getan. Und auch schon die eine oder andere Haftstrafe abgesessen.*

*Die einzige Ausbildung, die er jemals mit Auszeichnung abgeschlossen hatte, war die Knastschule.*

*Ein harter Bursche, mit allen Wassern gewaschen.*

*Wir hatten in Schätzingen Spitzel und Zivilfahnder eingesetzt. Einer davon hat den Kerl gesehen, wie er vor dem Bahnhof mit einer Flasche Bier in der Hand Zigaretten von Jugendlichen geschnorrt hat. Er sah vom Typ her dem Phantombild und der Beschreibung ähnlich.*

*Ungepflegt und groß, auffälligstes Kennzeichen Halbglatze mit Pferdeschwanz, Haare dünn und blond.*

*Unser Mann ist ihm unauffällig gefolgt und hat ihn festgenommen, nachdem er auf einem Parkplatz hinter einem Supermarkt die Scheibe eines Autos eingeschlagen hatte, weil er auf dem Beifahrersitz eine Damenhandtasche gesehen hat, die er sich unter den Nagel reißen wollte.*

*Ich war wie elektrisiert, als ich ihn das erste Mal gesehen habe. Auf dem Monitor der Überwachungskamera eines Verhörraums. Der Kollege, der ihn verhaftet hatte, hat ihn verhört, nachdem er erkennungsdienstlich behandelt worden war. Dabei ging es vorerst nur um den Handtaschendiebstahl. Ich habe dann weiter-*

gemacht, du kennst die Methode, ich habe lange um den heißen Brei herumgeredet, ihn nach seinen Daten abgefragt, nach seinem Werdegang, wenn man das in dem Zusammenhang so nennen kann, seinem Vorleben, seinen frühesten Kindheitserinnerungen. Dann habe ich ihn abwechselnd mit dem Kollegen nach allen Regeln der Kunst in die Mangel genommen. Ihm immer wieder die gleichen Fragen gestellt. Das ging über Stunden. Nur um ihn mürbezumachen. Irgendwann ist er misstrauisch geworden, weil ich derart ins Detail gegangen bin. Und weil ich mich so für ihn interessiert habe – wegen einer läppischen Damenhandtasche, wie er verächtlich sagte.

Aber ich wollte ein genaues Bild von ihm haben, sehen, wie clever er war, bevor ich ihn mit dem konfrontierte, was mir wirklich am Herzen lag.

Ich hatte schnell das Gefühl, dass hinter seiner vorgeblich lässig-frechen Fassade etwas anderes lauerte, er schien mir von Anfang an ein ausgefuchster, abgebrühter Typ zu sein, der sehr geschickt darin war, sein eigentliches Ich zu verbergen. Jedenfalls stellte er sich dümmer, als er war.

Irgendwann roch er Lunte, worum es mir eigentlich ging. Er gab frank und frei zu, von dem Fall des ermordeten Jungen gehört zu haben. Aber er behauptete vehement, damit nichts, aber auch gar nichts zu tun zu haben.

Doch je heftiger er leugnete, desto mehr wusste ich, dass wir den Richtigen geschnappt hatten.

Ich kann dir nicht sagen, warum.

Ich war mir einfach ziemlich sicher.

Er hatte für die Tatzeit kein Alibi, doch das reichte natürlich nicht, um ihn festzunageln.

Aber ich ließ nicht locker. Ich dachte, ich könnte ihn schon in die Knie zwingen, wenn ich ihn nur lange genug bearbeitete.

Und dann machte ich den entscheidenden Fehler: Ich dachte, ich hätte ihn nach stundenlangem Verhör weichgekocht. Ich warf ihm an den Kopf, dass ich ihn für den Mörder des Jungen hielt. Ich zeigte ihm die Fotos des Tatorts, ich wollte ihn mit der ganzen schrecklichen Wahrheit konfrontieren, in der Hoffnung, dass er zusammenbricht und alles gesteht, nur um endlich seine Ruhe zu haben.

Er zeigte nicht die geringste Regung, kein Flackern in den Augen, kein Zittern, nichts. Seine einzige Reaktion war, dass er mir ins Gesicht sagte, dass ich ohne Anwalt nichts mehr aus ihm herausbringen würde. Er versiegelte mit einer Reißverschluss-geste seinen Mund und schwieg. Dabei schaute er mich mit einer durchtriebenen Arroganz an, die ich bei einem so offensichlichen Herumtreiber und Kleinkriminellen, wie er es war, noch nie erlebt hatte.

Er wich meinem Blick nicht aus.

Ich war es, der seine Augen nicht mehr ertragen konnte.

Weil sich in ihnen spiegelte, was er getan hatte.

Da war ich mir zum ersten Mal absolut sicher, dass mir der Mörder von Hendrik Jenssen gegenübersaß.

Und ich sah ihm an, dass er wusste, dass ich es wusste.

Das entlockte ihm tatsächlich ein Grinsen.

Noch nie musste ich mich so zusammenreißen, um einem Menschen nicht an die Gurgel zu gehen.

Ich fragte ihn, ob er mit einer Blutabnahme einverstanden sei.

Natürlich war er das nicht.

Dann kam der Anwalt und besprach sich unter vier Augen mit unserem Verdächtigen. Er sorgte dafür, dass sein Mandant in seine Zelle zurückgeführt wurde, um sich ausruhen zu können. Anschließend stauchte er mich wegen des überlangen Verhörs zusammen und forderte die Freilassung seines Mandanten für den nächsten Tag, falls wir nicht mehr vorzuweisen hätten als diesen lächerlichen Diebstahl und den angeblichen tätlichen Angriff auf einen Polizeibeamten in Zivil, den wir zugegebenermaßen konstruiert hatten, um den Kerl überhaupt so lange festhalten zu können.

Mir war klar, dass wir den Verdächtigen aufgrund dessen, was wir gegen ihn vorzubringen hatten, nicht länger in Haft behalten konnten als die üblichen vierundzwanzig Stunden.

Aber ich war in der Zwischenzeit auch nicht untätig gewesen.

Ich hatte dem Anwalt nicht gesagt, dass ich die schnellstmög-

*liche Überprüfung einer Blutprobe seines Mandanten in Auftrag gegeben hatte.*

*Woher ich die Blutprobe hatte?*

*Nun, der Verdächtige hatte sich beim Einschlagen der Autoscheibe verletzt. Nichts Böses, aber es hatte für eine Blutprobe von den Scherben des Autofensters gereicht.*

*Was dann passierte, war der Hammer ...*

In dem Moment machte es klack.

Die Kassette war zu Ende.

Jedenfalls die erste Hälfte.

Madlener lag im Bett und visualisierte noch einmal, was er gehört hatte. Er kramte die Fotos des Verdächtigen Nummer eins aus dem Schuhkarton und sah sie sich an.

Frank Sabitzer hieß der Mann. Trotzig sah er frontal in die Kamera. Im Seitenprofil wirkte er nichtssagend. Es waren die üblichen Fotos, auf denen die vorläufig Festgenommenen eine Tafel mit Daten und Fallnummer halten müssen. Jeder sah darauf wie ein Schwerverbrecher aus.

Madlener warf einen Blick auf die Uhr an seinem Nachttisch.

Kurz vor Mitternacht.

Er musste gähnen, spürte auf einmal eine bleierne Müdigkeit und konnte kaum noch die Augen offen halten. Dabei wollte er morgen in aller Früh schon im Präsidium sein. Und sich deshalb vor dem Einschlafen noch eine erfolgversprechende Strategie für den Fall der Erleuchtungskirche überlegen.

Stattdessen schaffte er es gerade noch, den Lichtschalter zu betätigen und sich auf die Seite zu drehen, dann war er auch schon weggetreten.

Er merkte nicht mehr, wie sein Diensthandy summte.

Eine SMS von Harriet kam herein.

*Max, ruf mich zurück. Habe eine vielversprechende Spur gefunden.*

## 40

Kurz nach drei Uhr in der Nacht tankte Friedhelm Beck an einer Vierundzwanzig-Stunden-Großtankstelle in Friedrichshafen sein Taxi auf. Er war der Einzige um die Zeit, es hatte angefangen zu regnen, ein Landregen, nichts Sturzbachartiges, was in letzter Zeit des Öfteren passierte, so stark, dass die Scheibenwischer selbst im schnellsten Gang nicht mehr dafür sorgen konnten, dass man freie Sicht hatte.

Während er den Diesel in seinen Tank laufen ließ, machte Beck ein paar Kniebeugen und streckte und reckte sich. Seine Schicht ging noch bis sechs Uhr in der Früh, und er hatte jetzt schon Kreuzschmerzen, trotz seiner Holzkugel-Sitzauflage, die ihm seine Frau geschenkt hatte. Angeblich sollte sie genau das verhindern, was er in letzter Zeit vermehrt zu beklagen hatte – dass sein Rücken das lange Sitzen im Auto nicht mehr mitmachte. Taxi fahren war eben grundsätzlich schlecht bei Rückenbeschwerden, das wusste er aus leidvoller Praxis, aber irgendwoher musste das Geld für Wohnung und Lebenshaltungskosten ja kommen.

Das Gehalt seiner Frau, die als Altenpflegerin arbeitete, lag gerade mal knapp über dem Mindestlohn. Bei den teuren Mieten heutzutage war es gar nicht so einfach, sich mit ehrlicher, aber schlecht bezahlter Arbeit über Wasser zu halten, insbesondere in den vom Tourismus dominierten Gegenden wie der Bodenseeregion, wo Luxusimmobilien und Zweitwohnungen, die zehn Monate im Jahr leer standen, überhandgenommen hatten und auf dem Wohnungsmarkt die Preise in immer neue, überzogene Dimensionen geschraubt wurden. Er und seine Frau kamen so gerade eben über die Runden, ohne große Sprünge machen zu können.

Er fuhr gern in der Nachtschicht, obwohl es da in der Regel weniger zu verdienen gab als am Tag, vor allem in der Urlaubszeit.

Doch ab und zu hatte er Glück und schnappte sich am Bahnhof oder am Flughafen einen Fahrgast, der nicht nur ein paar Straßen weiter wollte, sondern gleich in die Schweiz oder nach Österreich und mit dem man einen für beide Seiten lukrativen Pauschalpreis aushandeln konnte. Dann schaltete er bisweilen den Taxameter aus. Das brachte ihm gutes Schwarzgeld ein, solange er es nicht allzu oft machte und sein Chef, für dessen Taxiunternehmen er arbeitete, nichts davon mitbekam.

Becks Frau war von Beginn an eine glühende Anhängerin von Lama Björn Oledahl, seit dieser vor ein paar Jahren seinen Wirkungskreis nach Friedrichshafen verlegt hatte, weil er dort eine Villa von einer Jüngerin geerbt und daraufhin beschlossen hatte, sich am Bodensee eine neue, prosperierende Gemeinde aufzubauen. Beck selbst war nach einem Meditationsschnupperkurs in der Erleuchtungskirche, zu dem ihn seine Frau mitgeschleppt hatte, spontan der Gemeinschaft des Lama beigetreten, so sehr war er von der Wortkraft, der Wahrhaftigkeit und der Ausstrahlung des Björn Oledahl fasziniert. Dieser Mann hatte Saiten in ihm zum Schwingen gebracht, von denen er bisher nicht einmal gewusst hatte, dass er sie besaß.

Zwar gab es böse Zungen, die behaupteten, der Meister sei von seiner Anhängerschaft im Süden Schwedens mit Schimpf und Schande davongejagt worden. Oder er sei vor der schwedischen Steuerbehörde geflohen. Doch das waren böswillige Verleumdungen und Lügen seiner zahlreichen Gegner, davon waren Beck und seine Frau fest überzeugt, die mit nahezu höriger Hingabe den oft stundenlangen, monologisierenden Predigten des geistigen Oberhaupts der Kirche des heiligen Pfads zur Erleuchtung lauschten, mit großem Eifer und zunehmender Begeisterung bei seinen Meditationskursen mitmachten und sich nach und nach ganz der Lehre des Lama verschrieben hatten.

Was der Meister sagte, war Gesetz.

Und die Gebote des Lama waren gut für sie, das hatten alle Anhänger verinnerlicht. Wer sie in Frage stellte, war ein Verräter.

Und wer sie gar kritisierte und verbal angriff, war ein Feind der Gemeinde.

Feinde musste man bekämpfen. Sie wurden mit Verleumdungsprozessen überzogen und mundtot gemacht. Wenn es sein musste, gab es auch noch andere, tatkräftigere Abwehraktionen, um missliebigen Gegnern den Mund zu stopfen. Darüber wurde nicht gesprochen, doch jeder ahnte es.

Recht geschah denen, die Lügen über die Erleuchtungskirche und ihren Lama verbreiteten und falsch Zeugnis redeten wider ihn, das war die einhellige Meinung. Falls diese Abtrünnigen nicht damit aufhörten, ihr Gift zu verspritzen und weiterhin Propaganda gegen die Erleuchtungskirche zu machen, mussten sie eben in ihre Schranken verwiesen und bestraft werden. Sie nur zu ignorieren reichte nicht.

Mit welcher Schärfe diese Aktionen durchgeführt wurden und wann, bestimmte allein der Lama. Er wusste alles über jedes aktive, passive und ehemalige Gemeindemitglied, und er wusste, was an Gegenmaßnahmen zu ergreifen und somit gut für die Gemeinschaft war.

Der Lama war ein Mann der deutlichen Worte, ein Mann, der aussprach, was sie schon seit Langem gedacht hatten, aber selbst nicht in Argumente fassen und in logische Zusammenhänge bringen konnten.

Er war der Mann für den geistigen Überbau und wurde so zu ihrem kollektiven Über-Ich. Jetzt endlich hatten sie jemanden gefunden, der auch formulieren konnte, was sich in ihren Köpfen bisher nur undeutlich und vage als diffuse Mischung aus Angst und Wut angestaut hatte: Die moderne, multikulturelle menschliche Gesellschaft war seiner Überzeugung nach von Grund auf verderbt und böse, und die Geißeln Kapitalismus, Globalisierung und Islam versuchten die Weltherrschaft an sich zu reißen. Nur sie, die Kirche des heiligen Pfads zur Erleuchtung, war bereit, sich dem entgegenzustemmen, sie war der einzige Rettungsanker, an den man sich in seiner Hilflosigkeit als stimmloser Einzelkämpfer noch klammern konnte. Hier war man nicht allein, hier hatte man Mitstreiter und Gesinnungsgenossen und das Gefühl, dass man wahr- und ernst genommen wurde. Im Lama hatte man endlich eine Projektionsfläche gefunden, einen Mann mit Weitsicht, Charisma und Mut. Einen Leader, der sich nicht scheute, sich gegen das aufzulehnen, was man als ungerecht und verlogen empfand. In ihm fokussierten sich die Hoffnungen der Abgehängten, Politikfrustrierten und Enttäuschten auf eine bessere und gerechtere Welt.

Lama Björn Oledahl hatte einen exklusiven inneren und einen weniger exklusiven äußeren Kreis von Auserwählten um sich geschart, er hatte sich der Verbreitung der absoluten Wahrheit verschrieben, die er für sich gepachtet hatte. Allen Jüngern wurden so die Augen geöffnet, es war eine Ehre und ein Privileg, dazuzugehören, und sie, Beck und seine Frau, waren dabei, wenn auch vorerst nur im äußeren Kreis.

Die Mitgliedschaft in der Kirche des heiligen Pfads zur Erleuchtung war nicht gerade ein Schnäppchen. Ein Fünftel von allem, was man verdiente, musste abgedrückt werden, aber jeder aus der Gemeinschaft behauptete, dies frohen Herzens zu tun, es ging schließlich um eine gute Sache. Außerdem hatte der Lama gesagt, dass nur freudig gespendetes Geld dazu beitrage, dem heiligen Ziel ihrer Kirche, nämlich dem Zustand der inneren Erleuchtung, näher zu kommen.

Dass es jetzt tatsächlich jemanden gab, der ihre Kirche, die Erleuchtungskirche, durch ein Feuer zerstört hatte, und dass dabei noch einer der Ihren zu Tode gekommen war, war ein unglaublicher Schock für alle, die der Gemeinschaft nahestanden oder ihr angehörten.

Aber Björn Oledahl hatte sich sofort um seine Schäflein gekümmert, wie es sich für einen guten und umsichtigen Hirten gehörte, und in treffend formulierten Tweets an alle Jüngerinnen und Jünger die sündhafte Schandtat kommentiert, aufs Schärfste verurteilt und an alle appelliert, stark zu bleiben und jetzt erst recht im Kampf zu bestehen.

Er bedauerte und betrauerte den Tod des Jüngers zutiefst, der erst in die Gemeinschaft aufgenommen hätte werden sollen, und versprach allen Mitgliedern, dass es nie mehr so weit kommen dürfe, dass sie Angst um Leib und Leben haben müssten um ihres Glaubens willen. Denn durch den Brandanschlag und den Mord an einem Mitbruder sei eine rote Linie überschritten worden, die nur eines nach sich ziehen konnte: Das alttestamentarische Gesetz aus der Bibel musste wieder zur Anwendung gebracht werden, das seit jeher richtig und angemessen war, wenn es um die fundamentalen Werte der Menschheit ging: Auge um Auge, Zahn um Zahn.

Jedes Mitglied der Erleuchtungskirche wusste, was er damit meinte. Jede Frau und jeder Mann, die oder der es mit dem Pfad der Erleuchtung ernst nahm, war dazu aufgerufen, nach dem Täter Ausschau zu halten und ihn zur Strecke zu bringen. Oledahl hatte deutlich gemacht, dass die zuständigen Organe des Staates nicht willens oder in der Lage waren, ihre Gemeinde zu schützen, so wie es ihre Pflicht und Schuldigkeit gewesen wäre. Also mussten sie das eben selbst in die Hand nehmen. Das bedeutete, die Augen offen zu halten und alles an die Zentrale zu melden, sobald man etwas Verdächtiges gesehen oder gehört hatte. Jedes Mitglied war dazu aufgerufen, und jedes Mitglied war sich im Klaren darüber, was das bedeutete. Es gab eine Handvoll schlagkräftiger Männer, eine Art Leibwache des Lama, die durchaus in der Lage waren, einen Befehl ihres Meisters ohne Zögern und falsche Zimperlichkeit umzusetzen. Und zwar so, dass es als Warnung an alle verstanden wurde, sich gut zu überlegen, ob sie sich mit der Gemeinschaft anlegen wollten.

Jetzt war der Punkt erreicht, hatte der Guru getweetet, wo man nicht mehr bereit war, die andere Wange hinzuhalten. Mehr brauchte er nicht zu schreiben. Was er nicht ausdrücklich sagen konnte, weil es die Gesetze der verlogenen Republik verboten, verstand jeder, der seinen Predigten aufmerksam zugehört hatte.

Die Zeit der Rache war da …

Jetzt würde man zurückschlagen.

Björn Oledahl hatte den Täter, der ihre Kirche abgebrannt hatte, zum Abschuss freigegeben.

Ganz in solche Gedanken vertieft, bemerkte Friedhelm Beck zuerst gar nicht, dass es bereits klack gemacht hatte und der Tank seines Taxis voll und der Zähler an seiner Zapfsäule stehen geblieben war.

Er war noch damit beschäftigt, die Windschutzscheibe mit einem Schwamm von hartnäckigen Insektenresten zu säubern, als er einen schweren Mercedes der S-Klasse, einen gut gepflegten Oldtimer aus den 1980er Jahren, an der nächsten Zapfsäule anhalten sah. Er musste große Boxen im Wagen haben, denn es wummerte laut, obwohl die Fenster geschlossen waren. Der Fahrer hörte noch eine Weile dem Technosound seiner Monstersubwoofer zu und zuckte rhythmisch mit dem Kopf zu den dröhnenden Bässen, die wie ein mittleres Erdbeben klangen, bis er sich endlich dazu durchringen konnte, die Musikanlage abzuschalten und auszusteigen.

Er war noch keine dreißig, trug einen Hipsterbart, Springerstiefel, hatte Armeehosen und eine Armeejacke in grün-graubraunem Tarnfarbenmuster im Vintagestil an und eine dunkelgrüne Baseballkappe mit dem orangefarbenen Jägermeister-Logo auf dem Kopf, unter der sich nachgemachte Rastazöpfe herauskringelten.

Mit seiner Tarnkleidung sah er aus, als käme er geradewegs von der Front. Allerdings von einer Front an der Playstation.

Beck scheuerte heftig mit der rauen Seite seines Schwamms weiter, zumindest tat er so, weil er auf diese Weise den Typen gut im Augenwinkel behalten konnte, ohne aufzufallen.

Denn der kam ihm verdächtig vor.

Sogar ziemlich verdächtig, wenn man bedachte, dass der Lama über Twitter alles an seine Anhänger weitergegeben hatte, was er bei der Polizei über die mögliche Identität des Brandstifters herausbekommen hatte. Wie er das gemacht hatte, war sein Geheimnis, aber er war selbst beim Polizeidirektor gewesen, um seiner gerechten Empörung Ausdruck zu verleihen. Und wenn der Lama etwas konnte, dann war es, andere Menschen in seinem Sinne zu beeinflussen und zu manipulieren – wenn es sein musste, auch mit Hilfe von Drohungen oder mit seinem Anwalt, der auch Mitglied der Erleuchtungskirche war und natürlich dem inneren Kreis angehörte.

Wie auch immer – Beck wusste, wonach er Ausschau halten musste. Entweder nach einem verdächtigen Motorradfahrer oder nach einem S-Klasse-Mercedes älteren Baujahrs, so wie diesem hier, der direkt vor seiner Nase stand.

Und was machte der Fahrer jetzt?

Er öffnete den Kofferraum, holte nacheinander vier Zwanzig-Liter-Benzinkanister heraus und tankte sie mit Normalbenzin voll.

Becks Herz schlug schneller, er traute seinen Augen nicht. Wer machte schon vier so große Kanister mit Kraftstoff voll, wenn er nicht die Sahara durchqueren wollte? Nur dass es hier weit und breit keine Wüste gab, dafür aber jede Menge Objekte, die man in Brand setzen konnte.

Beck zwang sich, so zu tun, als wäre er mit der Reinigung seiner Windschutzscheibe fertig und würde dem Mercedes-Fahrer keinerlei Beachtung schenken.

Im Vorbeigehen zur Kasse prägte er sich das Nummernschild ein, zahlte mit seiner Unterschrift – das Taxiunternehmen hatte monatliche Abrechnungsmodalitäten mit dieser Tankstelle – und stieg wieder in seinen Wagen ein.

Er gab vor, in seinem Handschuhfach etwas zu suchen, und fotografierte dabei mit seinem Handy so unauffällig wie möglich diesen Tarnanzugtypen, bevor er eine Nummer wählte, die für genau diesen Fall eingerichtet und an alle Mitglieder der Gemeinde ausgegeben worden war.

Als am anderen Ende abgenommen worden war und er ein knappes »Ja?« hörte, meldete er sich mit seinem Namen und den Worten: »Ich glaube, ich habe ihn.« Auf die Frage, wen er habe, antwortete er: »Den Brandstifter, der unsere Kirche abgebrannt hat.«

Am anderen Ende herrschte sekundenlang nur Schweigen. Beck dachte schon, die Verbindung sei unterbrochen, als die Frage kam, warum er sich da sicher sei. Er schilderte kurz, was er gesehen hatte, gab das Kennzeichen des Mercedes und seinen Standort durch und wartete auf Anweisungen, die prompt kamen.

»Mach ich«, sagte er und legte auf.

Er fuhr von der Tankstelle und hielt nach hundert Metern am Straßenrand an, wo er seine Scheinwerfer abschaltete, den Motor aber laufen ließ. Er hatte den Wagen so abgestellt, dass er die Tankstelle im Rückspiegel im Auge behalten konnte, und wartete.

Es dauerte nicht lange, und der Mercedes kam in seine Richtung aus der Tankstelle gefahren.

Beck rutschte im Fahrersitz nach unten, damit er nicht gesehen werden konnte, bis der Wagen vorbei war, dann machte er die Scheinwerfer wieder an und nahm mit dem nötigen Sicherheitsabstand die Verfolgung auf.

## 41

Der Mercedes fuhr langsam Richtung Meersburg, aus der Stadt heraus.

Beck klemmte sich hinter ihn, ließ aber zu, dass sich ein paar Autos dazwischenschoben, weil er unter keinen Umständen auffallen wollte.

Es war wenig los, sah man von den Lastwagen ab, die auf dieser Straße Tag und Nacht unterwegs waren.

Sein Funkgerät hatte er aus lauter Gewohnheit an, weil er immer mithörte, was sich da draußen tat, und weil es sein konnte, dass die Zentrale ihn sprechen wollte.

»Zwo-vierzehn, Standort bitte!«, kam die Aufforderung zu ihm herein, eine weibliche Stimme.

»Hier zwo-vierzehn«, meldete er sich. »Hallo, Zentrale. Habe noch einen Fahrgast nach Überlingen«, log er.

»Verstanden, zwo-vierzehn. Vergiss den Termin um Punkt fünf Uhr nicht! Friedrichshafen, Virchowstraße 18, beim Klinikum. Eine Familie Rankel zum Flughafen.«

»Ich denke dran. Danke.«

»Gute Fahrt.«

Ein Knacken beendete das Gespräch.

Am liebsten hätte er das Funkgerät abgeschaltet, aber das ging nicht, weil es Pflicht war, immer in Verbindung zur Zentrale zu bleiben.

Jetzt meldete sich auch noch sein Handy. Er nahm den Anruf sofort über die Freisprechanlage an.

»Ja?«

Es war die rechte Hand von Oledahl, sein Fahrer und Leibwächter. Er wurde wegen seines geckenhaften Gehabes und seines Aussehens Tom genannt, jeder wusste, dass damit Tom Cruise gemeint war. Beck kannte seinen richtigen Nachnamen, der Thomek lautete, aber man sagte nur Tom zu ihm.

Beck gab ihm seinen momentanen Standort sowie die Richtung durch, in der sie fuhren, und erhielt die Anweisung, sich auf gar keinen Fall abhängen zu lassen.

Tom war schon unterwegs, um Beck zu Hilfe zu kommen.

Nach ein paar Kilometern bog der Mercedes überraschend und ohne zu blinken von der Bundesstraße ab und fuhr eine Landstraße entlang, die kerzengerade Richtung Norden durch einen Wald mit hohen Kiefern führte. Die Straße glänzte im Licht der Scheinwerfer, es nieselte immer noch.

Beck verlor ihn nicht aus den Augen, er hielt weiter einen ausreichenden Abstand ein. Sie waren jetzt nur noch zu zweit unterwegs, ab und zu kam ihnen ein Auto entgegen. Der Mercedes hielt stur sein Tempo von hundertzwanzig Kilometern pro Stunde ein, und Beck hatte keine Mühe, ihm zu folgen.

Aber dann bog der Mercedes mehrmals hintereinander in Nebenstraßen ab, die nicht so übersichtlich und gut ausgebaut waren. Beck musste den Abstand größer werden lassen, weil jetzt eine hügelige und kurvenreiche Strecke kam, die immer unübersichtlicher wurde.

Als Beck auf eine Kuppe hochfuhr, hatte er plötzlich die Rücklichter des Mercedes verloren.

Er hielt an, fluchte, und in dem Moment klingelte sein Handy.

»Ja«, sagte er in das Mikro der Freisprechanlage und sah im selben Augenblick ein rotes Doppellicht in der Ferne rechts von sich aufblitzen.

Er wendete mitten auf der Straße und musste dazu ein paarmal vor- und zurückstoßen.

Er sagte: »Ja, ich bin noch an ihm dran«, obwohl das so nicht stimmte, er konnte den Mercedes verloren haben und die roten Rücklichter, die er kurz erspäht hatte, gehörten zu einem anderen Auto. Aber das wollte er lieber nicht zugeben.

Langsam fuhr er wieder zurück. Dabei entdeckte er ein kleines gelbes Hinweisschild, das man im Regen und bei Nacht leicht übersehen konnte und das nach links in einen schmalen Seitenweg wies, der mitten durch einen Wald führte: »Kieswerk Gebr. Allgöwer«.

Er bog auf die geschotterte Strecke ab und gab seine Position und den Namen des Kieswerks durch, von dem er annahm, dass es das Ziel für den Mercedes war.

Er erhielt den Befehl, sofort anzuhalten, sobald die Gefahr bestand, dass er gesehen werden konnte, und auf Tom zu warten, der auf dem Weg zu ihm war.

Beck fuhr so weit im Schleichgang, bis er rechts am Waldrand einen genügend großen Grasstreifen sah, auf dem er sein Taxi abstellte. Dort schaltete er Motor und Scheinwerfer aus und hörte dem Klicken des abkühlenden Motors und den dicken Tropfen zu, die von den Bäumen auf das Autodach klopften.

Er stieg aus und marschierte um die nächste Biegung des Schotterwegs.

Von dort aus konnte er in einer Senke das von zwei Scheinwerfern beleuchtete Kieswerk liegen sehen.

Es war eine riesige, halbmondförmige Grube mit einer senkrecht abfallenden rückwärtigen Steilwand, in der Kies, Bauschutt, Sand und Steine in getrennten, haushohen Haufen gelagert wurden. Ein schweres Förderband mit einem Turm, der sich gegen den Nachthimmel abhob, bildete den Hintergrund. Zur linken Hand waren unterschiedliche Baumaschinen abgestellt, ein Lkw war mit Kies beladen. Drei Container mit Türen und Fenstern waren L-förmig angeordnet, einer davon doppelstöckig, zur Rechten stand eine große Scheune mit einem Schiebetor neben einem fußballfeldgroßen Grundwasserbecken. Auf dem Wasser schimmerten Lichtreflexe.

Die tief hängende schwarze Wolkendecke war aufgerissen, und der Mond, der zum Vorschein kam, beleuchtete die Grube zusätzlich.

Beck stand unter den regennassen Bäumen an der Zufahrtsstraße zur Grube und bekam einen dicken Wassertropfen genau auf die Stirn, überall glitzerte und tropfte es. Er wischte sich den Tropfen mit dem Ärmel ab, ging bis zur mannshohen Umzäunung vor, die das Kieswerk komplett umschloss, und warf einen Blick durch den Maschendraht.

Der schwere Mercedes war gerade unten vor der Scheune vorgefahren und hupte. Ein Mann kam aus einem der Container geeilt und schob das Scheunentor auf, der Mercedes fuhr hinein, in der Scheune flackerte Neonlicht auf.

Beck sah genauer hin. Tatsächlich – in der Scheune waren noch zwei Fahrzeuge, ein Quad und ein Motorrad. Das musste der Brandstifter sein!

Der Zufahrtsweg zum Kieswerk war mit zwei Schwingtoren aus verschweißten Stahlrohren mit Stacheldraht auf dem Rahmen abgesichert, sie waren mit einer Kette samt Vorhängeschloss abgesperrt. Der Mercedes-Fahrer musste nach der Durchfahrt angehalten und es geschlossen haben.

Beck stand verunsichert am Tor und überlegte, was er jetzt machen sollte. Über den Zaun zu klettern war unmöglich, überall war oben Stacheldraht angebracht.

Er wünschte, dass dieser Tom bald auftauchte und ihm die Verantwortung für Denken und Handeln endlich abnahm.

Im Osten schimmerte es schon rosa. Bald würde die Sonne aufgehen.

Er hörte das laute Gekrächze einer Krähe. Eine zweite antwortete.

Beck beschloss, zurück zum Taxi zu gehen. Vielleicht hatte er bereits einen Anruf versäumt, und Tom fand nicht hierher.

Da blitzte in der Ferne ein Licht auf, und ein Motorengeräusch kam näher, das Knirschen des Schotters war weithin hörbar.

Er atmete erleichtert auf.

Das konnte nur Tom sein.

Und wenn er es nicht war?

Vorsichtshalber zog er sich ins Gebüsch zurück, falls noch jemand kam, der zum Kieswerk gehörte. Dann wäre er aufgeschmissen. Sein Taxi am Waldrand war nicht zu übersehen.

Was sollte er dann sagen, warum er sich mitten in der Nacht hier herumtrieb?

Beck merkte, dass er schweißgebadet war. Und das lag nicht nur an der schwülen Luft. Trotz des Regens hatte es kaum abgekühlt, er fühlte sich wie in einem subtropischen Gewächshaus.

Wieder blitzten die Scheinwerfer auf, sie waren jetzt ganz nah und streiften den Wald, bevor sie direkt auf ihn zukamen.

Er drückte sich noch ein Stück weiter ins nasse Gebüsch hinein.

Jetzt endlich konnte er den weißen Porsche Macan erkennen.

Beck stellte sich mitten auf den Weg, und der SUV kam knapp vor ihm knirschend zum Stehen. Beck deutete auf die Scheinwerfer, der Fahrer verstand und machte sie aus, dann ließ er das Seitenfenster herunter.

Es war Tom, neben ihm ein Mann mit Glatze und Kinnbart, den Beck ein- oder zweimal in der Entourage von Oledahl gesehen hatte. Beide hatten sie ihre gewöhnliche Uniform an: graue Trainingsanzüge mit Kapuze, der Schriftzug »Erleuchtung« war auf der Jacke in Weiß auf Brusthöhe aufgestickt. Darüber die stilisierte Silhouette der Erleuchtungskirche.

»Ist er in diesem Kieswerk?«, fragte Tom ohne Begrüßung.

»Ja«, antwortete Beck. »Der Weg führt direkt dahin. Hinter der Biegung ist ein Tor, das ist abgesperrt. Unten in der Grube steht eine Scheune. Da ist der Mercedes reingefahren. Aber der Fahrer ist nicht allein. Jemand hat ihm das Tor aufgemacht.«

»Sonst noch was?«

»Ja. In der Scheune ist auch noch ein Motorrad.«

Tom warf seinem Begleiter auf dem Beifahrersitz einen beredten Blick zu. Der zog aus der Innentasche seiner Jacke eine Pistole und zeigte sie vor. Tom nickte und beugte sich zum Handschuhfach hinüber, das er aufklappen ließ. Darin lag ein silberner Colt Python aus rostfreiem Stahl mit einem Lauf von fünfzehn Zentimetern Länge. Ein Monsterrevolver. Er nahm die schwere Waffe heraus und legte sie sich in den Schoß.

»Wo kann ich den Wagen abstellen?«, fragte er Beck.

»Fünfzig Meter weiter hinten geht ein Forstweg in den Wald.«

Ohne ein weiteres Wort legte Tom den Rückwärtsgang ein und fuhr zurück, bevor er in den Forstweg einbog und den Porsche mit der Front zum Schotterweg abstellte. Er und sein Begleiter stiegen aus und kamen vor zum Tor, an dem Beck wartete.

Er schwitzte jetzt noch mehr als vorher. Aber nun war es Angstschweiß pur. Immer wieder warf er einen nervösen Blick auf den silbernen Colt, den Tom mit dem Lauf nach unten trug wie ein Westernheld kurz vor dem Duell.

»Was … was habt ihr vor?«, stotterte er.

»Na, was wohl?«, antwortete Tom. »Wir werden uns den Burschen vorknöpfen.«

»Und … und wenn er's nicht war? Ich meine … wenn er nichts mit dem Brand unserer Kirche zu tun hat?«

»Genau das werden wir jetzt klären«, sagte Tom, während sich sein Begleiter schon um das Vorhängeschloss kümmerte und es genauer inspizierte.

»Braucht ihr mich noch?«, traute sich Beck zu fragen.

»Nein. Du kannst dich vom Acker machen.«

»Okay, danke.«

Beck wusste nicht, warum er das sagte, eigentlich hätte Tom sich bei ihm bedanken müssen, aber irgendwie war ihm allmählich das Herz in die Hose gerutscht, seit er den Colt in der Hand von Tom gesehen hatte.

Der Glatzkopf war inzwischen zum Macan zurückgegangen, öffnete die Heckklappe und kam mit einem monströsen Bolzenschneider zurück.

»Was stehst du noch herum?«, fuhr er Beck an. »Verpiss dich endlich.«

Beck nickte und machte ein paar Schritte rückwärts, bevor er sich umdrehte und zu seinem Taxi zurückeilte.

»Hey, Mann …!«, rief ihm Tom hinterher.

Beck blieb ruckartig stehen.

»Du hast mit niemandem gesprochen, nichts gesehen und nichts gehört. Und warst irgendwo in Friedrichshafen, aber nicht hier. Ist das klar?«

»Klar«, sagte Beck. »Klar ist das klar.«

Er merkte, dass er vor lauter Nervosität nur noch in der Lage war, Blödsinn von sich zu geben, und sah zu, dass er in sein Taxi kam. Die Holzkugelauflage auf dem Fahrersitz kam ihm auf einmal komfortabel vor wie sein Fernsehsessel. Er wollte nur noch weg. Zusehen, dass er so schnell wie möglich zurück nach Friedrichshafen kam und vielleicht doch die eine oder andere Fuhre ergatterte, damit er wenigstens Zeugen und ein Alibi für das erhielt, was Tom und der Glatzkopf jetzt in Angriff nahmen.

Er ließ den Motor an, wendete, was gar nicht so einfach war auf dem engen Weg, und gab schließlich Gas, dass der Schotter nur so davongeschleudert wurde.

## 42

Erst als er weit genug weg war, auf der geteerten Landstraße, machte Beck die Scheinwerfer an und beschleunigte.

Obwohl er alles versuchte, um seine Gedanken nicht immer wieder um den silbernen Colt kreisen zu lassen, ging ihm der Revolver nicht aus dem Kopf. Und das, was Tom und dessen Begleiter damit anstellen würden. Er hatte den beiden in seinem heiligen Übereifer einen möglichen Brandstifter auf dem Silbertablett serviert.

Aber woher wusste er, dass dieser Hipster auch wirklich der Feuerteufel war?

Vielleicht war er vollkommen unschuldig, und für den Kauf von vier Kanistern Benzin mitten in der Nacht gab es eine völlig einleuchtende und harmlose Erklärung.

Ihm kamen die Bibel und die Geschichte von Judas aus dem Neuen Testament in den Sinn. Judas, der den Herrn verraten und die Häscher in den Garten Gethsemane geführt hatte, wo Jesus die Nacht im Kreis seiner Jünger verbringen wollte.

So wie er, Friedhelm Beck, die Häscher direkt zur Kiesgrube geleitet hatte.

Je mehr er darüber nachdachte, desto mehr beschlich ihn ein abgrundtiefes Schuldgefühl.

War er jetzt ein zweiter Judas Iskarioth?

In was für eine Sache hatte er sich da nur reingeritten?

Tom und der Glatzkopf, die Fahrer und Leibwächter des Lama, waren nicht gerade dafür bekannt, Gegner und Abtrünnige der Erleuchtungskirche mit Samthandschuhen anzufassen, wenn Björn Oledahl es für richtig und angemessen hielt, ein Exempel zu statuieren, um die Gemeinde wieder auf Kurs zu bringen. Darüber machte man sich keine Illusionen, das war akzeptiert und gehörte zum stillschweigenden Übereinkommen. Wer nicht nach den Regeln der Gemeinschaft lebte oder sie sogar verriet, der musste mit einer angemessenen Strafe rechnen. Wann sie vollstreckt wurde und wie hoch sie ausfiel, das blieb einzig und allein dem untrüglichen Urteil des Lama überlassen.

Was Tom und der Glatzkopf wohl mit jemandem anstellen würden, der es gewagt hatte, die Erleuchtungskirche in Brand zu setzen, und wenn es darüber hinaus sogar noch ein Todesopfer zu beklagen gab?

Das wollte sich Beck lieber erst gar nicht zu Ende ausmalen.

Doch der Gedanke daran hatte sich in seinem Gehirn festgesetzt wie ein Parasit.

Er wünschte, er hätte nicht in seinem fanatischen Gehorsam den Anordnungen des Lama gegenüber in der Zentrale der Erleuchtungskirche angerufen und gemeldet, was er an der Tankstelle gesehen hatte.

Doch jetzt war es zu spät dafür, den Anruf konnte er nicht mehr rückgängig machen.

Vielleicht hätte er besser die Polizei angerufen.

Aber er wusste genau, dass der Lama der staatlichen Gewalt nicht traute. Im Gegenteil, er verabscheute und verachtete sie. Wenn es Probleme innerhalb der Gemeinde gab, wurde das intern geregelt. Staatliche Institutionen jeglicher Art hatten sich nicht in ihre Belange einzumischen.

Über das, was er mit seinem Anruf in der Zentrale ins Rollen gebracht hatte, durfte niemals auch nur ein Wort über seine Lippen kommen. Nicht einmal seiner Frau konnte er davon erzählen.

Er wusste, wie schwer ihm das fallen würde. Es war ihm noch nie gelungen, etwas vor ihr zu verheimlichen. Seine Frau sah ihm sofort an, wenn etwas nicht stimmte, und konnte ihn so lange piesacken, bis er alle Karten auf den Tisch legte.

Aber in diesem Fall …

In diesem Fall musste er unter allen Umständen die Klappe halten. Sonst schaufelte er sich sein eigenes Grab, so viel war ihm klar.

Beck war so in sein düsteres Gedankengespinst versunken, dass er auf Autopilot fuhr, mit stumpfen Augen, die vom Nachdenken mit einem matten Schimmer überzogen waren, wie bei einem Fisch in der Auslage.

Es war längst hell geworden, der Straßenbelag trocknete allmählich ab. Die Wipfel der Waldbäume waren noch in wolkigen Dunst gehüllt.

Auf der schnurgeraden Strecke durch den dicht bewachsenen Wald zu beiden Seiten der Straße kam ihm ein Rennradfahrer im auffallend bunten Sportlerdress mit Helm und Rucksack entgegen.

Ein ungewöhnlicher Anblick so früh am Morgen.

Beck registrierte ihn nicht einmal.

Die Straße war frei, außer ihm war niemand unterwegs. Er merkte auch nicht, dass er die Höchstgeschwindigkeit von hundert Kilometern pro Stunde längst weit überschritten hatte, weil er unbewusst nur so schnell wie möglich den Ort seines Verrats hinter sich lassen wollte. Er war mit seinen Gedanken ganz woanders, nur nicht am Steuer eines immer schneller dahinrasenden Autos. Normalerweise hielt er sich streng an die Straßenverkehrsvorschriften, schließlich konnte er es sich bei seinem Job als Taxifahrer nicht leisten, den Führerschein zu verlieren.

Das, was er ständig vor seinem inneren Auge aufflackern sah, war Tom, der zusammen mit seinem Partner den bärtigen Hipster bedrohte und ihm dann mit seinem Colt in die Brust feuerte. Das hässliche Loch, das dabei entstand, sah aus wie ein Seestern, genauso ausgefranst und blutrot.

Er blinzelte heftig, als könnte das helfen, die schreckliche Vision vor seinem inneren Auge endlich loszuwerden.

In diesem Augenblick kamen von rechts unvermittelt zwei Schatten aus dem Unterholz geschossen.

Beck bemerkte sie viel zu spät, reagierte instinktiv, riss das Steuer herum und trat gleichzeitig mit aller Kraft auf die Bremse, das Antiblockiersystem ratterte. Trotz seines Ausweichmanövers war der Aufprall des zweiten Rehs auf die Front seines Wagens nicht mehr zu vermeiden. Das erste Reh kam mit dem Schrecken davon, aber das zweite erwischte er voll.

Von diesem Augenblick an lief für Beck alles wie in Zeitlupe ab.

Als der Rehbock auf die Kühlerhaube knallte und von dort aus gegen die Windschutzscheibe, geriet das Taxi durch das Herumreißen des Steuers ins Schleudern. Der ausgewachsene Rehbock flog mit seinem ganzen Gewicht und der entsprechenden Aufprallenergie durch die zersplitternde Frontscheibe. Gleichzeitig explodierte in Sekundenbruchteilen der Airbag und entfaltete sich, aber das nutzte nichts mehr. Der schwere Körper des Rehs prallte mit mehrfacher g-Kraft gegen den Kopf von Beck, zerschmetterte ihm das Gesicht und brach ihm auf der Stelle das Genick.

Das Heck des Taxis verlor endgültig den Grip, brach aus und schleuderte quer über die Straße. Das Hinterrad knallte gegen die Böschung auf der linken Seite, der Schwung ließ das ganze Fahrzeug über einen Graben schanzen und abheben, es schlug seitlich auf, wurde noch mal hochkatapultiert, drehte sich dabei um die eigene Längsachse, krachte gegen den Stamm einer Kiefer, wurde durch die Wucht des Aufschlags entzweigerissen und kam schließlich auf dem Dach liegend zum Stillstand.

Kühlwasser zischte dampfend aus dem Vorderteil des Wracks, ein Rad drehte sich quietschend sinnlos weiter.

Das Blut des Rehbocks vermischte sich mit dem Blut des Fahrers und sickerte durch das zerborstene Seitenfenster in den Waldboden.

Außer dem Gummiabrieb eines Reifens quer über den Asphalt, ein paar Glassplittern und einigen abgebrochenen Ästen gab es für vorbeifahrende Autos keinerlei Anzeichen für einen Unfall. Man musste schon ganz genau hinsehen, wo ein Stück Blech oder Glas im Unterholz aufblitzte, wenn ein Sonnenstrahl direkt darauf fiel.

Als das Rad endlich aufhörte, sich zu drehen, war nur noch der einsame Ruf eines Eichelhähers zu hören. Ein Specht erwiderte ihn mit seinem Stakkatoklopfen.

Dann knackte das Funkgerät, und eine weibliche Stimme fragte: »Zwo-vierzehn, zwo-vierzehn. Wo ist dein Standort? Bitte melden. Beck, wo steckst du? Du solltest die Familie Rankel in Friedrichshafen zum Flugplatz bringen und bist überfällig. Sie wartet auf dich und hat angefragt, wo du bleibst. Zwo-vierzehn, hallo …?«

## 43

Michael Metzler trat mit aller Kraft in die Pedale. Er war Amateur-Radrennfahrer und trainierte unter der Woche, indem er in aller Früh zu seinem Arbeitsplatz mit dem Rad fuhr, immerhin gute fünfundzwanzig Kilometer einfach, und am Abend dieselbe Strecke wieder zurück. Außer es regnete so stark, dass er Gefahr lief, sich zu erkälten. Dann musste er nach Feierabend noch auf seinen Hometrainer, um sein Soll an Kilometern abzuspulen. Aber ansonsten nahm er die Strecke zum Kieswerk in immer neuen Versuchen, seinen eigenen Rekord zu unterbieten, was ihm schon das eine oder andere Mal gelungen war, er führte genau Buch darüber.

Sein Chef, Alfred Allgöwer, respektierte seine Leidenschaft und unterstützte ihn als Sponsor und im Zeitmanagement, so gut es ging. Er bekam frei, wenn es um ein Rennen ging, von dem er erst am nächsten Tag wieder nach Hause zurückkehrte.

Es gab eine Zeit, da hätte er es beinahe geschafft, ins Profilager zu wechseln. Kein Wunder bei seinem Talent und seiner Physis.

Aber eben nur beinahe. Und auch das war schon ein paar Jahre her.

Ihm fehlte, wie ihm sein Trainer im Juniorbereich gesagt hatte, der entscheidende letzte Biss. Das gewisse Quäntchen Ehrgeiz, das Fünkchen Besessenheit.

Metzler hatte, neben seinem durchaus vorhandenen Trainingseifer und seiner überragenden Konstitution, einen entscheidenden Malus: sein Phlegma.

Er war ein Stoiker durch und durch, und genau das stand einer Profikarriere als zweitem Armstrong im Weg. »Quäl dich, du Sau!« – mit dieser charmanten Aufforderung, die Udo Bölts seinem Mannschaftskapitän Jan Ullrich auf der achtzehnten Etappe bei der Tour de France im Sommer 1997 zugerufen hatte, um ihn anzustacheln, hätte man Metzler ständig provozieren müssen, um den erforderlichen Rest von Energie aus ihm herauszukitzeln, der ihn zu einem wirklich guten Radrennfahrer gemacht hätte.

Außerdem lehnte Michael Metzler es strikt ab, irgendwelche illegalen Methoden zur Steigerung seiner Leistungsfähigkeit und seines Durchhaltevermögens anzuwenden. Nicht unbedingt deshalb, weil er nicht betrügen wollte, sondern weil ihm seine Gesundheit zu wichtig war, um sie mit Dopingpräparaten aufs Spiel zu setzen.

Aber Michael Metzler nahm diese Einsicht sportlich. Er fuhr weiter seine Radrennen, weil es ihm Spaß machte, und den Spaß wollte er sich nicht nehmen lassen. Er war jung verheiratet, glücklich, wie er selbst sagen würde, und seine Frau war im siebten Monat schwanger. Da es mit der Profikarriere nichts geworden war, musste er mit normaler Arbeit sein Geld verdienen. Und das war bei den Gebrüdern Allgöwer der Fall, die ihn anständig bezahlten, weil er anpacken konnte, sich geschickt im Umgang mit den diversen Baumaschinen anstellte und bei der Bundeswehr den Lastwagenführerschein gemacht hatte; er wurde bei ihnen je nach Bedarf auch als Fahrer eingesetzt.

Als er die letzte Steigung vor der Zufahrt zum Kieswerk bewältigen musste, ging er aus dem Sattel und beschleunigte noch einmal. Es war erst seit gut einer Stunde hell und noch kühl, die Straßen waren feucht, aber er hatte sein Rennrad im Griff und außerdem ein perfektes Gefühl dafür, wie er Kurven und Nässe bis zur Grenze ausreizen konnte, ohne in Gefahr zu geraten, in Übermotivation zu viel zu riskieren.

Um fünf Uhr dreißig wollte er mit dem bereits voll beladenen Lastwagen vom Kieswerk losfahren, dann kam er pünktlich um sieben Uhr bei der Baustelle an, wo sie auf seine Ladung warteten.

Metzler war stolz auf seine Pünktlichkeit, genauso, wie er stolz war darauf, dass er seine Fahrzeit bei den Radrennen, die drei oder vier Stunden dauerten, normalerweise bis auf die Minute genau vorhersagen konnte. Seiner Berechnung nach würde er kurz nach fünf Uhr am Container im Kieswerk ankommen, sich duschen und umziehen und um fünf Uhr dreißig im Lkw sitzen.

Nur das letzte Stück zum Kieswerk, die Schotterstrecke, mochte er überhaupt nicht, weil dort immer die Gefahr bestand, dass er sich mit seinen empfindlichen Reifen einen Platten holte.

Er sah auf seine Uhr, während seine rasierten und geölten Beine mit der Regelmäßigkeit eines Metronoms den Takt hielten.

Fünf Minuten vor fünf Uhr. Perfekt im Zeitplan.

Als er die Abzweigung zum Kieswerk erreichte, ließ er es langsamer angehen, weil er versuchte, den besten Weg zwischen den Steinen zu finden.

Er kam am Tor an und stutzte. Die zwei Torflügel standen offen, und das Kettenschloss lag auf dem Boden. Durchgesägt oder -geflext, wie auch immer. Dort musste jemand gewaltsam eingedrungen sein.

Er hatte einen Schlüssel für das Schloss – wer hatte es gewaltsam geöffnet? Einbrecher?

Aber wer machte so was?

Natürlich gab es dort schon etwas zu holen, wenn man es auf teure Baumaschinen und Werkzeug abgesehen hatte. Er hatte von Banden gehört, die sich darauf spezialisiert hatten, derartige Gerätschaften auf Bestellung zu klauen und mit entsprechenden Fahrzeugen abzutransportieren, nachdem sie alles vorher gründlich ausgekundschaftet hatten.

Aber jeder, der mit den Gebrüdern Allgöwer zu tun hatte, wusste, dass sie meistens in einem der Container übernachteten, zumindest während der Werktage.

Er schob sein Rad den Weg zum Kieswerk so weit, bis er den Kessel der Grube überblicken konnte.

Dort unten, vor der Scheune, stand ein schicker weißer SUV, den er hier noch nie gesehen hatte. Nicht gerade das passende Fahrzeug, um sperrige und schwere Baumaschinen wegzuschaffen.

Und wenn die Allgöwers noch Besuch hätten, würde der wohl kaum das Schloss zum Zugangstor gewaltsam geöffnet haben.

Jetzt wurde Metzler noch misstrauischer, als er es ohnehin schon war. Er überlegte, ob er seine Chefs mit dem Handy, das in seinem Rucksack steckte, anrufen sollte.

Aber er entschied sich dagegen. Es war klüger, sich erst einmal anzuschleichen und nach dem Rechten zu sehen, bevor man unnötigen Wirbel veranstaltete. Sein Rennrad wollte er nicht so einfach am Wegrand liegen lassen, dazu war es zu teuer. Er schob es nach unten, immer auf der Hut, ob er jemanden sah. Aber sosehr er sich auch umschaute, er konnte keine Bewegung feststellen.

Und das, was knirschte, waren seine eigenen Schritte auf dem Schotter.

Er blieb stehen und lauschte.

Es herrschte Totenstille.

Aber dann hörte er es.

Es waren Schreie.

Und sie kamen aus der Scheune.

Jetzt ließ er sein Rennrad doch auf den Boden gleiten, schlüpfte schnell aus seinen Spezialschuhen, die erstens unpraktisch waren, wenn man damit gehen musste, und zweitens furchtbar laut klapperten, und hastete den restlichen Weg hinunter und zur Scheune. Dabei achtete er darauf, dass seine Schritte auf dem Kiesboden so wenig Geräusch wie möglich machten und er nicht auf einen spitzen Stein trat.

Die Schreie waren immer noch zu hören, eine Männerstimme vom älteren der Brüder, Alfred Allgöwer. Metzler erkannte sie sofort.

Er drückte sich an die Seitenwand der Scheune und schlich an ihr entlang bis zu einem Spalt, durch den er mit aller gebotenen Vorsicht hineinspähen und mithören konnte.

## 44

»Nein! Das dürft ihr nicht machen, hört auf! Eddiieeee …!«

Alfred Allgöwer bäumte sich schreiend auf, aber es nutzte ihm nichts, weil er an einen Stützpfosten in der Scheune gefesselt war, mit braunem Paketklebeband. Damit sah er aus wie eine Mumie, nur der Kopf war frei. Er hatte graue volle Haare und einen grauen Vollbart.

»Halt's Maul«, sagte Tom ungerührt und hielt ihm den furchteinflößenden langen Lauf seines silbern glänzenden Colt Python gegen die Schläfe. »Du redest nur, wenn ich's dir sage!«

Alfreds jüngerer Bruder Eddie, der Mann mit dem Tarnanzug und dem Hipsterbart, lag, ebenfalls mit Klebeband gefesselt, in einer Zinkwanne und wand sich wie ein Aal, während der Glatzkopf in aller Seelenruhe einen der Zwanzig-Liter-Kanister über ihm ausleerte, systematisch von Fuß bis Kopf. Eddie war inzwischen der kriegerische Habitus abhandengekommen. Sein Jägermeister-Cap mit den künstlichen Rastazöpfen war heruntergefallen, seine Nase war gebrochen und sein linkes Auge von einem Schlag zusammengeschwollen. Er schrie, spuckte und würgte, als der Benzinstrahl sich über sein Gesicht ergoss. Der Glatzkopf wartete geduldig, bis auch der letzte Tropfen aus dem Auslaufrohr auf den Kopf von Eddie getröpfelt war, dann warf er den leeren Blechkanister auf den Betonboden, dass es schepperte, und sah seinen Begleiter erwartungsvoll an.

»Also, noch mal«, sagte Tom, packte Alfred mit der Hand an den Haaren und zog ihn zu sich heran. »Die letzte Chance für dich, um zu verhindern, dass wir deinen Bruder flambieren. Wo wart ihr beide gestern in der Nacht?«

»Wir waren hier. Wie oft soll ich dir das noch sagen?«

Tom wies mit seiner Waffe auf ein fettes Motorrad, das in der Ecke stand, und brüllte Alfred ins Gesicht.

»Und was ist mit diesem Scheißmotorrad dahinten?«

»Was soll damit sein?«

»Wem gehört das?«

»Mir. Es gehört mir!«

»Und wo warst du gestern Nacht damit? Und jetzt sag mir die Wahrheit – ich merke es, wenn du lügst.«

»Ich … ich bin rumgefahren.«

»Wo?«

»Weiß ich nicht mehr. Einfach so.«

»In der Nacht?«

»Ja, warum nicht? Ist weniger Verkehr. Da kann man mal aufdrehen.«

»Und dein Bruder? Ist mit dem Mercedes rumgefahren?«

»Kann sein. Weiß ich nicht. Frag ihn.«

Tom schüttelte resigniert den Kopf.

»Wir wissen, dass er dir die Kanister zur Kirche gefahren hat.«

»Welche Kanister? Welche Kirche?«

»Komm mir nicht so, Freundchen. Du beleidigst meine Intelligenz!«

»Ihr … ihr meint diese Kirche, die gebrannt hat? Das waren wir nicht! Warum in Gottes Namen sollten wir eine Kirche anzünden?«

»Sag du's mir!«

»Herrgott noch mal, mein Bruder und ich – wir sind keine Brandstifter!«

»Und wo seid ihr dann gewesen? Nachdem ihr mit dem Herumgefahre fertig gewesen seid? Wo wart ihr dann?«

»Wir waren hier, haben geschlafen. Hey, Eddie! Sag ihm, dass wir hier waren!«

Eddie spuckte etwas Unverständliches aus.

»Was wollt ihr mit dem Benzin, das dein Bruder von der Tanke geholt hat?«, fragte Tom und strich Alfred dabei mit dem silbernen Lauf seines Revolvers über die Wange. »Was wolltet ihr heute abbrennen?«

»Nichts! Gar nichts! Das brauchen wir für unseren Fuhrpark, verdammt noch mal!«, schrie Alfred.

»Und das holt dein Bruder mitten in der Nacht? Mann, du gehst mir echt auf den Keks mit deinen Lügengeschichten.«

Tom bohrte den Lauf seines Revolvers grob gegen das Jochbein von Alfred.

»Jetzt pass mal auf, was gleich mit deinem Bruder passiert, wenn du nicht endlich die Wahrheit sagst ... Und anschließend bist du dran. Aber zuerst darfst du zusehen, wie das ist, wenn man brennt ... und dann ... Dein Bruder wird um einen Gnadenschuss betteln, das kann ich dir jetzt schon sagen ...«

Er spannte den Hahn seines Colt Python.

Ein hässliches Geräusch.

Schnickschnick.

Alfred hielt den Atem an.

Tom nickte dem Glatzkopf zu, der sich seine Taschen abklopfte und dann mit den Schultern zuckte, weil er nichts zum Anzünden fand.

»Ich rauche nicht, Tom«, sagte er entschuldigend. »Hab’s mir abgewöhnt.«

»Ich auch nicht«, antwortete Tom verärgert und sah sich suchend um.

## 45

Metzler hatte genug gehört und gesehen. Fieberhaft überlegte er, was er jetzt tun sollte.

Einfach in die Scheune zu gehen war reiner Selbstmord. Die zwei Typen da drin meinten es ernst, das war unzweideutig, außerdem hatten sie Schusswaffen.

Er hatte zwar nicht ganz kapiert, um was es hier überhaupt ging, aber ihm war klar, dass die zwei Männer in Grau etwas aus den Brüdern Allgöwer herausquetschen wollten, was die nicht preisgeben wollten oder konnten. Und nach so was wie Schutzgelderpressung sah es auch nicht aus. Sonst hätten sie über Geld gesprochen.

Aber was wusste er schon?

Vielleicht waren die Brüder Allgöwer in dunkle Geschäfte verwickelt, von denen er keine Ahnung hatte.

Jedenfalls war er sich sicher, dass es in der Scheune um Leben und Tod ging.

Eigentlich sollte er auf der Stelle die Polizei rufen, doch dafür musste er außer Hörweite sein. Er hatte keinerlei Bedürfnis, auch noch Bekanntschaft mit den Männern in Grau und ihrer Leidenschaft für Benzin oder das Flambieren von anderen Leuten zu machen. Außerdem waren sie bewaffnet, und er stand mit bloßen Händen da.

Aber andererseits konnte er die Brüder nicht einfach aus dem Auge lassen, selbst wenn es nur für ein paar Minuten war.

Er hatte den Eindruck gewonnen, dass die beiden Typen Eddie tatsächlich anzünden wollten. Dagegen musste er auf der Stelle etwas unternehmen, er durfte nicht einfach dastehen und zusehen, wie der mit Benzin übergossene Eddie in Flammen aufging!

Das Wichtigste war jetzt erst einmal, Zeit herauszuschlagen und die beiden Typen von ihrem Opfer abzulenken.

Irgendwie musste er die zwei grauen Männer herauslocken,

weg von ihren Opfern – und zwar schnell, bevor sie ein Feuerzeug finden und ihr Vorhaben in die Tat umsetzen konnten.

Er fasste sich ein Herz und rannte zum SUV.

Der weiße Porsche stand an einer abschüssigen Stelle, hinter dem Wagen lag der Teil der ehemaligen Kiesabbaugrube, der noch ein großes Grundwasserbecken enthielt, das grünlich schimmerte und ziemlich tief war, das wusste Metzler. Er versuchte, die Fahrertür des SUV zu öffnen. Sie war abgesperrt. Fieberhaft sah er sich nach einem Stein um, der groß genug war, um damit das Seitenfenster einzuschlagen. Er fand einen Ziegelstein, aber als sein Blick den Lkw streifte, der abfahrbereit geparkt war, kam ihm eine andere Idee.

Er spurtete mit dem Ziegelstein zum Lastwagen, den Schlüssel für den Truck hatte er in seinem Rucksack. Mit zitternden Händen gelang es ihm nach zwei Fehlversuchen, die Fahrertür aufzusperren, auf den Sitz zu klettern, den Lkw zu starten und rückwärts loszufahren.

Er hielt mit dem Heck seines Lkw direkt auf die Front des Porsche Macan zu.

Viel Zeit hatte er nicht.

Zum Glück, denn wenn er über seine Aktion lange nachdenken hätte können, dann wäre er statt ins Fahrerhaus des Lkw auf sein Rennrad gestiegen und schnurstracks davongerast.

Jetzt saß er hinter dem Steuer seines Lastwagens und fuhr im Rückwärtsgang auf einen nagelneuen weißen Porsche zu, hinter dem nur noch das Grundwasserbecken kam, dessen Oberfläche sich im auffrischenden Wind leicht kräuselte.

Gleichzeitig betätigte er den Hebel, der die Kippfunktion der Ladefläche in Gang setzte. Den Ziegel, den er mitgenommen hatte, klemmte er aufs Gaspedal und sprang im letzten Moment auf der Beifahrerseite aus der Tür, sodass er von der Scheune aus nicht gesehen werden konnte.

Er rollte sich ab und warf sich hinter ein Gebüsch.

Der Lkw kippte noch immer seine Ladefläche nach oben und rumpelte mit geringer Geschwindigkeit, aber großer Kraft mit dem Heck gegen die Front des Porsche Macan. Unaufhaltsam schob der schwer beladene Lkw den SUV nach hinten und ließ ganz allmählich und wie in Zeitlupe gleichzeitig seine Kiesladung auf die Motorhaube und die Windschutzscheibe des Porsche rutschen.

Augenblicklich fing die Alarmanlage des Porsche an, einen unglaublich nervigen an- und abschwellenden Signalton in höchster Lautstärke von sich zu geben. Es klang fast so, als wäre der Wagen empört darüber, dass jemand das Sakrileg beging, sich an einem Porsche zu vergreifen.

Hier draußen auf dem Kieswerkgelände war das Alarmsignal jedoch nutzlos, es hörte niemand – außer den Gebrüdern Allgöwer und den zwei grau gekleideten Herrschaften vom Sicherheitsdienst der Erleuchtungskirche natürlich.

Und genau darauf hatte es Metzler abgesehen.

## 46

Gerade jetzt, wo Tom auf einer Werkbank ein mit ausreichender Menge an Flüssiggas gefülltes Feuerzeug entdeckt und bedrohlich entflammt hatte, um es Alfred Allgöwer dicht vor die Augen zu halten, hörte er etwas.

Aber das, was Tom in den Augen von Allgöwer sah, nämlich die nackte Panik um die eigene Haut und die Angst um seinen Bruder, war so überwältigend für ihn, dass er das Geräusch als Einbildung abtat. Oder als das zeitweilige Dröhnen eines Jets beim Landeanflug auf den Friedrichshafener Airport.

»Siehst du das?«, fragte er Alfred. »Siehst du diese kleine Flamme? Du hast das Leben deines Bruders in der Hand. Also – wer von euch beiden hat die Erleuchtungskirche angezündet?«

Er genoss dieses Machtgefühl einen Moment lang. Von Natur aus war er nun einmal Sadist, sonst wäre er seinem Aufgabenbereich bei Björn Oledahl nicht mit so großer Leidenschaft und Hingabe nachgekommen.

Der Glatzkopf hob die Hand und zischte: »Sei mal ruhig – hörst du das auch?«

Jetzt war das Geräusch so deutlich zu vernehmen, dass es keine Täuschung mehr sein konnte.

Es war ein Motorengeräusch.

Unverkennbar das nagelnde Dieseln eines Lastwagens.

Jetzt wurde es sogar noch lauter und kam näher.

Tom reagierte, warf das Feuerzeug auf die Werkbank und stürzte zum Scheunentor, das er gerade so weit aufschob, dass er einen Blick ins Freie werfen konnte, ohne selbst gleich gesehen zu werden.

»Verdammte Scheiße!«, fluchte er, gleichzeitig schob er das Tor weiter auf und stürmte mit gezückter Waffe nach draußen. »Das darf doch nicht wahr sein …«

Sein Partner war kurzfristig unentschlossen, ob er ihm folgen sollte. Immerhin hatten sie zwei Geiseln in der Scheune, die nicht entkommen durften. Bis ihm klar wurde, dass die beiden Brüder sowieso nichts anstellen konnten, weil sie gefesselt waren.

Also lief er ebenfalls hinaus ins Freie, seinem Partner hinterher, um zu sehen, was der Motorenlärm und das Geschrei von Tom zu bedeuten hatten.

Tom drehte vollkommen durch, als er kapierte, was der rückwärtsfahrende Lastwagen anrichten sollte. Während er auf ihn zurannte, richtete er den Colt auf die Reifen und das Fahrerhaus des Lastwagens und ballerte blindlings drauflos. Die Schüsse dröhnten laut wie Kanonenschläge durch den ganzen abgeschiedenen Talkessel. Aber es war schon zu spät, der Lkw war nicht mehr aufzuhalten. Er schob bereits den Porsche langsam, aber sicher auf das Grundwasserbecken zu und kippte gleichzeitig eine Fuhre Kies über ihm aus.

Schüsse peitschten, Blech knirschte, Kies prasselte, Glas splitterte und zersprang, der Motor des Lkw lief auf Hochtouren, Räder drehten durch, die Alarmanlage hörte nicht auf, hysterisch zu jaulen, Tom schrie: »Halt! Halt!«, und hatte schon sein ganzes Magazin leer gefeuert, obwohl niemand hinter dem Steuer des Lkw saß.

Der Glatzkopf war angesichts des bizarren Szenarios wie erstarrt stehen geblieben, unfähig zu irgendeiner Art von Reaktion.

Erst als Tom im Zustand höchster irrationaler Verzweiflung versuchte, sich gegen den unablässig schiebenden Lkw zu stemmen, vergeblich natürlich, konnte er sich aus seiner Erstarrung lösen und rannte zu Tom, um ihm zu helfen, obwohl es aussichtslos war.

Und außerdem zu spät.

Der Porsche wurde unaufhaltsam mitsamt seiner Ladung Kies auf der Front nach hinten über die steile Böschung des Grundwasserbeckens geschoben und landete mit einem satten Klatscher im Wasser, wo er zunächst mit der Schnauze nach oben vor sich hin schaukelte und dann, als das Wasser durch die zerschmetterte Windschutzscheibe eindrang, schlagartig und kläglich unterging wie eine Bleiente.

Und genauso schnell.

Tom und sein Partner konnten nur noch zusehen, wie der SUV ein paar Abschiedsblasen zur sprudelnden Wasseroberfläche hochschickte, die schnell zerplatzten, und dann war nichts mehr vom Porsche Macan zu sehen.

Das Grundwasserbecken war eben ziemlich tief und ziemlich trüb.

Nur der Alarm jaulte noch unter Wasser weiter, bis er immer jämmerlicher klang und schließlich ganz erstarb.

Der Dieselgestank vom nagelnden Lastwagen umwaberte in einer braunen Abgaswolke Tom und den Glatzkopf, die fassungslos ihrem Porsche nachschauten. Tom zeigte ungläubig mit dem Lauf seines Colts auf die Stelle, wo ihr Wagen versunken war.

Selbst ihm waren die Worte ausgegangen, die Munition sowieso.

Aber der Gestank und der Lärm vom Dieselmotor war noch nicht alles. Der rasselnde Motor gab den Geist nicht auf und schob und schob. Allerdings war der Lkw im Kies stecken geblieben, und die Antriebsräder drehten durch.

»Schalt endlich diesen verdammten Scheißmotor ab!«, brüllte Tom gegen den Lärm an und fuchtelte mit seinem Colt in der Luft herum.

Der Glatzkopf reagierte, stieg ins Führerhaus und schaffte es, den Motor abzuwürgen.

Die plötzliche Stille war ohrenbetäubend.

Langsam kletterte der Glatzkopf aus der Fahrerkabine.

Tom stand an der Uferböschung wie ein Trauernder am offenen Grab eines lieben Verwandten. Er war völlig derangiert, sowohl innerlich als auch äußerlich. Seine Tom-Cruise-Attitüde war wie weggeblasen, als er erneut fassungslos den Kopf schüttelte und mit dem Colt auf die Untergangsstelle des Porsche deutete, als könnte er den Wagen wieder hervorzaubern.

Der Glatzkopf trat neben ihn und wagte es, die einzige Frage zu stellen, die es in dieser Situation zu stellen gab.

»Was machen wir jetzt?«

Tom sah ihn mit einem Blick an, der schon etwas Irres an sich hatte.

»Was fragst du mich?«, schrie er den Glatzkopf unvermittelt an. »Siehst du nicht, dass ich nachdenke?«

»Ja, schon, aber ...«

»Halt dein Maul!«, geiferte Tom und zielte mit seinem Colt auf den Glatzkopf, der nicht hundertprozentig sicher war, ob Tom ihn leer geschossen hatte. Instinktiv wich er zwei Schritte zurück, der silberne Colt Python war grundsätzlich ziemlich furchteinflößend, egal ob mit oder ohne Munition.

»Kannst du nicht ein Mal ...«, sagte Tom in gewaltsam heruntergeregeltem Tonfall, »... ein einziges Mal nur einen konstruktiven Beitrag angesichts dieser Scheiße hier leisten?«

»Wir sollten den Lama anrufen«, meinte der Glatzkopf und kratzte sich am Schädel.

»So? Sollten wir das? Wenn du schon alles besser weißt, dann ruf ihn doch gefälligst auch an.«

»Würde ich ja. Aber mein Handy ist im Wagen gewesen.« Er streckte die Hand aus. »Gib mir deins ...«

Tom zeigte nur stumm mit dem Colt auf den untergegangenen Porsche. In dem auch sein Handy lag.

Der Glatzkopf breitete in einer hilflosen Geste beide Arme aus. »Außerdem ... was wollen wir ihm sagen?«

»Ja, genau. Du triffst den Nagel auf den Kopf. Das ist die Frage. Was bitte hätten wir ihm zu sagen? Vielleicht, wie wir es geschafft haben, dass jemand unseren Wagen mit einem Lkw gerammt und in einem Drecksloch wie diesem hier versenkt hat?«

Er fuchtelte wild mit seinem Colt in der Luft herum und merkte selbst, was er da gerade von sich gegeben hatte. Siedend heiß fiel den beiden gleichzeitig ein, dass schließlich jemand den Lkw gestartet und gefahren haben musste.

»Wo gottverdammt noch mal steckt der Scheißkerl, der das getan hat?«, fragte sich Tom und sah sich um.

»Das Führerhaus war leer«, bemerkte der Glatzkopf. »Das Schwein muss rausgesprungen sein. Vielleicht hast du ihn getroffen, und er ist verletzt …«

Sie spurteten synchron in verschiedene Richtungen und scannten den gesamten Talkessel ab.

Nirgendwo war jemand zu sehen.

»Wenn ich ihn getroffen habe, ist er tot«, bemerkte Tom und sah hinter einen Steinhaufen. »Und wenn nicht, dann ist er so gut wie tot!«

»Das Scheunentor!«, schrie der Glatzkopf und wies auf die Scheune. »Es ist geschlossen! Ich hab es aufgelassen. Der Kerl muss da reingerannt sein!«

Sie warfen sich einen Blick zu.

»Wo ist deine Pistole?«, fragte Tom gefährlich leise, dem in diesem Moment erst bewusst wurde, dass er seine Waffe leer gepumpt hatte.

Und sein Partner zeigte ihm seine ausgestreckten Hände.

Er sah ihn mit einem Ausdruck in den Augen an, als hätte er sich in die Hosen gemacht.

»In der Scheune«, gab er kleinlaut zu. »Ich hab sie auf der Werkbank abgelegt, als ich das Benzin über den Typen in der Wanne gegossen habe. Glaube ich jedenfalls.«

Tom starrte ihn fassungslos an. »So? Glaubst du?«

Er schüttelte in einer resignativen Geste den Kopf und hämmerte sich mit der freien Faust gegen die Stirn.

»Wie kann man nur so blöd sein!«, murmelte er.

Ob er damit sich oder seinen Partner meinte, war nicht klar ersichtlich. Die Aussage war jedenfalls völlig zutreffend.

»Dann gehst du jetzt auch in die Scheune und schnappst dir den Typen!«, befahl Tom.

Als der Glatzkopf nicht gleich reagierte, schrie er ihn an: »Auf was wartest du noch? Dass er sie findet?«

Der Glatzkopf breitete die Arme weit aus.

»Ja, wie soll ich ihn schnappen? Wenn er meine Waffe hat?«

»Ist das meine Schuld? Vielleicht rückt er sie freiwillig heraus, wenn du ihn nett darum bittest …«

Sie fochten mit den Augen einen stummen Zweikampf aus, bis der Glatzkopf schließlich nachgab. Widerwillig setzte er sich in Bewegung und trabte los.

»Wenn du Glück hast …«, rief ihm Tom nach, »… dann hat er deine Knarre vielleicht übersehen …«

Aber dann stolperte er ihm doch hinterher. Seinen Colt ließ er dabei nicht los, obwohl er ihm zum ersten Mal so schwer vorkam, dass er ihn kaum halten konnte.

## 47

»Sie kommen«, sagte Metzler zu den Gebrüdern Allgöwer.

Er spähte durch den Schlitz des leicht geöffneten Scheunentors hinaus. Er hatte die Pistole des Glatzkopfs in der Hand, und seit der Aktion mit dem Lastwagen befand er sich in einem Adrenalinrausch, den man vielleicht verspürte, wenn man gerade die Königsetappe der Tour de France hinauf nach L'Alpe d'Huez gewonnen hatte.

Mit der Pistole des Glatzkopfs hielt er nicht nur *einen* Trumpf in der Hand, sondern alle. Er war genau im richtigen Augenblick und ungesehen in die Scheune gespurtet, während die beiden Männer in Grau vom schiebenden Lkw abgelenkt gewesen waren, hatte mit seinem Handy Polizei und Feuerwehr alarmiert, die Brüder Allgöwer halfen sich gegenseitig wieder auf die Beine, nachdem er Alfred in aller Hast zuerst einmal von seinem Klebeband befreit hatte, und jetzt schob er das Tor weit auf und stellte sich mit vorgehaltener Schusswaffe den beiden Graumännern entgegen, die in einem ziemlich desolaten Zustand näher kamen.

Aber er machte auch nicht gerade einen einschüchternden Eindruck, in Socken, wie er war, mit seinen hautengen Radlerhosen, dem schreiend bunten Radlerdress und dem Sturzhelm.

»Stehen bleiben und die Waffe fallen lassen!«, herrschte er die beiden an.

Tom sagte scheinbar unbeeindruckt: »Wer zum Teufel bist du eigentlich?«

Metzler beging den Fehler, auf die Frage einzugehen. »Das tut nichts zur Sache. Bleibt, wo ihr seid. Und du da lässt die Waffe fallen!«

Tom beschloss, alles auf eine Karte zu setzen.

Er hob seinen Arm mit dem Colt, zielte damit auf Metzler und sagte: »Nein, du Witzfigur. Du lässt die Waffe fallen. Aber auf der Stelle!«

»Wirf deine Waffe weg! Ich sag das nicht noch mal!«, entgegnete Metzler stattdessen.

Tom hielt seinen Revolver für einen kurzen Moment in die Höhe.

»Siehst du das? Weißt du, was das für eine Kanone ist? Das ist ein Colt Python, eine Sonderanfertigung. Er verschießt Munition vom Kaliber .357 Magnum. Damit kannst du einen Elefanten umnieten. Die Kugel macht ein Loch in dich, so groß, dass du die Faust durchstecken kannst.«

»Macht sie nicht«, widerspach Metzler mit all seinem Mut, den er aufbringen konnte. Er zielte weiterhin mit der Pistole auf Tom und nahm sie jetzt sicherheitshalber in beide Hände.

»Und warum nicht?«, wollte Tom wissen und spannte den Hahn. Er wusste, dass dieses hässliche Geräusch in Verbindung mit dem Anblick der Monsterwaffe jeden zusammenzucken ließ. Schließlich hatte er es schon ein paarmal erfolgreich ausprobiert.

Schnickschnick.

»Weil du keine Patrone mehr hast«, antwortete Metzler. Dabei hoffte er inständig, dass man das leichte Vibrato in seiner Stimme nicht hörte. Er verließ sich mit seiner Aussage ganz auf den älteren der Gebrüder Allgöwer. Alfred kannte sich aus mit Waffen. Er war in einem Schützenverein und hatte einen ganzen Stahlschrank voll davon in seinem Keller.

Noch während er seinen Bruder vom Klebeband befreite und ihm aufhalf, hatte er Metzler mehrfach versichert, dass der Colt von Tom nur sechs Patronen hatte. Und er hatte sechs Schuss gezählt. Der dumpfe, laute Knall war charakteristisch und unverkennbar.

Metzler beschloss, ihm zu glauben, auch weil ihm gar nichts anderes übrig blieb. Er selbst hatte die Anzahl der Schüsse in der ganzen Aufregung nicht registriert.

»Willst du es darauf ankommen lassen, du blöder Wichser?«, fragte Tom, der das Gefühl hatte, dank seines furchterregenden Colts wieder mehr und mehr die Lage in den Griff zu bekommen, obwohl sie immer noch so hoffnungslos verfahren schien. »Schon mal was vom Nachladen gehört?«

Dabei machte er einen Schritt nach vorn, den Lauf weiterhin auf Metzler gerichtet. »Ich puste dir das Gehirn raus, wenn du nicht augenblicklich die Pistole weglegst und die Hände über den Kopf hältst!«

Metzler schwenkte immer noch seine Waffe zwischen Tom und dem Glatzkopf hin und her, auch wenn seine Hände inzwischen leicht zitterten.

Tom gab seinem Partner einen Wink. »Mach schon und nimm ihm die Waffe weg!«

Der Glatzkopf zögerte. »Nimm du sie ihm doch weg!«, sagte er.

Tom ignorierte ihn und fing an, langsam auf Metzler zuzugehen. Dabei zählte er laut. »Weg mit der Waffe – eins, zwei …«

Vorsichtig setzte sich auch der Glatzkopf in Bewegung.

Metzler merkte, dass ihm der Schweiß ausbrach, als die beiden ihm immer weiter auf den Pelz rückten.

Was war, wenn Alfred sich verzählt hatte?

Oder wenn der Mann tatsächlich noch Patronen in seiner Tasche gehabt und nachgeladen hatte?

»Bleibt stehen«, sagte Metzler und gab sich Mühe, mit betont fester Stimme zu sprechen, aber dazu musste er sich erst einmal räuspern, weil er einen dicken Kloß im Hals hatte. »Stehen bleiben – alle beide!«

»Warum sollten wir?«, fragte Tom und machte noch einen Schritt.

»Weil ich sonst schieße.«

»Das tust du nicht. Dazu fehlen dir die Eier.«

Er winkte dem Glatzkopf erneut, der endlich verstand, was Tom vorhatte, und zur Seite auswich, damit der Kerl mit seiner Waffe zwei Gegner gleichzeitig in Schach halten musste, die aus verschiedenen Richtungen auf ihn zukamen.

Tom bewegte sich langsam zur entgegengesetzten Seite und versuchte Metzler weiter zu verunsichern. »Außerdem kannst du nicht mit einer Pistole umgehen. Du hast sie ja nicht einmal entsichert ...«

Dabei machte er einen weiteren Schritt auf Metzler zu und hoffte, dass der Typ in seinem lächerlichen Radleroutfit einen kurzen Blick auf seine Waffe warf und dadurch abgelenkt war.

Aber den Gefallen tat ihm Metzler nicht.

Im Gegenteil, er schoss.

Zwar nur vor die Füße von Tom, aber er hatte es getan.

Die Pistole hatte er noch in der Scheune entsichert. Alfred hatte ihm gezeigt, wie man das machte.

Tom zuckte zurück, sein Gesicht verzog sich zu einer schmerzhaften Grimasse. Weil er in dem Moment wusste, dass er das Spiel verloren hatte.

Er zielte mit seinem Colt auf Metzlers Stirn und drückte ab.

Klick.

Klick.

Klick.

Dann gab er auf und ließ die Waffe fallen.

Als ob sie ihm zu schwer geworden wäre.

»Setzt euch auf den Boden. Auf eure Hände! Na los!«, befahl Metzler und deutete mit seiner Pistole nach unten. Das hatte er einmal in einem Film gesehen, und jetzt schien es genau das Richtige zu sein.

Tom setzte sich resigniert auf seine Hände, der Glatzkopf ebenfalls.

»Und? Was hast du jetzt vor?«, fragte Tom.

»Warten, bis die Polizei da ist. Und wenn es eine Stunde dauert. Aber das glaube ich kaum. Ich hab sie vor genau ...«, er sah kurz auf seine Uhr, »... zwanzig Minuten angerufen.«

Alfred und Eddie Allgöwer kamen aus der Scheune heraus, Alfred stützte seinen Bruder, und Metzler nickte ihnen zu. Aber die beiden Männer in ihren mausgrauen Trainingsanzügen ließ er dabei keinen Moment aus den Augen und aus dem Schussfeld seiner Pistole.

»Was wollten diese Typen eigentlich von euch?«, fragte Metzler.

»Sie behaupten, dass wir ihre Kirche in Brand gesetzt haben«, sagte Alfred.

»Und? Habt ihr?«

»Nein!«, antworteten beide synchron und voller Entrüstung zugleich, Eddie etwas undeutlich und verwaschen. Sein Gesicht war blutig und schmerzverzerrt, er hielt sich die Seite. Der Glatzkopf hatte ihn ganz schön in die Mangel genommen.

Alfred setzte hinzu: »Warum zum Teufel sollten wir eine Kirche abfackeln?«

Metzler winkte mit seiner freien Hand ab. »Hab ich mich auch schon gefragt. Wie kommen die dann überhaupt auf euch und auf diese verrückte Idee?«

»Ich habe nicht den blassesten Schimmer«, beteuerte Alfred.

»Das Benzin«, krächzte sein Bruder undeutlich. »Vier Kanister voll. Die müssen mich beim Tanken gesehen haben.«

»Hast du bemerkt, dass dir jemand gefolgt ist?«

»Nein«, sagte Eddie, krümmte sich vor Schmerzen und hustete.

Ganz leise war in der Ferne der unverkennbare Ton einer Sirene zu vernehmen, die sich näherte.

Metzler hob den Finger. Die Geste galt auch Tom und dem Glatzkopf.

»Hört ihr das? Ich liebe diesen Sound! Das muss die Feuerwehr sein.«

»Warum hast du die Feuerwehr alarmiert und die Polizei?«, wollte Alfred wissen.

»Sicherheitshalber. Normalerweise kommt die Feuerwehr schneller als die Bullen, wenn sie glauben, dass es brennt.«

Oben auf der Kuppe beim Zufahrtstor tauchten flackernde Blaulichter und ein erster feuerroter Einsatzwagen auf.

Metzler hatte recht gehabt.

Es war die Feuerwehr.

Nach und nach sauste ein ganzer Löschzug in voller Pracht mit jaulenden Sirenen und zuckenden Blaulichtern den Zufahrtsweg herunter.

Und ein Streifenwagen folgte ihm, dann noch ein zweiter.

Metzler ließ seine Waffe endlich sinken.

Erst jetzt merkte er, dass er am ganzen Körper zitterte wie Espenlaub und seine Knie sich weich wie Pudding anfühlten.

Außerdem schmerzten seine Füße.

Er warf einen Blick auf seine rechte Fußsohle, sie blutete.

Eigentlich hätte er sich auf der Stelle setzen müssen, bevor er noch zusammenklappte.

Aber er riss sich zusammen und wartete, bis die Polizei es ihm abnahm, sich um die beiden Männer in Grau zu kümmern.

## 48

Die Weckfunktion seines Handys schaltete um sechs Uhr zwanzig auf Klingelton.

Madlener brauchte eine ganze Weile, bis er halbwegs wach war und klar denken konnte. In seinem Kopf geisterte immer noch der Fall des ermordeten Jungen herum, der ihn auch im Schlaf verfolgt und nicht mehr losgelassen hatte. Er wusste nicht mehr genau, was er geträumt hatte, aber es war wohl ein surreales Potpourri aus Tunnelröhren, lodernden Flammen, dem Bild des Mannes mit der Halbglatze und dem dünnen Pferdeschwanz und den Obduktionsfotos.

Nicht gerade ein Wunschprogramm für gesunden und erholsamen Schlaf.

Die lodernden Flammen erinnerten ihn daran, dass er gewisse Prioritäten hatte, nämlich einen aktuellen Fall, für dessen Ermittlungsarbeit er zuständig und verantwortlich war.

Im Aufstehen sah er auf sein Diensthandy und entdeckte die SMS von Harriet.

Sofort schrieb er zurück.

*Wo bist du? Musste mich für ein paar Stunden aufs Ohr legen.*

In der vagen Hoffnung, dass Harriet das auch getan hatte, ging er erst mal ausgiebig unter die kalte Dusche, um sich für einen anstrengenden Tag zu wappnen.

Als er aus dem Bad kam, war Harriets Antwort schon da.

*Warte auf dich im alten Büro.*

Er zog frische Klamotten an und überlegte, was es mit Harriets Nachricht auf sich hatte, bis ihm dämmerte, dass sie damit nur ihre früheren Büroräume im Gebäude der Verkehrspolizei meinen konnte, das ein paar Häuserblocks vom Präsidium entfernt war.

Was wollte sie da?

Er schrieb zurück: *Bin in zwanzig Minuten da*, und beeilte sich, um im Frühstücksraum, fünf Minuten nachdem er geöffnet hatte, am Büfett einen schnellen heißen Kaffee zu trinken, wobei er sich prompt die Zunge verbrannte – Mist, Mist, Doppelmist! –, um dann in Windeseile zwei Laugensemmeln mit Butter zu bestreichen. Er belegte sie ordentlich, eine mit Käse und eine mit Wurst, gab noch auf jede zwei Gürkchen dazu, die er schnell halbierte, darauf kam es jetzt auch nicht mehr an, wickelte sie in jeweils eine Papierserviette und nahm sie mit auf die Fahrt in die Ehlersstraße.

Als er bei einem Ampelhalt kurz in den Rückspiegel sah, musste er zu seinem Ärger feststellen, dass er in der Eile vergessen hatte, sich zu rasieren. Das war ihm schon lange nicht mehr passiert.

Er fuhr in den Hof der Verkehrspolizei, wo man ihn kannte und sein Auto nicht gleich abschleppen lassen würde.

Harriet saß schon auf der Treppe vorm Eingang. Sie wartete mit einer Flasche Cola Zero in der Hand auf ihn. Vermutlich war das ihr Ersatzfrühstück, und Harriet hatte anscheinend tatsächlich die Nacht im Büro verbracht. Anstatt, wie er ihr das dringend angeraten und später durch Frau Gallmann noch einmal ausdrücklich hatte ausrichten lassen, nach Hause zu fahren und sich dort auszuschlafen, um mit frischer Kraft wieder ans Werk gehen zu können.

Er stieg aus seinem Dienstwagen und ging mit seinen zwei üppig belegten Laugensemmeln in Servietten auf Harriet zu, die sich erhob und ihm zuvorkam, bevor er überhaupt den Mund aufmachen konnte.

»Ja, Mr. Crawford, ich weiß, ich bin unvernünftig gewesen.«

Madlener war jetzt nicht in der Stimmung für das übliche Crawford-Starling-Spielchen, ihm war eher nach einer Rüge zumute.

»Willst du damit sagen, dass du trotz meiner dienstlichen Anweisung die ganze Nacht hier gewesen bist?«

»Spar dir deine dienstlichen Anweisungen. Ich weiß schon selbst, was ich tue.«

Das war deutlich.

Madlener schluckte seinen Groll hinunter, der sowieso nicht gegen Harriet gerichtet, sondern eher seiner miesen Morgenlaune zuzuschreiben war. Wenn er schlecht geschlafen hatte, noch dazu sehr früh rausmusste und keine Zeit gefunden hatte, ordentlich und in Ruhe zu frühstücken, war mit ihm grundsätzlich nicht gut Kirschen essen.

»Na schön«, grummelte er. »Wurst oder Käse?« Er hielt ihr die zwei Semmeln hin.

»Käse«, sagte Harriet und schnappte sich eine Semmel, während Madlener in die andere biss.

»Also«, meinte er, »was ist so dringend, dass du mich hierherbestellst?«

»Ich hab da was rausbekommen«, antwortete sie einigermaßen undeutlich, weil sie mit Kauen beschäftigt war. »Woher weißt du, dass ich Gurken mag?«

»Männliche Intuition«, knurrte er. »Also was? Was hast du rausbekommen?«

»Es handelt sich dabei um eine außerordentlich delikate Angelegenheit, deshalb hab ich auf dich gewartet, bevor ich in ein Wespennest steche.«

»Die halbe Nacht?«

»Nein. Ich hab auf einem Feldbett geschlafen. Die Leute von der Verkehrspolizei haben so was für ihren Bereitschaftsdienst.«

Damit ging sie schon mal voraus durch die Tür zu den Räumen der Verkehrspolizei. Sie sah sich dabei nicht nach ihm um, und Madlener blieb nichts anderes übrig, als hinter ihr herzudackeln, ohne recht zu wissen, warum.

Aber Harriet würde nicht wegen nichts und wieder nichts so ein Heckmeck veranstalten. Also nahm er an, dass sie schon ihre Gründe hatte, wenn sie so auf geheimnisvoll machte.

Im Vorübergehen nickte er ein paar uniformierten Kollegen von der Verkehrspolizei zu, die schon Frühschicht oder noch Spätschicht hatten, so genau hatte er sich mit dem Dienstplan der Verkehrspolizisten nie befasst.

Harriet führte ihn in einen Raum mit zwei Tischen und mehreren Computern und Monitoren. Sie wartete, bis er eingetreten war, und schloss hinter ihm die Tür. Vorher warf sie noch einen Blick auf den Gang hinaus, um sicherzugehen, dass auch niemand in Hörweite war.

# 49

»Setz dich«, sagte sie, stellte ihre Colaflasche ab, steckte sich den Rest ihrer Semmel in den Mund und schmiss sich in den Stuhl vor den Bildschirmen, wie das ihre Art war. Rasend schnell wie immer tippte sie auf der Tastatur herum und sagte nebenher, während sie ihm den Rücken zugewandt hatte: »Du hast vergessen, dich zu rasieren ...«

Madlener fuhr instinktiv prüfend über sein stoppeliges Kinn und setzte sich schräg hinter sie, um die Monitore im Blick zu haben.

»Sonst noch was?«, gab er zurück.

»Heute sind wir aber empfindlich, Mr. Crawford«, merkte Harriet stichelnd an, bevor sie mit der Tastatur und einem Regler auf zwei Monitoren gleichzeitig Standbilder hinzauberte, die offensichtlich einen Tunnel aus verschiedenen Perspektiven zeigten.

»Ist das die besagte delikate Angelegenheit?«, fragte Madlener und wies mit seinem Stoppelkinn auf die Monitore, auf denen er bisher nichts dergleichen ausmachen konnte.

»Das ist sie«, sagte Harriet und schwang sich auf der Achse ihres Bürodrehstuhls um hundertachtzig Grad herum, sodass sie ihn nun direkt ansehen konnte.

»Bevor wir anfangen – erst mal zur Routine. Die Fotos und Fahndungen sind gestern raus, wie besprochen. Und dann könnte vielleicht für dich von Interesse sein, dass unser frischgebackener Kriminaldirektor gestern am frühen Abend noch reizenden Besuch aus einer höheren Dimension bekam, den du ihm anscheinend auf den Hals gehetzt hast ...«

Sie imitierte den Hindugruß Namaste, indem sie die Innenhandflächen zusammenführte, sie in die Nähe des Herzens legte und den Kopf leicht zur Seite neigte.

Madlener wusste gleich, was sie damit andeutete, und winkte genervt ab. »Ich habe diesen Björn Oledahl an Cornelius verwiesen, weil er ausdrücklich darauf bestanden hat, meinen Vorgesetzten zu sprechen. Ich war ihm wohl nicht gut genug. Hat er Cornelius die Hölle heißgemacht?«

»Hat er. Er ist ein Lama, vergiss das nicht. Er schwebt in anderen Sphären. Von Hölle und Himmel versteht er was«, spottete Harriet. »Interessanter Schachzug, Mr. Crawford, diesen Master of Desaster zum Chef zu schicken.«

»Es wundert mich eher, dass der Lama sich nicht gleich beim Ministerpräsidenten beschwert hat.«

»Jedenfalls bin ich erst mal im Büro geblieben, als Frau Gallmann mir von deinem Warnanruf erzählt hat. Weil du mir bei unserer Besprechung noch gesagt hast, ich soll die Sekte im Auge behalten. Das hab ich getan. Wenigstens wollte ich mir einen Eindruck vom Oberguru verschaffen. Und du wirst es nicht glauben, wer den Lama bei seinem Auftritt begleitet hat …«

»Lass mich raten – seine zwei minderjährigen Nebenfrauen?«

»Kalt. Ganz kalt.«

»Der Heilige Geist?«

»Knapp daneben. Aber nur knapp. Ich helfe dir auf die Sprünge: Wie heißt der Prominentenanwalt vom Bodensee? Der nur die ganz großen Tiere vertritt? Na?«

»Der Paragrafen-Brüller?«

»Dr. Briller, richtig.«

»Und, ist er seinem Namen gerecht geworden?«

»Du hast was versäumt. Es war eine Schau, als der Lama mit Dr. Briller hereinstürmte. Man hätte glatt meinen können, sie sind Putschisten und übernehmen jetzt das Kommando im Präsidium. Paragrafen-Brüller sieht übrigens wirklich so aus wie auf den Bildern in der Zeitung. Wie eine Bulldogge, die alles niederwalzt, was sich ihr in den Weg stellt.«

»Haben die Wände gewackelt?«

»Frau Gallmann und ich haben nur darauf gewartet.«

»Hat Frau Gallmann gelauscht?«

»Doch nicht Frau Gallmann!«

»Aber du?«

»Na ja – ich gebe zu, ich war in Versuchung. Aber wir mussten doch erst den Gunstbeweis des Lama durchlesen.«

Jetzt war Madlener allerdings leicht irritiert. »Was für ein Gunstbeweis?«

»Stell dir vor, der Lama hat Frau Gallmann und mir im Vorbeigehen noch schnell eine Broschüre in die Hand gedrückt.«

»Eine Broschüre? Über seinen Verein?«

»Das volle Programm der Kirche des heiligen Pfads zur Erleuchtung. Interessante Lektüre. Ein ganzes Kapitel ist übrigens den Segnungen des Tantra-Sex gewidmet. ›Wie richtiger Sex von seelischen Schlacken reinigt und zur geistigen Freiheit führt.‹ Das war ein wörtliches Zitat.«

»Was hat Frau Gallmann dazu gesagt?«

»Es hat ihr gar nicht gefallen.«

»Na, ich nehme mal an, so perfekt wie Frau Gallmann immer ist, hat ihre Seele auch keine Schlacken.«

Aber er konnte sich ein Schmunzeln doch nicht ganz verkneifen, als er fragte: »Hat sie die Broschüre trotzdem eingesteckt und als Nachtlektüre mitgenommen?«

»Nein. Zerrissen und in den Papierkorb geworfen. Aber erst, nachdem sie alles gründlich durchgelesen hatte.«

»Ich wünschte, ich wäre dabei gewesen!«, amüsierte sich Madlener. Seine Laune hatte sich erheblich gebessert. »Mir hat er die Broschüre leider nicht gegeben.«

»Du hast eben ein schlechtes Karma. Das kann er spüren. Und das mag er gar nicht.«

»Und was ist mit deinem Karma? Was hat er da gespürt?«, fragte er Harriet.

»Ich habe von Haus aus gute Vibrations…«, sagte sie und klimperte mit ihren langen Wimpern.

»So kann man es auch nennen. Tatsache ist, dass du altersmäßig und auch sonst vom Typ her perfekt in sein Beuteschema passt. Du solltest dir nur noch ein paar Hippieklamotten zulegen, dann wirst du mit offenen Armen im Kreis seiner Jüngerinnen aufgenommen.«

»Ich bin noch am Überlegen …«

Sie griff in ihre Tasche und wedelte mit einem bunten Heftchen vor seiner Nase herum.

»Falls du's dir auch noch überlegst … ich hab die Broschüre für dich aufgehoben. Für alle Fälle. Sind auch die nächsten Termine für die Tantra-Sex-Seminare drin. Magst du?«

Madlener hob abwehrend die Hände. »Danke. Aber danke nein. Ich hatte schon das Vergnügen mit dem großen Meister. Und eines weiß ich bestimmt: In einem Verein, dem der angehört, möchte ich kein Mitglied sein.«

Harriet zuckte mit den Schultern und steckte die Broschüre wieder weg. »Dann gebe ich sie eben an Binder und Götze weiter. Vielleicht haben die Verwendung dafür.«

»Tu das. Götze wird sie dir aus der Hand reißen.« Er wies auf die Monitore. »Was ist jetzt damit? Sagtest du nicht, die Sache, die du mir zeigen willst, sei eilig?«

»Nein. Ich sagte: Es handelt sich dabei um eine delikate Angelegenheit.«

»Inwiefern?«

Sie schniefte, was bei ihr immer ein Zeichen war, dass ihr etwas zu privat wurde oder dass es ans Eingemachte ging.

»Wenn ich recht habe, könnte es sein, dass wir ein Riesenproblem an der Backe haben«, sagte sie.

Es ging also ans Eingemachte.

»Wir? Wer ist wir?«, fragte Madlener.

»Die Polizei in Friedrichshafen.«

Madlener atmete einmal tief durch, weil er merkte, dass es Harriet mit ihrer Aussage wirklich ernst war.

»Dann lass mal sehen, was du hast.«

»Das, was du jetzt in Erstaufführung zu sehen kriegst, habe ich aus diversen Aufzeichnungen von Überwachungskameras der Verkehrspolizei herausgefiltert.«

Sie drückte auf einen Knopf und ließ die Aufzeichnungen auf beiden Monitoren abfahren.

Auf dem ersten Bildschirm war in Schwarz-Weiß zu sehen, wie ein schwarz gekleideter, durch einen verspiegelten Integralhelm unkenntlicher Motorradfahrer durch einen leeren nächtlichen Straßentunnel raste. Mehrfach. Angezeigtes Höchsttempo: hundertzweiundsiebzig Kilometer pro Stunde.

Auf dem zweiten Bildschirm hielt der augenscheinlich selbe Fahrer sogar vor der Überwachungskamera an, machte mit seinem Motorrad einen schwarzen Gummikringel mit dem rauchend durchdrehenden Hinterrad mitten auf der Straße – »Das nennt man Donut«, sagte Harriet dazu – und zeigte zum krönenden Abschluss den Mittelfinger.

Harriet hielt beide Aufzeichnungen an und sah Madlener bedeutungsvoll an.

»Könnte das ...«, sagte er, und Harriet vollendete seinen Satz: »Genau. Das hab ich mir auch gedacht. Könnte unser gesuchter Brandstifter sein.«

»Wie bist du auf die Idee gekommen?«

»Ich dachte mir, wer mit so einem Geschoss wie dieser Maschine, die wir auf dem Handyvideo von Ben gesehen haben, zum Brandstiften fährt, der ist vielleicht schon mal verkehrstechnisch aufgefallen. Und da hab ich mit einem vertrauenswürdigen Kollegen der Verkehrspolizei gesprochen, der in der Überwachungszentrale sitzt, und der hat mir gezeigt, was sich da in manchen Nächten auf unseren Straßen so abspielt. Und zwar haufenweise solche Nummern wie die da.«

Sie zeigte auf den Motorradfahrer, der die Gummikreisel vor der Überwachungskamera gezogen hatte. Dann nahm sie einen Schluck von ihrer Cola.

»Sieht tatsächlich so aus wie unser Brandstifter«, sagte Madlener, der sich vorgelehnt hatte und genauer hinsah. »Gleiche Statur, gleicher Helm, verspiegelt, gleiche Montur. Das Motorrad könnte auch dasselbe sein.«

Er lehnte sich zurück und überlegte laut. »Könnte auch vom Profil her passen. Er will zeigen, wie überlegen er uns ist. Und dass die Polizei ihn mal kreuzweise ... na, du weißt schon ... weil wir ihn nicht erwischen können. Er spielt mit der Gefahr. Das ist ein einziger Nervenkitzel für ihn. Und er tut alles, um uns zu reizen.«

Harriet setzte den Gedankengang ebenso laut fort. »Er fordert uns heraus. Er denkt, er ist ungreifbar. Sozusagen unsichtbar.«

»Was ist mit seinem Nummernschild?«

»Das ist ein geklautes. Von einem mickrigen Motorroller übrigens. Haben die Kollegen schon überprüft. Was denkst du, wie scharf die darauf sind, so einen notorischen Verkehrssünder am Wickel zu kriegen! Bei der Maschine sind wir uns nicht ganz sicher. Könnte eine Ducati sein.«

»Du willst damit sagen, der Typ da hat extra ein Nummernschild geklaut und an seiner Maschine angebracht, um so eine Zirkusnummer aufzuführen?«

»So ist es. Die Kollegen machen schon seit ein paar Wochen Jagd auf ihn. Bisher erfolglos. Er verarscht sie immer wieder nach Strich und Faden. Einmal dachten sie schon, dass sie ihn hätten. Haben versteckt an einer Stelle gelauert, wo er schon öfters eine Sondervorstellung gegeben hat. Und beinahe wäre er ihnen ins Netz gegangen. Zwei Streifen waren hinter ihm her, auf Sichtweite. Aber er hat einmal richtig Gas gegeben, ist zickzack abgebogen, und prompt haben sie ihn verloren. Obwohl sie über Funk die halbe Region in Alarmbereitschaft versetzt haben. Kein Wunder – die Ducati, wenn's denn eine war, hat hundertzweiundsechzig PS.«

»Ist das viel für ein Motorrad?«

»Eine Menge. Das Ding hat eine Beschleunigung wie ein Formel-1-Rennwagen.«

Sie machte sich wieder am Keyboard zu schaffen. »Aber dann hat er in seiner Hybris einen Fehler begangen …«

Auf dem ersten Monitor erschien das Foto einer Radaranlage bei Nacht.

Frontal derselbe Fahrer, erkennbar an seiner typischen schwarzen Motorradkleidung und dem verspiegelten schwarzen Integralhelm.

Hundertneunzehn Kilometer pro Stunde, stand neben dem Datum und der Uhrzeit der Aufnahme.

»Erlaubt sind dort übrigens fünfzig Kilometer pro Stunde«, kommentierte Harriet süffisant. »Das ist von gestern Nacht. Eine halbe Stunde nach dem Brand der Erleuchtungskirche. Ortsdurchfahrt Oberettringen. Fünfzehn Kilometer vom Brandort entfernt. Leider haben Motorräder den Nachteil für die Strafverfolgungsbehörden, dass sie vorn kein Nummernschild haben. Aber es gibt inzwischen Anlagen, die zusätzlich noch ein Foto von hinten liefern. Zufällig ist das so eine.«

Sie drückte auf eine Taste, und das Motorrad war von hinten zu sehen. Mit deutlich erkennbarem Nummernschild.

»Ich nehme an, du hast das Schild überprüft?«, fragte Madlener.

»Ist die Erde eine Kugel? Und jetzt halt dich fest: Die Nummer gehört zu einem Auto, das bei uns auf der Kfz-Verwahrstelle steht. Ein Ford Mustang, der abgeschleppt wurde, weil er einen halben Tag lang im absoluten Halteverbot stand. Der Besitzer hat seinen Wagen noch nicht abgeholt, weil er die Strafe nicht zahlen konnte. Du kriegst deinen Wagen nur, wenn du bezahlst – den Abschleppdienst und die Strafe. Das kann einige hundert Euro kosten. Und jetzt fehlt das hintere Nummernschild.«

»Willst du damit sagen, der Brandstifter hat das Schild von einem Abstellplatz geklaut, der von uns überwacht wird?«

»Genau das will ich damit sagen.«

»Mann – der hat Nerven.«

»Und einen Grund dafür. Den wir noch nicht kennen.«

»Ja, da könntest du recht haben. Das muss Absicht sein, sonst würde er kein solches Risiko eingehen. Aber was bezweckt er damit? Das macht er doch nicht nur, um der Polizei eins auszuwischen …«

»Warte, es kommt noch besser.«

Das Bild einer Überwachungskamera auf einem Parkplatz mit einem Dutzend Autos erschien auf dem Monitor.

»Das ist die Verwahrstelle, sie liegt beim Flughafen.«

Harriet drückte auf schnellen Vorlauf, wie durch Zauberhand verschwanden einige Autos, neue wurden mit einem Wagen vom Abschleppdienst hereingefahren. Aus taghell wurde Nacht, ein Scheinwerfer beleuchtete die Verwahrstelle. Nur der Ford Mustang blieb stehen.

»Achte auf den Ford Mustang«, sagte Harriet und zeigte auf den Wagen, der immer noch auf seinem Platz stand.

Sie spulte das Video in Normaltempo ab.

Ein Schatten erschien, der Schatten bückte sich hinter dem

Ford, machte sich eine Weile dort zu schaffen und verschwand. Zu erkennen war nur eine dunkle menschliche Silhouette, die eine Kapuze auf dem Kopf hatte.

Und die leere Stelle am Heck des Ford Mustang, wo jetzt das Nummernschild fehlte.

Madlener war aufgesprungen.

»Fahr noch mal zurück!«, sagte er.

Harriet ließ die Szene noch einmal ablaufen.

»Wie ist die Verwahrstelle gesichert?«, wollte er wissen.

»Mit einem hohen Zaun, obendrauf Stacheldraht. Keine Chance, einfach drüberzuklettern. Man kommt nur durch das Tor, das natürlich abgesperrt ist. Nachts wird der Platz von Scheinwerfern beleuchtet.«

»Nur diese eine Überwachungskamera für den ganzen Platz?«

»Ja. Der Staat muss schließlich sparen …«

»Wer hat Zugang zu dieser Verwahrstelle?«

»Genau diese Frage habe ich auch gestellt.«

»Und? Wie lautet die Antwort?«

»Eine ganze Menge Leute. Die von der Verkehrspolizei natürlich. Und die verschiedenen Abschleppfirmen. Du brauchst einen Code für das Zahlenschloss. Der wird wöchentlich geändert. Aber es wird genau Buch geführt, wer da rein- und rausfährt.«

»Du hast dieses Buch eingesehen?«

»Habe ich«, sagte Harriet nicht ohne eine Spur Stolz in ihrer Stimme.

»Wer war um die Zeit, die der Timecode anzeigt, als das Nummernschild vom Mustang entfernt wurde, in dieser Verwahrstelle?«

»Ganze fünf Leute.«

»Namen?«

»Das ist es ja, was so delikat ist«, sagte sie.

»Keine Spielchen jetzt, Harriet. Was hast du herausbekommen?«

»Ich habe alle fünf überprüft. Auf einen dieser Namen ist auch eine Ducati angemeldet. Es ist einer aus den Reihen der Verkehrspolizei. Was noch erschwerend hinzukommt: Sein Vater ist der

Held vom Brandanschlag auf die Erleuchtungskirche. Der Mann hat das Opfer aus der brennenden Kirche gezogen.«

»Schöllhorn? Der Feuerwehrkommandant?«

»So ist es. Dessen Sohn. Er heißt Martin Schöllhorn.«

## 50

»Was tun wir jetzt?«, fragte Harriet.

Madlener war aufgestanden, tigerte herum und sah aus dem Fenster. Auf dem Hof stiegen zwei uniformierte Kolleginnen von der Verkehrspolizei in ihren Streifenwagen und fuhren auf die Straße, die Alltagsroutine lief wie immer weiter, egal, was auch passierte.

Und es war eine Menge passiert.

Ein Erdbeben der Stärke neun auf der Richterskala könnte nicht viel weniger Schaden im Präsidium anrichten, wenn das stimmte, was Harriet ihm soeben gesagt hatte, dachte Madlener.

Und er zweifelte keinen Augenblick daran.

Er drehte sich entschlossen zu Harriet um und sah sie an.

»Hast du irgendjemandem von deinen Erkenntnissen erzählt?«

»Nein. Du bist der Erste und Einzige.«

»Auch nicht dem Kollegen, der dir bei der Sichtung der Überwachungsdateien geholfen hat?«

»Nein. Ich sagte doch: niemandem.«

»Und die Kollegen, die das Buch von der Kfz-Verwahrstelle führen? Wissen sie was? Oder ahnen sie was?«

»Ich habe das Buch eingesehen, aber ich habe denen nicht gesagt, aus welchem Grund.«

Madlener setzte sich wieder und sprach eindringlich auf Harriet ein. »Harriet, wir dürfen jetzt keinen Fehler machen. Es ist so, wie du gesagt hast: Sobald der Name Schöllhorn im Zusammenhang mit unserem Brandstifter fällt, ist hier der Teufel los. So, als hätten wir nicht nur in ein Wespennest gestochen, sondern darin herumgebohrt. Weißt du, was dann passiert?«

»Ich kann's mir vorstellen. Ich hab's als Kind mal probiert. In einem Wespennest herumgestochert, meine ich. Im Garten meiner Tante. Aus reiner Neugierde. Du glaubst nicht, wie schnell die aus ihrem Nest herausgeschossen sind, ein ganzer Schwarm ist auf mich losgeflogen. Ich weiß nicht mehr, wie viele mich gestochen haben. Ich hab wie verrückt geschrien und um mich geschlagen und konnte mich gerade noch so ins Haus retten.«

»So ähnlich wird es uns gehen, wenn wir den Namen vorschnell publik machen.«

Wieder ging er ans Fenster und schaute hinaus.

»Nein«, sagte er dann. »Wir müssen das für uns behalten, bis wir sicher sind – absolut sicher! –, dass Martin Schöllhorn der gesuchte Brandstifter ist.«

»Das wird nicht einfach.«

»Nein, wird es nicht ...«

»Und was ist mit Cornelius? Müssen wir ihn nicht als Erstes unterrichten?«

»Auf keinen Fall. Dazu kennen wir ihn nicht gut genug.«

»Du traust ihm nicht?«

»Ich traue grundsätzlich niemandem bis zum Beweis des Gegenteils. Ein unbedachtes Wort von ihm, weil er eine Chance sieht, sich gleich von Anfang an in seinem Amt zu profilieren, und die Story vom Bullen, der ein Brandstifter ist, macht die Runde. Wenn die Nachricht erst draußen ist, kann sie nicht mehr eingefangen werden. Wir dürfen jetzt nichts an die große Glocke hängen.«

»Aber wenn es hinterher rauskommt, dass wir es schon die ganze Zeit gewusst haben ...«

»Wir müssen vorerst dichthalten, das ist ganz wichtig, Harriet. Stell dir vor, wir verhaften Martin Schöllhorn, weil unser neuer Chef es anordnet. Und dann stellt sich heraus, dass er es nicht war. Dann schiebt er uns den Schwarzen Peter zu. Dass wir die Polizei in Misskredit bringen. Das können wir nicht riskieren. Die reißen uns glatt den Kopf ab.«

»Aber was ist, wenn er der Brandstifter ist und wieder zuschlägt? Bevor wir irgendwelche handfesten Beweise gegen ihn in der Hand haben? Und es kommt raus, dass wir es gewusst und nicht gehandelt haben ...«

»Dann reißen sie uns erst recht den Kopf ab«, antwortete Madlener düster und sah wieder zum Fenster hinaus. Zumindest tat er so.

»Na toll!«, sagte Harriet. »Das sind vielleicht vielversprechende Alternativen. Wir haben also die Wahl zwischen Pest und Cholera. Vielleicht wäre ich doch besser nach Hause gegangen und hätte mich dort schlafen gelegt.«

»Unsinn, das hast du großartig gemacht. Ich hab immer schon gewusst, dass du eine richtig gute Polizistin bist.« Er wandte sich wieder ihr zu. »Wir sind nun mal der Wahrheit verpflichtet. Auch wenn's manchmal wehtut, wenn sie aufgedeckt werden muss. Das ist meine feste Überzeugung.«

»Amen«, sagte Harriet nur.

Madlener kannte sie inzwischen gut genug und wusste, wie sie das meinte, trotz der Prise Sarkasmus, um seiner Predigt ein wenig vom heiligen Ernst zu nehmen. Das war eben ihre Natur.

In der Hinsicht waren sie sich sehr ähnlich.

Das war wohl einer der Gründe, warum er sich so gut mit ihr verstand.

Er war ihr deshalb auch nicht böse, aber er fühlte sich verantwortlich dafür, sie doch noch auf eines hinzuweisen, was ihm wirklich wichtig war.

»Ich sage dir ganz offen: Du musst meine Ansicht, dass wir das Ganze erst mal für uns behalten, nicht teilen, Harriet. Jetzt kannst du noch Nein sagen, wenn dir damit wohler ist, und zum Chef gehen und ihm alles auf den Tisch legen, was du herausbekommen hast.«

Er sah sie auffordernd an.

Sie verdrehte nur die Augen. »Das bietest du mir jedes Mal an, wenn es brenzlig wird. Allmählich solltest du meine Antwort kennen.«

»Na schön«, brummte er. »Aber sag hinterher nicht, dass ich dich nicht gewarnt hätte!«

»Nein, Mr. Crawford, sag ich nicht.«

»Okay – kennst du diesen Schöllhorn junior?«

»Ja. Vom Sehen. Tut so, als wäre er ein ganz Korrekter. Hat

mir erst vor Kurzem einen Strafzettel verpasst. Weil ich ein paar Kilometer zu schnell gefahren bin auf dem Weg zur Arbeit.«

»Kannst du dir vorstellen, dass er im Dienst überkorrekt ist und in seiner Freizeit tatsächlich so eine Nummer abzieht? Eine Yacht in Brand steckt, zwei Bootshäuser, zuletzt eine Kirche? Und dabei stirbt ein Mensch? Durch seine Schuld … Dann geht auch noch sein Vater in die brennende Kirche und riskiert es, selbst dabei draufzugehen, und er sieht vom Dach der Lagerhalle aus zu?«

»Hat er das?«

»Ja. Wir haben dort eindeutige Spuren gefunden. Das wollte ich in der heutigen Besprechung in der Sonderkommission bekannt geben. Also – kannst du dir das vorstellen, dass er so kaltblütig ist?«

»Keine Ahnung. So gut kenne ich ihn nicht. Aber dass er ein Arschloch ist, heißt noch lange nicht, dass er in der Lage ist, so was durchzuziehen.«

»Wenn er es wirklich ist: Warum macht er das?«

»Genau das ist die Frage, die ich mir auch die ganze Zeit gestellt habe.«

»Kannst du rauskriegen, ob er sich krankgemeldet hat?«

Harriet ging an den Computer und tippte herum. Es dauerte nicht lange, dann kam ihre Antwort. »Keine Krankmeldung. Er hat seinen Dienst angetreten.«

»Entweder er hat Nerven wie Drahtseile, oder er ist unschuldig. Wenn er's war – hasst er seinen Job? Wird er gemobbt, und es reizt ihn, seinen Kollegen zu zeigen, wo der Hammer hängt? Das alles müssen wir herauskriegen. Und nicht zu vergessen: Sein Vater ist auch noch bei der Feuerwehr. Will er beweisen, dass er seinen Vater mit seinen Feuerspielchen an der Nase herumführen kann? Das ist die eine Seite, die psychologische. Das andere sind die Fakten. Wo hat er seine Maschine? Hast du ihn mal damit gesehen?«

»Nie. In den Dienst kommt er nicht mit seiner Ducati, jedenfalls habe ich ihn immer mit einem alten Nissan herfahren sehen. Er parkt da draußen, siehst du ihn? Die grüne Klapperkiste. Ein Wunder, dass er damit noch durch den TÜV gekommen ist.«

»Folgende Fragen müssen wir klären: Hat er so einen verspiegelten Integralhelm wie auf den Videos? So eine Lederkleidung in Schwarz? Wo war er, als die Brände gelegt wurden? Wir müssen die Dienstpläne durchgehen und feststellen, ob er zu den fraglichen Zeiten Dienst geschoben hat oder nicht.«

»Wenn wir das alles herauskriegen wollen, bekommt er das irgendwann mit. Das geht unmöglich ganz geräuschlos. Und dann dreht er noch durch, weil er merkt, dass wir an ihm dran sind. Das ist auch so ein Punkt, den wir einkalkulieren müssen …«

Madlener fasste einen Entschluss. »Wir fahren zweigleisig, das ist die einzige Möglichkeit. Ich rede mit dem Vater, unter einem Vorwand natürlich. Und du gehst methodisch vor, wir brauchen alles, was du über Schöllhorn junior in Erfahrung bringen kannst. Zuerst überprüfst du seinen Dienstplan. Vergleichst ihn mit den Daten der Brandanschläge und den Daten, die du von diesen Überwachungsvideos hast. Dann gehst du über die sozialen Medien, Facebook, Instagram und so weiter. Freunde, Chats et cetera. Ich will wissen, ob er irgendwelche Andeutungen macht, die für uns relevant sind, ob er mit verrückten Streichen prahlt, die er mit seinem Motorrad anstellt, ob er Videos von sich und seinen Heldentaten postet, ob er noch weitere Fahrzeuge hat, zum Beispiel einen alten Mercedes der S-Klasse, ob er über seine Verhältnisse lebt, Schulden hat, wo er wohnt …«

Harriet tippte wieder in den Computer.

»Er wohnt bei seinen Eltern«, meldete sie.

»Schreib mir die Adresse raus. Ich fahre zu ihnen nach Hause.«

»Und was willst du denen erzählen?«

»Dass ich ein paar Fragen an den Vater habe. Was den Brand angeht und seine Rettungsaktion.«

»Klingt plausibel. Da fällt mir ein – soviel ich weiß, hat Martin Schöllhorn vier wesentlich jüngere Geschwister. Alles Mädchen. Die Kollegen haben mal deswegen Witze gemacht.«

»Hat er eine Freundin?«

»Keine Ahnung.«

»Krieg's raus.« Er sah auf seine Uhr. »Mist, Mist, Doppelmist.

Die Besprechung drüben im Präsidium ist auf acht Uhr dreißig angesetzt. Wir müssen los.«

»Warte, ich ziehe noch schnell eine Kopie«, sagte Harriet und tippte auf der Tastatur herum, nachdem sie aus ihrem Rucksack einen USB-Stick geholt und in die Schnittstelle gesteckt hatte.

Währenddessen fragte sie: »Was sagen wir jetzt?«

Madlener zückte sein Handy.

»Warte mal«, sagte er und wählte.

»Frau Gallmann, guten Morgen. Madlener. Sagen Sie, haben sich Götze und Binder schon gemeldet? Aha ... Was ist mit Fischer? Aha ... und Cornelius? Na schön, sagen Sie die Besprechung ab, solange es nichts Neues gibt. Harriet und ich gehen noch einer Spur nach. Wir melden uns.«

Dann legte er auf, und Harriet sah ihn fragend an.

»Alle sind unterwegs«, sagte er. »Frau Gallmann hält die Stellung. Fischer hat sich nicht gemeldet. Aber das, was er über den Brand zu sagen hat, wissen wir schon. Und Cornelius hat sich entschuldigt. Also – wir haben freie Hand. Du weißt, was du zu tun hast?«

Harriet nickte nur und packte ihre Sachen zusammen.

»Und, Harriet ...«, fing er an.

»Äußerste Diskretion!«, ergänzte Harriet seinen Satz mit spielerisch erhobenem Zeigefinger. »Und ständigen Telefonkontakt halten!«

Madlener lächelte in sich hinein. Jetzt war es schon so weit, dass Harriet wusste, was er sagen wollte.

## 51

Sie kamen gerade aus dem Eingang, und Madlener war im Begriff, die Tür seines Dienstwagens zu öffnen, als sich sein Handy meldete. Er nahm den Anruf noch im Stehen an, während Harriet sich zu Fuß auf den Weg ins Büro im Präsidium machte und ihm noch einmal mit den Fingern der erhobenen linken Hand zuwinkte, obwohl sie ihm bereits den Rücken zugekehrt hatte, eine Geste, zu der sie sich nur bei ausgesprochen guter Laune herabließ. Wenn sie endlich einer konkreten Spur nachgehen konnten und sie viel zu tun hatte, wirkte sich das immer positiv auf ihren Gemütszustand aus, das hatte sie mit Madlener gemeinsam. Stillstand, Papierkrieg und Löcher in die Luft starren hassten beide; nur wenn sie in den Jagdmodus übergehen konnten, war etwas mit ihnen anzufangen.

»Harriet!«, rief Madlener ihr hinterher, während er weiter seinem Anrufer im Handy zuhörte.

Harriet blieb stehen und drehte sich nach ihm um.

Er zeigte auf sein Handy und hob den Finger, um anzudeuten, dass er ein wichtiges Gespräch in der Leitung hatte.

Harriet steckte sich einen Kaugummi in den Mund und ging langsam wieder zurück.

»Wo ist das?«, fragte Madlener noch ins Handy, hörte aufmerksam zu, bedankte sich und machte es aus.

»Was Wichtiges?«, wollte Harriet wissen und bot Madlener reflexartig ihr Kaugummipäckchen an.

Zu ihrer Überraschung pulte sich Madlener geistesabwesend einen Kaugummi heraus und verzog prompt das Gesicht, als er merkte, dass er einen von der ganz scharfen Sorte erwischt hatte, und das auch noch mit Lakritz, aber er kaute zunächst tapfer weiter.

»Frau Gallmann …«, brachte er mühsam hervor, während ihm die Schärfe des Kaugummis Tränen in die Augen trieb. Er musste sich erst wegdrehen und den Kaugummi wieder ausspucken.

»Gott … Harriet – wie kann dir so ein Zeug nur schmecken …?«, fragte er und wandte sich wieder ihr zu.

»Reine Gewohnheit«, entgegnete sie ungerührt, kaute demonstrativ und wartete mit verschränkten Armen darauf, dass er damit herausrückte, was er von Frau Gallmann erfahren hatte.

Madlener musste erst ein paarmal schlucken und sich räuspern, bevor er weiterreden konnte.

»Die Feuerwehr hat einen Großeinsatz. Die Meldung ist gerade bei Frau Gallmann eingegangen.«

»Unser Brandstifter?«

»Nein. Nicht direkt.«

»Was heißt das?«

»Fehlalarm. Beziehungsweise absichtlicher Fehlalarm. Der Mann, der das gemeldet hat, wusste sich nicht anders zu helfen. Ein Überfall auf ein Kieswerk. Und jetzt darfst *du* zur Abwechslung mal raten, wer das war mit dem Überfall. Da kommst du nie drauf.«

Harriet zog nur fragend eine Augenbraue steil nach oben. Wie sie das physiologisch zustande brachte, war Madlener schleierhaft. Wahrscheinlich konnte sie auch mit den Ohren wackeln, ohne das Gesicht zu verziehen. Manchmal war sie eine einzige lebende Wundertüte.

»Die zwei Tatverdächtigen sind dem Umfeld von Björn Oledahl zuzurechnen«, beantwortete er selbst sein Ratespiel. »Sie haben schon den Promianwalt angefordert, ohne den sie kein Wort zu sagen bereit sind.«

»Dr. Briller?«

»Richtig, Paragrafen-Brüller.«

Jetzt stellte Harriet sogar kurzfristig das heftige Kaugummikauen ein, so verblüfft war sie. »Die haben ein Kieswerk überfallen, sagst du? Was in Buddhas Namen wollen Jünger der Erleuchtungskirche in einem Kieswerk?«

»Meditieren vielleicht, was weiß ich? Oder Björn Oledahl braucht Kiesel für eine Steinmassage. Um diese Frage hinreichend beantworten zu können, lassen wir deshalb erst einmal alles stehen und liegen und fahren dahin. Zwei Streifen sind vor

Ort. Von denen hat Frau Gallmann die Info, dass es irgendwie mit unserem Brandstifter zu tun haben könnte.«

Er stieg schon in den Dienstwagen ein, Harriet setzte sich auf den Beifahrersitz.

»Ich nehme mal an, wir haben's eilig«, sagte sie, während sie sich anschnallte und Madlener mit Vollgas vom Hof fuhr.

»Haben wir. Ja«, knurrte er und raste auf die nächste Ampelkreuzung zu, die Rot zeigte.

Dabei machte er keinerlei Anstalten, dort anzuhalten.

Im Gegenteil, er beschleunigte.

Ohne weitere Fragen zu stellen, knallte Harriet das mobile Blaulicht vorn gut sichtbar aufs Armaturenbrett und schaltete zusätzlich die Sirene ein, um sich dann mit einer Hand an den Sicherheitsgurt zu klammern, wie sie das immer tat, wenn Madlener so richtig auf die Tube drückte.

## 52

Als sie auf die schnurgerade Straße durch den Kiefernwald in Richtung Kieswerk einbogen, sahen sie schon das Ende eines Riesenstaus, der bis zum erkennbaren Horizont ging. Ein paar Autos wendeten mit waghalsigen Manövern, weil die Straße nicht breit genug war, um einfach umzukehren.

Madlener bremste gerade noch rechtzeitig ab und schimpfte lautstark: »Mist, Mist, Doppelmist!«

Sie hatten nur noch das Blaulicht an, aber ohne Sirene ging es nicht weiter. Madlener ließ die Autos erst passieren, die lieber wieder den Rückweg angetreten hatten, als auf unbestimmte Zeit im Stau zu stecken, dann schaltete er die Sirene zum Blaulicht dazu und fuhr an der schier endlosen Schlange auf der leeren Gegenfahrbahn vorbei.

Aber dann mussten sie selbst ausweichen, weil ihnen eine lange Kolonne mit Fahrzeugen der Feuerwehr entgegenkam.

»Das muss der Löschzug gewesen sein, der beim Kieswerk war«, kommentierte Madlener, als sie endlich ihre Fahrt fortsetzen konnten und schließlich die Straßensperre erreichten, die für den Stau verantwortlich war. Mehrere Streifenwagen der Verkehrspolizei, ein Wagen der Feuerwehr, ein Krankenwagen und ein Wagen vom Abschleppdienst sorgten dafür, dass es kein Durchkommen gab.

Sie sahen, dass zu ihrer rechten Hand ein gutes Dutzend Feuerwehrleute mit Helm und Schutzkleidung und Polizisten in Warnwesten ein Stück abseits der Straße im Wald zugange waren.

Harriet schaltete Blaulicht und Sirene aus.

Madlener ließ sein Seitenfenster herunter und fragte einen Verkehrspolizisten, der eine gelborange Warnweste über der Uniform trug und mit einer Kelle im Weg stand, nach dem Grund für den Stau.

Der Polizist erkannte Madlener und Harriet, tippte zum Gruß

an seine Mütze und beugte sich zu Madlener ins Fenster. »Wildunfall«, sagte er. »Ein Reh ist in ein Taxi gelaufen. Das Taxi hat sich überschlagen und liegt dahinten im Wald. Oder besser gesagt: das, was noch von ihm übrig ist. Reiner Zufall, dass es überhaupt jemand gesehen hat. Ein Fernfahrer, der austreten wollte, hat es entdeckt und gemeldet.«

Harriet hatte aufgehört zu kauen, als sie das Gesicht des Polizisten sah.

Sie hätte einiges zu sagen gehabt, aber sie hielt lieber den Mund.

Ein lateinisches Sprichwort fiel ihr ein. Si tacuisses …

Wenn du geschwiegen hättest …

Also schwieg sie vorerst und hörte und sah nur zu.

In diesem Augenblick wünschte sie sich, dass sie einen Röntgenblick gehabt hätte und die Gedanken des Polizisten lesen könnte.

Zwar verfügte sie über einige Fähigkeiten, die die meisten Menschen nicht hatten, aber der Röntgenblick gehörte nicht dazu.

War vielleicht auch besser so, dachte sie, ließ dabei aber das Gesicht des Polizisten nicht für einen Moment aus den Augen, keine noch so geringe Regung entging ihr.

»Was ist mit den Insassen?«, fragte Madlener.

Der Polizist zuckte mit den Schultern. »War allem Anschein nach nur einer drin. Der Fahrer. Er ist tot.«

»Wisst ihr schon, seit wann das Taxi im Wald liegt?«

»Seit höchstens drei Stunden. Kurz nach fünf Uhr hat die Zentrale das Taxi angefunkt. Da hat sich der Fahrer nicht mehr zurückgemeldet.«

»Auf was wartet ihr jetzt noch?«

»Auf den Leichenwagen. Und auf entsprechend schweres Gerät, um das Autowrack herauszuholen. Der Abschleppwagen schafft es nicht. Das mit dem Stau kann also noch eine ganze Weile dauern.«

»Wir müssen durch zum Kieswerk«, sagte Madlener. »Es ist dringend.«

»Hat sich schon herumgesprochen im Funkverkehr. Soll was mit dem Feuerteufel zu tun haben. Stimmt das? Seid ihr ihm schon auf der Spur?«

»Ob das was mit den Brandanschlägen zu tun hat, wird sich herausstellen, sobald wir da sind.«

»Okay, topsecret, hab schon verstanden.«

Er winkte Madlener, ihm zu folgen, ging voraus und lotste sie durch die kreuz und quer abgestellten Fahrzeuge, indem er eine genügend breite Lücke suchte. Aber ein Streifenwagen mit pulsierendem Blaulicht stand als weithin gut sichtbare Sperre quer über die Gegenfahrbahn. Er musste sich erst selbst hinter das Steuer des Wagens klemmen und mit ihm zurückstoßen, damit Madlener ausreichend Platz fand, um seinen Dienstwagen durch die Lücke zu manövrieren.

Während er vorsichtig rangierte, meldete Harriet sich zum ersten Mal wieder zu Wort.

»Weißt du, wer das ist?«, sagte sie. »Unser hilfsbereiter Kollege von der Verkehrspolizei?«

Madlener warf Harriet einen fragenden Blick zu.

»Das ist Martin Schöllhorn, unser Verdächtiger Nummer eins.«

»Was du nicht sagst«, knurrte Madlener, hob grüßend die Hand für Schöllhorn, gab ihm ein gespielt freundliches Lächeln, das eher gequält ausfiel, und fuhr davon.

Im Rückspiegel sah er den Verkehrspolizisten Martin Schöllhorn mit seiner Warnweste und der Kelle kleiner werden.

Er war aus dem Streifenwagen ausgestiegen und blickte ihnen nach.

Sie ließen die Sperre hinter sich, während Harriet das Blaulicht und die Sirene erneut anschaltete, um freie Fahrt zu bekommen.

Denn auf der Gegenseite hatte sich der Verkehr ebenfalls aufgestaut, und auch dort versuchten einige, auf der engen Straße umzukehren.

Während Madlener allen Fahrzeugen sorgfältig auswich, die im Weg standen, fragte Harriet: »Bisschen neugierig, unser freundlicher Kollege. Findest du nicht?«

»Bisschen sehr neugierig«, entgegnete Madlener. »Aber wir werden uns schon um ihn kümmern, keine Sorge. So schnell wie möglich. Sobald wir die Zeit dazu haben.«

## 53

Sie kurvten den Talkessel zum Kieswerk hinunter. Madlener merkte, dass sich Harriet wieder entspannte und den Sicherheitsgurt nicht mehr umklammerte.

Blaulicht und Sirene hatten sie inzwischen ausgeschaltet.

Zwei Streifenwagen, ein Sanka und der Lastwagen mit hochgekippter Ladefläche waren zu sehen, das Schiebetor der Scheune stand ganz offen.

Ein Mann in Tarnkleidung und mit verbundenem Gesicht wurde eben auf einer Trage in den Sanka geschoben, ein älterer Mann mit grauem Bart und grauen Haaren stand dabei.

Ein uniformierter Polizist wartete darauf, dass der Dienstwagen mit Madlener und Harriet vor ihm anhielt und die beiden ausstiegen.

»Morgen, Baier. Was haben wir?«, bemühte Madlener die übliche Floskel und sah sich um. Polizeihauptmeister Baier, ein älterer, erfahrener Mann mit Vollbart, den Madlener als gewissenhaften, wenn auch etwas pedantischen Polizisten kannte, sagte »Morgen«, zog sein Notizbuch zurate und legte ohne große Fisimatenten los.

»Ich habe den Ablauf der Ereignisse, so gut es in der Kürze der Zeit möglich war, nach Augenschein und Aussage der Beteiligten rekonstruiert. Soweit sie aussagewillig waren, natürlich. Also … so wie es aussieht, haben sich zwei Männer mit einem Porsche kurz nach Anbruch der Dämmerung gewaltsam Zugang zum Gelände verschafft und die Besitzer des Kieswerks, die Brüder Allgöwer, die sich zu diesem Zeitpunkt in der Scheune aufhielten, körperlich misshandelt sowie unter Androhung von Waffengewalt gefesselt. Die beiden Männer, die jede Aussage verweigern, bis ihr Anwalt eingetroffen ist, gehören mutmaßlich zu dieser Sekte von der Erleuchtungskirche …«

»Woher wissen Sie das, wenn sie nichts sagen?«, fragte Harriet.

»Ich habe die Vorkommnisse um die Brandanschläge genau verfolgt, und die beiden haben so graue Trainingsanzüge mit dem Schriftzug ›Erleuchtung‹ und der stilisierten Silhouette der Kirche auf der Brust an. Deshalb habe ich auch sofort die Zentrale darüber informiert, weil ich weiß, dass Sie mit den Ermittlungen diesbezüglich befasst sind.«

»Das haben Sie gut gemacht«, lobte ihn Madlener.

Baier räusperte sich kurz, um seine kleine Verlegenheit zu überspielen, und machte weiter. »Den jüngeren Bruder haben sie mit Benzin übergossen und damit gedroht, ihn anzuzünden, wenn die Brüder nicht zugeben, dass sie die Brandstifter der Erleuchtungskirche sind. Zufällig hatte ein Mitarbeiter des Betriebs Frühschicht, er kam mit dem Rennrad und sah, was geschah, ohne dass er von den zwei Männern bemerkt wurde. Da die zwei bewaffnet waren, beschloss er, sie abzulenken, indem er mit dem Lkw, den Sie hier stehen sehen, gegen ihren Porsche fuhr und diesen im Grundwasserbecken versenkte.«

Harriet und Madlener wechselten einen erstaunten Blick. Harriet war so neugierig, dass sie an den Rand des Wasserbeckens ging, wo sie im tiefen und trüben Wasser gerade noch schwach die Umrisse einer Autofront schimmern sehen konnte.

»Und dann?«, fragte Madlener.

»Daraufhin kamen die zwei Männer natürlich herausgestürzt, während der Mitarbeiter, er heißt Michael Metzler, unbemerkt in die Scheune flüchtete und den Herrn Alfred Allgöwer befreite. Das ist der ältere der beiden Brüder, sie sind die Besitzer des Kieswerks. Er war mit Klebeband gefesselt. Dieser machte dann seinen jüngeren Bruder los, der schon mit Benzin übergossen war – das ist der Mann, der mit dem Sanka ins Krankenhaus gebracht wird.« Er wies auf den Krankenwagen, der gerade den steilen Weg zur Ausfahrt hochfuhr.

Alfred Allgöwer sah ihm nach und kam dann auf sie zu.

»Wie schwer ist der jüngere Bruder verletzt?«, unterbrach Madlener PHM Baier.

»Gesichtsverletzungen durch Schläge, Nasenbeinbruch, angeknackste Rippen, Atemnot … Er wird jetzt geröntgt, der Arzt sagt, er wird schon wieder. Herr Metzler hat die Feuerwehr und uns über Handy alarmiert, dann nahm er die Pistole, die einer der Männer auf der Werkbank in der Scheune liegen gelassen hatte ...«

»Das wird ja immer toller«, kommentierte Madlener kopfschüttelnd.

»Allerdings«, bestätigte Baier. »Metzler nahm also die Pistole und ging damit den beiden Männern entgegen, die wieder in die Scheune wollten und ihn ihrerseits mit einer Waffe, einem Revolver, bedrohten. Herr Metzler riskierte das, weil er annahm, dass der Revolver leer geschossen war – besagter Mann hatte damit auf den Lkw gefeuert, um ihn davon abzuhalten, den Porsche in das Wasserbecken zu stoßen –, und zwang die beiden Männer, sich auf den Boden zu setzen und zu warten, bis wir und die Feuerwehr eingetroffen waren.«

Er sah von seinen Notizen hoch. »Das war's in Kurzform.«

»Danke, das reicht auch erst mal«, stellte Madlener trocken fest und kratzte sich nachdenklich an seiner stoppeligen Wange.

Harriet sah sich um und meinte: »Hört sich ja nach schlechter Wildwest-Geschichte an ...«

»Kann man wohl sagen«, gab ihr PHM Baier recht. »Das ist übrigens Herr Allgöwer«, stellte er dann den älteren Bruder vor, der herangekommen war und Madlener und Harriet die Hand schüttelte. »Die Kommissare Madlener und Holtby.«

»Um das gleich mal klarzustellen, Herr Kommissar«, sagte Allgöwer, »mein Bruder und ich haben nicht das Geringste mit dieser Brandstiftung zu tun. Wir kennen diese Erlöserkirche überhaupt nicht.«

»Erleuchtungskirche«, verbesserte Madlener. »Aussage zur Kenntnis genommen. Trotzdem wäre es gut, wenn Sie ein Alibi für die Tatzeit hätten. Damit wir das überprüfen können, reine Routine, wenn Sie verstehen ...«

»Ja, natürlich.«

»Na schön – wie kommen die beiden Revolverhelden dann überhaupt auf Sie?«, fragte Madlener.

Allgöwer streckte, immer noch fassungslos, beide Hände aus.

»Mein Bruder hatte die blödsinnige Idee, mitten in der Nacht einen Kasten Bier von der Tanke zu holen. Dabei wollte er gleich noch ein paar Kanister Benzin für unseren Fuhrpark mitnehmen, wenn er schon mal dort war. Die müssen ihn gesehen und verfolgt haben.«

»Wegen der Benzinkanister?«

Allgöwer zuckte mit den Schultern.

»Das ist jedenfalls unsere Vermutung. Anders können wir uns das nicht erklären.«

»Welche Tankstelle war das?«

»Keine Ahnung. Jedenfalls eine Vierundzwanzig-Stunden-Tanke in Friedrichshafen.«

»Was für ein Auto hat Ihr Bruder?«

Allgöwer wies in die Scheune, dort stand der Mercedes.

»Das hier.«

Madlener wandte sich an Harriet. »Ruf Götze an. Er soll die Tankstelle auftreiben, er kennt ja alle. Gib das Nummernschild des Mercedes durch. Ich will das Video von der Überwachungskamera.«

Harriet nickte und holte schon ihr Handy heraus.

»Und jetzt möchte ich mich doch mal mit den Herrschaften von der Erleuchtungskirche unterhalten«, sagte Madlener und marschierte in die Scheune, die anderen hinterher.

»Die sagen kein Wort, bis ihr Anwalt da ist«, wiederholte PHM Baier.

»Da können sie lange warten«, meinte Madlener. »Außer er kommt mit einem Hubschrauber. Wir bringen sie ins Präsidium.«

## 54

In der Scheune saßen Tom und der Glatzkopf in Handschellen und unter der Aufsicht von drei Polizisten auf Klappstühlen. Es stank durchdringend nach Benzin.

Jemand musste Michael Metzlers Rennrad inzwischen herangeholt haben, es lehnte an der Werkbank, auf der sein Besitzer in seinem Radrennfahreroutfit saß und die nackten Füße baumeln ließ, um einen hatte er einen Verband. Der Helm lag neben ihm. Metzler hatte eine goldene Folie um seine Schultern gezogen und zitterte immer noch. Entweder war ihm kalt, oder es waren die Nachwirkungen seiner halsbrecherischen Aktion, über die er nicht lange nachgedacht hatte, und jetzt hatte die Adrenalinwirkung nachgelassen, wahrscheinlich beides zusammen. Er hatte einen dampfenden Becher in der Hand, nippte daran und sah Madlener erwartungsvoll entgegen.

Baier stellte Madlener und Harriet vor, die ihm beide die Hand gaben. Er wollte dazu von der Werkbank rutschen, aber Madlener meinte, er könne ruhig sitzen bleiben.

Harriet inspizierte und fotografierte inzwischen die Zinkwanne, in der noch immer Benzin war, das der Glatzkopf auf den jüngeren Allgöwer geschüttet hatte. Das Basecap mit den Rastalocken schwamm in der ölig schimmernden, bläulich schlierigen Brühe.

Sie machte auch Fotos vom Mercedes, den Benzinkanistern und dem Motorrad, das in einer Ecke stand.

»Sie sind also derjenige, der verhindert hat, dass hier Schlimmeres passiert ist?«, fragte Madlener.

»Bin ich«, bestätigte Metzler.

»Womit?«, wollte Madlener wissen.

»Damit«, beantwortete ein junger Polizist mit Milchgesicht Madleners Frage und zeigte eine Pistole vor, die schon in einem durchsichtigen Beweismittelbeutel steckte.

»Die gehört diesem Typ mit den Locken«, sagte Metzler dazu und wies auf den Glatzkopf.

Seinen Humor scheint er jedenfalls wiedergefunden zu haben, dachte Madlener.

»Er wollte uns aber seinen Namen nicht sagen«, warf der Polizist ein.

»Das ist gelogen«, meldete sich überraschend der Glatzkopf zu Wort. »Ich habe diese Waffe noch nie gesehen.«

»Schon mal was von Fingerabdrücken gehört?«, bellte ihn der junge Polizist an.

Madlener hob beschwichtigend die Hand zum Zeichen, dass er hier das Kommando hatte und die Vernehmung führte. Er ließ den Einwand des Glatzkopfs unkommentiert und fragte die Polizisten: »Ausweise?«

»Ausweise und Handys sind offensichtlich mit dem Porsche untergegangen«, antwortete der Polizist, der hinter den beiden Männern auf ihren Klappstühlen stand und sie nicht aus den Augen ließ. »Wir haben bei der Durchsuchung der beiden nichts dergleichen gefunden.«

»Den einen kenne ich«, sagte Madlener und wies auf Tom, der mit zusammengekniffenen Augen zu ihm hochsah. »Sie sind doch der Fahrer von Björn Oledahl!«

»Wo bleibt mein Anwalt?«, fragte Tom nur.

Madlener ignorierte ihn und sah sich den silbernen Revolver an, den ihm Baier, ebenfalls in einem Beweismittelbeutel sicher verwahrt, präsentierte. »Mit dem wurde geschossen, laut Aussage von Herrn Metzler gehört er diesem Mann. Er lag draußen auf dem Boden, wir haben die Stelle markiert.«

»Ich kenne bloß einen, der so ein Mordstrumm mit sich herumschleppt, aber auch nur im Film. Das kann sich vielleicht Clint Eastwood leisten ...«, staunte Madlener, als er den Beutel in beide Hände nahm und die schwere Waffe begutachtete. »Aber ›Dirty Harry‹ spielt in San Francisco«, fügte er hinzu und schüttelte ungläubig den Kopf.

Er blickte die beiden Männer auf den Klappstühlen herausfordernd an und hielt ihnen den Beutel mit dem silbernen Colt vors

Gesicht. »Was will man denn hier mit so einer Kanone anfangen? Am Bodensee? Einen Krieg anzetteln?«

Die zwei Männer schienen sich plötzlich nur für den bedauernswerten Zustand ihrer ehemals schneeweißen Sneakers zu interessieren.

»Haben Sie einen Waffenschein für die beiden Schusswaffen?«, fragte Madlener für alle Fälle, weil es zur Routine gehörte, obwohl er wusste, dass es genauso sinnvoll gewesen wäre, sich bei den beiden nach Zweck und Auswirkung des Reichsdeputations-Hauptschlusses von anno 1803 zu erkundigen.

»Diese und alle weiteren Fragen beantwortet unser Anwalt, Herr Kommissar«, ließ sich Tom zu einer Antwort herab. Er hatte inzwischen seine gekünstelte Selbstsicherheit wiedergefunden und grinste provokativ. Dann sah er gelangweilt nach oben zur Decke der Scheune hoch, als ob von dort jeden Moment Dr. Briller mit Björn Oledahl persönlich einschweben und alles mit einem Augenzwinkern ungeschehen machen würde.

Madlener ließ sich nicht aus der Ruhe bringen und wandte sich wieder an Metzler. »Jetzt erzählen Sie uns doch noch einmal ganz genau, wie sich das alles hier aus Ihrer Sicht abgespielt hat«, forderte er ihn auf.

Harriet war fertig mit ihren Fotos und holte ihr Tablet aus dem Rucksack, um die Aussage aufzuzeichnen.

Metzler schilderte den ganzen Ablauf, wie er ihn in Erinnerung hatte. Er fing damit an, wie er hergefahren war, die Situation vorgefunden und dann spontan gehandelt hatte, ohne groß nachzudenken.

Dann humpelte er mit ihnen aus der Scheune. Sie sahen sich den Lkw an, der immer noch mit dem Heck und aufgestellter Ladefläche am Rand des Grundwasserbeckens stand und mit den Hinterrädern im Kieshaufen feststeckte, und den schemenhaften Umriss des Porsches im trüben Wasser.

Metzler beharrte darauf, trotz seiner Fußverletzung den Ablauf der Auseinandersetzung im Freien nachzustellen.

Madlener hatte fast den Eindruck, dass es ihm, nachdem die Gefahr überstanden war, allmählich Spaß machte, allen zu zeigen, was für ein toller Hecht er war.

Harriet dokumentierte alles gründlich mit der Videofunktion ihres Tablets.

Abschließend begutachteten sie noch den Lastwagen. Baier hatte schon die Einschusslöcher mit Klebestreifen markiert und die Spurensicherung angefordert, sie war für die Detailarbeit zuständig. Außerdem erwarteten sie Taucher und schweres Bergungsgerät, um den Porsche aus dem Wasserloch zu hieven, aber das interessierte Madlener vorläufig nur am Rande.

Sie hatten Wichtigeres zu tun.

Harriet meldete, dass Götze die betreffende Tankstelle ausfindig gemacht hatte und bereits dabei war, die Aufzeichnungen der Überwachungskameras auszuwerten. Er würde alles kopieren und im Präsidium auf sie warten.

Außerdem hatte Frau Gallmann hinterlassen, dass der Kriminaldirektor Madlener und Harriet dringend sprechen wollte.

Mal ganz was Neues!, dachte Madlener, aber er nickte nur und betrat wieder die Scheune.

»Abmarsch, meine Herren«, sagte er zu den beiden Männern auf den Klappstühlen und winkte den Polizisten.

»Wir warten auf unseren Anwalt«, maulte Tom. »Wie oft soll ich das noch sagen?«

Aber es nutzte nichts, er wurde wie sein Partner hochgezogen und hinausgeführt.

»Auf den können Sie genauso gut im Präsidium warten«, rief ihm Madlener hinterher. »Wir treffen uns dort. Sie können sich schon mal an vergitterte Fenster gewöhnen.«

Dann marschierte er voraus zu seinem Dienstwagen, während Harriet noch die Polizisten darauf hinwies, dass sie ein schriftliches Protokoll von Alfred Allgöwer und Michael Metzler mit ihren Aussagen brauchten, bevor sie Madlener folgte und die beiden endlich in ihrem Fahrzeug den Zufahrtsweg hochkurvten.

## 55

»Was sagst du zu diesem Schlamassel?«, fragte Harriet und hielt sich wieder mit einer Hand am Sicherheitsgurt fest, weil Madlener, kaum hatten sie die geteerte Straße erreicht, erneut den Grenzbereich des Dienstwagens auf Asphalt austestete. Das flackernde Blaulicht machte sie sicherheitshalber auch noch an. Bei dem Tempo, das Madlener an den Tag legte, konnte es nicht schaden.

Es dauerte eine ganze Weile, bis Madlener reagierte.

»Diese Frage würde ich jetzt zu gern dem Oberguru stellen«, antwortete er schließlich grimmig.

Harriet konnte seinen mühsam unterdrückten Zorn förmlich mit Händen greifen.

Unvermittelt schlug er auf das Lenkrad ein, sodass Harriet vor seinem unerwarteten Wutausbruch zusammenzuckte.

»Und glaub mir«, fuhr er fort, »ich werde sie ihm stellen! Es ist mir scheißegal, ob unser neuer Kriminaldirektor Cornelius sich für ihn einsetzt, weil er es nicht für opportun hält, sich mit Björn Oledahl anzulegen, oder was Paragrafen-Brüller für Einwände vorbringt: Ich will darauf eine plausible Antwort. Vom Lama persönlich. Wenn dieser saubere Herr, der vorgibt, die Weisheit gepachtet zu haben, sich einbildet, seine Schergen nach Gutdünken ausschwärmen lassen zu können, weil er denkt, dass er selbst das Gesetz in die Hand nehmen muss, dann hat er sich so was von geschnitten! Aber bitte – wenn er sich mit mir anlegen will, dann kann er das haben.«

Harriet warf Madlener einen heimlichen Seitenblick zu. So entschlossen, wie er aussah, glaubte sie ihm aufs Wort.

»Björn Oledahl wird jeden Zusammenhang mit seiner Kirche abstreiten und behaupten, dass die zwei Typen auf eigene Faust gehandelt haben«, sagte sie schließlich und schniefte.

»Das ist mir klar. Um im Bild zu bleiben: Das ist so sicher

wie das Amen in der Kirche. Und genau das ist es ja, was mich so wütend macht. Dieser Oledahl ist das Paradebeispiel für jemanden, dem du nichts am Zeug flicken kannst.«

Madleners Handy klingelte. Er warf einen kurzen Blick auf das Display. »Cornelius«, sagte er und ließ es klingeln.

Als es endlich aufgehört hatte, fragte Harriet: »Soll ich ihn zurückrufen?«

»Ja«, knurrte er. »Es ist wohl besser, wenn du das machst.«

Sie wartete noch fünf Sekunden, dann rief sie zurück, um den Kriminaldirektor darüber zu informieren, was im Kieswerk passiert war, während Madlener scheinbar ganz damit beschäftigt war, sich auf den Straßenverlauf zu konzentrieren.

Der Stau am Unfallort des Taxis hatte sich inzwischen aufgelöst, das im Wald liegende Wrack war geborgen und abtransportiert worden, der Leichnam des Fahrers ebenfalls.

Nur noch ein Streifenwagen stand mit blinkendem Blaulicht zur Absicherung am Straßenrand.

Der freundliche, aber neugierige Polizist war mit seinem Kollegen Julian Böhme beschäftigt, letzte Warnkegel und ein Warndreieck wegzuräumen, um sie im Kofferraum ihres Streifenwagens zu verstauen.

Als Madlener und Harriet mit Blaulicht vorbeirasten, grüßte Martin Schöllhorn mit erhobener Hand.

Madlener ignorierte ihn.

Harriet sowieso.

»Arrogante Arschlöcher, diese Leute von der Kripo«, sagte Schöllhorn zu seinem Kollegen.

»Hast du was anderes erwartet?«, gab ihm Böhme recht und schlug die Heckklappe ihres Fahrzeugs heftiger zu, als es nötig gewesen wäre.

Er hatte heute einen schlechten Tag.

Eigentlich hatte er schon seit Wochen ausschließlich schlechte Tage, und entsprechend war seine Laune.

»Alles Wichtigtuer. Und wer macht die Drecksarbeit und räumt hinterher auf?«, lamentierte er und setzte sich hinter das Steuer.

»Na, wir, wer sonst?«, antwortete Schöllhorn, nahm auf dem Beifahrersitz Platz und schaltete das Blaulicht aus.

Böhme fuhr los. »Und wer erntet die Lorbeeren?«, fragte er.

Schöllhorn winkte nur resigniert ab.

»Hast du gewusst, dass Kriminalhauptkommissar Max Madlener ›Mad Max‹ genannt wird?«

»Warum?«

»Weil er manchmal vollkommen ausflippen soll.«

»Woher weißt du das?«

»Hat mir ein Vögelchen gezwitschert.«

»Und wie heißt das Vögelchen?«

»Rita.«

»Die scharfe Braut von der Zentrale?«

»Es gibt dort nur eine.«

»Wie lange hast du schon was mit der?«

»Zwei Wochen.«

»So lange schon?«, stichelte Böhme.

»Ich lache später.«

»Was Ernstes?«

»Hast du sie nicht mehr alle?«

»Warum nicht? Wenn sie so scharf ist …«

»Bist du interessiert?«

»Ist nicht mein Typ.«

»Wer dann? Harriet Holtby vielleicht?«, stichelte Schöllhorn zurück.

»Die steht doch nicht auf Männer. Außerdem …«

Böhme tippte sich mit dem Zeigefinger an die Schläfe.

Das Funkgerät knackste. »Zeppelin 28 – Ihr Standort.«

Schöllhorn meldete sich. »Hier Zeppelin 28. Sind auf der Rückfahrt nach Friedrichshafen. Wo brennt's?«

## 56

Götze wartete mit Binder wie versprochen schon im Büro des Präsidiums auf Madlener und Harriet.

Dieses Mal hatte er, ganz gegen seine sonstigen modischen Gepflogenheiten, ein eng tailliertes weißes Hemd zu Destroyed-Jeans und schwarzen Sneakers mit weißen Sohlen an. Sein scheinbar unerschöpflicher Vorrat an weit geschnittenen Hawaiihemden mit papageienbunten Aufdrucken schien doch endlich zu sein. Aber ohne dass er bemüht war, seine Coolness zu unterstreichen, ging es auch nicht ganz ab. Dafür war der oberste Kragenknopf offen, und seine Ärmel waren akkurat bis zu den Ellbogen aufgekrempelt, was ihm einen gewissen tatkräftigen und verwegenen Touch verleihen sollte.

Bei seinem Anblick überlegte Madlener kurz, ob dieser Aufzug schon seit »Miami Vice« out war oder seit Joachim »Jogi« Löw in seiner ganzen Affektiertheit neuerdings wieder in.

Er würde Harriet bei Gelegenheit danach fragen, wenn sie unter sich waren. In Sachen Mode hatte sie unbestreitbar mehr Kompetenz als er. Allerdings fiel ihm ein, dass sie, als »Miami Vice« stilbildend und erfolgreich war, noch gar nicht auf der Welt war.

Herrgott im Himmel – wo war die Zeit abgeblieben?

Er würde sie trotzdem fragen. Was Krimis anging, kannte sie so gut wie alles.

Allein dass er schon wieder über solche Banalitäten nachdenken konnte, brachte ihm zu Bewusstsein, dass sein Wutpegel wieder fast auf Normalnull heruntergekocht war.

Das war auch besser so, denn als Erstes stand ihm ein Meeting mit Cornelius bevor, und da wollte er nicht wie ein gereizter Stier in dessen Büro hereingestürmt kommen.

Doch bevor er zum Rapport in das Büro des Kriminaldirektors ging, hörte er sich noch kurz an, was es Neues gab.

Binder hatte einen Bericht über die Kirche des heiligen Pfads zur Erleuchtung und ihre zahlreichen Aktivitäten und Vernetzungen zusammengestellt und alles, was er an Informationen über das Brandopfer hatte. Auch die Gründe, warum der junge Mann sich ausgerechnet an jenem Abend in den Nebenräumen der Kirche aufgehalten hatte. Es war nicht viel. Binder hatte lange mit den erschütterten Eltern gesprochen. Sie waren ebenfalls Mitglieder der Gemeinde, und ihr Sohn, sein Name war Noah Rohde, war noch im Status eines Novizen gewesen und zu Exerzitien in einer sogenannten Jungmänner-Gruppe, als er in den Flammen zu Tode gekommen war. Soviel Binder in Erfahrung gebracht hatte, war Noah ein unbeschriebenes Blatt und hatte keinen direkten Kontakt zu Björn Oledahl gehabt.

Seine Freunde, die das Flammeninferno knapp überlebt hatten, sagten übereinstimmend aus, was für ein ruhiger und feiner Kerl Noah gewesen war. Sie hatten den Verlust noch längst nicht verkraftet und litten unter Schuldgefühlen, weil sie überlebt hatten und Noah nicht. Binder meinte, dass das Unglück sie alle schwer traumatisiert habe. Aber sie gaben an, stolz zu sein, dass Björn Oledahl sich im Rahmen einer Trauer- und Meditationswoche persönlich um sie kümmern würde.


Von Fischer lag ein lapidares einseitiges Dossier über den wahrscheinlichen Ablauf des Brandes und die Brandursache vor, es deckte sich mit den Erkenntnissen von Ehrmanntraut, dessen detaillierter Bericht mehrere Seiten umfasste.

Fischer glänzte durch Abwesenheit und hatte laut Frau Gallmann anderswo zu tun. Eine von Jugendlichen veranstaltete Geburtstagsparty auf einem Hausboot im Konstanzer Hafen war aus dem Ruder gelaufen, es gab zu viel Alkohol, Drogen und Raufereien. Ein paar mitgebrachte illegale Feuerwerkskörper hatten das Boot in Brand gesetzt, die Feuerwehr Konstanz konnte das Schlimmste verhindern. Trotzdem zog Fischer es vor, diesen Fall gründlich zu untersuchen, wahrscheinlich deshalb, weil er dort ein Heimspiel und deshalb das Sagen hatte.

Ehrmanntraut war schon mit seinen Leuten unterwegs zum Kieswerk.

Ebenso ein Team aus Tauchern und ein Bergungsfahrzeug, um den Porsche Macan aus seinem nassen Grab zu holen.

Die beiden Verhafteten vom Kieswerk waren inzwischen auch im Präsidium angekommen und getrennt voneinander untergebracht worden, bis ihr Anwalt eintraf und sie vernommen werden konnten.

## 57

Madlener war nicht weiter unglücklich über Fischers Abwesenheit, er hatte wenig Lust auf Kompetenzgerangel, es reichte ihm schon, dass er sich gleich nach ihrer Rückkehr nicht sofort zusammen mit Harriet, Götze und Binder das Überwachungsvideo der Vierundzwanzig-Stunden-Tankstelle ansehen konnte, das Götze mitgebracht hatte.

Zuerst musste er sich mit Kriminaldirektor Cornelius in dessen Büro herumschlagen, der in seiner Ungeduld darauf pochte, dass »ein baldiger Durchbruch erzielt werden« müsse, wie er sich ausdrückte. Schließlich hatte er den »Durchbruch« schon bei einer Pressekonferenz vollmundig angekündigt.

Allmählich begann er in seine Rolle als Kriminaldirektor hineinzuwachsen, dachte Madlener, als er Cornelius gegenübersaß. Und zwar schneller, als es allen Beteiligten lieb sein konnte. Cornelius spielte sich als Anwalt der Bevölkerung auf, die seiner Meinung nach schließlich ein Recht darauf hatte, dass der Feuerteufel so schnell wie möglich gefasst wurde und weiteres Unheil unter allen Umständen verhindert werden musste. Von *seiner* Abteilung, wie er ausdrücklich betonte, und damit meinte er insbesondere Madlener.

Den Fall so schnell wie möglich zu lösen – das war natürlich auch Madleners Intention, doch bei ihm kam Gründlichkeit vor wilder Spekulation. Er hielt nichts von übereilten, aber öffentlichkeitswirksamen Schnellschüssen, die sich dann letzten Endes als Rohrkrepierer herausstellten. Solange keine klare Beweislage existierte und man keine konkrete Spur vorzuweisen hatte, die hieb- und stichfest war, lehnte Madlener jeglichen blinden Aktionismus und die ständige Verkündung von Wasserstandsmeldungen kategorisch ab, die nur dem Nachweis dienen sollten, dass Tag und Nacht daran gearbeitet wurde, den Feuerteufel am Schlafittchen zu packen.

Die Sonderkommission »Erleuchtungskirche« unter seiner Leitung tat auch ohne ständig die Werbetrommel zu rühren alles, was in ihren Kräften stand.

Fischers Ausscheiden fand er nicht besonders tragisch, er arbeitete ohnehin lieber mit den Leuten aus seiner Abteilung zusammen, deren Fähigkeiten er wenigstens einschätzen und die er dementsprechend einsetzen konnte.

Von einer Lösung des Falles waren sie aber Madleners Meinung nach noch weit entfernt.

Im Gegenteil, der Vorfall im Kieswerk, der in einem Desaster hätte enden können, das nur durch puren Zufall und das beherzte Eingreifen eines Einzelnen verhindert worden war, hatte gezeigt, dass aus einer einfachen Brandstiftung eine komplexe Angelegenheit geworden war, die immer unübersichtlicher zu werden drohte.

Und genau das sagte er dem Kriminaldirektor auch direkt ins Gesicht, obwohl er wusste, dass Cornelius das nicht hören wollte.

Aber Madlener war nicht jemand, der mit seiner Meinung hinter dem Berg hielt.

Cornelius schien Madleners Einschätzung ungerührt zur Kenntnis zu nehmen.

»Ich weiß nicht, was Sie haben«, sagte er. »Ich finde nicht, dass der Fall immer komplizierter wird. Es ist doch ganz einfach: Bringen Sie mir den Feuerteufel, und die Sache ist erledigt.«

Madlener hatte etwas gegen die Simplifizierung des Kriminaldirektors einzuwenden, aber der ließ ihn nicht zu Wort kommen.

»Sagen Sie mir erst einmal: Was hat dieser Vorfall im Kieswerk jetzt mit dem Brand der Erleuchtungskirche und dem Feuerteufel zu tun?«

»Das wissen wir noch nicht«, antwortete Madlener wahrheitsgemäß.

»Aber Sie müssen doch irgendeine Vermutung haben?«

»Natürlich. Aber warten wir doch erst einmal die Aussagen der beiden Herren von der Erleuchtungskirche ab. Dann wissen wir mehr. Ich werde sie dazu vernehmen, sobald ihr Rechtsbeistand eingetroffen ist. Vorher sind sie nicht bereit, auch nur ihren Namen zu nennen.«

»Wenn Sie Dr. Briller meinen«, sagte Frau Gallmann, die gerade mit einem Stoß neuer Akten hereingekommen war, »er ist schon bei seinen Mandanten.«

»Na schön«, sagte Madlener und stand auf, »dann wollen wir mal ...«

Cornelius hob die Hand zum Zeichen, dass er noch nicht fertig war. Er wartete, bis Frau Gallmann die Tür wieder hinter sich geschlossen hatte, dann fragte er Madlener: »Was haben Sie mit Björn Oledahl vor?«

»Wie meinen Sie das?«

»Na, Sie wissen schon. Er wird wohl der Arbeitgeber der beiden Männer vom Kieswerk sein.«

»Sie meinen wohl: der Auftraggeber.«

»Das wird er unter Garantie bestreiten. Machen Sie nicht den Fehler und gehen Sie voreilig gegen ihn vor. Er weiß sich zu wehren ...«

Madleners Wutpegel stieg schon wieder rasant an. »Wollen Sie damit sagen, dass ich auf die Empfindlichkeiten dieses Gurus Rücksicht nehmen soll?«

»Das habe ich nicht gesagt. Er hat mir gegenüber nur erklärt, dass er und seine friedfertige Gemeinde sehr darunter zu leiden haben, dass sie ständig diskriminiert werden und ungerechtfertigten Vorurteilen ausgesetzt sind.«

»Oh Gott – mir kommen die Tränen! Hat er sich über mich beschwert?«

»Nicht ausdrücklich. Aber darüber, dass er, sein Ruf und seine Gemeinde nicht ausreichend vor Diskriminierung geschützt werden. Das ist die eine Seite. Er fordert Rückendeckung von der Politik. Das rigorose Eintreten für Minderheiten. Also auch für die Kirche des heiligen Pfads zur Erleuchtung.«

»Da ist er bei uns an der falschen Adresse. Dafür sind wir nicht zuständig.«

»Oledahl zieht den Schluss, dass der Brandanschlag nur eine

zwangsbedingte Folge davon ist, dass sich nicht alle politischen und gesellschaftlichen Institutionen ohne Wenn und Aber für die Rechte seiner Gemeinde einsetzen. Und wir, also die Polizei, sind seiner Meinung nach auf diesem Auge blind und unternehmen zu wenig oder gar nichts, um den Täter und diejenigen, die dahinterstecken, zu fassen.«

»Sie wissen genau, dass das nicht stimmt.«

»Das weiß ich. Aber Sie sollten zur Abwechslung auch einmal seine Perspektive in Betracht ziehen. Statt sich um seine seelsorgerischen Pflichten kümmern zu können, was seine ausschließliche Absicht ist, muss er sich ständig gegen unangemessene Angriffe verteidigen. Dabei will er nichts anderes, als in Frieden mit seiner Gemeinde seinen Glauben leben zu können.«

»Sagt der Lama …«

»Ja. Und ich kann es ihm nicht verdenken. Der sinnlose Tod eines Mitglieds seiner Gemeinde war ein schwerer Schlag für die Angehörigen und ihn. Und dann ist auch noch die Kirche abgebrannt, die quasi das Symbol der Gemeinschaft war, für das sie alle zusammengelegt und geschuftet haben. Wir sollten die sowieso schon angespannte Situation deshalb nicht unnötigerweise weiter anheizen.«

»Wir? Anheizen? Wir haben genug damit zu tun, die Brände zu löschen, die er anzettelt. Metaphorisch gesprochen.«

»Nun – sein Anwalt wird sagen, das sei eine böswillige Unterstellung, solange wir keine stichhaltigen Beweise dafür haben, dass es einen Zusammenhang zwischen der Kieswerkgeschichte und Björn Oledahl gibt. Oder haben wir einen?«

»Bis jetzt nicht. Wir arbeiten daran.«

»Das heißt, Sie hegen einen Verdacht. Mehr nicht.«

»Aber einen begründeten Verdacht. Ich frage mich allmählich wirklich, wie ich Ihre Ausführungen zugunsten von Oledahl verstehen soll. Soll das etwa heißen, dass wir ihn mit Samthandschuhen anfassen sollen? Weil er so ein wichtiger und einflussreicher Mann ist?«

»Er ist unschuldig bis zum Beweis des Gegenteils. Wie jeder andere auch.«

»Da gebe ich Ihnen recht. Aber ich werde ihm in der Sache Kieswerk auf jeden Fall ordentlich auf den Zahn fühlen.«

»Ich habe das unbestimmte Gefühl, Sie verschweigen mir etwas. Haben Sie jetzt konkrete Verdachtsmomente gegen ihn in der Hand oder nicht?«

»Ich werde sie bekommen, darauf können Sie Gift nehmen! Seine zwei Handlanger sind doch viel zu dumm, um auf eigene Faust zu handeln.«

»Vorsicht! Behaupten Sie nicht etwas, das Sie nicht belegen können.«

»Wir werden sehen, ob nicht einer von ihnen auspackt, wenn er sieht, was ihn erwartet. Vielleicht kann ich mit der Staatsanwaltschaft einen entsprechenden Deal aushandeln. Strafverkürzung gegen Aussage.«

»Das einzuschätzen ist Sache des Staatsanwalts.«

»Natürlich. Aber ich kann ja mal dezent darauf anspielen.«

Cornelius klopfte ungeduldig mit der Spitze seines Kugelschreibers, mit dem er schon die ganze Zeit herumspielte, auf seine Schreibtischunterlage, mehrmals, bevor er ansprach, was ihm schon von Anfang an auf der Zunge lag.

»Ich will Ihnen jetzt mal sagen, was ich unter allen Umständen vermeiden möchte …«

»Ja, ich höre.«

»Als Kriminaldirektor zähle ich es zu meinen Hauptaufgaben, dass ich auch auf die Außenwirkung unserer Behörde zu achten habe.«

»Da habe ich andere Prioritäten. Das Aufdecken der Wahrheit zum Beispiel. Geht das nicht vor? Ich denke schon.«

Cornelius schüttelte unwillig den Kopf. »Sie wollen mich nicht verstehen. Was wir auf gar keinen Fall brauchen können, ist eine Riesenauseinandersetzung mit Björn Oledahl. Ich möchte nicht, dass dieser Mann uns mit Verleumdungsklagen und Dienstaufsichtsbeschwerden überzieht. Darauf würde es hinauslaufen. Das würde in den Medien hohe Wellen schlagen. Sie wissen, wer sein Anwalt ist. Mit dem ist nicht zu spaßen.«

»Ist mir geläufig.«

»Dr. Briller weiß sehr wohl, wie man eine Show abzieht und eine Schlammschlacht anzettelt. In dieser Schlammschlacht werden letzten Endes wir schlecht dastehen.«

»Ich werde ihm keinen Grund dafür liefern.«

»Er wird einen finden.«

»Woher wollen Sie das wissen?«

»Dr. Briller hat mir das unmissverständlich verdeutlicht. Sein Mandant wird sich zur Wehr setzen, falls er sich der üblen Nachrede oder Verdächtigungen jedweder Art ausgesetzt fühlt. Mit allen juristischen Mitteln.«

»Und gegebenenfalls auch mit nicht juristischen ... wie wir heute erlebt haben.«

»Das ist genau der Punkt. Solange wir nicht beweisen können, dass Björn Oledahl in Auftrag gegeben hat, gegebenenfalls Gewalt gegen jemanden anzuwenden, der mutmaßlich seine Kirche abgebrannt und den Tod eines seiner Gemeindemitglieder schuldhaft verursacht hat ...«

Er ließ den Satz unvollendet in der Luft stehen und klopfte wieder vielsagend mit seinem Kugelschreiber auf die Schreibtischunterlage.

»War's das?«, fragte Madlener, der die Diskussion allmählich satt- und eine Hand bereits seit geraumer Zeit auf der Türklinke hatte. Es wartete genügend Arbeit auf ihn, und er hatte weder Lust noch Zeit, sich in einen fruchtlosen Streit um die Person des Lama verwickeln zu lassen, die niemandem nützte. »Ich sollte mich jetzt nämlich dringend wieder um meinen eigentlichen Fall kümmern. Den Brandstifter. Wir sind dabei, einen großen Schritt weiterzukommen. Aber dazu müssen wir diesen Schritt auch angehen.«

»Der da wäre?«

»Sie sind der Erste, der davon erfährt, sobald wir etwas haben«, antwortete Madlener einigermaßen angefressen.

Frau Gallmann meldete sich über die Telefonanlage und machte Cornelius auf ein paar wichtige Telefonate aufmerksam, in denen es um die polizeiliche Organisation bezüglich der anstehenden Seehasen-Festivitäten ging und die er noch zu führen hatte.

Madlener war dankbar dafür, dass er sich endlich verziehen konnte.

Er kochte vor Wut und wusste, dass man es ihm ansah, als er das Vorzimmer des Kriminaldirektors durchquerte. Dazu kannte ihn Frau Gallmann zu gut. An der Tür verharrte er für einen kurzen Moment. »Übrigens – danke, Frau Gallmann.« »Wofür?« »Dass Sie mich da herausgeholt haben.« Er durchschaute Frau Gallmann fast so gut wie sie ihn. Aber nur fast. Frau Gallmann schenkte ihm ein kurzes Lächeln, bevor er endgültig hinausging.

**58**

Madlener eilte erst einmal in den Vorraum der Toilette, um sich dort am Waschbecken ordentlich Wasser ins Gesicht zu klatschen, das er vorher laufen ließ, damit es auch richtig kalt war.

Dann blickte er in den Spiegel.

Was er darin sah, war ein zorniger alter Mann mit weißen Bartstoppeln und schwarzen Ringen unter den Augen.

Zornig auf Björn Oledahl.

Und zornig auf Cornelius.

Jetzt wusste er auch, was der wahre Grund dafür war, dass er keine Ambitionen auf den Posten des Kriminaldirektors hatte und auch nie haben würde.

Weil er um keinen Preis der Welt so werden wollte wie Cornelius.

Oder dessen Vorgänger, Schwanitz-Terstegen und Thielen.

Er hätte nie das Amt verändern können, selbst wenn er dies angestrebt hätte.

Das Amt hätte ihn verändert.

Und beileibe nicht zum Guten.

Immer noch wütend riss er einen ganzen Packen Papierhandtücher auf einen Schlag aus der Spenderbox, ohne dass er das gewollt hätte. Er wischte sein Gesicht trocken und stellte fest, dass er sich wirklich dringend rasieren musste. Mit Bartansatz wirkte er müde und ungepflegt, und, was noch schlimmer war, es machte ihn um vieles älter, als er sich fühlte.

Obwohl – manchmal fühlte er sich so alt, wie er aussah.

Wie er es hasste, von einem Vorgesetzten ständig unter Druck gesetzt zu werden und jedes Fitzelchen einer neuen Erkenntnis brühwarm weitergeben zu müssen! Er hatte nun einmal seine eigene Vorgehensweise und seine eigenen Methoden.

Mancher Gedanke musste einfach erst reifen und Gestalt annehmen. Wenn man ihn unausgegoren hinausposaunte, konnte er im nächsten Augenblick zerplatzen wie ein angestochener Luftballon. Ermittlungsarbeit war bisweilen ein langwieriges Geduldsspiel, war Versuch und Irrtum. Aber der Irrtum musste nicht auch noch, bevor er als solcher erkannt wurde, marktschreierisch als Erfolg verkauft werden.

Cornelius wollte partout nicht, dass man Björn Oledahl allzu sehr auf die Zehen trat. Madlener konnte das beim besten Willen nicht nachvollziehen. Den Lama mit übergroßem Respekt zu behandeln, kam für ihn überhaupt nicht in Frage. Wenn der Guru Dreck am Stecken hatte, und davon war Madlener überzeugt, würde er sich dafür zur Rechenschaft ziehen lassen müssen. Ohne jede falsche Rücksichtnahme. Einer der wichtigsten Grundsätze in Madleners Ermittlungsarbeit war, dass er jeden Morgen beim Rasieren in den Spiegel schauen wollte, ohne jemanden darin zu erblicken, der ihm fremd geworden war.

Egal, ob das jetzt auf der Herrentoilette im Präsidium, in seinem tristen Hotelzimmer oder in seiner neuen Wohnung war.

Er atmete tief durch und sagte sich, dass er schließlich eine neue Wohnung hatte, darauf sollte er sich doch freuen können.

Eine Wohnung, in der er noch kein einziges Mal übernachtet hatte.

Aber er hatte wenigstens die Chance, in seinem Privatleben noch einmal den Reset-Knopf zu drücken.

So alt war er dann auch noch nicht. Oder?

Ein Schauder durchfuhr ihn.

Er hatte nie die Absicht gehabt, sein Leben neu anzufangen, hatte nie darüber nachgedacht, alles verdrängt oder mit Arbeit zugedeckt, was dasselbe war. Das Grundsätzliche im Leben hatte ihn nie tangiert. Er hatte es einfach nie zugelassen, dass es so weit gekommen war. Hatte er ein falsches Leben im richtigen gelebt?

Jetzt auf einmal fühlte er, dass er noch einmal von vorn beginnen konnte oder sogar musste, fast gegen seinen Willen.

Es war eine einmalige Chance, die er beim Schopf packen

musste. Vielleicht kam sie so bald nicht wieder. Oder überhaupt nicht mehr, so schnell, wie die Jahre vorüberzogen.

Ein schmales Fenster im unerbittlichen Fortgang der Zeit und dem unaufhaltsamen Auseinanderdriften des Universums, das nur für diesen einen Augenblick offen stand.

Er griff an den Spiegel, weil er wissen wollte, ob er träumte.

Sein Spiegelbild reagierte, und die Fingerspitzen berührten sich.

Alles war also real. Sogar seine Bartstoppeln.

Wann hatte er sich das letzte Mal nicht rasiert?

Richtig, im Urlaub.

Da fiel ihm ein, dass er sich eigentlich im Urlaub befand.

Das hatte er im Eifer des Gefechts völlig aus den Augen verloren.

Die Suche nach dem Feuerteufel hatte ihn da herausgeholt.

Er musste unbedingt …

Da wurde die Tür aufgerissen und unterbrach seinen Gedankengang.

Cornelius kam hereingestürmt und sah, wie Madlener zusammenzuckte.

Ihre Blicke trafen sich kurz im Spiegel.

Cornelius wandte sich schnell ab und ging durch die Tür zu den Toiletten.

Madlener stand immer noch vor dem Spiegel und blickte in seine Augen. Wenn er an die sinnlosen Querelen mit dem Kriminaldirektor dachte, wollte er am liebsten auf der Stelle nur noch in seine neue Wohnung zurück, wollte den Umzug hinter sich bringen, seine Jukebox namens Rock-Ola Capri II aktivieren und beim Abspielen seiner Top 49 über den Sinn und Unsinn des Lebens nachdenken.

Aber leider ging das jetzt nicht.

Jetzt hatte er einen Fall am Hals, der dringend gelöst werden musste, es gab keinen Aufschub, keine Zeit für eine Verschnaufpause.

Und dann hatte er zu allem Überfluss noch einen zweiten Fall aus der Vergangenheit, der zusätzlich auf ihn wartete und von dem bisher keiner außer ihm etwas wusste.

Er sah das ungeduldige und zweifelnde Gesicht von Roland Wohlfahrt vor sich, der noch keinen Frieden gefunden hatte, solange er, Madlener, sich nicht darum kümmerte und den Fall irgendwie abschloss.

Es war irrational, ein Anflug seines schlechten Gewissens Wohlfahrt gegenüber.

Aber er fühlte sich verpflichtet, dem ausdrücklichen Wunsch seines Freundes nachzukommen.

Vielleicht konnte er so seinen Schuldkontostand ausgleichen.

Entschlossen pfefferte er die Papierhandtücher in den Abfalleimer.

Er würde so weitermachen wie immer, seinen eigenen Kurs fahren und sich von niemandem in die Suppe spucken lassen.

Von niemandem.

Nicht von Björn Oledahl und erst recht nicht von Cornelius.

Er verließ den Toilettenvorraum fast schon fluchtartig, weil er partout keinen Bock darauf hatte, noch mal vom Kriminaldirektor angesprochen zu werden.

In seinem jetzigen Zustand hätte er für nichts garantieren können. Vielleicht wäre ihm noch die Hand ausgerutscht.

## 59

Seine Wut hatte ihm seinen alten Elan zurückgebracht und neue Tatkraft verliehen. Madlener begab sich zu Götze, Binder und Harriet vor den Monitor. Sie hatten auf ihn gewartet, weil er sie darum gebeten hatte.

Harriet sah ihn an und fragte ihn nicht, wie seine Unterredung mit dem Kriminaldirektor ausgefallen war. Sie konnte es auch so an seinem entschlossenen Gesicht ablesen.

Die drei hatten schon technisch alles vorbereitet und die relevanten Stellen in den Videoaufzeichnungen der Vierundzwanzig-Stunden-Tankstelle angefahren. Es gab eine Außenkamera und zwei für den Kassenbereich und den Verkaufsraum.

Götze kommentierte. »Ich habe mit dem Mann an der Kasse, der gestern Nachtdienst hatte, telefoniert. Er war zwar nicht gerade erfreut, weil ich ihn aus seinem Schlaf geholt habe, aber er kann sich noch genau an den Kunden erinnern.«

»Den jüngeren der Allgöwer-Brüder …«, ergänzte Harriet.

»Warum?«, fragte Madlener, und Götze startete das Video.

Auf dem Monitor sah man den Mercedes langsam an der rechten Zapfsäule vorfahren, an der linken stand ein Taxi, dessen Fahrer damit beschäftigt war, die Windschutzscheibe zu säubern. Der Mercedes-Fahrer blieb noch eine Weile sitzen, dann stieg er aus.

»Sehen Sie sich den Typen an«, sagte ausgerechnet Götze, der Mann, der am liebsten bonbonbunte Hawaiihemden mit möglichst poppigen Mustern trug. »Auffälliger geht's nicht mehr. Dabei ist der Fasching längst vorbei.«

Eddie Allgöwer war mit seinen Tarnklamotten, dem Hipster-Vollbart und vor allem mit seinem Basecap mit den albernen künstlichen Rastalocken wirklich nicht zu übersehen. Er holte vier Benzinkanister aus dem Kofferraum seines Wagens und befüllte sie nacheinander.

Götze hielt das Video an.

»Der gleiche Wagentyp wie der, den wir auf der Fahndungs-
liste haben«, bemerkte er überflüssigerweise, jeder wusste es.

»Götze, Sie kümmern sich ab sofort um sein Alibi und das
seines Bruders, was die Daten der Brandstiftungen angeht«, sagte
Madlener. »Harriet, was war das übrigens für ein Motorrad in
der Scheune der Brüder?«

»Eine Harley-Davidson. Unverkennbar. Keine Ähnlichkeit
mit der Maschine, die wir suchen. Für Motorradfahrer liegen da
Welten dazwischen. Ich habe trotzdem auch das Nummernschild
unter die Lupe genommen. Keine Anzeichen, dass es kürzlich
abgeschraubt worden ist. Jedenfalls oberflächlich. Wenn es nötig
wäre, was ich nicht glaube, müsste sich Ehrmanntraut das noch
einmal genau ansehen.«

»Okay, Götze, lassen Sie weiterlaufen.«

Das Video zeigte Eddie, wie er den Verkaufsraum der Tankstelle betrat.

Ein Umschnitt auf den Verkaufsraum erfolgte.

Eddie trat mit einem Kasten Bier an die Kasse.

»Fahr noch mal zurück«, sagte Harriet plötzlich.

Götze ließ die Szene zurücklaufen, bis zu der Stelle, an der
Eddie die vollen und schweren Kanister wieder in den Kofferraum seines Mercedes wuchtete.

»Stopp!«, rief Harriet. »Schaut euch das Taxi an.«

Das Taxi, das am linken Rand an der Zapfsäule geparkt hatte,
fuhr von der Tankstelle weg.

Götze drückte auf Standbild.

Das Kennzeichen war gut zu erkennen.

Harriet griff nach ihrem Handy und wählte.

»Holtby hier, Soko ›Erleuchtungskirche‹«, meldete sie sich.
»Ich brauche das Kennzeichen des verunglückten Taxis, das ihr
heute aus dem Wald gezogen habt.«

Sie wartete auf eine Antwort.

Alle, die vor dem Monitor saßen, wussten plötzlich, worauf
Harriet hinauswollte.

»Okay«, sagte sie in ihr Handy. »Und wie ist der Name des
Fahrers? Mhm … Habt ihr sein Handy? Ich will sofort die

Liste der letzten Nummern, die er angerufen hat. Ja, es ist eilig. Danke.«

Sie legte auf.

»Der Taxifahrer heißt Friedhelm Beck. Er war derjenige, der heute früh bei einem Wildunfall im Wald beim Kieswerk gestorben ist. Das Kennzeichen seines Taxis stimmt mit dem auf dem Tankstellenvideo überein.«

Sie sah Binder fragend an. »Wissen wir, ob er ein Gemeindemitglied der Erleuchtungskirche ist?«

Der zuckte mit den Schultern. »Ich habe keine Liste der Gemeindemitglieder. Rücken die natürlich nicht heraus. Dazu brauche ich schon einen richterlichen Beschluss.«

»Aber Sie haben Telefonnummern?«

»Ja, schon, die offiziellen, die stehen im Netz.«

Binder suchte und fand die betreffenden Nummern in seinen Unterlagen und reichte sie Harriet.

»U Can't Touch This« ertönte, Harriets Klingelton. Harriet nahm ab. »Ja?«

Sie hörte konzentriert zu.

»Danke«, sagte sie schließlich mit einem Blick auf die Liste von Binder und legte auf.

Sie sah Madlener an. »Der Taxifahrer hat vor seinem Tod mit der Zentrale der Erleuchtungskirche telefoniert. Mehrfach. Das heißt, entweder hat er mit Björn Oledahl gesprochen oder gleich mit dem Revolverhelden und dem Glatzkopf, was wahrscheinlicher ist, weil der Lama garantiert aus allem herausgehalten werden soll, was Gewalt und Repression angeht. Eine blütenweiße Weste in der Öffentlichkeit gehört schließlich zu seinem Geschäftsmodell. Ich nehme mal an, Oledahl hat unzweideutige Anweisungen für so einen Fall erlassen, nämlich dass jemand glaubt, den Feuerteufel erkannt zu haben. Vielleicht auch nur indirekt, aber jeder weiß, was er zu tun hat. Friedhelm Beck hat also angerufen und wem auch immer erzählt, dass er den Feuerteufel an der Tankstelle gesehen hat. Weil er wusste, dass nach so einem Wagentyp gesucht wird. Und dann füllt Eddie auch noch vor seinen Augen vier Kanister mit Benzin …«

»Anschließend ist er um die Ecke gefahren, hat auf den Mercedes gewartet, sich drangehängt und den Porsche mit den beiden Handlangern des Lama fürs Grobe zum Kieswerk gelotst«, vervollständigte Madlener Harriets Mutmaßungen.

»Den Revolvermann und den Glatzkopf«, bestätigte Harriet.

Madlener stand auf. »Wird Zeit, dass wir ihre richtigen Namen kriegen«, meinte er. »Diese Umschreibungen gehen mir allmählich auf den Geist. Auf dem Rückweg vom Kieswerk muss Friedhelm Beck dann verunglückt sein ... Binder, Sie sorgen dafür, dass alles, was wir in diesem Porsche aus dem Kiesweiher finden, sofort ausgewertet wird und die Ergebnisse so schnell wie möglich auf meinem Schreibtisch landen. Ausweise, Führerschein, Handys. Ich will sämtliche Telefonate aufgelistet haben, die in den letzten vierundzwanzig Stunden von diesen Handys aus geführt worden sind. Mit wem und wann. Und stellen Sie fest, ob einer der beiden oder beide vorbestraft sind. Würde mich wundern, wenn nicht. Und wir zwei, Harriet, wir knöpfen uns den Glatzkopf vor.«

**60**

Als Madlener und Harriet das Büro verlassen hatten und zu den Vernehmungsräumen im Erdgeschoss unterwegs waren, hielt Madlener plötzlich an. Er wartete, bis sie sicher sein konnten, dass sie allein waren, bevor er Harriet instruierte.

»Dass wir beide die Vernehmung durchführen, habe ich nur so gesagt, Harriet. Das regle ich allein, das ist zweitrangig. Viel wichtiger ist jetzt, dass wir mit unserem Verdächtigen Nummer eins weiterkommen. Du tust jetzt das, was wir heute Morgen besprochen haben, und klemmst dich hinter Martin Schöllhorn. Damit das niemand mitbekommt, solltest du das nicht im Büro machen.«

»Ich kann das von unserem alten Büro aus bei der Verkehrspolizei erledigen.«

»Okay.«

Zum Zeichen, dass sie in ständiger Verbindung bleiben sollten, hielt er sein Handy hoch, Harriet erwiderte die Geste mit ihrem.

Dann drehte sie sich auch schon weg und eilte aus dem Präsidium.

Beinahe hätte er bei dem ganzen Tohuwabohu doch tatsächlich vergessen, dass er noch einen wichtigen privaten Termin hatte.

# 61

Madlener stand in seiner neuen Wohnung und dirigierte die starken Männer der Spedition Kurth, die seine wenigen Möbel und Umzugskartons aus dem Containerlager hereinschleppten und in den richtigen Zimmern verteilten. Bald würde er zum ersten Mal in seinen eigenen vier Wänden übernachten.

Nach drei Hotelzimmer-Jahren.

Daran würde er sich erst noch gewöhnen müssen.

Aber er hatte unterwegs noch schnell ein paar Sachen für den Kühlschrank besorgt und einen Kasten mit Spezi und Limo für die Männer von der Spedition. In der Annahme, dass sie Bier wollten, hatte er vorher deswegen angefragt. Sie hatten einmütig für Softdrinks votiert.

Die Zeiten haben sich wirklich verändert, dachte Madlener, der als Student zeitweilig als Möbelschlepper gejobbt und dabei noch ganz andere Erfahrungen gesammelt hatte. Aber das war auch schon fast dreißig Jahre her.

Also – was sollte da noch schiefgehen?

Obwohl die Möbelpacker einen Heidenlärm machten, fühlte er sich auf einmal, als er sein Bett zusammenbaute, furchtbar einsam.

Er flüchtete auf die Dachterrasse hinaus, sah auf den schmalen Streifen Bodensee und rauchte eine Zigarette, die er von einem der Männer in Latzhosen mit dem Aufdruck ihrer Spedition – »Zieh aus, zieh ein, mit Kurth allein« – geschnorrt hatte. Wenigstens war einer von ihnen noch Raucher …

Die erste richtige Zigarette seit Langem.

Eigentlich hatte er sich geschworen, nicht mehr damit anzufangen. Aber er hatte schon so viele Vorsätze in seinem Leben über Bord geworfen, dass es jetzt auch nicht mehr darauf ankam.

Er versuchte, Rauchringe zu machen, so wie das Harriet in Perfektion beherrschte. Aber er brachte einfach keine zustande und sah den komischen Kringeln nach, wie sie hochstiegen und sich allmählich auflösten. Die Berge am Horizont waren in Dunst gehüllt, aber noch war der Himmel über dem See strahlend blau. Doch das Wetter am Bodensee konnte sich schnell ändern.

Madlener drückte seine Kippe in der Dachrinne der Terrassenbrüstung aus und ging wieder hinein, um sicherzustellen, dass die wenigen Möbel und Einrichtungsgegenstände, die er hatte, auch an den dafür vorgesehenen Stellen positioniert wurden.

Er gab den Männern von der Spedition noch ein schönes Trinkgeld, dann wurde es wieder Zeit, dass er sich um seinen Fall kümmerte.

## 62

»Karim Belrabi, ist das richtig?«, fragte Madlener.

Der Glatzkopf nickte.

»Bitte antworten Sie laut und deutlich, wir wollen doch, dass das alles tipptopp über die Bühne geht, nicht wahr?«

Madlener warf Dr. Briller einen scheinheiligen Blick zu, der neben seinem Mandanten am Tisch des Vernehmungsraumes Platz genommen hatte und aufpasste wie der sprichwörtliche Schießhund.

Im Hintergrund saß ein junger Beamter in Uniform in der Ecke, ein verlässlicher Zögling von Madlener, er hatte ihn extra dafür angefordert.

Der Anwalt war jenseits der sechzig, hatte schütteres schwarzes Haar, das gefärbt aussah, eine schwarze Hornbrille, schwarz gefärbte buschige Augenbrauen und einen schwarzen Schnauzer. Mit seinem Aussehen erinnerte er Madlener an Groucho Marx. Aber im Gegensatz zu dem amerikanischen Anarcho-Komiker aus den 1940er Jahren war Dr. Briller durchaus ernst zu nehmen. Er war bei Gericht und Gegnern gefürchtet für seine messerscharfe und lautstarke Argumentation, hatte schon so manchen Staatsanwalt nach allen Regeln der juristischen Kunst zusammengefaltet und sich seinen Ruf als Paragrafen-Brüller redlich verdient.

Doch wie hatte Madleners Vater immer gesagt, als der kleine Max neun oder zehn Jahre alt gewesen war und gestanden hatte, dass er Angst vor seinem strengen Lehrer hatte: Stell ihn dir in Unterhosen vor und versuche dabei, nicht zu lachen. Ich garantiere dir, du wirst dich nicht mehr vor ihm fürchten.

Er hatte den Ratschlag am nächsten Tag in der Schule befolgt, und siehe da, es hatte funktioniert, auch wenn er seinen Lehrer fuchsteufelswild gemacht hatte, weil dieser sich nicht erklären konnte, warum der kleine Max in der letzten Bank immer dieses freche Dauergrinsen im Gesicht hatte.

Es funktionierte auch bei Dr. Briller, obwohl Madlener natürlich keine Angst vor ihm hatte. Der Trick seines Vaters half ihm jedoch, das autoritäre und arrogante Gehabe des Staranwalts besser zu ertragen, ohne gleich aus der Haut zu fahren.

Madlener hatte von Anfang des Verhörs an penibel darauf geachtet, dass alle üblichen Formalitäten überkorrekt abliefen, von der Begrüßung bis zur Personalienfeststellung, der Belrabi auf Anweisung seines Anwalts folgsam nachgekommen war.

Belrabi versicherte sich mit einem kurzen Blick auf seinen Anwalt, ob er tun durfte, was Madlener gesagt hatte. Als jener zustimmend nickte, beugte er sich zum Aufnahmegerät hinunter und bestätigte laut und deutlich: »Ja, Karim Belrabi, das ist richtig.«

»Und Geburtsdatum, Geburts- und Wohnort stimmen so, wie Ihr Anwalt es vorgelesen hat?«

»Ja, das stimmt alles.«

»Herr Belrabi, Sie sind als Fahrer bei Björn Oledahl angestellt?«

»Nein, das ist nicht korrekt«, intervenierte Dr. Briller sofort. »Herr Belrabi ist ausweislich seines Vertrags Security-Manager. Außerdem ist mein Mandant nicht bei Herrn Oledahl angestellt, sondern bei der Holy-Way-Holding.«

»Deren Vorstand Herr Oledahl ist, richtig?«, ergänzte Madlener.

»Unter anderem, ja. Aber für den Vertrag ist die Personalabteilung zuständig.«

»Schön. Also, Herr Belrabi, warum sind Sie und Herr Thomek, mit dem zusammen Sie gestern Nacht in einem Porsche Macan unterwegs waren ...«, er blickte dabei Dr. Briller demonstrativ fragend an, »... das ist doch bis hierher alles richtig, oder haben Sie irgendwelche Einwände, Herr Anwalt?«

Dr. Briller lächelte nur süßsauer und bedachte diese kleine Provokation mit keinem Wort.

Madlener wandte sich erneut an Belrabi. »Warum, Herr Belrabi ... warum haben Sie sich gegen fünf Uhr heute Morgen zusammen mit Herrn Thomek widerrechtlich Zugang zum Kieswerk der Gebrüder Allgöwer verschafft? Was wollten Sie da?«

Belrabi sah Dr. Briller hilfesuchend an, der sich räusperte und sagte: »Mein Mandant verweigert die Aussage.«

Madlener nickte scheinbar verständnisvoll. Er hatte nichts anderes erwartet.

Aber erst einmal gab er sich den Anschein, dass er sich auf das zähe Spielchen von Dr. Briller einlassen würde, und blätterte pro forma in seinen Unterlagen, obwohl die zerknitterten Zettel, die er mitgebracht hatte, nur aus seiner vielfach ausgebesserten handschriftlichen Liste der hundert besten Pop-Songs aller Zeiten bestanden, die er immer dabeihatte, um unliebsame Pausen zu überbrücken. In der Eile hatte er nichts Besseres gefunden, und Notizen machte er sich grundsätzlich nicht. Aber es wirkte immer professioneller, wenn man Papierkram zu Vernehmungen mitbrachte. Damit konnte man Zeit gewinnen und sein Gegenüber so richtig auf die Folter spannen.

Von Anfang an, noch bevor er den Vernehmungsraum betreten hatte, gab sich Madlener nicht der Illusion hin, dass die Befragung von Belrabi im Beisein von Dr. Briller auch nur ein Quäntchen zur Aufklärung der Motive und Vorgänge im Kieswerk beitragen würde.

Er war auf etwas ganz anderes aus.

Dass Belrabi nervös war, konnte er nicht verbergen, obwohl er sich so gelangweilt wie möglich gab. Aber die Schweißtropfen auf seiner Glatze sprachen eine andere Sprache.

»Dann gehen wir doch gleich ein Stückchen weiter im Ablauf der Ereignisse«, versuchte Madlener, den Faden seiner Befragung erneut aufzunehmen.

»Die mein Mandant bestreitet«, sagte Dr. Briller.

»Ach, jetzt schon?«, gab sich Madlener verwundert. »Ich habe sie doch noch gar nicht geschildert. Oder wollen Sie vielleicht behaupten, dass Ihr Mandant grundsätzlich nicht in besagtem Kieswerk war und wir uns das alles nur … eingebildet haben? Ein Hirngespinst der Polizei sozusagen?«

Dr. Briller beugte sich zu Madlener vor und runzelte die Stirn.

Das konnte er gut.

Mit trügerischer Engelsgeduld betonte er jedes einzelne Wort.

»Herr Kommissar – was genau werfen Sie meinem Mandanten eigentlich vor?«

»Das wird der Staatsanwalt noch genauer formulieren, aber einstweilen wird Herrn Belrami Folgendes zur Last gelegt ...«

»Belrabi«, korrigierte Belrabi.

»Danke«, sagte Madlener süffisant. »Das ist das erste Mal, dass Sie mir Ihren Namen freiwillig preisgeben. Wir machen Fortschritte ...«

Er lächelte verbindlich über seinen kleinen Scherz.

Dr. Briller und Karim Belrabi lächelten nicht.

Madlener hatte sich absichtlich versprochen, erstens, weil er sich grundsätzlich darüber geärgert hatte, dass Belrabi und sein Partner Thomek sich geweigert hatten, ihre Personalien anzugeben, und zweitens, um damit zum Ausdruck zu bringen, wie er über Menschen dachte, die sich dümmer stellten, als sie waren, weil sie glaubten, aus ihrem Verhalten einen Vorteil ziehen zu können. Ihm waren Ganoven immer noch lieber, die offen zu dem standen, was sie getan hatten, wenn sie schon in flagrante delicto, also quasi mit heruntergelassener Hose, erwischt worden waren und Leugnen vollkommen sinnlos war.

Seine gespielte naive Freundlichkeit und sein scheinbar akribisches und kleinliches Vorgehen gehörten genauso zu seiner Strategie wie das vorgetäuschte Eingehen auf Dr. Brillers rhetorische Mauer-und-Salami-Taktik – alles prinzipiell leugnen und nur das zugeben, was eindeutig bewiesen werden konnte.

»Also gut, Herr Anwalt, was legen wir Ihrem Mandanten zur Last ... Einen winzigen Moment noch, gleich hab ich's ...«

Er ließ sich enervierend viel Zeit, befeuchtete seinen Daumen, blätterte umständlich seine Liste durch, studierte scheinbar eine Stelle genauer und sah dann endlich zu Dr. Briller hoch.

»Ich hoffe, Sie haben was zum Schreiben dabei? Es ist eine ganz schön lange Litanei ... Ich zähle mal auf und entschuldige mich schon im Voraus, wenn sie nicht nach der Schwere des

Straftatbestands geordnet und auch nicht ganz vollständig sein sollte ... Da hätten wir also Folgendes: Hausfriedensbruch ... na ja ... Das können wir mal unter den Tisch fallen lassen«, sagte er betont großzügig. »Das fällt gegen die anderen Delikte kaum noch ins Gewicht. Als da sind: Einbruch, Sachbeschädigung, Straftat gegen die körperliche Unversehrtheit, Straftat gegen die persönliche Freiheit, Erpressung, Bildung einer kriminellen Vereinigung, gefährliche Körperverletzung, Freiheitsberaubung, Geiselnahme, Nötigung, Bedrohung ...«

Er zögerte und tat so, als würde er seine Liste noch mal durchgehen. Dabei hielt er die Hand hoch zum Zeichen, dass er noch nach weiteren Verfehlungen suchte, weil er schon merkte, dass Dr. Brillers Gesicht vor Ärger bereits rot angelaufen war.

»Habe ich auch wirklich alles? Ah ja, da kommt noch was ... illegaler Waffenbesitz, versuchter Totschlag, versuchte Brandstiftung ...«

Er sah kurz wieder von seinen Notizen hoch und setzte sein schmierigstes Lächeln auf. »Vielleicht haben wir Glück und finden auch noch verbotene Substanzen in besagtem Porsche Macan, man weiß ja nie ... Wie dem auch sei: Das alles wird dem Richter gar nicht gefallen, davon dürfen wir ausgehen. Sieht schlecht aus für Ihren Mandanten. Ich bin mir jetzt nicht sicher, ob ich alles korrekt benannt habe, Sie werden es mir nachsehen, dass ich juristisch nicht so versiert bin wie Sie, Herr Anwalt.«

Bevor Dr. Briller seinen geharnischten Einwand überhaupt vorbringen konnte – er holte schon tief Luft für eine seiner gefürchteten Tiraden –, sah Madlener Belrabi direkt in die Augen.

»Tja, ich würde sagen: Alles in allem fällt die Prognose für Sie nicht gerade günstig aus, Herr Belrami, Entschuldigung: Belrabi natürlich. Da kommt doch einiges zusammen. Aber darum geht es mir nicht.«

»So?« Dr. Briller war sichtlich aus dem Konzept gebracht. Er plusterte sich auf. »Worum geht es Ihnen dann? Ich kann Ihre Vorwürfe nur absurd nennen! Ich werde sie Punkt für Punkt widerlegen.«

»Genau das erwarte ich von Ihnen, Herr Anwalt. Dazu sind

Sie ja schließlich hier, nicht wahr? Nein, mir geht es ausschließlich darum, Ihrem Mandanten zu helfen.«

»Helfen? Sie? Wobei?«

»Bei seiner Lebensplanung.«

Madlener genoss es, wie Belrabi seinem Anwalt einen völlig irritierten Blick zuwarf.

»Wie dürfen wir das jetzt verstehen?«, fragte Dr. Briller.

»Wortwörtlich, Herr Anwalt. So wie ich das sehe … Einen Moment, bitte!«

Er stand auf, ging zu dem Beamten, der in der Ecke saß, und fragte ihn: »Wollten Sie nicht eine kleine Rauchpause machen?«

Der reagierte sofort, indem er aufstand und den Raum verließ.

Madlener schaltete das Aufnahmegerät für jeden sichtbar ab, ebenso die Videokamera, die auf einem Stativ stand, während er weitersprach.

»Wie gesagt: So wie ich das sehe … und ich habe in meiner beruflichen Laufbahn schon etlichen Ganoven und Galgenvögeln gegenübergesessen …«

Dr. Briller sprang auf. »Jetzt reicht es mir aber mit Ihrem Larifari! Das wird Konsequenzen für Sie haben, Herr Kommissar, Sie beleidigen meinen Mandanten!«

»Nicht im Geringsten, das war ganz allgemein gesprochen, bezog sich nicht auf Herrn Belrabi und betrifft nur meine eigene Vergangenheit. Worauf wollte ich doch gleich noch mal hinaus? Ach ja, auf die Lebensplanung Ihres Mandanten. So wie ich es sehe, kann er die nächsten fünf bis sechs Jahre die seine auf ein ziemlich hässliches und unkomfortables Apartment mit zehn Quadratmetern begrenzt sehen, das nur ein kleines, dazu noch vergittertes Fenster hat. Die Aussicht besteht aus einer nackten hohen Mauer mit NATO-Stacheldraht obendrauf. In diesem Apartment wird um Punkt zweiundzwanzig Uhr das Licht ausgemacht, und Herr Belrabi besitzt keinen Schlüssel dafür. Es hat auch leider kein Bad, nur ein WC in der Ecke, ganz aus Edelstahl und ohne Klobrille, damit er nichts kaputt machen kann, wenn er einen Wutanfall bekommen sollte, weil das Essen wieder einmal hundsmiserabel war. Höchstwahrscheinlich muss Herr Belrabi Zimmer und WC auch noch mit einem anderen Mitbewohner teilen, der ihn entweder terrorisiert oder ihm ständig Avancen macht …«

»Avancen?«, fragte Belrabi seinen Anwalt. »Was meint er damit?«

»Das will ich Ihnen gern erklären, Herr Belrabi«, beantwortete Madlener die Frage gleich selbst.

Jetzt lief er zur Höchstform auf.

»Unsere Justizvollzugsanstalten, vulgo Gefängnisse, sind so überfüllt, dass es durchaus vorkommen kann, dass ein gut aussehender Mensch wie Sie mit einem Häftling zusammengelegt wird, der sich einsam fühlt, einen Knastkoller hat und körperlichem Kontakt nicht abgeneigt ist, wenn es sein muss, gern auch mit Gewalt …«

»Wovon redet der eigentlich?«, fragte Belrabi schon fast verzweifelt seinen Anwalt.

Madlener beugte sich so weit zu Belrabi vor, dass er beinahe dessen Nase berührte. »Davon, dass Sie die nächsten fünf Jahre im Bau verbringen!«, kam er einer Antwort des Anwalts zuvor, indem er ihm gewissermaßen jedes einzelne Wort seines Satzes um die Ohren schlug. »Wenn Sie nicht sagen, wer Ihnen befohlen hat, das zu tun, was Sie im Kieswerk getan haben. Hier ist meine Karte, falls Sie mich sprechen wollen. Lassen Sie sich von Ihrem Anwalt erklären, was ein Deal mit der Staatsanwaltschaft ist. Und was Sie für einen Rabatt zu erwarten haben, wenn Sie auspacken und Ihren Auftraggeber nennen. Zu dieser Auskunft müsste Herr Dr. Briller, bei dem Stundenhonorar, das er kassiert, eigentlich in der Lage sein.«

Er warf seine Visitenkarte vor Belrabi auf den Tisch.

Damit drehte er sich weg, sah auf die Uhr, die an der Wand hing, schaltete das Audioaufnahmegerät und die Videokamera wieder ein und sprach ins Mikro: »Fürs Protokoll: Das Aufnahmegerät hatte zeitweilig eine technische Störung. Die Vernehmung des Herrn Belrabi wird abgebrochen. Kriminalhauptkommissar Madlener verlässt um fünfzehn Uhr siebzehn den Verhörraum.«

Dann ging er hinaus und knallte die Tür hinter sich zu.

## 63

Madlener klingelte an der Haustür eines zweistöckigen Einfamilienhauses, das in einer Wohnsiedlung in der Nähe des Flughafens lag, in der alle Häuser aus der Nachkriegszeit des letzten Jahrhunderts stammten. Sie waren fast durchgängig im Laufe der vergangenen zwanzig Jahre saniert und ausgebaut worden. Vorgärten und Blumenbeete waren liebevoll gepflegt, die Hecken wie mit der Nagelschere geschnitten und die zahlreichen Carports und Garagen riesig und mit den neuesten SUVs bestückt.

Rasenmäher brummten, eine Kreissäge heulte – die Rentner hatten anscheinend alle Hände voll zu tun, ihre Latifundien auch in Schuss zu halten und sich einen Holzvorrat für den schwedischen Kaminofen zuzulegen.

Von irgendwoher kreischte ein Duo aus zwei Kettensägen immer wieder abwechselnd hysterisch auf.

Bäume, die gefällt werden mussten.

Vorstadtidylle pur.

Hier also dürfte es verzweifelte Hausfrauen und grüne Witwen zuhauf geben, wenn man den entsprechenden Artikeln in den Feuilletons der anspruchsvolleren Zeitungen Glauben schenken sollte, dachte Madlener, während er noch mal klingelte, länger diesmal.

Nur das Haus, vor dessen Eingang er stand, fiel aus dem Rahmen. Es war eine einzige Baustelle, das Gebäude selbst eingerüstet und unverputzt, der Anbau noch im Rohbauzustand und halb fertig ohne Fenster, der Garten eine Lehmlandschaft ohne Zaun, eine Schubkarre und Schaufeln standen herum, am Rand eine Schaukel, ein Bollerwagen, ein Feuerwehrauto aus Plastik.

Lediglich die Doppelgarage, von der ein Tor offen stand, war fertig. Mitten vor der Garageneinfahrt lag ein Kinderfahrrad.

Madlener läutete noch einmal und vergewisserte sich auf

dem Klingelschild, dass er richtig war. »Fam. Schöllhorn« stand darauf. Und darüber waren selbst gebastelte bunte Kindernamen auf gebrannten Tonscheiben: Clarissa, Celina, Cosima und Luci.

Die Familie Schöllhorn hatte wohl ein Faible für Alliteration.

Er sah einen Schatten hinter der Milchglastür auftauchen, und die Tür wurde einen winzigen Spalt geöffnet. Ein hübsches Mädchengesicht, umrahmt von blonden Locken, spitzte durch die Lücke und blinzelte ihn an.

»Ja?«, sagte das Mädchen und schleckte an einem Stangeneis. »Was willst du?«

»Hallo«, sagte Madlener und beugte sich hinunter. »Ich bin Max Madlener. Wie heißt du denn?«

»Das darf ich keinem Fremden sagen.«

Madlener seufzte. Heute hatte er wirklich kein Glück damit, andere Menschen nach ihrem Namen zu fragen und auch eine Antwort zu erhalten.

Er nahm einen neuen Anlauf.

»Ich möchte deinen Vater oder deine Mutter sprechen. Kann ich hereinkommen?«

Das Mädchen schüttelte entschieden den Kopf. »Ich darf keine Fremden ins Haus lassen«, sagte es mit großer Ernsthaftigkeit und zeigte beim Eisschlecken eine doppelte Zahnlücke. Die Tür war immer noch nur einen Spaltbreit geöffnet.

»Da hast du ganz recht. Ich bin aber eine Ausnahme.«

»Das sagen alle«, entgegnete ihm das Mädchen naseweis.

»Aber ich sage die Wahrheit, weil ich nämlich von der Polizei bin. Und wenn man bei der Polizei ist, darf man nicht lügen.«

»Das stimmt nicht.«

»Warum?«

»Mein großer Bruder ist auch bei der Polizei und lügt immer.«

»Er heißt Martin, stimmt's?«

»Mhm. Aber ich darf nicht mit Fremden sprechen.«

Das Mädchen blieb hartnäckig.

Madlener ebenfalls.

»Pass auf – ich zeige dir meinen Ausweis. Kannst du schon lesen?«, fragte er.

Das Mädchen nickte und schleckte gleichzeitig.

Madlener fischte nach seinem Ausweis und hielt ihn in den Türspalt.

»Schau dir das an. Das ist mein Ausweis. Da sind mein Bild drauf und mein Name. Und da steht, dass ich Kommissar bei der Polizei bin, siehst du?«

Bevor er sich's versah, schnappte das Mädchen blitzschnell seinen Ausweis und drückte von innen die Tür ins Schloss.

Madlener stand ziemlich verdattert und ohne seinen Ausweis da und klingelte notgedrungen noch einmal.

Dann klopfte er an die Tür.

Er horchte, aber es rührte sich nichts. Ihm blieb nichts anderes übrig – er war gezwungen, um das Haus herumzugehen, was gar nicht so einfach war, weil der einzige Zugang zur Rückseite um den Anbau herumführte und er einen breiten und tiefen Graben überqueren musste, über den ein wackliges und nicht sehr stabiles Brett führte.

Als er endlich um die Ecke kam und in den rückwärtigen Garten schauen konnte, dessen Rasenfläche perfekt plan und frisch angesät war, entdeckte er eine Frau, die Wäsche aus einem Korb an einer Wäschespinne aufhängte. Sie war Ende vierzig, groß und schlank, hatte eine Schürze um, aus deren Tasche sie ihre Wäscheklammern holte, und ihre langen brünetten Haare zu einem Pferdeschwanz gebunden. Sie hatte Madlener schon bemerkt, der grüßend die Hand hob, stemmte einen Arm in die Hüfte und schenkte ihm einen skeptischen Blick.

»Wenn Sie was verkaufen wollen, sind Sie bei mir an der falschen Adresse«, sagte sie zur Begrüßung.

»Madlener von der Kripo Friedrichshafen«, stellte er sich vor. »Ich nehme an, Sie sind Frau Schöllhorn?«

Das misstrauische Gesicht der Frau entspannte sich. Sie wischte sich mit einer nervösen Geste ihre Hände an der Schürze ab und streckte ihm ihre Rechte entgegen.

»Entschuldigen Sie, Herr Madlener, ich habe Sie nicht gleich erkannt. Aber hier kommen in letzter Zeit dauernd irgendwelche Vertreter, die einem sonst was aufschwatzen wollen. Erika Schöllhorn.«

Madlener gab ihr die Hand und sagte: »Ah, da ist sie ...«, weil er das Mädchen mit den Zahnlücken erspäht hatte, das aus der offenen Terrassentür linste. »Ich habe vorn geklingelt, aber Ihre Tochter wollte mich nicht hereinlassen, und dann hat sie mir auch noch meinen Ausweis stibitzt. Ganz schön clever, die Kleine ...«

»Tut mir leid. Das ist Luci. Sie ist unser Nesthäkchen. Manchmal glaube ich, dass wir ihr zu viel haben durchgehen lassen.«

Sie winkte ihrer Tochter.

»Luci, komm schon her und gib dem Herrn seinen Ausweis zurück!«

Als Luci immer noch zögerte, wurde sie strenger. »Na los, mach schon! Der Mann ist ein Freund von deinem Vater. Er beißt nicht!«

Vom Eisschlecken – es war Schokoladeneis – hatte Luci inzwischen ein ziemlich bekleckertes Gesicht und ebensolche Finger. Sie kam zu ihrer Mutter gerannt, drückte ihr den Ausweis in die Hand und wollte sofort wieder verschwinden. Aber die Mutter ließ sie nicht entwischen und putzte ihr mit ihrem Schürzenzipfel den Mund und die Nase ab, obwohl sich das Mädchen heftig grimassierend zur Wehr setzte. Als Luci sich endlich aus dem unbarmherzigen mütterlichen Klammergriff befreien konnte, lief sie sofort wieder ins Haus zurück, wo sie diesmal aus dem Fenster spähte.

Die Mutter seufzte und wischte auch den Ausweis an ihrer Schürze ab, bevor sie ihn Madlener zurückgab.

»Haben Sie Kinder?«, fragte sie.

»Ja, einen Sohn. Aber der ist schon so gut wie erwachsen«, antwortete Madlener und steckte seinen klebrigen Ausweis wieder ein.

»Martin, mein Stiefsohn, sagt immer, wir hätten unsere Jüngste nicht Luci nennen sollen, weil sie manchmal wirklich einen Luzifer im Leib hat. Vielleicht kennen Sie Martin, er ist bei der Verkehrspolizei.«

»Ja, vom Sehen. Wohnt er noch bei Ihnen?«

»Nein. Er ist vor ein paar Wochen ausgezogen. Es gab Streit zwischen ihm und seinem Vater.«

»Tut mir leid, das zu hören.«

Sie zuckte mit den Schultern. »Soll in den besten Familien vorkommen. Wir bauen, wie Sie sehen können. Und das zieht sich schon eine ganze Weile hin, weil mein Mann alles selbst macht. Nach Feierabend und an den Wochenenden. Manchmal helfen Kollegen. Er hat Martin immer eingespannt, und irgendwann war es dem zu viel. Er will sein eigenes Leben führen, sagt er. Ohne ständig gegängelt zu werden. Tun und lassen, was er will.«

»Hm, da steckt meistens eine Freundin dahinter, würde ich sagen.«

»In seinem Fall wohl mehrere. Gab öfters Streit deswegen mit meinem Mann.«

»Vielleicht ist er auch in dem Alter, wo man auf eigenen Füßen stehen sollte und es einfach mal Krach geben muss. Ablösung vom Elternhaus und so. Ich kenne das. Ich mach gerade Ähnliches mit.«

»Kann schon sein. Aber seine vier Schwestern vermissen ihn. Er hat sich schon seit Wochen nicht mehr bei uns blicken lassen. Braucht seine Zeit jetzt für sich und sein Hobby, hat er mir am Telefon gesagt.«

»Was hat er denn für ein Hobby?«

»Neben seinen Frauengeschichten, meinen Sie?«

Ein dezent angedeutetes Lächeln zeigte an, dass sie ihre Bemerkung halb ironisch, halb ernst meinte.

Madlener gab ihr Lächeln verständnisvoll zurück.

»Autos und Motorräder. Er hat eine alte Werkstatt samt Wohnung angemietet, damit er dort alles unterbringen kann. Will sich dort einrichten.«

Madlener sah sich um. »Hier in der Siedlung?«

»Nein, nein. Ziemlich weit draußen. Dort, wo sich Fuchs und Hase gute Nacht sagen. In Ergoldsbach, falls Sie das kennen.«

»Kommt mir bekannt vor, ja. Na, wenigstens kann man sich da noch die Mieten leisten, denke ich.«

»Er sagt, er hat das alles recht günstig bekommen. Ein Kollege hat die Werkstatt geerbt und kann nichts damit anfangen … Aber jetzt habe ich mich ganz schön verplaudert, nichts für ungut. Deshalb sind Sie sicher nicht hier. Sie wollten meinen Mann sprechen, oder?«

»Ja, das stimmt. Wo ist er denn?«

»Er hat Dienst. Um was geht es?«

»Um den Brand der Erleuchtungskirche.«

»Er hat mir davon erzählt. Muss furchtbar gewesen sein. Wer tut so was?«

»Wir werden das herausbekommen«, sagte Madlener. »Der Brandstifter wird zur Rechenschaft gezogen werden. So etwas nehmen wir sehr ernst. Ein junger Mann ist dabei ums Leben gekommen. Ihr Mann hat ihn unter Einsatz seines Lebens noch aus der brennenden Kirche herausgezogen. Aber es war leider zu spät.«

»So ist er schon immer gewesen, mein Mann, meine ich. Die einen sagen, er ist leichtsinnig. Die anderen, er ist ein Held.«

»Was ist er Ihrer Meinung nach?«

Sie zuckte mit den Achseln. »Er ist bei der Feuerwehr. Mit Leib und Seele. Es ist für ihn kein Beruf wie jeder andere, es ist einfach seine Berufung, verstehen Sie?«

»Das verstehe ich sehr gut. Ist bei mir nicht viel anders.«

»Dann wissen Sie vielleicht auch, wie das für mich ist. Wenn er mal nicht pünktlich zu Hause ist. Man sitzt da und kommt schier um vor Sorgen. Aber wehe, man will mal darüber sprechen. Dann hängt gleich der Haussegen schief.«

Madlener winkte ab. »Die Scheidungsrate bei der Polizei ist, glaube ich, doppelt so hoch wie normal. Was denken Sie, was meine Ex-Frau immer gesagt hat …«

Sie nickte. »Gott sei Dank habe ich bei vier Kindern nicht so oft Gelegenheit, mir groß Gedanken zu machen.«

»Ich weiß, wovon Sie sprechen … Frau Schöllhorn, ich hätte da noch ein paar Fragen an Ihren Mann gehabt, für meinen Abschlussbericht, und dachte, er hat schon Feierabend.«

»Nein. Er hat Doppelschicht.«

»Na, dann weiß ich ja, wo ich ihn finde …«

»Entschuldigen Sie, wo habe ich bloß meine Manieren?«, sagte Frau Schöllhorn. »Kann ich Ihnen etwas anbieten? Einen Kaffee? Meine zwei großen Töchter haben vorhin noch einen Kuchen gebacken, einen Gugelhupf. Wenn Sie wollen …«

»Danke, aber ich muss dann wieder, ich habe noch einen Termin. Das nächste Mal komme ich ganz bestimmt darauf zurück. War nett, Sie kennengelernt zu haben.«

Er gab ihr die Hand.

»Gleichfalls«, sagte sie und lächelte. »Gehen Sie auch aufs Seehasenfest? Vielleicht sehen wir uns da … Luci kann's kaum noch erwarten. Sie ist bei den Erstklässlern mit dabei.«

»Ich werde es wohl nicht schaffen. Leider«, sagte er und sah Luci hinter dem Vorhang im Haus hervorspähen, wo sie sich halb versteckt hatte.

Er winkte ihr zu.

Diesmal hatte er Glück. Sie winkte tatsächlich zurück und zeigte ihre Zahnlücken.

»Und grüßen Sie Luci von mir. Ist schon richtig, dass sie keinen Fremden ins Haus lässt.«

Er war bereits auf dem Weg zum Auto, als er an der Ecke des Anbaus noch mal stehen blieb.

»Da fällt mir ein … Mein Sohn ist auch verrückt nach Motorrädern. Hat Ihr Stiefsohn noch seine Ducati?«

»Soviel ich weiß, ja.«

Madlener nickte und verschwand um die Ecke.

## 64

Madlener fuhr in Richtung Ergoldsbach wieder einmal auf Autopilot.

Das konnte er gut.

Die Teile seines Gehirns, die für primitive Reaktionen wie Lenken, Gasgeben und Einschätzen der Verkehrssituation zuständig waren, funktionierten automatisch, während er mit seinen ermittlungstechnischen Gedanken ganz woanders war.

Erst als er das Ortsschild von Ergoldsbach passiert hatte, schaltete er wieder ganz auf Hier und Jetzt um, wie der Lama sagen würde, dachte er mit einem Anflug von Sarkasmus, während er langsam durch den dörflichen Marktflecken cruiste auf der Suche nach einem werkstattähnlichen Gebäude.

Es gab anscheinend nur die Hauptdurchgangsstraße und ein paar Seitenstraßen, die als Sackgassen endeten.

Als er schon das Schild mit dem diagonalen Querstreifen sah, der das Ortsende ankündigte, entdeckte er am Ende der letzten Stichstraße ein Haus, das nach dem aussah, was er suchte. Dahinter waren nur noch Felder und Streuobstwiesen, so weit das Auge reichte. Ein paar schrottreife Autos waren auf dem Hof abgestellt, zwei große Rolltore zeigten an, dass hier einmal so etwas wie eine Werkstatt gewesen sein musste. Ein altes Relief aus Buchstaben über den Toren war noch einigermaßen kenntlich, eine Frakturschrift aus den zwanziger oder dreißiger Jahren des letzten Jahrhunderts: »Molkerei Ergoldsbach«.

Das Gebäude machte einen heruntergekommenen Eindruck, es war wohl schon seit langer Zeit ungenutzt.

Drei gegenüberstehende Häuser schienen unbewohnt zu sein, die Grundstücke dazu waren verwildert, ein Bauzaun aus Draht umgab sie. Davor war eine Plakatwand, auf der ein Bauträger ein größeres Bauvorhaben mit den üblichen schönfärberischen Sprüchen und einem futuristischen Entwurf der neuen, noch zu errichtenden Wohnanlage ankündigte.

Madlener parkte vor der Plakatwand gegenüber der ehemaligen Molkerei.

Das musste es sein, wo Martin Schöllhorn Wohnung und Werkstatt bezogen hatte.

Er schaltete den Motor aus und rief Harriet an.

»Was hast du?«, fragte er ohne überflüssige Einleitung.

»Eine Menge«, antwortete sie. »Willst du's hören?«

»Bist du so weit fertig damit?«

»So gut wie. Als Erstes: Martin Schöllhorn hat eine neue Bleibe.«

»Ist mir bekannt. Ich bin gerade davor.«

»Woher weißt du davon?«

Er konnte nicht verhehlen, dass er sich darüber freute, Harriet einmal einen Schritt voraus zu sein.

»Ich bin Polizist«, sagte er fröhlich. »Das ist mein Job.«

»Touché. Jedenfalls passt das gut. Ich kann in einer halben Stunde bei dir sein.«

»Warum?«

»Weil ich die Schlüssel für das Haus habe.«

»Was?«

»Und weil Martin Schöllhorn laut Dienstplan nicht vor Mitternacht dienstfrei hat. Er muss für einen erkrankten Kollegen einspringen. Willst du mehr wissen?«

Madlener überlegte nicht lange. »Unbedingt. Aber nicht am Telefon. Ich warte auf dich. Du weißt, wie du herkommst?«

»Yep. Bis gleich.«

Sie hatte schon aufgelegt, und Madlener kam nicht umhin, sich wieder einmal über Harriet zu wundern. Gleichzeitig fragte er sich, was sie diesmal alles angestellt hatte, um an ihre Informationen zu gelangen. Und vor allem an die Schlüssel.

Ein wenig sorgte er sich, ob sie in ihrem heiligen Eifer eventuell zu weit gegangen und übers Ziel hinausgeschossen war.

Aber von wem hatte sie das wohl?

Er kratzte sich an den Bartstoppeln.

Er war immer noch nicht dazu gekommen, sich zu rasieren. Die Stoppeln störten ihn, er war kein Anhänger der Dreitagebart-Mode.

Mist, Mist, Doppelmist.

Offensichtlich war er nicht gerade ein leuchtendes Vorbild für regelkonformes und beamtenrechtlich einwandfreies Verhalten.

Wenn er es genau überdachte, war er das von Anfang an nie gewesen.

Und das hatte in all den Jahren nicht unerheblich auf Harriet abgefärbt.

Sein schlechter Einfluss auf sie in dieser Beziehung war ein zweischneidiges Schwert. Einerseits konnte er sich ihrer Loyalität sicher sein. Andererseits – was sie jetzt in Angriff nehmen wollten, war alles andere als hasenrein. Sie durften sich keinen Fehler erlauben, sonst war der Teufel los.

Er hatte sie mehrfach gewarnt.

Aber ohne Risiko war dieser Fall seiner Meinung nach, so wie er sich entwickelt hatte, nicht zu händeln.

Er konnte nur hoffen, dass sie bei ihren Recherchen nicht zu leichtsinnig gewesen war.

Er stieg aus, um sich ein wenig die Beine zu vertreten und sich mit der Örtlichkeit vertraut zu machen.

Die ehemalige Molkerei war so gelegen, dass ihn niemand sehen konnte – außer es kam zufällig jemand vorbei. Die Straße endete hier, es würde also auch niemand durchfahren.

Ein ideales Plätzchen für illegale Geschäfte und Vorhaben.

Sowohl für Martin Schöllhorn als auch für einen Polizisten wie ihn und seine Partnerin, die genauso wie er durchaus bereit war, ein paar Gesetze zu umgehen, wenn es angebracht war und der Sache diente.

Aber wer bestimmte, was angebracht war und was nicht?

In der Regel das Gesetz.

Das zu strapazieren und zu seinen Gunsten auszulegen war bei ihm allmählich schon zur Routine geworden.

Sein eigenes Gewissen und sein Gefühl von Gerechtigkeit waren sein Maßstab, dazu kam noch ein gewisser Sinn für Verhältnismäßigkeit, der aber stark von seiner jeweiligen Frustrationstoleranz abhing, die manchmal schweren Schwankungen ausgesetzt war.

Mit dieser Einstellung sollte er einem Richter oder dem Kriminaldirektor besser nicht kommen. Sie war gar nicht so weit entfernt von der Selbstherrlichkeit eines Björn Oledahl, stellte er selbstkritisch fest.

Nicht immer heiligte der Zweck die Mittel.

Aber sollte Martin Schöllhorn tatsächlich der Brandstifter sein, war Madlener mit sich im Reinen, was ihre Vorgehensweise betraf, schließlich ging es darum, einem gefährlichen Täter das Handwerk zu legen.

Wenn allerdings nicht, würde kein Mensch von dem begründeten Anfangsverdacht erfahren.

Vorausgesetzt, Harriet hatte keinen Fehler gemacht und in irgendeiner Weise Verdacht erregt.

Aber das tat sie nicht.

Er hoffte es jedenfalls.

Obwohl er genau wusste, dass ein einziger dummer Zufall genügte, um ihre klandestine Aktion auffliegen zu lassen.

Er spürte einen Tropfen auf seiner Stirn und blickte nach oben.

Graue, tief hängende Wolken waren aufgezogen. Es hatte aufgefrischt und sah nach Landregen aus.

Er hörte einen Hund kläffen. Ein Mann kam zwischen den Obstwiesen auf einem Feldweg heran. Sein Hund war beim Anblick von Madlener stehen geblieben und sah sich nach seinem Herrchen um, das ihm folgte.

Madlener öffnete die Heckklappe seines Dienstwagens und tat so, als würde er darin herumkramen und nach etwas suchen.

Der Hund war nicht angeleint, irgendein Mischling. Er kam heran und schnüffelte an ihm.

Der Spaziergänger sah zu.

»Frieda tut nichts«, sagte er, weil Madlener den Hund ignorierte, und wartete darauf, dass Madlener reagierte. Er trug einen Strohhut und war mit Trekkingstöcken unterwegs. Offensichtlich ein topfitter Rentner, der zu viel Zeit hatte und einer Plauderei nicht abgeneigt war.

Das hatte Madlener noch gefehlt.

Er grüßte notgedrungen, der Mann grüßte zurück und wies mit einem seiner Stöcke auf die große Plakatwand des Bauträgers gegenüber, auf der die zukünftige mehrstöckige Wohnanlage verkaufsträchtig dargestellt war.

»Wann fangen Sie endlich an damit?«, fragte er. Anscheinend hielt er Madlener für einen Mitarbeiter des Bauträgers.

Madlener reagierte schnell. »Oh, das dauert noch«, sagte er. »Sie wissen ja, wie das ist mit Baugenehmigungen. Das kann sich ziehen.«

»Und wann werden die alten Hütten da endlich abgerissen? Ist ja eine Schande für unseren Ort.«

»Sobald die Pläne durch sind und die Finanzierung steht.«

»Das hat Ihr Kollege auch schon gesagt, als ich ihn darauf angesprochen habe. Und wissen Sie was – das war vor sechs Wochen! Nichts für ungut, aber Sie reden genau so wie diese ganzen Politiker. Viel versprechen und nichts halten. Komm, Frieda …«

Er pfiff seinem Hund, der auf dem Hof herumschnüffelte, und stakste mit seinen Trekkingstöcken von dannen.

Frieda war ein kluger Hund und warf Madlener noch einen misstrauischen Blick zu, der, so fand Madlener, durchaus seine Berechtigung hatte, bevor sie ihrem Herrchen hinterherjagte.

## 65

Madlener durchsuchte sämtliche Taschen und dann das Handschuhfach seines Dienstwagens, aber er konnte keine Zigarettenschachtel auftreiben, obwohl er jetzt liebend gern eine gequalmt hätte.

Er fand dafür zwischen seinen CDs zwei nahezu ausgequetschte Zovirax-Tuben und brachte sicherheitshalber gleich den Restinhalt von einer der Tuben an seiner chronisch gefährdeten Herpes-Stelle auf der Unterlippe zur Anwendung. Danach musste er mit einem prüfenden Blick feststellen, dass das Haltbarkeitsdatum längst überschritten war. Aber wie sagte der Apotheker seines Vertrauens immer: Wenn's etwas nützt, ist es gut. Und wenn nicht – viel Schaden anrichten kann man damit nicht.

Sein Handy klingelte mehrfach, aber nach einem Blick aufs Display nahm er die Anrufe nicht an. Solange es nicht Harriet war, hatte er keinen Bock darauf, erneut wiederzukäuen, was schon allgemein bekannt war. Mit Cornelius wollte er schon gar nicht reden. Da war vorläufig alles gesagt.

Und dass er hier vor dem Haus des mutmaßlichen Brandstifters stand, konnte er nun wirklich beim besten Willen nicht an die große Glocke hängen.

Der Regen nahm an Stärke zu, und Madlener setzte sich mit Blick auf die ehemalige Molkerei ins Auto. Bei der Suche nach Zigaretten hatte er eine seiner verschollen geglaubten Lieblings-CDs in den Untiefen seines Handschuhfachs entdeckt und legte sie in den Player ein, »Morrison Hotel« von den Doors. »Roadhouse Blues« und »Waiting for the Sun« halfen ihm beim Überlegen, wenn er schon nichts zu rauchen hatte.

Was sollten sie tun, wenn sie tatsächlich in dem Haus etwas fanden, das eindeutig dem Brandstifter zuzuordnen war?

Dass sie ohne richterlichen Durchsuchungsbeschluss eingedrungen waren, musste selbstverständlich unter den Teppich gekehrt werden. Sollte das herauskommen, waren eventuelle Beweise für die Katz.

Ganz abgesehen von dienstrechtlichen Konsequenzen.

Gefahr in Verzug als Begründung für ihr unberechtigtes Vorgehen vorzutäuschen, war ebenfalls ausgeschlossen. Jeder Richter würde ihnen diese fadenscheinige Behauptung beim jetzigen Stand der Dinge glatt um die Ohren hauen, das war Madlener klar.

Und den alten Trick, dass angeblich Hilfeschreie im Inneren des Hauses zu hören gewesen waren, konnte man vielleicht in der Bronx in New York bei irgendwelchen Drogenbruchbuden anwenden, aber ganz bestimmt war das in Ergoldsbach, Kreis Friedrichshafen, kein stichhaltiges und glaubhaftes Argument.

Während er noch darüber nachgrübelte, wie sie ein praktizierbares und vor allem juristisch sauberes Vorgehen begründen konnten, falls sie wirklich auf Beweise stießen, die Martin Schöllhorn als Brandstifter entlarvten, sah er bei einem Blick in den Rückspiegel eine Gestalt in schwarzer Lederkleidung und mit Integralhelm auf einem Motorrad heranfahren und hinter dem Auto anhalten.

Harriet.

Sie nahm ihren Helm und den Rucksack ab und sah zu, dass sie so schnell wie möglich zu ihm ins Auto kam, der Regen war heftiger geworden.

Den Helm warf sie auf die Rückbank, den Rucksack packte sie auf den Schoß.

Er machte den CD-Player aus, und sie fragte, indem sie auf das ehemalige Molkereigebäude wies: »Ist es das?«

Er nickte. »Ja. Was hast du?«

»Wo soll ich anfangen?«

»Mit Martin Schöllhorn. Sag mir alles, was du über ihn rausgefunden hast. Und lass das Wie weg.«

»Okay. Er hat nichts Verdächtiges gepostet, kein Video oder irgendetwas Verräterisches im Zusammenhang mit den Brandstiftungen. Aber er hat einen veritablen Harem, den er bei Laune halten muss. Bei Twitter, Facebook und mit haufenweise SMS kommt er dem fleißig nach. Ich frage mich allen Ernstes, wann der Mann mal Zeit zum Schlafen hat. Ganz zu schweigen von nächtlichen Spazierfahrten und dem gelegentlichen Legen von Bränden. Muss im privaten Bereich irrsinnigen Stress haben, nach allem, was ich festgestellt habe. Hat sich bei der Gelegenheit auch ein paar böse Kommentare weiblicher Herkunft eingefangen, was ihn aber nicht weiter zu jucken scheint. Er hat momentan zwei einigermaßen feste Beziehungen laufen, wenn ich seinen Kommunikationszirkus richtig interpretiere. Eine gewisse Rita Jacobi von der Zentrale …«

»Die mit der sexy Stimme?«

»Vorsicht! Sexistische Bemerkung!«

Madlener hob abwehrend die Hände. »Wollte sie nur charakterisieren, kenne ausschließlich ihre Stimme, war keine Wertung.«

»Das Märchen kannst du der Gleichstellungsbeauftragten erzählen. Vielleicht kauft sie dir das ab.«

»Wieso? Hat er mit der auch was?«

Harriet verdrehte die Augen und seufzte demonstrativ.

Madlener nahm sich vor, auf weitere diskriminierende Scherze dieser Art kurzfristig zu verzichten.

Harriet kramte einen winzigen Moment in ihrem Gedächtnispalast, wo sie alles gespeichert hatte, Notizen hatte sie nicht nötig.

Dann machte sie weiter.

»Nummer zwei ist eine gewisse Fabienne Declerc, Lehrerin am Gymnasium.«

»Lass mich raten: Hauptfach Französisch, Nebenfach Leibeserziehung.«

Er konnte es einfach nicht lassen.

Sie schenkte ihm dafür im Gegenzug einen ihrer vernichtenden Blicke. »Leibeserziehung? In welchem Turnvater-Jahn-Jahrhundert lebst du eigentlich? Außerdem liegst du völlig daneben. Sie hat die Fächer Mathe und Physik.«

»Woher weißt du das?«

»Hat sie in einem Chat erwähnt.«

»Und?«

»Was ›und‹?«

»Ist dieser Don-Juan-Komplex des Martin Schöllhorn von irgendeiner Relevanz für unsere Ermittlungen?«

»Wer wollte haarklein wissen, was ich alles ausgegraben habe?«

»Schon gut. Entschuldige. Mach einfach weiter.«

»Ich komme jetzt zu seinem Dienstplan. Da sieht es allerdings zappenduster aus für ihn …«

Madlener blickte sie auffordernd an. »Inwiefern?«

»Nun, er hatte jedes Mal frei, als die Brandstiftungen passierten. Sogar die Maibaumsache würde zeitlich passen. Da hatte er Urlaub. Und als das Nummernschild von der Verwahrstelle geklaut wurde, hätte er ebenfalls die Gelegenheit gehabt.«

»Bist du absolut sicher?«

Statt einer Antwort pustete Harriet einmal tief durch.

Madlener sah seinen Fehler sofort ein.

»Ja, schon gut. War nur so ein rhetorischer Reflex. Das ist ein sehr schwerwiegender Punkt.«

»Kann man wohl sagen. Und wenn er trotzdem nicht unser gesuchter Täter ist?«

»Wieso? Was meinst du damit?«

»Ich finde, wir sollten die Unschuldsvermutung nicht so ganz außer Acht lassen.«

»Warum das auf einmal? Hast du irgendetwas gefunden, was ihn entlastet?«

»Ehrmanntraut hat mich noch angerufen. Erinnerst du dich an die Streichholzschachtel, die du gefunden hast? Auf dem Dach der Halle neben der abgebrannten Erleuchtungskirche?«

Madlener kratzte sich am Bart. »Mist! Die hatte ich schon ganz vergessen.«

»Ehrmanntraut nicht. Mir gegenüber hast du diese Kleinigkeit ja erst ziemlich spät erwähnt«, fügte sie nicht ohne einen gewissen Vorwurf hinzu.

»Ist mir irgendwie wegen der ganzen Aufregung um diesen Björn Oledahl durch die Lappen gegangen …«

»Wie dem auch sei: Als Ehrmanntraut mir davon erzählt hat und dass er ein paar verwertbare Abdrücke gefunden hat, habe ich mir sofort die Prints von Martin Schöllhorn besorgt.«

»Wie?«

»Ich dachte, du willst das Wie nicht wissen«, sagte sie süffisant.

»In dem Fall schon.«

»Na gut. Ich habe sie von seinem Spind. Ehrmanntraut hat die Fingerabdrücke auf der Schachtel mit denen verglichen, die ich ihm – ohne zu sagen, von wem sie waren – sofort rübergeschickt habe. Also die von Martin Schöllhorn. Keine Übereinstimmung.«

»Das hat nicht unbedingt etwas zu sagen. Der Brandstifter hat wahrscheinlich Handschuhe getragen, und wer weiß, wer die Schachtel noch in den Fingern hatte.«

»Zugegeben. Mich hat einfach stutzig gemacht, dass so vieles vage auf Schöllhorn hindeutet. Aber wir haben keinen einzigen wirklich konkreten Beweis.«

»Deshalb sind wir ja hier.«

»Ja. Alles in allem kann ich dir nur eines mit hundertprozentiger Gewissheit sagen: Martin Schöllhorn hat eine Menge Feinde.«

»Was willst du damit andeuten? Dass Schöllhorn etwas in die Schuhe geschoben werden soll?«

»Wir sollten das nicht ausschließen. Ich gebe zu, ich kann ihn auch nicht besonders leiden. Aber mein Geschmack tut hier nichts zur Sache. Ich habe jedenfalls kaum jemanden gefunden, der gut auf ihn zu sprechen ist. Bis auf seine zwei gegenwärtigen Flammen natürlich. Um im passenden Bild zu bleiben: Er hat viel verbrannte Erde hinterlassen. Vor allem in weiblichen Personenkreisen hat er so ziemlich alles unternommen, um zum Chauvi des Jahres gekürt zu werden.«

»Um Gottes willen – du hast doch nicht etwa eine große Nummer aus deinen Nachforschungen gemacht?«

»Kannst du mir einfach mal vertrauen? Ganz im Ernst?«

»Du weißt genau, was auf dem Spiel steht.«

»Jajaja. Ich weiß schon, was ich tue, okay?«

Madlener spürte so etwas wie eine echte Verstimmung bei

Harriet und wollte seinen gelegentlichen Anflug von Misstrauen wiedergutmachen.

»Hey, Harriet, was ist denn los mit dir? Seit wann legst du jedes Wort auf die Goldwaage?«

Sie sah ihn mit großer Ernsthaftigkeit an. »Ich vertraue dir. Und ich finde, das muss eine Sache auf Gegenseitigkeit sein. So einfach ist das.«

Madlener breitete die Arme zustimmend aus. »Du weißt, wir wandeln auf ganz dünnem Eis.«

»Ja, das sagst du jetzt zum x-ten Mal. Ich hab's inzwischen kapiert, verstehst du?«

»Ist angekommen.«

Sie schwiegen beide eine Weile und brüteten vor sich hin. Madlener stellte den Scheibenwischer auf Intervall, es regnete immer stärker, die Tropfen trommelten auf das Autodach.

Harriet schob sich einen Kaugummi in den Mund, diesmal bot sie ihm das Päckchen nicht an.

»Alles?«, fragte er schließlich.

»Nein«, fuhr Harriet wieder in normalem Tonfall fort. »Martin Schöllhorn macht nebenher Geschäfte mit den Autos, die er repariert. Man sieht ja, dass er in der Hinsicht am Ball bleiben will.« Sie wies auf die alten Wagen, die auf dem Hof standen.

Madlener ahnte, dass sie noch etwas in der Hinterhand hatte. »Willst du damit sagen, er hat einen Mercedes der S-Klasse hergerichtet und weiterverkauft?«

»Hat er.«

»An wen? Und wann?«

»An jemanden, der eine Rockerbar in Konstanz betreibt. Besser gesagt, so eine Art Striptease club. Vor drei Monaten. Die Bar nennt sich ›Highway 66‹. Der Name des Besitzers ist Waldemar Amendt.«

»Gott, Harriet – das hast du alles in der kurzen Zeit herausbekommen?«

»Dem Ingenieur ist nichts zu schwör. Dabei habe ich dir den Clou an der ganzen Sache noch gar nicht verraten.«

»Und der wäre?«

»Der gute Mann ist sechsundachtzig.«

»Wie bitte?«

»Du hast schon richtig gehört. Eine Acht mit einer Sechs hintendran. Wenn dieser Mann unser Brandstifter ist, dürfte Waldemar Amendt unter Garantie der älteste bekannte Feuerteufel der gesamten Kriminalgeschichte sein.«

»Wir müssen ihm trotzdem einen Besuch abstatten. Aber erst sehen wir uns diesen Schuppen hier an. Jetzt zur Gretchenfrage …«

Statt einer Antwort holte Harriet einen Schlüssel hervor und hielt ihn Madlener vor die Nase. »Ich seh's dir schon an, du willst auch in dem Fall das Wie wissen …«

»Wenn du mich so fragst: ja.«

»Ich habe mir seinen Spind in der Umkleide vorgenommen. Und bin fündig geworden.«

Obwohl er es nicht mehr wollte, fuhr er doch aus der Haut. »Jesus, Harriet! Bist du von allen guten Geistern verlassen?«

»Ganz cool bleiben! Es hat mich niemand gesehen. Er hat ein ordinäres Zahlenschloss am Spind. Keine große Affäre. So was knacke ich in einer Minute.«

Allmählich wurde ihm Harriet unheimlich. »Und wenn er merkt, dass der Schlüssel fehlt?«

»Wie soll er das merken? Er schiebt Dienst. Bis er zurückkommt, ist der Schlüssel wieder an Ort und Stelle. Oder wir verhaften ihn, weil wir bis dahin wissen, dass wir genügend Beweise gegen ihn in der Hand haben.«

»Hab ich dir schon gesagt, dass du zu viel riskierst?«

»No risk, no fun.«

Sie grinste tatsächlich ihr entwaffnendes Pippi-Langstrumpf-Lächeln.

Madlener schloss für einen Moment die Augen.

Er musste wirklich ein ernstes Wort mit ihr reden.

Ihr grundsätzlich den Kopf waschen.

Die Leviten lesen.

Am besten alles auf einmal.

Aber er hatte dieses Thema für heute schon genügend strapaziert, jetzt war nicht der richtige Zeitpunkt für eine erneute Strafpredigt.

Außerdem wusste er ganz genau, dass man bei Harriet besonders diplomatisch vorgehen musste. Wenn man bei ihr mit der Tür ins Haus fiel, erreichte man nur das Gegenteil dessen, was man wollte.

Er atmete zweimal tief durch und dachte kurz daran, dass er bald in seiner eigenen Wohnung sein und seine Jukebox startfertig machen konnte. Das beruhigte ihn wieder.

Einigermaßen jedenfalls.

»Dann wollen wir mal«, sagte er entschlossen, startete den Motor und fuhr den Wagen auf den Hinterhof der Werkstatt.

Er stieg aus und hielt sein Gesicht für einen Augenblick in den Regen, der sich zu einem Starkregen ausgewachsen hatte, bevor er zum Eingang neben dem linken Rolltor spurtete, wo er unter dem Vordach auf Harriet wartete, die heraneilte und mit dem Schlüssel aufsperrte.

## 66

Vorsichtig stieß Madlener die Tür auf.

Harriet tastete und fand den Lichtschalter.

An der hohen Decke flackerten Neonröhren auf und tauchten die Halle in ein weißes Licht.

Harriet sperrte wieder ab und steckte den Schlüssel ein.

Aus der ehemaligen Molkerei war eine passable Autowerkstatt geworden. Eine lange Werkbank an der Schmalseite, an der Längsseite hohe Regale mit Werkzeugen und Ersatzteilen, eine Hebebühne, auf der ein alter Opel GT ohne Räder, ohne Motor und ohne Getriebe auf Kopfhöhe hochgefahren war.

Kein weiteres Auto, aber ein schweres Motorrad stand in der Ecke.

Harriet sah es an und sagte: »Ducati. Sein Motorrad.«

Sie ging um das Bike herum und warf einen Blick auf das Nummernschild.

»Ist unter diesem Kennzeichen auf ihn angemeldet«, bestätigte sie.

Madlener registrierte ihre Anmerkung und sah sich weiter um.

Platz genügend für vier oder fünf Autos. Ein schwerer, an Schienen bewegbarer Flaschenzug hing von der Decke, ein kleiner Gabelstapler mit platten Reifen stand neben dem Rolltor.

Harriet filmte alles wie üblich mit ihrem Handy.

Madlener begab sich an ein hohes Regal mit allerlei Krempel, vor dem zwei Metallfässer ohne Deckel standen. Er sah hinein, in einem waren Kleinschrottteile, das andere war leer. Dutzende Farbeimer waren aufgereiht, alle schienen angebrochen zu sein, Madlener öffnete einen zur Stichprobe mit einem Schraubenzieher, es war nur Farbe darin.

»Wonach suchen wir eigentlich?«, fragte Harriet, als sie die Werkstatt komplett auf Video hatte.

»Vorräte an Benzin oder sonstigen Brandbeschleuniger, leere

Flaschen für Molotow-Cocktails … Die Ducati allein bedeutet nichts. Er hat nie verheimlicht, dass er sie hat.«

Vier Metallspinde neben einer Tür, die zum Wohnbereich zu führen schien, interessierten ihn. Bevor er sie berührte, tastete er nach Vinylhandschuhen, hatte aber diesmal keine dabei. Harriet reichte ihm wortlos ein Paar aus ihrem Rucksack und zog wie Madlener selbst welche an, bevor sie die Spinde öffneten.

Sie fanden Arbeitsoveralls und Arbeitsschuhe und im dritten Spind eine schwarze Lederkluft für Motorradfahrer und einen schwarzen Integralhelm, dessen Visier verspiegelt war.

Harriet sah ihn sich näher an und zuckte mit den Schultern.

»Teuer, aber trotzdem kein Helm, von dem man sagen kann, dass er außergewöhnlich ist.«

»Ob der Junge mit dem Fahrrad, das mit den dicken Reifen …«

»Du meinst Ben mit dem Fatbike.«

»Ja. Ob er den Helm oder das Motorrad wiedererkennen könnte?«

Sie schüttelte den Kopf. »Unwahrscheinlich. Alles ohne besonders auffällige Merkmale.«

Madlener drehte sich noch einmal um seine eigene Achse und machte einen enttäuschten Eindruck.

»Ich weiß nicht, was ich erwartet habe. Ist zwar nicht so sauber wie die Werkshallen vom Daimler, aber auch keine Müllhalde …«

Harriet hatte einen Benzinkanister entdeckt und hob ihn hoch.

»Leer«, sagte sie. »Nicht gerade außergewöhnlich für eine Werkstatt, oder?«

»Nein.«

Madlener öffnete die Tür neben den Spinden, sie war nicht abgesperrt.

Er machte Licht. Er sah in einen Flur, von dem mehrere Türen abgingen. Eine Treppe führte zum ersten Stock hoch.

»Sehen wir uns da drinnen mal um, wenn wir schon da sind«, meinte Madlener und gab Harriet einen Wink.

»Pscht!«, sagte sie warnend und legte den Zeigefinger auf ihre Lippen.

Sie lauschten.

Das harte Prasseln und Gluckern des Regens hatte aufgehört, das fiel Madlener erst jetzt auf.

Aber dann vernahm er es auch, ein näher kommendes Motorengeräusch, charakteristisch für ein Motorrad.

Es fuhr anscheinend draußen jemand vor das rechte Rolltor und blieb dort bei laufendem Motor stehen. Dieser Jemand spielte mit dem Gashebel.

»Licht aus!«, zischte Madlener.

Harriet eilte zum Eingang und drückte auf den richtigen Schalter, die Neonröhren gingen aus.

Tageslicht aus den hoch angesetzten rückwärtigen Schmalfenstern sorgte für dämmerige Restbeleuchtung in der Halle.

Das Motorengeräusch war immer noch zu hören, dann verstummte es.

»Was machen wir?«, fragte Harriet im Flüsterton.

Madlener zog sie durch die Tür in den Flur des Wohnbereichs und schloss sie bis auf einen Spalt, durch den sie die Halle im Auge behalten konnten.

Dann löschte er das Licht im Flur und deutete auf einen zweiten Eingang, der auf die Rückseite des Gebäudes führte.

»Probier mal den Schlüssel, ob er auch für die Tür passt«, flüsterte er.

Harriet tat, was er gesagt hatte. Der Schlüssel passte, sie öffnete die Tür. Der Hinterhof mit weiteren Schrottautos und zwei Müllcontainern war zu sehen.

Madlener behielt die Halle im Visier.

Die Tür am anderen Ende ging langsam auf, und eine Gestalt in schwarzer Motorradfahrerkluft mit verspiegeltem Integralhelm kam herein. Sie ließ die Tür offen. Anscheinend kannte sie sich aus, denn sie ging ohne zu zögern zur Werkbank. Dort zog sie eine Schublade auf und kramte darin herum.

Madlener tastete instinktiv nach seiner Pistole.

Vergeblich, wie immer.

Er fluchte innerlich.

Sie war wohlverwahrt.

Im Safe in seinem Hotelzimmer.

Harriet hatte auf seine Bewegung hin ihre Waffe schon gezogen und quetschte sich neben ihn, um auch durch den schmalen Tür-spalt in die Halle sehen zu können.

Die Gestalt hatte einen Schraubenzieher und eine Zange aus der Schublade geholt und begab sich hinter die Ducati, wo sie be-gann, am Nummernschild herumzuhantieren, ohne den Helm abzunehmen.

Harriet blickte Madlener fragend an, der mit einer Kopfbewe-gung andeutete, was er vorhatte.

Er stellte sich so, dass er in einem Schwung die Tür aufreißen konnte, und Harriet ging mit ihrer Walther PPK in der Hand in Position.

Sie war bereit und nickte.

Madlener drückte die Tür in einem Schwung ganz auf und brüllte gleichzeitig: »Hier ist die Polizei! Bleiben Sie, wo Sie sind, und zeigen Sie mir Ihre Hände!«

Harriet stürmte mit der Waffe im Anschlag auf die schwarze Gestalt zu, die aus ihrer Hocke hochgeschossen war und vor Überraschung für einen kurzen Augenblick wie erstarrt wirkte.

Madlener wollte Harriet folgen und stolperte prompt über ein Rohr, das quer über dem Boden lag und das er im Eifer des Gefechts übersehen hatte. Er fiel hin, es klirrte und scheppertte.

Das löste bei der behelmten Gestalt eine blitzartige Reaktion aus. Augenblicklich ließ sie fallen, was sie in der Hand hatte, und spurtete zur offen stehenden Tür, durch die sie hereingekommen war.

»Halt! Stehen bleiben!«, hallte Harriets Stimme durch die Werkstatt.

Davon unbeeindruckt hatte der schwarze Biker den Eingang erreicht.

Harriet rannte hinterher, aber bevor sie ihn eingeholt hatte, war er durch die Tür geschlüpft und schlug sie von außen zu.

Harriet erreichte sie einen Herzschlag zu spät, drückte gegen die Klinke und wollte die Tür aufreißen, aber sie war von außen abgesperrt worden.

Während Harriet den Schlüssel aus ihrer Tasche fummelte und versuchte, wieder aufzuschließen, hörten sie, wie draußen ein kehliger, lauter Motor ansprang und mehrfach Gas gegeben wurde, bis der erste Gang eingelegt war und der Motor monstermäßig auf Touren kam.

»Der Schlüssel steckt von außen, ich kann nicht raus!«, rief Harriet Madlener verzweifelt zu, der mühsam wieder auf die Füße gekommen war, zu den Rolltoren humpelte und alle Schalter daneben drückte, die er erreichen konnte.

Es knackte laut, und beide Rolltore setzten sich nach oben in Bewegung, wenn auch enervierend langsam.

Das Motorrad jagte auf höchster Drehzahl davon.

Es hörte sich an wie eine rasend vor Wut fliehende Monsterhornisse.

Als das Tor in Kniehöhe war, wälzte sich Harriet darunter durch, Madlener folgte ihr auf allen vieren.

## 67

Als sie endlich im Freien waren und sich hochrappelten, konnten sie gerade noch sehen, wie das Bremslicht des Motorrads auf der Einmündung zur Hauptstraße rot aufleuchtete. Der Fahrer bog nach rechts ab und verschwand aus ihrem Gesichtsfeld. Das Kennzeichen war nicht mehr zu erkennen gewesen.

»Ducati. Eindeutig«, keuchte Harriet.

Madlener hielt sein blutendes Knie, und bevor er auch nur fluchen konnte, drückte sie ihm ihren Rucksack in die Hand, steckte ihre Pistole ins Holster zurück und spurtete ohne nachzudenken zu ihrem Motorrad auf der anderen Straßenseite, ließ es an, wendete und raste halsbrecherisch ohne Helm dem anderen Bike nach, eine Wasserfontäne hinter sich hersprühend, die Straßen waren vom Regen klatschnass.

»Harriet …!«, schrie Madlener ihr noch nach, aber es war zu spät, sie hörte ihn nicht mehr oder wollte ihn nicht mehr hören und war auch schon nach rechts auf die Hauptstraße abgebogen.

»Himmelherrgott noch mal – Mist, Mist, Doppelmist!« Jetzt wurde Madlener doch noch seinen Fluch los, der ihm schon die ganze Zeit auf der Zunge lag.

Seine Gedanken rasten – sollte er zurück in die Werkstatt, den Schlüssel holen und alles wieder absperren oder …

Er rannte humpelnd durch das Rolltor in die Werkstatt, sein aufgeschrammtes Knie schmerzte höllisch. Er drückte auf die Schalter und ließ die Rolltore herunter.

Bevor sie zugingen, humpelte er hinaus und zum seitlichen Eingang, zog den Schlüssel ab, den der Motorradfahrer stecken gelassen hatte, und hinkte ohne Rücksicht auf Verluste durch knöcheltiefe Pfützen zum Dienstwagen, fummelte Handy und Autoschlüssel hervor, warf den Rucksack auf den Beifahrersitz, klemmte sich hinter das Steuer, wendete und raste mit Blaulicht und Martinshorn hinter Harriet und dem Ducati-Fahrer her.

Beim Einbiegen auf die Hauptstraße fehlte nicht viel und ein Lastwagen hätte ihn seitlich gerammt. Madlener kümmerte sich nicht um kreischende Bremsen und die Hupe des Fahrers, mit deren Lautstärke man vermutlich Tote aufwecken konnte, und holte alles aus seinem Wagen heraus.

Es war eine Nebenstrecke, sie war eng, kurvig und hügelig, und obwohl Madlener grenzwertig fuhr, konnte er Harriet nicht mehr sehen. Nebenher rief er Frau Gallmann an und forderte unter Angabe der Fahrstrecke dringend Verstärkung an. Außerdem gab er eine Fahndung nach dem flüchtigen Motorrad durch, von dem er kein Kennzeichen, aber wenigstens die Marke wusste. Harriet hatte die Ducati zweifelsohne als solche erkannt.

Dann drückte er noch mehr auf die Tube, allmählich wuchs die Panik, hinter der nächsten Kuppe Harriet samt Motorrad verunglückt in ihrem Blut auf der Straße liegen zu sehen – schließlich hatte sie sich nicht einmal die Zeit genommen, sich ihren Helm aufzusetzen …

Er schüttelte diese Horrorvision wieder ab und war sich sicher, dass sie dem gesuchten Feuerteufel persönlich begegnet waren. Er musste es gewesen sein – wer sonst kam auf die Idee, das Kraftfahrzeugkennzeichen von Schöllhorns Ducati abzuschrauben?

Und Martin Schöllhorn war im Dienst.

Also hatte Harriet mit ihrer Vermutung recht gehabt, dass es jemanden geben musste, der Martin Schöllhorn die Schuld an den Brandanschlägen in die Schuhe schieben wollte.

Aber warum?

Was war der Grund?

Es musste schon ein starkes Motiv sein, bei all den Risiken, die der Feuerteufel bisher auf sich genommen hatte. Eigentlich kam nur Rache dafür in Frage und Hass.

Abgrundtiefer Hass.

Der Täter hatte seelenruhig zugesehen, wie die Kirche abgebrannt war. Er wusste, dass es dabei einen Toten gegeben hatte, der auf sein Konto ging. Das hielt ihn anscheinend aber nicht davon ab, seinen Plan weiterzuverfolgen und Martin Schöllhorn endgültig den Garaus zu machen.

Alle Spuren deuteten auf Schöllhorn, und jetzt wollte er dessen Nummernschild klauen, damit er ein letztes großes Feuer entfachen konnte, bei dem die Ducati und das Kennzeichen endgültig belegten, dass Schöllhorn der Täter sein musste.

So konnte es sein.

Und sie hatten ihn dabei erwischt.

Beinahe jedenfalls.

Plötzlich passten alle Puzzleteile zusammen und ergaben ein logisches Muster.

Bis auf eine Kleinigkeit: Wie war der Täter an die Daten von Schöllhorns Dienstplan gekommen? Woher wusste er, wann Schöllhorn dienstlich auf Achse war und wann nicht?

Hatte er Zugang zum internen Netz der Polizei?

Und dann der S-Klasse-Mercedes – der erste Brandanschlag, bei dem Zeugen das Auto gesehen hatten, war registriert worden, nachdem ihn Schöllhorn verkauft hatte.

Sie mussten unbedingt nach Konstanz und diesen Stripteaseclub-Besitzer unter die Lupe nehmen …

Er warf einen raschen Blick auf den Tacho. Obwohl er wie der Henker fuhr, bekam er Harriet, geschweige denn den Ducati-Fahrer nicht ins Blickfeld. War sie immer noch hinter der Ducati her, oder hatte der Fahrer sie inzwischen abgehängt?

Wohl kaum, denn dann wäre sie umgekehrt und wieder zurückgefahren, und er wäre ihr längst begegnet. Sie hatte ihr Handy nicht dabei. Es war im Rucksack, der auf seinem Beifahrersitz lag.

Ging denn heute alles schief?

Jetzt wurde es auch noch stockdunkel, weil eine gewaltige Gewitterfront mit mächtigen pechschwarzen Wolken aufzog. Blitze zuckten, Donner grollte heran und entlud sich mit einem ohrenbetäubenden Schlag. Dann kübelte es förmlich in Sturzbächen herunter.

Die unübersichtliche Strecke im Hinterland des Bodensees ging auf und ab und hin und her, es war die reinste Achterbahnfahrt, nur ohne Schienen. Madlener lief Gefahr, zu schnell zu sein und durch Aquaplaning von der Straße abzukommen und im Graben zu landen oder durch das Schneiden der unübersichtlichen Kurven einen Frontalzusammenprall mit einem entgegenkommenden Fahrzeug zu riskieren.

Aber er blieb verbissen am Drücker.

Er durchquerte Wälder und Felder und mehrere Weiler, überholte halsbrecherisch ein paar Autos und konnte nur hoffen, dass er nach einer Abzweigung auf der richtigen Strecke unterwegs war, weil immer noch kein Motorrad in seiner Fahrtrichtung zu sehen war.

Dabei konnte Harriet mit ihrem Motorrad gegen die Ducati geschwindigkeitsmäßig schlichtweg gar nichts ausrichten, da war sich sogar der Motorradlaie Madlener ganz sicher. Das war, als würde man es mit einem Bobbycar gegen einen Porsche aufnehmen wollen. Und sehen konnte sie ohne ihren Helm auch praktisch nichts.

Warum zum Teufel hatte sich Harriet überhaupt an die Verfolgung der Ducati gemacht, und warum gab sie nicht endlich auf?

Sie musste es viel besser als er wissen, dass es nicht viel Sinn machte.

Aber die Straßen waren der reinste Wasserparcours, das musste der Grund sein. Die schwere Ducati konnte auf gar keinen Fall alle ihre PS auf den nassen Asphalt bringen, sonst wäre sie längst aus der Kurve geflogen, weil sie abgehoben hätte wie ein Kieselstein, der flach auf die Wasseroberfläche geschleudert wurde.

Bei diesem Gedanken schöpfte er wieder Hoffnung und riss gerade noch rechtzeitig das Steuer herum, als er in einer Rechtskurve durch die Zentrifugalkraft auf die linke Fahrspur hinausgetragen wurde und zwei Scheinwerfer ihm aufblinkend entgegenkamen.

Nur mit größter Mühe und viel Gefühl brachte er seinen Wagen wieder unter Kontrolle und konnte so gerade noch einen Zusammenstoß vermeiden.

Er ging vom Gas.

Weil es einfach nur hirnrissig war, wenn er sich auch noch à la Harriet wie ein Kamikaze benahm und einen Crash baute.

Die Scheibenwischer seines Wagens leisteten Schwerstarbeit, der Regen peitschte in Orkanböen gegen die Windschutzscheibe.

Wo in Gottes Namen war Harriet?

Ein Straßenschild zeigte an, dass es noch sieben Kilometer bis zur nächsten größeren Ortschaft waren. Dort war die Ducati im Vorteil, weil es mehrere Kreuzungen gab. Wenn Harriet die falsche Abzweigung erwischte, war die Ducati endgültig verschwunden.

Madlener kamen immer mehr Zweifel, je länger er fuhr. Er musste sie verloren haben. Wahrscheinlich hatte sie längst irgendwo früher eine andere Straße genommen, die er übersehen hatte.

Er beschloss, an der nächstmöglichen Stelle zu wenden und zurückzufahren.

Da erblickte er im grellen Lichtschein des nächsten Blitzes hinter einer weiteren Kurve eine mitten auf der Straße stehende Person in schwarzer Motorradkluft, die mit einem Arm auf eine Art winkte, wie man das nur tat, wenn man einen Zug auf offener Strecke anhalten wollte.

Harriet.

Er bremste abrupt ab, kam trotz Antiblockiersystem sofort ins Schleudern und schlitterte seitwärts auf Harriet zu. Sosehr er auch am Steuer kurbelte – er brachte den Wagen nicht mehr unter Kontrolle.

Harriet konnte sich gerade noch durch einen beherzten Sprung zur Seite retten.

Der Dienstwagen schrammte mit der rechten Seite gegen die Leitplanke, die zum Glück den Straßenrand begrenzte. Kreischend und funkensprühend rutschte er daran entlang und kam schließlich mit einem Ruck zum Stillstand.

Madlener war nicht angeschnallt, aber beim seitlichen Aufprall auf die Leitplanke war die Geschwindigkeit schon so reduziert, dass er sich nirgendwo anschlug und der Airbag nicht ausgelöst wurde.

Madlener riss die Fahrertür auf und humpelte zu der Stelle, wo Harriet gerade noch gestanden hatte.

Das Blaulicht des malträtierten Dienstwagens flackerte gespenstisch, und das Martinshorn hörte nicht auf zu jaulen.

»Harriet!«, schrie er. »Harriet!«

Da bewegte sich etwas in seinem linken Augenwinkel.

Grenzenlos erleichtert sah er sie aus dem Straßengraben hochkommen, ihre kurz geschnittenen Haare klebten durch den Regen an ihrem Kopf, Blut lief ihr über die Stirn, sie hielt ihren linken Arm und kam auf ihn zugetaumelt. Er nahm sie vorsichtig an den Schultern und sah ihr prüfend ins Gesicht.

»Du blutest – bist du schlimm verletzt?«

»Das ist nur eine Schramme«, sagte sie. »Aber mein Arm ... Ich glaube, ich habe mir den Arm gebrochen ...«

»Komm ins Auto. Du musst dich hinlegen ...«

Sie versuchte, sich von seinem Griff zu lösen.

»Nein, nein, Max ... Der Typ, den ich verfolgt habe, der liegt da vorn ... Er bewegt sich nicht mehr ... Er muss tot sein, so wie er sich überschlagen hat ... Wir müssen dahin ...«

Sie hatte offensichtlich einen Schock, das konnte Madlener ihr vom Gesicht ablesen und an ihrer Stimme hören, die schon im hysterischen Grenzbereich war.

»Du gehst garantiert nirgendwohin. Du setzt dich jetzt ins Auto«, sagte er resolut. »Und ich rufe einen Rettungswagen.«

»Zwei«, sagte sie, »besser zwei!« Dann klappte sie auf offener Straße zusammen.

## 69

Madlener konnte sie gerade noch auffangen.

Er packte sie an der Schulter und unter den Kniekehlen und trug sie wie ein Kind zum Auto, wo er sie – sie war noch bei Bewusstsein und stöhnte bei jeder Bewegung laut auf – mit ihrer Hilfe so vorsichtig wie möglich auf den Rücksitz seines Autos bugsierte.

Dann klemmte er sich auf den Fahrersitz und machte als Erstes das Martinshorn aus, das Blaulicht ließ er an, um die Unfallstelle abzusichern, so gut es eben ging.

Er griff zum Handy und setzte einen Notruf ab.

Es regnete immer noch in Strömen, im Auto hörte es sich an, als ob jemand auf dem Dach herumtrommelte.

Als er alle notwendigen Angaben so kurz und präzise wie möglich an die Zentrale durchgegeben und aufgelegt hatte, drehte er sich zu Harriet nach hinten um.

»Hilfe ist unterwegs, Harriet. Hörst du mich?«

»Ja.«

»Ist dir schlecht?«

»Nein. Geht schon.«

»Kannst du deine Beine bewegen? Spürst du sie?«

»Ja …«

»Bleib liegen. Ich komme gleich wieder!«

Er hinkte zum Kofferraum und holte den Verbandskasten. Hastig machte er ihn auf, fummelte Verbandszeug heraus, riss die Cellophanverpackung weg und wickelte Harriet einen Notverband um den Kopf.

»Halt still!«, befahl er, als sie sich bewegte. »Und der Arm?«, fragte er, als er fertig war. »Was ist damit? Hast du da eine offene Wunde?«

»Ich glaube nicht, nein«, sagte sie und krallte sich mit ihrer gesunden Hand in Madleners Jackenärmel fest. »Max, du musst nach dem Ducati-Fahrer sehen. Er liegt ein Stück weiter hinten.

Er hat die Kurve genauso wenig geschafft wie ich. So wie's aussah, hat er sich den Hals gebrochen.«

»Na schön – ich werde dich jetzt kurz allein lassen und nach ihm schauen. Ich komme so schnell wie möglich zurück ...«

Madlener stieg aus und stand wieder im Regen. Er musste jetzt als Erstes dafür sorgen, dass nicht noch ein weiteres Auto bei diesen miserablen Sicht- und Straßenverhältnissen in die Unfallstelle rauschte. So schnell er konnte, holte er aus dem Kofferraum das Warndreieck heraus und stellte es so weit weg vom Auto auf der Straße auf, dass man es rechtzeitig sehen konnte. Daneben ein blinkendes Warnlicht, das er ebenfalls dabeihatte.

Ein Lieferwagen kam herangefahren. Madlener hielt ihn an, eine junge Frau saß am Steuer. Sie reagierte schnell, als er sie um Hilfe bat, lenkte ihr Fahrzeug an den Straßenrand und schaltete das Warnblinklicht an.

»Ich bin Polizist«, sprach er sie an, weil er vermutlich nicht mehr ganz vorzeigbar aussah und einen desolaten Eindruck machen musste. »Bitte kümmern Sie sich um meine Kollegin. Sie ist mit dem Motorrad verunglückt und liegt verletzt im Auto. Da vorn muss noch jemand sein. Ich sehe nach ihm. Notarzt ist informiert und unterwegs«, rief er ihr zu und war schon unterwegs zur nächsten Kurve.

Er war inzwischen bis auf die Haut durchnässt und erspähte schon von Weitem Harriets demoliertes Motorrad am Straßenrand.

Und ein Stück weiter weg von der Straße, in einer Senke nach einem Graben, konnte er einen menschlichen Körper im Gras liegen sehen.

Er kletterte über die Leitplanke und rutschte auf dem Hosenboden in den tiefen Graben, hangelte sich auf der anderen Seite mühsam wieder nach oben und stolperte auf den Körper zu. Er lag seltsam verdreht auf dem Bauch, ein Bein war unnatürlich abgewinkelt. Madlener entdeckte die Ducati, sie war gute zwanzig Meter weitergeschleudert worden.

Er kniete sich neben dem reglosen Körper nieder und fühlte

am Hals des Fahrers nach dem Puls. Er war sich nicht sicher, ob er ihn spüren konnte, allem Anschein nach war da nichts.

Jetzt ging es um Sekunden, vielleicht war es auch schon zu spät für Rettungsmaßnahmen.

Behutsam drehte er den leblosen Fahrer auf den Rücken.

Er wusste, dass es gefährlich war, einem verunglückten Motorradfahrer den Helm abzunehmen, falls das Rückenmark verletzt war, das hatte er irgendwo mal gelesen. Aber ihm blieb nichts anderes übrig, wenn er versuchen wollte, den Fahrer wiederzubeleben, weil es sein konnte, dass der Mann sonst an Erbrochenem in seinem Helm erstickte, wenn Madlener zu einer Herzmassage ansetzte.

Und das sollte er sofort tun.

Mit größter Vorsicht löste er den Kinnriemen und nahm den Helm ab.

Er sah es auf den ersten Blick.

Der Fahrer war kein Mann, es war eine Frau. Eine Frau mit pechschwarzen Locken. Dem Gesicht nach glaubte er, sie schon einmal im Präsidium gesehen zu haben.

Aber das war jetzt zweitrangig.

Er musste sofort handeln, so wie er es von seinem Erste-Hilfe-Kurs in Erinnerung hatte, der im Präsidium regelmäßig angeboten wurde, darauf hatte er in seiner Eigenschaft als Kriminaldirektor selbst Wert gelegt und beispielgebend für alle sogar daran teilgenommen.

Er versuchte, sich zu vergegenwärtigen, was und in welcher Reihenfolge er es zu tun hatte.

Zuerst überstreckte er den Kopf der Frau leicht nach hinten und begann mit der Herzmassage, indem er seine Hände übereinander auf ihren Brustkorb legte, die Finger ineinander verzahnte und in flüssigem Rhythmus mit ziemlichem Kraftaufwand drückte, wie er es gelernt hatte und wie es der neueste Stand der Dinge in der Notfallmedizin war.

Eins, zwei, drei, vier …

Dreißigmal, wie er noch wusste.

Er zählte laut mit. Im Takt des berühmtesten Bee-Gees-Songs aus dem Film »Saturday Night Fever« mit John Travolta, wie die Sanitäterin, die den Kurs leitete, es anschaulich erklärt hatte. Daran konnte er sich noch genau erinnern, weil er die Bee Gees noch nie mochte, zu seicht, zu schmalzig. Aber diesen Titel musste er vielleicht doch auf seine Playlist der Top 100 by Max Madlener setzen, der seiner Meinung nach besten Rock- und Popsongs aller Zeiten.

Es war sinnigerweise »Stayin' Alive«.

Im Rhythmus des Songs – »ha-ha-ha-ha, staying alive, staying alive« – pumpte er aus Leibeskräften.

Dann streckte er den Kopf der Frau weiter nach hinten, hielt ihr die Nase zu und blies ihr Luft in die Lungen, nachdem er sich davon überzeugte, dass sie ihre Zunge nicht verschluckt hatte.

Einmal, zweimal.

Weiter mit Herzmassage – »ha-ha-ha-ha, staying alive, staying alive« …

Das Regenwasser, vermischt mit seinem Schweiß, lief ihm in Strömen herunter, zwischendurch kontrollierte er, ob die Frau atmete.

Immer noch nicht.

Er wiederholte die Prozedur, merkte, wie anstrengend es war, aber er ließ nicht locker.

Dabei konzentrierte er sich so sehr, dass er gar nicht mitbekam, wie Blaulichter und Sirenen aus beiden Richtungen zur Unfallstelle gerast kamen und endlich zwei Sanitäter mit voller Notfallausrüstung heraneilten. Sie zogen ihn im passenden Moment weg und übernahmen.

Benommen blieb er auf dem nassen Boden sitzen und sah den beiden Sanitätern zu, die sich mit aller Professionalität und mit dem entsprechenden Equipment um die Frau kümmerten.

Hier konnte er nichts mehr ausrichten.

Harriet fiel ihm wieder ein.

Er raffte sich auf und humpelte zurück zu seinem Auto.

Es regnete immer noch in Strömen, aber das Gewitter verzog sich langsam, es blitzte nur noch am dunklen Horizont.

Die Straße war inzwischen völlig verstopft mit Notarztfahrzeugen und Streifenwagen.

Madlener sah, wie Harriet von Sanitätern auf eine fahrbare Trage gepackt wurde, und drängte sich durch die vielen Helfer zu ihr durch.

Sie lag leichenblass da, hatte inzwischen einen professionellen Verband um die Stirn, eine Halskrause und einen Arm in einer Schlinge.

Madlener hielt die Sanitäter auf, die sie in den Krankenwagen schieben wollten.

»Einen Augenblick noch«, bat er sie. »Eine Minute!«

Dann wandte er sich an Harriet.

»Harriet«, brachte er mit belegter Stimme heraus und strich ihr die nassen Haarsträhnen aus dem Gesicht.

»Wie siehst du denn aus …?«, sagte sie, er konnte sie kaum verstehen, so leise sprach sie. Aber er war erleichtert, dass sie ihn erkannte.

»Eindeutig besser als du«, erwiderte er.

»Lebt der Ducati-Fahrer?«, wollte sie wissen.

»Ich weiß es nicht. Ich habe mein Möglichstes getan. Jetzt kümmert sich der Notarzt um sie.«

»Sie?«

»Ja, genau. Der Ducati-Fahrer ist eine Frau.«

»Echt jetzt?«

Er nickte.

»Kennst du sie?«

»Kann schon sein, dass ich ihr mal über den Weg gelaufen bin.«

»Sie fährt jedenfalls wie ein Profi …«

Er beugte sich zu ihr hinunter und flüsterte: »Du sagst erst mal gar nichts, wenn sie dich was fragen. Du hast einen Filmriss, du weißt, was ich meine … Ich regle das.«

Sie zwinkerte ein Mal nachdrücklich, zum Zeichen, dass sie verstanden hatte.

»Wir sehen uns«, sagte er mit normaler Stimme. »Ich muss noch eine Weile hierbleiben, aber ich komme so bald wie möglich nach.«

Dann tat er etwas, was er noch nie getan hatte. Er streichelte ihr mit seinem Handrücken sanft über die Wange.

Sie reagierte, indem sie seine Hand mit ihrer gesunden drückte und ein gequältes Lächeln zustande brachte.

Eigentlich wollte er ihr noch sagen, dass sie so etwas nie wieder tun sollte, aber das verschob er auf später.

Dann trat er einen Schritt zurück, nickte den Sanitätern zu und wartete, bis sie Harriet in den Krankenwagen geschoben hatten und mit ihr davonfuhren.

Erst jetzt merkte er, dass er vollkommen durchnässt und schmutzig war und dass sein Knie wieder höllisch schmerzte.

Dabei wusste er schon gar nicht mehr, wo er sich die Verletzung zugezogen hatte.

»Madlener?«, hörte er eine laute Stimme rufen. »Wo steckt Madlener?«

Er seufzte innerlich.

Mist, Mist, Doppelmist!

Heute blieb ihm auch nichts erspart.

Er drehte sich zu der Stimme um und sagte: »Sie wollen mich sprechen, Herr Kriminaldirektor?«

## 71

Das Versprechen »Ich komme so bald wie möglich nach«, das Madlener Harriet gegeben hatte, ließ sich nicht so ohne Weiteres einlösen, wie er sich das vorgestellt hatte.

Cornelius war hartnäckig und bestand auf einem sofortigen mündlichen Bericht über den Ablauf der Ereignisse, die zum Unfall der Ducati-Fahrerin und Harriets geführt hatten. Bevor Madlener anfangen konnte, erhielt Cornelius noch einen Anruf, den er entgegennahm. Zunächst hörte er nur zu, stellte ein paar Fragen, sagte ein knappes »Danke« und legte schließlich auf.

Dann sah er Madlener an und spielte mit seinem Handy.

»Sie wissen schon«, sagte er, »dass Sie mir ein paar Erklärungen schuldig sind, Madlener?«

Sie waren im Trockenen in einem Polizeibus, der mit einem Tisch ausgestattet war, an dem sie sich gegenübersaßen. Madlener hatte einen heißen Tee bekommen, eine Decke um die Schultern und schlürfte die Pfefferminzbrühe, als wäre es teuerster First Flush aus Darjeeling, während eine hilfsbereite Sanitäterin ihm das Hosenbein aufschnitt und sein lädiertes Knie versorgte.

»Aber bevor Sie loslegen, habe ich Neuigkeiten, was die Ducati-Fahrerin angeht«, bemerkte Cornelius.

»Lebt sie?«

»Ja. Sie ist auf dem Weg ins Krankenhaus. Ob sie es tatsächlich schafft, können sie noch nicht sagen. Wenn sie überlebt, hat sie das einzig und allein Ihnen zu verdanken. Der Notarzt hat mir das eben gesagt.«

»Ich habe nur das getan, was ich im Erste-Hilfe-Kurs gelernt habe. Das hätte jeder gekonnt.«

»Oh, das glaube ich nicht. Nein, das glaube ich ganz und gar nicht. Aber sei's drum – jedenfalls lebt sie noch. Ihre Identität wurde aufgrund ihres Führerscheins festgestellt. Ihr Name ist Ilse Amendt. Die Ducati ist auf einen gewissen Waldemar Amendt in Konstanz zugelassen. Ilse Amendt ist offensichtlich seine Tochter.«

Cornelius sah an Madleners Reaktion, dass dieser überrascht war.

»Sie kennen sie?«

»Nein. Aber auf diesen Amendt sind wir bei unseren Ermittlungen auch gestoßen. Auf seinen Namen ist ein alter Mercedes der S-Klasse zugelassen. Den Martin Schöllhorn ihm verkauft hat. Vor drei Monaten.«

»Okay«, sagte Cornelius, »ich sehe schon, wir haben ein paar Lücken aufzuarbeiten.«

Er wartete, bis die Sanitäterin mit ihrer Verarztung von Madleners Bein fertig war. Madlener bedankte sich, und sie verließ den Wagen.

Erst jetzt schaltete Cornelius die Aufnahmefunktion seines Handys ein und sah Madlener auffordernd an.

»Wie ist die Sache nun abgelaufen?«, wollte er wissen. »Und wann haben Sie was gewusst?«

Madlener berichtete und bog dabei die Wahrheit ein wenig zu seinen und Harriets Gunsten zurecht, indem er kein Wort über ihr unrechtmäßiges Eindringen in die Werkstatt von Martin Schöllhorn verlor, sondern frank und frei behauptete, dass der Ducati-Fahrer – er korrigierte sich: die Ducati-Fahrerin – schon in der Werkstatt gewesen und dann geflohen sei, als sie gerade um die ehemalige Molkerei herumgegangen waren.

Da hakte Cornelius sofort nach, der sich bis dahin alles ohne Unterbrechung angehört hatte.

»Wie sind Sie überhaupt auf die Molkerei gekommen?«

Um diese Frage zu beantworten, musste Madlener wohl oder übel damit herausrücken, dass Martin Schöllhorn, Beamter der hiesigen Verkehrspolizei und seit Kurzem Mieter und Bewohner des ehemaligen Molkerei-Anwesens, sich verdächtig gemacht hatte und in ihr Raster passte. Madlener nahm die Tatsache, Cornelius nicht sofort darüber unterrichtet zu haben, auf seine Kappe. Er behauptete, dass sie routinemäßig die Werkstatt aufgesucht hatten, um Martin Schöllhorn erst einmal als Zeugen, nicht als Verdächtigen zu vernehmen.

»Wir wollten vor allem wissen, warum und unter welchen

Umständen der Mercedes an diesen Amendt verkauft wurde«, sagte er.

»Sie fahren zu seiner Werkstatt, obwohl Sie wussten, dass er Dienst hatte?«, fragte Cornelius, der Madlener nicht so einfach davonkommen lassen wollte.

Jetzt wurde es heikel für ihn.

»Ich mache mir grundsätzlich erst ein Bild«, sagte er, »bevor ich einen Verdacht ausspreche. Es ging hier immerhin um einen Mann aus unseren eigenen Reihen.«

»Was im Umkehrschluss heißt, dass Sie mir nicht vertrauen«, entgegnete Cornelius staubtrocken.

Wo der Mann recht hat, hat er recht, dachte Madlener. Aber das band er ihm natürlich nicht auf die Nase.

Stattdessen beugte er sich zu Cornelius vor. »Hören Sie – was hätten Sie gemacht, wenn ich Sie beim ersten kleinen Verdachtsmoment informiert hätte? Ganz abgesehen davon, dass ich bei meinen Ermittlungen so handele, wie ich es für richtig halte. Sie haben mir ausdrücklich grünes Licht dafür gegeben.«

»Das bedeutet nicht, dass Sie die grundsätzlichen Regeln umgehen können, wie es Ihnen gerade passt, und dass Sie Carte blanche haben.«

»Lassen Sie uns doch jetzt nicht um Deutungshoheiten feilschen. Also noch mal: Was hätten Sie getan?«

»Den Mann suspendiert und ihn vorläufig festnehmen lassen natürlich. Der Feuerteufel ist gefährlich. Wenn sich einer in dieser angespannten Situation verdächtig gemacht hat, dann kann ich den nicht frei herumlaufen lassen. Das liegt in meiner Verantwortung als Kriminaldirektor. Ich hätte ihn also für mindestens vierundzwanzig Stunden festgehalten. So lange jedenfalls, bis sich seine Schuld oder seine Unschuld herausgestellt hat. Das bin ich der Bevölkerung schuldig.«

»Und der öffentlichen Meinung. Da denken Sie politisch, nicht wahr?«

»Allerdings. Das ist mein Amtsverständnis.«

»Das hätte hohe Wellen geschlagen.«

»Zweifellos. Sehr hohe Wellen.«

»Eben. Und sehen Sie: Genau das wollte ich unter allen Umständen vermeiden. Wenn sich hinterher herausstellt, dass der Mann unschuldig ist – was wir jetzt höchstwahrscheinlich wissen –, dann hätte ich das Geschrei in Stuttgart hören wollen, das so eine voreilige Verhaftung ausgelöst hätte. Vermutlich hätte man es bis Friedrichshafen gehört.«

Cornelius schaltete sein Handy aus.

Madlener argumentierte weiter.

»Ich befürchte, das wäre dann auf Sie zurückgefallen. Nicht auf mich. Sie sind der Kriminaldirektor. Sie hätten die Verhaftung angeordnet und damit auch zu verantworten. So etwas kann leicht eine Karriere ruinieren.«

Cornelius sah ihn lange an. Madlener schlürfte seinen Tee. Er konnte es förmlich sehen, wie es in Cornelius arbeitete.

Schließlich schüttelte der Kriminaldirektor geradezu fassungslos den Kopf.

»Das heißt – ich muss mich bei Ihnen sogar noch bedanken, dass Sie mich nicht informiert haben ...«

»Nein. Nicht nötig. Das habe ich getan, um den Ruf der Polizei nicht unnötig zu belasten.«

»Verstehe.«

Cornelius stand auf.

»Machen Sie weiter und bringen Sie diese leidige Angelegenheit endlich zu Ende«, sagte er sichtlich angefressen und wollte aussteigen.

»Warten Sie«, sagte Madlener, und Cornelius blieb stehen. »Wir brauchen Kommissar Fischer in Konstanz. Er soll sofort einen Durchsuchungsbeschluss für die Bar ›Highway 66‹ besorgen und den Club und alle dazugehörenden Räumlichkeiten gründlich auf den Kopf stellen, um nach Hinweisen auf die Brandstiftungen zu suchen. Und er soll Waldemar Amendt zu der Sache vernehmen und ihn über den Unfall seiner Tochter informieren. Ob er für Ilse Amendt Alibis für die Tatzeiten hat und so weiter. Vielleicht weiß er etwas und packt aus, auch wenn seine Tochter mit allergrößter Wahrscheinlichkeit die Brandstifterin war.«

»Wie sicher können wir sein?«

»So gut wie. Sie werden sehen, wir finden genug Beweise in Konstanz.«

»Und warum kann der Vater nicht der Feuerteufel sein?«

»Der Mann ist sechsundachtzig«, antwortete Madlener lapidar und freute sich über den ungläubigen Blick seines Kriminaldirektors.

»Woher wissen Sie das schon wieder?«

»Hat alles die Kommissarin Holtby recherchiert, kurz bevor sie die Verfolgung des beziehungsweise der Verdächtigen aufgenommen und dabei Kopf und Kragen riskiert hat.«

»Ihr schriftlicher Bericht liegt morgen auf meinem Tisch«, sagte Cornelius, um einen Rest an Autorität zu bewahren und zu demonstrieren. Dann verließ er den Bus.

Madlener trank seinen Tee aus und humpelte ins Freie.

Er holte Harriets Rucksack aus dem Dienstwagen und wandte sich an einen Polizisten.

»Habt ihr das Handy der Ducati-Fahrerin schon?«, fragte er ihn.

»Soviel ich weiß, noch nicht.«

»Sucht es, es ist wichtig.«

Er fand einen Streifenwagen, dessen Fahrer am Funkgerät Kontakt zur Zentrale hielt, öffnete die Beifahrertür und sagte: »Können Sie mich nach Friedrichshafen bringen? Ich brauche dringend eine Dusche und frische Sachen.«

»Aber klar. Kommen Sie.«

Madlener nahm die Decke von seinen Schultern und breitete sie auf dem Beifahrersitz aus, weil seine Kleidung noch nass und schmutzig war, erst dann setzte er sich.

»Ich muss ins Hotel ›Zum silbernen Zeppelin‹. Kennen Sie das?«

»Nein.«

»Glauben Sie mir, Sie haben nichts versäumt. Ich zeige Ihnen den Weg.«

Der Fahrer fuhr los.

»Und entschuldigen Sie«, sagte Madlener müde, »wenn ich während der Fahrt nicht mehr reden will.«

»Kein Problem, Herr Kommissar.«

»Danke für Ihr Verständnis.«

Madlener schnallte sich an, drehte die Rückenlehne noch ein wenig nach hinten und schloss die Augen.

Er war heilfroh, dass Harriet nicht noch mehr passiert war.

Dann dachte er an seine Jukebox.

Der Fahrer warf ihm einen kurzen Seitenblick zu und wunderte sich, dass der Kommissar lächelte.

Nach allem, was passiert war.

## 72

Nach einer ausgiebigen Dusche und mit frischen und vor allem trockenen Klamotten fühlte sich Madlener wieder fast wie ein Mensch. Bis auf sein Knie, das immer noch schmerzte. In seiner Hausapotheke fand er nichts außer Zahnseide, Hansaplast, einem Nähset, einem leeren Feuerzeug – er hatte nicht die geringste Ahnung, wie das in seine Notfallapotheke hineingeraten war –, Zovirax und Aspirin. Im Blister waren gerade noch zwei Tabletten. Er warf sie ein, schluckte sie mit einem Glas Wasser hinunter und hoffte auf Schmerzlinderung.

Dann rasierte er sich gründlich. Erst danach, als er prüfend mit seinen Fingerkuppen über Kinn und Wangen fuhr, war er wieder bereit, sich aufs Neue in den Kampf zu stürzen.

Obwohl er mehrere Anrufe auf seinem Handy bekam, nahm er sie nicht an. Er bestellte ein Taxi und ließ sich in die Klinik chauffieren.

Schon im Eingangsbereich rümpfte er die Nase. Er konnte den Geruch von Krankenhäusern einfach nicht ausstehen, weder am Eingang, wo es irgendwie nach einem Gemisch aus schaler Dampfkost und scharfen Desinfektionsmitteln roch, noch auf den Stationen und erst recht nicht in der Pathologie.

Das brachte ihn auf den Gedanken, dass er Dr. Ellen Herzog über den Weg laufen konnte. Wie sollte er reagieren, wenn er ihr begegnete?

Er wusste es nicht.

Es war nicht so, dass ihm ein erstes Aufeinandertreffen nach ihrer einigermaßen friedlichen Trennung unangenehm gewesen wäre, das nicht. Seine Entscheidung für die neue Wohnung und damit gegen Ellen war nun mal gefallen, er bereute sie nicht.

Jedenfalls redete er sich das ein.

Aber dass einem ein Mensch auf einmal fremd geworden war,

obwohl man längere Zeit mit ihm zusammengelebt hatte – das war für Madlener doch eine verstörende Erkenntnis.

Er erkundigte sich an der Pforte nach dem Zimmer von Harriet und fuhr mit dem Aufzug auf die Unfallstation.

Dort fing er die Ärztin ab, die gerade an der Rezeption zu tun hatte, und fragte sie nach Harriets Befinden. Er wies sich mit seinem Ausweis aus, der immer noch ein bisschen klebrig war, wie er fand, und die Ärztin konnte ihn beruhigen: Harriets Kopfwunde war nur ein Cut, er war schon genäht worden. Außer einer Gehirnerschütterung und ein paar Schürfwunden und Hämatomen hatte sie keine größeren Schäden davongetragen. Und dann war da natürlich noch der Armbruch. Aber auch hier hatte Harriet nach Ansicht der Ärztin Glück im Unglück gehabt, es war ein glatter Bruch der Speiche ohne Splitterungen und damit eine relativ unkomplizierte Angelegenheit. Der Arm war schon gerichtet und eingegipst. Trotzdem sollte sie noch mindestens zwei Tage zur Beobachtung in der Klinik bleiben.

Wann hatte Madlener schon einmal einen Doktor gesehen, der sich Zeit gelassen hatte? Auch diese Ärztin war bereits auf dem Sprung und wollte eigentlich gleich wieder losstürmen, aber er hielt sie noch auf, weil er unbedingt von ihr wissen wollte, wie es um die ebenfalls nach dem Unfall eingelieferte Ilse Amendt stand.

»Sie soll hinter den Brandanschlägen stecken, stimmt das?«, fragte die Ärztin.

»Sie steht unter Tatverdacht, so viel darf ich Ihnen sagen. Also, wie sieht's aus bei ihr?«

»Sie ist wieder bei Bewusstsein gewesen, als sie hier eingeliefert wurde. Soviel ich weiß, wird sie gerade operiert.«

»Wird sie durchkommen?«

»Ja, wenn es keine Komplikationen mehr gibt …«

»Was denken Sie – wann wird sie vernehmungsfähig sein?«

»Frühestens morgen.«

Er bedankte sich für die Auskunft, dann ging er in Harriets Krankenzimmer.

Es war abgedunkelt, und er sah eine kleine, blasse Harriet in einem Krankenhaushemd und mit Gipsarm im Bett liegen. Durch ihre neue Kurzhaarfrisur wirkte sie noch schmaler und durchscheinender, gar nicht wie die Harriet, die er sonst kannte.

»Hi«, sagte sie mit einem dünnen Stimmchen und bewegte die Finger ihrer gesunden Hand zur Begrüßung.

»Hi«, antwortete er und holte einen Stuhl heran, auf den er sich neben sie setzte.

»Frag mich jetzt bloß nicht, wie's mir geht«, krächzte sie.

»Auf gar keinen Fall. Ich kann's mir auch so denken«, entgegnete er.

»Was ist mit der Ducati-Fahrerin? Alle, die ich gefragt habe, taten so, als wüssten sie nichts.«

»Ilse Amendt? Sie wird's überleben, sagen die Ärzte.«

»War sie's? Haben wir die Richtige?«

»Ich denke schon.«

»Heißt das, ihr wisst es noch nicht?«

»Na ja, noch nicht hundertprozentig. Außer es stellt sich heraus, dass es doch ihr sechsundachtzigjähriger Vater war.«

»Du machst Witze!«

»Gelegentlich. Ist manchmal ganz hilfreich, um die Wirklichkeit besser zu ertragen.«

Er lächelte, und sie gab sich offenkundig große Mühe, zurückzulächeln.

»Wirklich sicher können wir erst sein«, fügte er an, »wenn wir sie vernehmen können und sie tatsächlich zur Sache aussagt. Oder wir finden Beweise. Ihr Handy zum Beispiel. Das suchen wir noch. Ihre Wohnung und alles, was dazugehört, wird schon auf den Kopf gestellt.«

»Kommissar Fischer in Konstanz?«

»Richtig.«

»Was machst du dann noch hier? Händchen halten? Klemm dich ans Telefon! Wir haben einen Fall zu lösen.«

Er tätschelte ihre gesunde Hand. »Du löst erst mal gar nichts. Du schläfst dich jetzt aus, und dann sehen wir weiter. Ich halte dich schon auf dem Laufenden. Jetzt mal im Ernst – soll ich dir ein paar Sachen aus deiner Wohnung holen? Was zum Anziehen und zum Waschen und so.«

Sie erschrak richtig und fuhr von ihrem Kissen hoch. »Was willst du mir damit sagen? Dass die mich morgen nicht rauslassen?«

Madlener schüttelte den Kopf und drückte sie sanft wieder in ihr Kissen zurück. »Morgen ganz bestimmt noch nicht, Harriet, du hast eine schwere Gehirnerschütterung. Das muss man ernst nehmen. Zwei Tage Bettruhe, sagt die Ärztin. Mindestens.«

»Das darf doch nicht wahr sein! Wenn du das nächste Mal kommst, kannst du gleich runter in die Pathologie. Dort findest du mich in einem von diesen gekühlten Schubfächern. Weil ich mich nämlich zu Tode gelangweilt habe. Bin gespannt, wie man das bei einer Obduktion feststellen will«, sagte sie und tat so, als würde sie ihre Fingernägel der gesunden Hand inspizieren.

»Du erlebst das ja dann nicht mehr«, warf Madlener ein.

»Stimmt. Du hast recht. Tja, aber vielleicht kriegt Dr. Ellen Herzog das raus. Die hat was drauf. Du weißt schon, die Frau, mit der du mal zusammen warst. Sie hat mich übrigens schon besucht. Du hast sie nur um eine Minute verpasst.«

Jetzt schaute sie ihm direkt prüfend ins Gesicht.

Er verzog keine Miene.

»Aha«, sagte er, als habe sie ihm gerade erzählt, dass der Seehas heuer leider nicht kommen konnte, weil er Terminprobleme hatte.

»Mehr gibt's darüber nicht zu sagen?«, wunderte sie sich.

»Nein.«

»Verstehe. Schade drum. Ihr beide seid ganz schön blöd.«

»Was?«

»Vergiss es.«

Sie schwiegen sich eine Weile an.

Problematisches Terrain, heikles Thema.

Madlener steuerte lieber wieder in sichere verbale Gewässer. »Hat dir schon mal eine Krankenschwester gesagt, dass du eine wahnsinnig schwierige Patientin bist? Und dich versteckt hast, als Gott die Geduld verteilt hat?«

Harriet antwortete nicht. Wenn sie jetzt gesund gewesen wäre, hätte sie ihre Arme verschränkt und ihren trotzigen Gesichtsausdruck aufgesetzt.

Den hatte sie gut drauf.

So auch jetzt.

Er stand auf.

»Ich erwarte von dir, dass du dich diesmal streng an die Anordnungen des Klinikpersonals hältst. Auch wenn's dir schwerfällt. Kein Sprung aus dem Fenster in die Freiheit – wir sind hier im vierten Stock. Keine Extratouren. Du bleibst schön im Bett liegen. Und ich … ich kümmere mich jetzt mal wieder um unseren kleinen Fall. Ach ja, ich hab dir doch was mitgebracht.«

Sie schaute immer noch trotzig zur Seite. »Kannst du dir sparen. Ich mag weder Blumen noch Pralinen«, sagte sie an die Wand gerichtet.

»Hier«, erwiderte er und stellte Harriets Rucksack aufs Bett, den er so hereingebracht hatte, dass sie es nicht sehen konnte. »Gegen die Langeweile.«

»Danke«, bekam sie gerade noch heraus und griff schon danach.

»Übrigens …«, fing Madlener an, »… hat dich schon jemand danach gefragt, wie du dazu gekommen bist, die Ducati-Frau zu verfolgen?«

Er sah sie an, sie sah mit ihrem Unschuldsblick zurück, auch den konnte sie gut.

»Hab ich das? Ich weiß nur noch, wie ich das Präsidium verlassen habe und auf meine Maschine gestiegen bin … Der Rest ist weg. Komplett! Muss so was wie eine Teilamnesie sein … durch die Gehirnerschütterung wahrscheinlich …«

»Ja, wahrscheinlich«, sagte Madlener. »Eine Teilamnesie. Klingt gut.«

Aber Harriet hatte bereits ihr Tablet aus dem Rucksack herausgezogen und bearbeitete es.

Madlener hatte schon den Türgriff in der Hand und wollte hinausgehen.

»Max …«, rief sie hinter ihm her.

»Ja, Harriet?« Er war in der Tür stehen geblieben.

»Ich glaube, ich muss doch auf dein Angebot zurückkommen …«

»Gar kein Problem. Wo ist dein Wohnungsschlüssel?«

Sie zog ihn aus dem Rucksack und warf ihn Madlener zu, der ihn gerade noch auffangen konnte.

»Im Schrank findest du alles.«

»Seit wann hast du einen Schrank?«

»Seit sich zu viele Klamotten angesammelt haben. Und bring mir den Waschbeutel mit. Und die Zigarrenkiste mit meiner Nagellackfarbensammlung.«

»Sonst noch was?«

Sie tat so, als würde sie überlegen, dann schüttelte sie den Kopf. »Nein, das wär's.«

Er wollte schon die Tür schließen, da sagte sie doch noch etwas.

»Äh, Max …«

»Ja?«

»Danke.«

»Keine Ursache.«

Diesmal schloss er die Tür hinter sich.

## 73

Madlener zögerte kurz, als er wieder auf dem Gang war. Er setzte einen Anruf an Ehrmanntraut ab, der noch an seinem Arbeitsplatz war. Er schilderte Madlener kurz, wie sie den weißen Porsche Macan aus dem Kiesweiher gezogen hatten. Die Papiere und Handys der zwei Security-Männer des Lama waren im Handschuhfach und geborgen worden. Jetzt waren sie am Auswerten der Daten. Madlener kündigte seinen Besuch in ungefähr einer Stunde an und legte auf.

Er hatte schon einen Entschluss gefasst und machte sich nun daran, ihn umzusetzen. Auch wenn das, was er jetzt vorhatte, alles andere als legal und rücksichtsvoll war. Aber er hatte es satt, weiterhin nicht absolut sicher sein zu können, dass Ilse Amendt für die Brandstiftungen verantwortlich war.

Für morgen Vormittag war die Beisetzung des Jungen anberaumt, der durch die Schuld eines anderen bei lebendigem Leib verbrannt war. Bis dahin wollte Madlener zweifelsfrei Gewissheit haben, dass sie den richtigen Täter gefasst hatten. Die Ärzte würden ihn unter keinen Umständen noch heute zur frisch operierten Ilse Amendt vorlassen, das war ihm klar.

Also gab es nur eine Möglichkeit …

Er ging an die Rezeption, an der inzwischen eine ältere Schwester Dienst schob, und zeigte seinen Ausweis vor.

»Kommissar Madlener. Ich ermittle im Fall des Brandstifters, der Ihnen sicher ein Begriff sein dürfte. Können Sie mir sagen, in welchem Zimmer Frau Ilse Amendt liegt?«

»Sie können jetzt auf gar keinen Fall zu ihr. Sie hat eine OP hinter sich und liegt im Aufwachraum.«

»Natürlich, keine Frage. Es geht mir auch nur darum, dass wir sie eventuell bewachen müssen. Sie ist eine Tatverdächtige.«

Die robuste Stationsschwester sah ganz so aus, als wäre ihr nichts Menschliches und Unmenschliches mehr fremd. Sie warf einen misstrauischen Blick auf Madlener und dann auf ihren Computerbildschirm und meinte: »Für die Patientin Amendt können Sie sich eine Wache sparen.«

»Warum?«

»Weil sie nicht mehr weglaufen kann. Sie mussten ihr einen Unterschenkel amputieren.«

»Ich verstehe. Wo finde ich den für sie zuständigen Arzt?«

»Ärztin, Frau Dr. Weissgerber. Dort hinten rechts. Im Aufenthaltsraum. Wenn sie nicht schon bei der nächsten OP ist. Heute geht uns die Kundschaft nicht aus ...«

Ein Tonsignal piepste, die Schwester schaute nach, woher es kam, eilte davon und ließ die Rezeption verwaist zurück.

Niemand war zu hören und zu sehen.

Das war die Gelegenheit, auf die Madlener gewartet hatte.

Schnell schlüpfte er in seine mitgebrachten Vinylhandschuhe.

Dann betrat er die Teeküche neben der Rezeption, auch sie war leer.

Er öffnete den Geschirrschrank, nahm einen frischen Glasbecher heraus und ein Papiertuch von einer Küchenrolle. Mit dem Papier putzte er den Becher noch einmal sorgfältig ab und hielt ihn gegen das Licht, um zu überprüfen, ob er auch wirklich sauber war.

Mit dem Glasbecher in der Hand verließ er die Teeküche wieder und sah sich um. Noch immer war weit und breit kein Personal in Sicht.

Madlener ging um die Theke der Rezeption herum, suchte und fand den Druckknopf, der mit einem Summton eine Tür mit Milchglasscheibe freigab, auf der »Zutritt zum OP-Bereich verboten! Nur für Berechtigte!« stand.

Er klickte die Tür auf und ging in den Flur hinein.

Für alle Fälle hatte er seinen Ausweis parat, aber damit käme er nicht weit, das wusste er. Er musste es einfach riskieren.

So schnell er konnte schlich er sich zum Aufwachraum, dessen Tür offen stand. Er warf einen Blick hinein.

Ein Krankenbett, Überwachungsapparaturen, überall Schläuche und Drainagen, eine im Bett liegende Person, bewegungslos, nur der Brustkorb hob und senkte sich langsam, aber gleichmäßig. Sie war mit Kabeln an einen ganzen Geräteturm angeschlossen. Zahlen, Sinuskurven und gezackte, durchlaufende Linien zeigten die überwachten Vitalfunktionen auf Monitoren an, irgendetwas piepste leise vor sich hin.

Madlener erkannte Ilse Amendt wieder, schließlich war er ihr bei den Wiederbelebungsmaßnahmen eine ziemlich lange Zeit von Angesicht zu Angesicht gegenübergekniet und ihr nahe gewesen.

Sehr nahe sogar.

Er hörte vom Gang her ein lautes männliches Lachen, eine weibliche Stimme fiel in das Lachen ein. Zwei Personen, nicht mehr weit entfernt.

Schnell zog er sich hinter einen Wandschirm zurück und hoffte, dass sie nicht hereinkamen.

Ein Arzt in weißem Kittel und mit Klemmbrett in der Hand schaute in den Aufwachraum, kontrollierte die Anzeigen an den Geräten und ging hinaus, ohne Madlener hinter dem Wandschirm bemerkt zu haben. Draußen führte er sein Gespräch mit der Kollegin weiter, die Schritte entfernten sich.

Erst jetzt wagte es Madlener wieder, tief einzuatmen. Nun durfte er keine Zeit mehr verlieren. Er trat ans Bett der Patientin, nahm erst die linke und dann die rechte Hand von Ilse Amendt und drückte sie fein säuberlich auf den Glasbecher, nachdem er ihn ein Stück weit gedreht hatte, um zwei einwandfreie Hand- und Fingerabdrücke zu bekommen. Dann steckte er den Becher in einen Beutel und den in seine Jackentasche. Er zog die Vinylhandschuhe aus, warf sie in einen Abfallkorb und horchte an der offenen Tür.

Die Luft schien rein zu sein, niemand war zu sehen.

Madlener huschte zur Milchglastür, drückte auf den Knopf, der sie freigab, und war draußen. Er grüßte im Vorbeigehen die robuste Stationsschwester, die eben zurückkehrte und etwas in ihren Computer tippte, und schon war er im Treppenhaus verschwunden, als sie hochsah.

Er wartete nicht auf den Fahrstuhl, sondern nahm die Treppen im Laufschritt.

Das, was er eben getan hatte, war auch nicht gerade die feine englische Art, aber er hatte niemandem geschadet. Das Einzige, was er versucht hatte, war, der Wahrheit ein wenig schneller auf die Sprünge zu helfen, als dies mit dem sturen Einhalten von umständlichen bürokratischen Regeln möglich war.

Ehrmanntraut blickte noch einmal genau auf den Monitor an seinem Arbeitstisch, auf dessen Bildschirm ein Splitscreen mit zwei Fingerabdrücken zu sehen war.

»Und?«, fragte Madlener. »Ist sie's?«

»Definitiv! Pass auf!«

Er führte die beiden Abdrücke mit seiner Maus übereinander.

»Siehst du? Elf Übereinstimmungen linker Daumen. Das überzeugt jeden Richter. Derselbe Abdruck. Ilse Amendt hat die Streichholzschachtel, die du bei der brennenden Kirche gefunden hast, in der Hand gehabt. Vor Gericht hat das aber bestimmt keine durchschlagende Beweiskraft, erstens, weil deine Abnahme der Fingerabdrücke nicht rechtens war, und zweitens, weil jeder Anwalt sagen wird, dass diese Streichholzschachtel durch x Hände gegangen sein und an tausend Orten gelegen haben könnte ...«

»Das ist mir auch klar«, sagte Madlener. »Es geht mir ausschließlich darum, Gewissheit zu haben. Mehr wollte ich nicht.«

»Du bist mir was schuldig.«

»Wofür?«

»Dafür, dass ich den Mund halte darüber, wie du an die Abdrücke gekommen bist.«

»Das ist morgen Schnee von gestern. Trotzdem danke.«

Er gab Ehrmanntraut die Hand und ging dann hinüber zum Gebäude der Verkehrspolizei.

Er hatte noch etwas zu Ende zu bringen.

Madlener saß auf einer Bank im Männerumkleideraum der Verkehrspolizei. Er biss von einem Schokoriegel und trank eine Cola Zero aus dem Automaten dazu, etwas anderes gab es nicht.

Alle Verkehrspolizisten, die sich dort zwischen den Spindreihen und Sitzbänken vom oder für den Dienst umzogen, kannten ihn und wunderten sich, dass Kommissar Madlener auf einer Bank mit dem Handy herumhantierte und anscheinend auf einen der Ihren wartete. Vor ihm hatten alle Respekt, obwohl oder weil jeder seinen Spitznamen kannte. Sie grüßten ihn, und er grüßte zurück, aber es blieb merkwürdig still. Es gab kein Getratsche, keine Frotzeleien und keine Witze, ganz im Gegensatz zu sonstigen Gepflogenheiten in der Umkleide. Jeder sah zu, dass er so schnell wie möglich fertig war und wieder verschwinden konnte.

Madlener redete am Handy mit Kommissar Fischer in Konstanz.

Fischer hatte Waldemar Amendt vom Unfall seiner Tochter und ihrem ernsten Zustand informiert und befand sich in der Wohnung von Ilse Amendt.

»Übrigens …«, berichtete Fischer, »… dieser Amendt ist ein Fossil. Ein waschechter Altrocker mit Lederweste, Lederhose und Cowboystiefeln. Kopftuch über der Glatze und aufrecht wie ein Baumstamm mit seinen sechsundachtzig Jahren. Er war echt besorgt um seine Tochter und streitet vehement ab, dass sie etwas mit den Brandstiftungen zu tun hat. Er gibt aber zu, dass sie zeitweise mit einem Polizisten aus Friedrichshafen liiert gewesen ist. Kennengelernt hatten sie sich über ihre gemeinsame Leidenschaft: die Ducati. Er hat den Mercedes von dem ›Bullen‹ gekauft, wie er sich ausdrückte, von Martin Schöllhorn also. ›So ein Auto passt einfach imagemäßig zu mir‹, hat er wortwörtlich gesagt. Jetzt, wo er auf seine alten Tage lieber auf vier Rädern hockt als auf zwei. Das war alles im Großen und Ganzen. Der Mercedes stand in einer Garage, er wird gerade von unseren

Leuten unter die Lupe genommen. Ebenso das Laptop von Ilse Amendt mit ihrer ganzen Korrespondenz, und die ist wirklich sehr umfangreich, wie mir ein Techniker flüsterte. Das Handy von ihr haben wir noch nicht. Und einen hundertprozentigen Beweis für ihre Täterschaft ebenfalls nicht, aber wir bleiben am Ball.«

»Sie war es«, sagte Madlener. »Davon könnt ihr ausgehen.«

»Sicher?«

»Absolut.«

»Halt, einen Moment, da kommt mein Assistent, sie haben wohl was …«

Madlener wartete, bis Fischer wieder am Handy war.

»Volltreffer«, sagte er. »In der Garage war eine ganze Kiste mit gebrauchten Nummernschildern. Übrigens – das von eurer Verwahrstelle gestohlene Schild vom Ford Mustang ist auch dabei.«

»Na schön. Wenn ihr noch was findet, gebt es an Frau Gallmann weiter.«

Damit beendete er das Gespräch und wartete weiter auf Martin Schöllhorn, während er sich die folgenden Schritte überlegte und sich der Umkleideraum leerte.

Dann kam der nächste Anruf. Es war Frau Gallmann, die soeben die Nachricht erhalten hatte, dass Karim Belrabi sich einen anderen Anwalt genommen hatte und jetzt bereit war, gegen Björn Oledahl auszusagen.

»Was heißt das?«, wollte Madlener wissen.

»Dass Belrabi, wenn er eine entsprechende Strafminderung bekommt, aussagt, von Oledahl angestiftet worden zu sein, gegen die zwei Brüder vom Kieswerk so lange vorzugehen, mit allen notwendigen Mitteln, wenn es sein muss, auch mit Gewalt, bis sie gestehen, den Brand in der Erleuchtungskirche gelegt zu haben.«

»Das ist ja großartig. Jetzt haben wir ihn! Götze und Binder sollen sofort diese Aussage protokollieren. Ich möchte bis morgen einen Haftbefehl für Oledahl. Selbst wenn ihn Dr. Briller wieder raushaut, ist mir das eine Genugtuung.«

»Das hab ich mir schon gedacht, Herr Madlener. Mir übrigens auch.«

Sie legte auf, und Madlener dachte darüber nach, was der Grund für den Groll von Frau Gallmann gegen Björn Oledahl war. Doch nicht etwa der Flyer, den er ihr überreicht hatte?

Nein, wahrscheinlich ging es ihr so wie ihm: Björn Oledahl war ein arroganter, herablassender Rattenfänger mit schillerndem Charisma, ein lupenreiner Autokrat und autoritärer Menschenfischer, dessen Sekte nach seinen Regeln in einer eigenen Parallelgesellschaft lebte und dessen Methoden, seine Schäfchen bei der Stange zu halten, auffällige Ähnlichkeiten mit diktatorischen Umtrieben in totalitären Regimen hatten. Dieser Mann war gefährlich und glaubte sich unantastbar.

Wenn er sich da mal nicht getäuscht hatte ...

## 76

Madlener machte einen müden Eindruck, als Martin Schöllhorn mit seinem Partner Julian Böhme vom Dienst kam.

Er hörte auf, auf seinem Smartphone dienstliche SMS zu lesen und zu beantworten, stand auf und sagte: »Martin Schöllhorn? Ich möchte Sie kurz unter vier Augen sprechen.«

Schöllhorn warf seinem Partner Böhme einen fragenden und gleichzeitig erstaunten Blick zu, dann folgte er Madlener in einen Nebenraum, der mit zwei Feldbetten, einem Blechschrank, einem Tisch, zwei Stühlen und natograuen Wänden so richtig kasernenmäßig eingerichtet war und in dem Harriet schon übernachtet hatte.

Madlener schloss die Tür und wies auf den zweiten Stuhl, auf dem Schöllhorn Platz nahm. Er rückte seinen Stuhl gegenüber zurecht und setzte sich ebenfalls.

»Sie sind wegen der Sache mit Ilse Amendt hier, stimmt's?«, fragte Schöllhorn.

»Was wissen Sie darüber?«, wollte Madlener wissen.

»Das, was ich im Funk gehört habe.«

»Dann wissen Sie auch, dass sie bei ihrem Unfall, den sie auf der Flucht vor uns verursacht hat, schwer verletzt worden ist?«

»Ja. Darf ich Ihnen eine Frage stellen? Finden Sie es fair, sie so gejagt zu haben? Ich meine, wir haben die strikte Anweisung, eine Verfolgung lieber abzubrechen, als den Verfolgten ... oder, noch schlimmer ... als Unbeteiligte zu gefährden.«

»Das ist auch im Normalfall völlig richtig. Nur war die Sache mit Ilse Amendt etwas komplizierter. Sie hat einiges auf dem Kerbholz. Sie ist mindestens der fahrlässigen Tötung schuldig, wenn sie von der Staatsanwaltschaft nicht sogar wegen Mordversuchs angeklagt wird. Sie wissen, was das bedeutet?«

Schöllhorn nickte und sah betreten auf den Boden.

»Knast«, erwiderte er, dann blickte er wieder hoch zu Madlener. »War sie's?«, wollte er wissen.

»Ja. Ohne jeden Zweifel.«

»Warum hat sie das getan?«, fragte Schöllhorn.

»Sagen Sie's mir!«

»Woher soll ich das wissen?«

»Sie waren lange Zeit mit ihr zusammen.«

»Ja und? Was sagt das schon?«

»Passen Sie auf, wir haben Folgendes: Ilse Amendt hat, unkenntlich verkleidet mit der üblichen Motorradkluft und verspiegeltem Schutzhelm, anscheinend nach der Trennung von Ihnen damit angefangen, die Polizei zu verarschen, indem sie sie vor Überwachungskameras mit ihrer Ducati provoziert hat, mit gefälschten oder geklauten Nummernschildern. Auf einem Motorradmodell, das auch das ihrige ist.«

»Ja und?«

»Dann hat sie weitergemacht mit Brandstiftungen. Ebenfalls mit der Ducati. Und mit einem historischen Mercedes der S-Klasse. Der, den Sie ihrem Vater verkauft haben, Waldemar Amendt.«

»Ich verstehe immer noch nur Bahnhof«, beteuerte Schöllhorn, und Madlener kaufte ihm das sogar ab.

»Dann will ich es Ihnen erklären«, erwiderte er. »Ilse Amendt hat alles unternommen, um Sie als Feuerteufel hinzustellen. Und sie hat das sehr clever angefangen. Subtil geradezu, nicht mit dem Holzhammer. Beinahe wären wir darauf hereingefallen. Und beinahe wäre ihr das gelungen, was sie wollte, nämlich Sie an den Pranger der öffentlichen Wut zu stellen, sobald schließlich alle Spuren nur eine Schlussfolgerung zulassen: dass Sie der Feuerteufel sind.«

»Sie wollte mich also vernichten …«

»Grob ausgedrückt: ja. Zumindest Ihre Existenz.«

Madlener warf einen Schlüssel auf den Tisch.

Schöllhorn nahm ihn in die Hand und sah ihn an.

»Was für ein Schlüssel ist das?«

»Das ist der Schlüssel zu Ihrer Werkstatt.«

»Woher haben Sie den?«

»Von Ilse Amendt. Sie hat ihn wohl nachmachen lassen. Während Ihrer Liaison.«

»Gut möglich.«

»Ihre Beziehung ... ich meine: Ihre ehemalige Beziehung ... sie bedeutet Ihnen gar nichts mehr?«

»Absolut. Vorbei ist vorbei. Andere Väter haben auch hübsche Töchter.«

»Sie hat Sie genervt?«

»Mehr als das. Soll vorkommen vor einer Trennung.«

»Sie muss Sie aber richtig genervt haben«, insistierte Madlener. »Wie?«

»Was denken Sie? Wie Frauen sich eben verhalten, wenn sie nicht zu einer lockeren Beziehung fähig sind und sofort ausflippen vor Eifersucht. Da brennen bei mir sämtliche Sicherungen durch. Damit ging sie mir tierisch auf den Zeiger. Das hab ich ihr auch gesagt. Mehrfach. Aber sie war wie eine Klette. Hat mir nachspioniert, mein Handy kontrolliert, war immer eifersüchtig. Wo warst du da und wo warst du dort und mit wem und warum und wie lange ... Fuck! Das kann ich einfach nicht haben, verstehen Sie?«

Er hatte sich so richtig in Rage geredet.

Madlener zeigte keine Reaktion, ließ Schöllhorn freien Lauf.

»Dann hat die Alte komplett durchgedreht! Mir gedroht. Sie werde mich fertigmachen und so.«

»Wie haben Sie darauf reagiert?«

»Na, wie wohl? Ich habe sie am ausgestreckten Arm verhungern lassen! Ich dachte schon, dass ich sie endlich los bin. Und dass sie kapiert, dass ich nichts mehr von ihr wissen will. Dabei wusste ich es von Anfang an – die ist völlig irre! Der traue ich alles zu! Aber dafür kann ich nichts. Das müssen Sie mir glauben!«

Madlener stand auf. »So ähnlich habe ich mir das vorgestellt.«

»Ich habe mit ihr Schluss gemacht, ja, das stimmt. Aber ich frage Sie: Ist es ein Verbrechen, mit jemandem Schluss zu machen, Herr Kommissar? Wenn es aus und vorbei ist?«

Madlener sagte nichts.

Doch er wusste nur zu gut aus eigener Erfahrung, wovon Schöllhorn sprach.

»Aber dass sie so ... so idiotisch reagiert ... sich auf die Art und Weise an mir rächen will … das ist doch nicht mehr normal, oder?« Schöllhorn sah Madlener fragend an.

»Nein, ist es nicht«, gab ihm Madlener schließlich recht und warf noch einen Schlüssel auf den Tisch.

Den Schlüssel, den Harriet geklaut und vor ihrer Verfolgungsfahrt in den Rucksack gesteckt hatte.

»Der gehört auch Ihnen. Ist aus Ihrem Spind.«

»Sie … Sie waren an meinem Spind?«

»Ja. So, dass es niemand mitbekommen hat. Begründeter Tatverdacht, Herr Schöllhorn. Wir wollten Sie entweder festnageln oder ausschließen können. Ohne dass es gleich die Runde macht. Oder wäre es Ihnen lieber gewesen, wir hätten Sie erst mal verhaftet? Vor den Kollegen abgeführt? In Handschellen?«

Eine lange Pause entstand.

Martin Schöllhorn wog den Schlüssel in seiner Hand ab und seine Gedanken im Kopf.

»Nein«, meinte er schließlich.

»Na schön«, sagte Madlener. »Sie sind jedenfalls aus dem Schneider, was die Brandanschläge angeht.«

»Was ist mit Ilse Amendt?«

»Meinen Sie ihren körperlichen Zustand nach dem schweren Unfall oder das Gerichtsverfahren, das auf sie zukommt?«

»Beides.«

»Man hat ihr den Unterschenkel amputieren müssen. Was Sie mit dieser Information anfangen, ist Ihre Sache. Und was die Brandanschläge angeht, das entscheidet der Richter. Sie wird sich für das, was sie angerichtet hat, jedenfalls verantworten müssen.«

Er nickte Schöllhorn zu und wollte bereits den Raum verlassen, blieb aber noch einmal an der Tür stehen.

»Ach, und noch was: Tun Sie doch Ihren Schwestern den Gefallen und lassen Sie sich mal wieder bei denen blicken. Vielleicht gehen sie mit Luci aufs Seehasenfest. Sie würde sich freuen, denke ich.«

Damit verließ er den Raum.

Ein ziemlich nachdenklicher Martin Schöllhorn blieb zurück.

## 77

*I can't help about the shape I'm in*
*I can't sing, I ain't pretty and my legs are thin*
*But don't ask me what I think of you*
*I might not give the answer that you want me to*
Fleetwood Mac, »Oh Well«

Madlener hatte sich in einer Tankstelle noch kurz vor Toresschluss mit einem Schinkensandwich und einer Flasche Meersburger Sängerhalde, Müller-Thurgau trocken, versorgt – was anderes hatten sie nicht – und fing in seinem Hotelzimmer an, zur Musik von Fleetwood Mac aus dem CD-Player zusammenzuräumen für den endgültigen Auszug. Zwischendurch nahm er einen Schluck Wein und einen Bissen vom Sandwich. Diese Arbeit, die er aus nicht ersichtlichen Gründen so lange hinausgeschoben hatte, ging ihm erstaunlicherweise leicht von der Hand. Vielleicht lag es an Fleetwood Mac, die er lange nicht mehr gehört hatte. Er fand, sie wirkten so frisch, als hätten sie »Oh Well« erst gestern aufgenommen.

Er hatte einen Fünferpack mit neuen Umzugskartons mitgebracht, sie zurechtgefaltet und bis an die Grenzen ihres Volumens und ihrer Belastbarkeit mit Krimskrams, CDs und vor allem Büchern vollgepackt. Als der zweite Song, »The Green Manalishi«, zu Ende war, hob er probeweise einen Karton an und merkte erst, wie schwer zweihundert CDs sein konnten.

Es hatte sich doch so einiges angesammelt in all der Zeit, obwohl er eigentlich über Monate hinweg mehr bei Ellen gewohnt hatte als im Hotel.

Er war nach dem Gespräch mit Martin Schöllhorn in einem neuen Dienstwagen vom Präsidium aus noch zu Harriets Wohnung in Immenstaad gefahren und hatte eine Plastiktüte nach ihren Wünschen mit frischer Wäsche, T-Shirts, einer Levi's, ein paar

Sneakers und einer Jeansjacke aus dem tatsächlich seit Neuestem vorhandenen Schrank zusammengestellt. Es war ein stabiles und sachliches Möbelstück, massiv und nicht billig. Sie hatte es anscheinend selbst schwarz lackiert und dann mit roten Keith-Haring-Männchen bemalt, wie er erstaunt feststellte. Offensichtlich hatte sie künstlerisches Talent.

Madlener vergaß nicht, auch noch aus dem Bad den Kulturbeutel und die Zigarrenkiste mit den Nagellackfläschchen in allen Regenbogenfarben mit einzupacken.

Er hoffte, dass sie nichts an seiner Auswahl zu meckern hatte.

Aber schließlich wusste er es besser.

Als Madlener die Plastiktüte sah und an Harriets gelegentliche Widerborstigkeit dachte, musste er lächeln.

Er setzte sich aufs Bett und blickte seine zusammengepackten Habseligkeiten an.

War es das, was von einem Menschen übrig blieb – eines Tages?

Was machte Simone Zoller, die Tochter von Wohlfahrt, mit all dem Zeug, das sich bei ihrem Vater angesammelt hatte?

Ein paar persönliche Sachen aussortieren, und der ganze Rest kam auf den Müll?

Und das erledigte dann eine Entrümpelungsfirma aus dem Internet.

So war das wohl.

Er schaltete den Kassettenrekorder an, der auf dem Nachtkästchen war, fuhr die Kassette ein Stück zurück und hörte sich den Rest der ersten Seite an, damit er sich wieder an den Fall mit dem vor dreißig Jahren ermordeten Jungen und die ganzen schrecklichen Einzelheiten erinnerte, was kein Problem war.

Schreckliche Einzelheiten vergaß er grundsätzlich nie.

Die Bilder und Worte stellten sich schnell wieder ein, als er Wohlfahrts Stimme hörte.

*»... mir war klar, dass wir den Verdächtigen aufgrund dessen, was wir gegen ihn vorzubringen hatten, nicht länger in Haft behalten konnten als die üblichen vierundzwanzig Stunden.*

*Aber ich war in der Zwischenzeit auch nicht ganz untätig gewesen.*

*Ich hatte dem Anwalt nicht gesagt, dass ich die schnellstmögliche Überprüfung einer Blutprobe seines Mandanten in Auftrag gegeben hatte.*

*Woher ich die Blutprobe hatte?*

*Nun, der Verdächtige hatte sich beim Einschlagen der Autoscheibe verletzt. Nichts Böses, aber es hatte für eine Blutprobe von den Scherben des Autofensters gereicht.*

*Was dann passierte, war der Hammer ...«*

Klack.

Die Kassette war zu Ende.

Er drehte sie um und steckte sie zurück in den Rekorder.

Dann machte er das Licht aus und war wieder mit Wohlfahrt allein im Zimmer.

Es fühlte und hörte sich wirklich so an, als würde er ihm gegenübersitzen. Wenn Dr. Ellen Herzog das gesehen hätte – oder erst ihr Vater, der Psychiater Dr. Dr. h. c. Auerbach –, würde sie vermutlich glauben, er sei endgültig verrückt geworden.

Er stellte den Rekorder lauter, es rauschte und dauerte, bis Wohlfahrt wieder anfing zu sprechen. Es raschelte noch einmal, dann legte er los.

*»Der Hammer war das Blatt Papier, das mir ein Kollege in den Vernehmungsraum hereinbrachte, wo ich am nächsten Tag erneut Frank Sabitzer ohne Anwalt gegenübersaß. Als ich es in die Hand gedrückt bekam, war ich noch felsenfest davon überzeugt, Frank Sabitzer überführen zu können. Wenn ich ihn damit konfrontierte, dass er dieselbe überaus seltene Blutgruppe hatte, wie sie auf der Kleidung des getöteten und geschundenen Jungen nachgewiesen worden war, nämlich AB Rhesus positiv, würde er zusammenklappen und gestehen.*

*Ich warf einen Blick auf das Testergebnis und konnte es nicht fassen.*

*Aber ich hatte schon richtig gelesen, es war nicht dieselbe Blut-*
*gruppe.*

*Frank Sabitzer hatte die Blutgruppe 0 Rhesus positiv.*

*Er merkte mir sofort an, dass etwas nicht stimmte, als ich das*
*Ergebnis der Blutanalyse noch mal und noch mal las, weil ich es*
*nicht glauben konnte.*

*Mein Gesicht muss aschfahl gewesen sein.*

*Sein selbstzufriedenes, überhebliches Grinsen werde ich nie*
*vergessen, als er fragte: ›Kann ich jetzt gehen?‹*

*Ich war im ersten Moment nicht in der Lage zu antworten.*

*Er rutschte geräuschvoll mit seinem Stuhl nach hinten und*
*stand auf.*

*Ich sah ihn nur an, unfähig, etwas zu unternehmen.*

*Ganz abgesehen davon, dass ich, so wie die Sach- und Beweis-*
*lage war, nichts unternehmen durfte. Weil wir nicht das Geringste*
*gegen ihn in der Hand hatten.*

*Und das konnte er mir vom Gesicht ablesen. Er hatte wieder*
*Oberwasser, warf sich die Jacke über die Schulter, zwinkerte mir*
*einmal verschwörerisch zu und ging einfach.*

*Ich schaffte es gerade noch, dem wachhabenden Beamten, der*
*mit in der Ecke des Vernehmungszimmers saß und mich fragend*
*ansah, zuzunicken, weil er wissen wollte, ob Frank Sabitzer wirk-*
*lich ein freier Mann war.*

*Er verschwand aus dem Präsidium, aber nicht aus meinem*
*Leben.*

*Dazu später.*

*Wir gaben nicht auf. Mit ›wir‹ meine ich die Sonderkommis-*
*sion. Doch der Fall war inzwischen mehr als kalt. Keine neuen*
*Spuren, keine neuen Zeugen – wir mussten einsehen, dass es*
*vorbei war.*

*Der Täter war uns durch die Lappen gegangen.*

*Daran hatten wir schwer zu beißen.*

*Ich ganz besonders.*

*Mir ging die Gewissheit, den Täter vor mir gehabt zu haben,*
*einfach nicht mehr aus dem Kopf.*

*Was das Merkwürdige war: Dem Täter schien ich auch nicht mehr aus dem Kopf zu gehen. Ein paarmal hatte ich das beklemmende Gefühl, ihn in einer Menschenmenge gesehen zu haben. Auf dem Wochenmarkt, in einem Parkhaus, bei einem Ausflug mit meiner Familie.*

*Ich erzählte niemandem davon. Litt ich jetzt unter Verfolgungswahn?*

*Ja, ich gebe es zu: Ich hatte richtiggehend Angst, dass ich mir das nur einbildete, dass ich anfing, Gespenster zu sehen. Paranoid zu sein.*

*Ich konnte nachts nicht mehr schlafen. Und wenn, dann verfolgte mich Frank Sabitzer noch im Traum.*

*Und immer zwinkerte er mir verschwörerisch zu.*

*Es war widerlich.*

*Unerträglich.*

*Ich stürzte mich in meine Arbeit, einen neuen Fall. Das machte es nicht besser. Meine Frau und meine Tochter litten unter meinem Verhalten, obwohl ich alles tat, um einen normalen Eindruck zu erwecken. Aber das war nicht echt, sie merkten es. Ich hatte mich verändert. Und das nicht unbedingt zu meinem Vorteil. Ich wurde schnell wütend, war ungeduldig, hatte an allem etwas auszusetzen, mit einem Wort: Ich war zu einem Schatten meiner selbst geworden.*

*Ich war kurz davor, zusammenzuklappen oder durchzudrehen. Der Leidensdruck war so groß, dass ich meinem Hausarzt davon erzählte, der mich seit Jahrzehnten kannte. Das war noch einer von der alten Sorte, die auch zuhören konnte. Er verschrieb mir Psychopharmaka und riet mir dringend, eine Auszeit zu nehmen. Ein Sabbatical, wie man heute wohl sagt.*

*Ich ließ mich krankschreiben und zog mich auf meine Datscha zurück. Mit Unterstützung und ausdrücklicher Zustimmung von Frau und Tochter. Was ich ihnen nicht sagte: Ich hatte sämtliche wichtigen Unterlagen zum Fall des ermordeten Jungen kopiert und mitgenommen, weil ich alles noch einmal gründlich analysieren wollte. Nach Fehlern suchen. Irgendwelche Ungereimtheiten finden, die wir übersehen hatten. Verrückt, oder?*

*Aber so war es.*

*Die Datscha – ich nannte sie so, weil mir das Wort gefiel und meine Frau sich jedes Mal ärgerte, wenn ich das sagte – war ein Wochenendhäuschen, mit Holzofen, Schlaf- und Wohnzimmer, kleine Küche, kleines Bad, nichts Besonderes, aber alles tipptopp in Schuss gewesen damals. Meine Frau hat es geerbt. Es liegt im Deggenhausertal im Hinterland des Bodensees. Sie wollte es aus sentimentalen Gründen nie verkaufen, obwohl wir es, je älter unsere Tochter wurde, nur noch selten nutzten. Es liegt einsam, eine ehemalige Jagdhütte hinter einem Hügel am Waldrand, keine Nachbarn weit und breit und schwer einsehbar. Aber mit Strom und fließend Wasser. Früher musste man das Wasser aus einem Brunnen holen, aber in den 1960er Jahren hat mein Schwiegervater dafür gesorgt, dass die Hütte ans Strom- und Wassernetz angeschlossen wurde. Wie er das geschafft hat, war mir schleierhaft, aber er ließ wohl seine Beziehungen spielen, er war ziemlich einflussreich in der Gegend.*

*Die erste Woche allein auf der Datscha war segensreich. Ich brachte alles wieder auf Vordermann, lüftete, putzte, reparierte, machte Holz, kümmerte mich um den kleinen Garten, pflanzte Gemüse an. Das lenkte mich ab, brachte mich auf andere Gedanken, ich konnte abends wieder ein Buch lesen, ohne ständig unkonzentriert zu sein und an mein Versagen denken zu müssen, meine Bringschuld dem Opfer gegenüber, die ich mir selbst aufgehalst hatte.*

*Die Unterlagen des Mordfalls rührte ich vorerst nicht an.*

*Schließlich war ich so weit, dass ich mich größeren Aufgaben widmen wollte. Ich fühlte mich kräftig genug dafür, und körperliche Arbeit hatte ich noch nie gescheut, im Gegenteil.*

*Ich wollte endlich den Brunnen zuschütten. Er war nutzlos geworden und außerdem schon längst ausgetrocknet, weil der Grundwasserspiegel gesunken war. Zwar war er durch einen schweren Metalldeckel mit einem dicken Querriegel samt Vorhängeschloss gesichert, er war sehr tief, sicher fünfzehn Meter, doch meine Frau hatte mir schon vor Jahren ans Herz gelegt, ihn für immer stillzulegen.*

*Ihre größte Angst war es, dass doch einmal Kinder oder Jugendliche in ihrer Neugier und ihrem Übermut auf die blödsinnige, aber denkbare Idee kämen, irgendwie den Deckel vom Brunnenschacht entfernen zu wollen, und dass dann noch ein Unglück passierte.*

*Ich fand den Schlüssel für das Schloss, das den Querriegel absicherte. Mit ein wenig Schmieröl gelang es mir sogar, es aufzusperren, obwohl es jahrzehntelang nicht benutzt worden war. Den Deckel auch nur zu bewegen war mühsam, aber es gelang mir schließlich, ihn bis zur Hälfte aufzuschieben, um einen Blick in den Schacht werfen zu können. Ich leuchtete mit einer Taschenlampe hinein. Dann warf ich einen Stein hinunter, wie ein kleiner Junge, um zu hören, wie lange es dauerte, bis er unten ankam. Es war ein trockener Laut, also war der Brunnen völlig ohne Wasser.*

*Ich beschloss, eine Lastwagenladung Kies zu bestellen, mir einen Minibagger auszuleihen und das zu tun, worum mich meine Frau schon vor Langem gebeten hatte: Ich wollte den Brunnen zuschütten.*

*Ich fuhr also zu einem nahe gelegenen Bauunternehmen, das auch schweres Arbeitsgerät zu verleihen hatte, machte einen Liefertermin für den Kies aus und mietete gleich noch den Bagger, den sie mir mit einem Anhänger vor meine Hütte stellen wollten.*

*Dann fuhr ich zurück, und als ich meine Datscha betrat, fläzte ein Mann mit Halbglatze und dünnem Pferdeschwanz im Halbdunkel in meinem Lesesessel und grinste mich mit seinem schiefen Lächeln an.*

*Ich sah mich meinem schlimmsten Alptraum gegenüber.*
*Frank Sabitzer ...«*

Es machte klack und rauschte aus dem Lautsprecher des Kassettenrekorders.

Madlener drückte auf »Pause«.

Jetzt brauchte er dringend einen Drink. Und eine Zigarette.

Wenn ihn nicht alles täuschte, hatte er eine angebrochene Packung im Hotelsafe.

Er sah nach und fand tatsächlich eine, es waren noch drei

Zigaretten in der Schachtel, die neben seiner Dienstwaffe lag.
Der SIG Sauer.

Warum dem so war, entzog sich seiner Kenntnis.

Ein Mysterium des Universums.

Oder, schlichter ausgedrückt: Anscheinend hatte er zuweilen
Momente, wo er nicht wusste, was er tat. Oder er war mit seinen
Gedanken auf einer anderen Bewusstseinsebene, während sein
Körper aus lauter Gewohnheit wie schlafwandlerisch funktio-
nierte und Handgriffe ausführte, von denen er hinterher keinen
blassen Schimmer mehr hatte.

Er machte das Fenster auf, suchte überall nach einem Feuerzeug, das sich schließlich auch im Safe fand, und trank ein neu
eingeschenktes Glas Meersburger Sängerhalde, Müller-Thurgau
trocken, auf ex aus, leider war der Wein inzwischen warm geworden.

Die zweite Gewitterfront an diesem Tag, die noch den ganzen
frühen Abend fern am Horizont gegrollt und geblitzt hatte, war
endgültig verschwunden, der Himmel sternenklar geputzt.

Er überprüfte die Sternbilder, die er kannte, Schwan, Leier,
Adler und Löwe, rechts davon Mars und Saturn, steil darüber
der Große Wagen.

Alle waren noch an ihrem Platz, so wie immer und wie es sein
sollte.

Diese Gewissheit ließ ihn wieder einigermaßen zur Ruhe kommen.

Er wusste, was jetzt auf der Kassette folgte, folgen musste, als
er einen tiefen Zug von seiner Zigarette nahm.

Irgendwie hatte er das von Anfang an gewusst.

Und ihm graute davor.

Vielleicht wäre es besser gewesen, er hätte das Päckchen niemals angenommen.

Ganz bestimmt sogar.

Oder es am besten gleich im nächsten Müllcontainer entsorgt.
Und zwar ganz tief unten.

So tief unten, dass kein Hahn mehr danach gekräht hätte.

Aber jetzt war er schon so weit gegangen, hatte übereifrig die Brosamen aufgepickt, die Wohlfahrt für ihn ausgestreut hatte. Dieser alte Fuchs war ein gewiefter Stratege. Er hatte genau gewusst, dass Madlener niemals dem Drang widerstehen konnte, das Päckchen zu öffnen und sein Geheimnis zu lüften.

Wohlfahrt war erwiesenermaßen durch und durch ein Bulle gewesen, und Madlener war sein ebenbürtiger Nachfolger.

Er schnippte seine Kippe in hohem Bogen in den Hof und traf mitten in die Pfütze, auf die er es abgesehen hatte, schenkte sich neuen Wein ein und legte sich wieder neben den Kassettenrekorder aufs Bett.

Manche Sachen musste man zu Ende bringen.

Selbst wenn die Wahrheit dahinter noch so erschreckend und schmerzhaft war.

Kam ihm irgendwie bekannt vor.

Gut möglich, dass er den Sermon Harriet schon vor Kurzem gepredigt hatte.

Nun ja – er konnte eben auch nicht aus seiner Haut.

Das waren nun einmal seine Meinung und ein Teil seiner DNA.

Er nahm noch einen Schluck Wein und drückte dann auf die Play-Taste.

## 78

Das Rauschen setzte wieder ein, dann sprach Wohlfahrt weiter.

»*Frank Sabitzer sagte erst mal nichts, er schien sich an meinem Erschrecken zu weiden, das konnte ich ihm ansehen.*

*Dann, bevor ich ein Wort herausbringen konnte, meinte er: ›Schön haben Sie's hier.‹*

*›Was wollen Sie?‹, fragte ich.*

*›Was ich will? Verständnis, Bulle‹, antwortete er. Dabei schenkte er mir erneut sein widerliches Grinsen. Ich sah nicht nur die Gewalt in seinen Augen. Ich sah – auch das war keine Einbildung –, wie sich seine Mordlust darin spiegelte.*

*›Verschwinden Sie‹, sagte ich so souverän wie möglich. ›Sofort! Ich habe nichts mit Ihnen zu schaffen!‹*

*›Oh, nein, nein, nein. Da denke ich aber anders darüber. Wir haben mehr miteinander zu schaffen, als du es dir vorstellen kannst.‹*

*Ich hatte keinen Moment vor, mich mit diesem Menschen gemein zu machen und eine Konversation zu führen. Aber ich musste so tun, als ob. Ihn bei Laune halten, Zeit gewinnen.*

*Zeit, um irgendwie an meine Waffe zu kommen.*

*Dass ich meine Walther P5 jetzt so dringend wie noch nie brauchte, war mir vom ersten Augenblick an klar, als ich Sabitzer auf meinem Sessel sitzen sah.*

*Ich hatte sie in der Küchenschublade neben dem Kühlschrank und bewegte mich langsam darauf zu. Um Sabitzer abzulenken, redete ich auf ihn ein. Gleichzeitig zog ich langsam die Kühlschranktür auf und fing umständlich an, nach einer Flasche Bier zu suchen.*

*›Ich brauche jetzt ein Bier. Sie auch?‹*

*Er hielt eine halb leere Flasche Bier in die Höhe, die er in der linken Hand hatte.*

*›Hab mich schon selbst bedient.‹*

*›Darf ich?‹*

›Nur zu. Ist ja dein Zuhause.‹

›Wie kommen Sie überhaupt hierher?‹, fragte ich so nebenbei wie nur möglich.

Nicht dass mich das im Geringsten interessiert hätte. Aber ich hatte schon die Flasche in der einen Hand und suchte mit der anderen nach einem Öffner. Der war in der Schublade. Neben meiner Dienstwaffe.

›Auf Schusters Rappen‹, antwortete er. ›Ich habe kein Geld und keine Bleibe. Da dachte ich mir, ich gehe zu Kommissar Wohlfahrt und sehe zu, dass ich mir ein Dach über dem Kopf besorge und mal für eine Weile einen Unterschlupf habe. Hier ist es nett, da lässt es sich schon ein paar Tage aushalten. Mit deiner freundlichen Unterstützung natürlich.‹

Ich hatte meine Hand am Griff der Schublade und zog sie langsam auf.

›Wie haben Sie sich das vorgestellt?‹, fragte ich.

›Ganz simpel: Du kochst, und wir unterhalten uns, plaudern ein bisschen, wie man das unter guten Bekannten eben so macht ...‹

Er lachte ein gekünsteltes, meckerndes Lachen.

›Scheiße, nein. Ich bin gekommen, um ein bisschen Spaß zu haben und dich vom Leben zum Tode zu befördern, Mann.‹

Er grinste zwar dabei, als würde er einen schlechten Witz auf meine Kosten reißen. Aber er sagte die Wahrheit. Ich sah es ihm an, dass er ernst machen würde.

Gleichzeitig überlegte ich, wie ich meine Pistole so schnell ergreifen und entsichern konnte, dass es für Sabitzer unmöglich war, noch darauf zu reagieren. Ich tastete in der Schublade herum. Ich wollte keine Argumente mit diesem Mann austauschen, ich wollte ihn festnehmen, schließlich war er unbefugt in mein Haus eingedrungen und fing an, mich zu bedrohen.

Ich ließ die Bierflasche fallen, um ihn abzulenken. Sie zersprang vor meinen Füßen auf den Bodenfliesen, das Bier schäumte zischend auf, und ich versuchte gleichzeitig, meine Pistole in die Hand zu bekommen.

Aber ich hatte Sabitzer unterschätzt.

›Suchst du das?‹, fragte er und zog in einer einzigen fließenden Bewegung meine Pistole hinter seinem Rücken hervor, die er auf mich richtete. ›Habe ich in der Schublade gefunden. Scheint deine Dienstwaffe zu sein. Und so was lässt du einfach herumliegen? Sehr leichtsinnig, Herr Kommissar. Man weiß doch nie, wer alles zu Besuch kommt. Zum Beispiel so jemand wie ich.‹

Ich stand hilflos in einer Bierlache, und der Bierdunst stach in meine Nase.

›Was wollen Sie von mir?‹, fragte ich noch einmal und hob meine Hände, weil er mir mit meiner Waffe andeutete, was ich tun sollte.

›Ich will ...‹, sagte er und stand auf, ›... ich will, dass du mir alles gibst, was du an Bargeld und Kreditkarten hast, ich will die Geheimzahl von deinem Konto, und dann werde ich die Kurve kratzen. Mit deinem Auto. Aber vorher ...‹

Er kam langsam auf mich zu und hatte dabei immer den Lauf der Waffe auf mich gerichtet.

›... vorher musst du dir noch eine Beichte anhören. Und danach – ja, danach erledige ich dich und fahr in den wohlverdienten Urlaub mit deinem Geld. Ist doch ein genialer Plan, oder?‹

›Warum tun Sie das? Wir waren doch fertig miteinander. Sie sind ein freier Mann.‹

›Ich war schon immer frei. Was ist das – frei sein? Für mich bedeutet das, niemanden zu haben, der mir die Ohren blutig redet und sagt, was ich machen soll. Oder bedeutet frei sein, Geld zu haben? Tun zu können, was man will? Für etwas leben? Wofür? Ich hatte noch nie in meinem gottverdammten Leben so etwas wie einen Plan. Jetzt habe ich auf einmal einen. Das habe ich ausschließlich dir zu verdanken. Das glaubst du nicht? Du dachtest, du kannst mich fertigmachen. Bist schlauer als ich. Hast mich im Schwitzkasten. Bist am Drücker. Und jetzt? Wer ist jetzt am Drücker?‹

Mit diesen Worten hielt er mir den kalten Lauf der Walther P5 direkt an die Stirn.

›Sie‹, sagte ich. ›Eindeutig Sie.‹

Mit einem Menschen wie Sabitzer kann man nicht debattieren.

*Frank Sabitzer hatte nicht alle Latten am Zaun. Wenn du mich fragst: Er war ein Psychopath reinsten Wassers. Jetzt, wo er der Überlegene war, scheute er sich nicht, sein wahres Gesicht zu offenbaren.*

*Er setzte sich wieder in den Sessel, zielte weiterhin auf mich und sagte: ›Du wolltest wissen, warum ich hier bin und dich fertigmachen will?‹*

*›Ja. Sagen Sie es mir.‹*

*›Weil ich dazu gezwungen bin. Ist deine eigene Schuld. Du hast es mir angesehen, nicht wahr?‹*

*›Was angesehen?‹*

*›Dass ich es getan habe. Du kannst mir ruhig die Wahrheit sagen. Es spielt sowieso keine Rolle mehr.‹*

*›Warum?‹*

*›Warum? Du hättest mich nie in Ruhe gelassen, stimmt's? Der Karton mit den Fallunterlagen steht in deinem Schlafzimmer. Du hättest alles getan, um mich doch noch zu kriegen. Hättest nie aufgegeben. Gib's zu!‹*

*›Wenn Sie's sagen …‹*

*›War mir klar! Und weißt du was – das wäre mir lästig! Das kann ich nicht zulassen! Zu guter Letzt findest du doch noch durch irgendeinen lausigen Zufall etwas, einen Beweis. So ein Bulle bist du, oder nicht?‹*

*Ich zuckte mit den Schultern.*

*›Sei's drum‹, sagte er, ›jetzt wirst du jedenfalls sterben. Also – hast du es mir angesehen? Dass ich das war mit dem Jungen in diesem Kaff …‹*

*›Schätzingen‹, half ich ihm aus.*

*›Schätzingen, ja … Hast du es mir angesehen? Ja oder nein? Ich merke es, wenn du lügst!‹*

*›Ja. Ich habe es dir angesehen.‹*

*Er nickte vor sich hin. ›Ich hab es gleich gewusst. Du hättest nie lockergelassen.‹*

*›Nein. Niemals.‹*

*Ich machte einen Schritt nach vorn. Sofort hob er die Pistole an und zielte auf mich.*

›Bleib, wo du bist! Keine Mätzchen mehr. Das ist die letzte Warnung.‹

›Kann ich mich setzen?‹

›Nein. Du bleibst, wo du bist!‹

Er stand wieder auf, kam näher und flüsterte: ›Ja, ich war es. Und weißt du was? Es hat mir Spaß gemacht. Es war geil. Ein Kick! Verstehst du das?‹

›Nein‹, sagte ich. ›Das verstehe ich nicht. Kein normaler Mensch versteht das.‹

›Das ist es ja gerade! Ich bin kein normaler Mensch. Du bist der Erste, der das kapiert. Du hast mich durchschaut. Mein wahres Ich erkannt! Das ist wie mit dieser Frau mit den Schlangenhaaren ...‹

›Die Medusa ...‹

›Ganz genau. Medusa. So heißt sie. Wer ihr Gesicht gesehen hat, der ist tot umgefallen.‹

›Nicht ganz. Er wurde zu Stein ...‹

Er rückte noch näher an mich heran.

›Ein kleiner Klugscheißer, hm? Ganz im Vertrauen: Es war nicht das erste Mal! Und es wird auch nicht das letzte Mal gewesen sein.‹

Er machte wieder einen Schritt zurück.

›Aber jetzt ist Schluss mit dem ganzen Gequatsche. Du gehst mir allmählich auf den Geist. Wird Zeit, dass wir das hier zu Ende bringen. Los, gib mir deine Brieftasche ... mach schon! Aber schön langsam, wenn ich bitten darf!‹

Ich griff in die Innentasche meiner Jacke und warf ihm meine Brieftasche vor die Füße. Er hob sie auf, ohne mich dabei aus den Augen zu lassen, und sah sie durch.

›Deine Geheimzahl für die EC-Karte‹, sagte er. ›Du hast keine Wahl. Ich frage kein zweites Mal. Dann schieße ich dir ins Knie.‹

Ich nannte sie ihm.

Er schrieb sie sich mit einem Stift auf das Handgelenk.

›Nur ein kleiner Hinweis meinerseits: Sollte die Zahl nicht stimmen, werde ich deine Frau und deine Tochter aufsuchen und sie danach fragen. Und glaub mir – ich bin unter diesen Umständen nicht sehr zimperlich! Haben wir uns da verstanden?‹

Ich nickte. Es machte keinen Sinn, ihn anzulügen.

*Er stampfte auf dem Boden auf.*

*›Hat deine Hütte einen Keller?‹*

*›Ja.‹*

*›Na, bestens. Was ist da drin?‹*

*›Vorräte, Wein, Werkzeug, Jagdtrophäen, Krempel.‹*

*›Ein Stuhl?‹*

*›Ist auch da unten, und eine kleine Werkbank.‹*

*›Da gehen wir jetzt hinunter. Und komm nicht auf dumme Gedanken. Sonst hast du eine Kugel im Kopf.‹*

*Mir blieb nichts anderes übrig, als vorauszugehen. Ich öffnete die schmale Tür, die vom Gang aus in den Keller führte. Er bestand aus einem einzigen Raum, der nicht viel größer war als die Küche. Und er hatte einen Betonboden. Aber er war nicht sehr tief, die Raumhöhe war kaum zwei Meter, sodass ich immer automatisch den Kopf einzog, wenn ich unten war.*

*Ich machte Licht. Es ging nur eine einzige Lampe an der Werkbank an, die vielleicht sechzig Watt hatte.*

*Nicht sehr hell.*

*Es war meine einzige Chance.*

*Ich blieb stehen.*

*›Und was jetzt?‹, fragte ich.*

*›Na, mach schon, geh! Du wirst dich auf den Stuhl da unten setzen und mit deiner Waffe Selbstmord begehen. Keine Sorge – ich helfe da schon ein wenig nach.‹*

*›Warum sollte ich das im Keller tun?‹*

*›Weil du nicht willst, dass man dich gleich findet. Das willst du deiner Familie nicht antun.‹*

*›Wirklich rücksichtsvoll.‹*

*›So bin ich eben. Jetzt geh schon!‹*

*Er stieß mir den Lauf der Pistole auffordernd in den Rücken, um seinen Worten genügend Nachdruck zu verleihen.*

*Auf diesen Augenblick hatte ich gewartet.*

*Ich gab dem Druck nach, machte in einer Bewegung das Licht aus und sprang.*

*Ich sprang, weil ich wusste, dass der Boden nicht ganz zwei Meter unter mir war.*

*Und weil ich auch noch wusste, dass es keine Treppe gab, nur eine Leiter.*

*Das wusste Sabitzer aber nicht, und das wurde ihm zum Verhängnis.*

*Ich landete hart und rollte mich zur Seite ab.*

*Sabitzer folgte seinem ersten Impuls und wollte mir nach.*

*Er trat dabei unerwartet ins Leere und klatschte Hals über Kopf auf den harten Boden. Gleichzeitig krachte es durchdringend, und Mündungsfeuer blitzte für einen Moment auf.*

*Ich blieb eine Weile benommen liegen und traute mich kaum zu atmen. Was ich nur noch hörte, war mein eigener Herzschlag, es rauschte und dröhnte in meinen Ohren.*

*Ich ertastete die Trittleiter, die an der Wand stand, und kletterte nach oben, um Licht anzumachen.*

*Im trüben Schein der Funzel lag Frank Sabitzer mit dem Gesicht nach unten auf dem Boden, die Pistole, die losgegangen war, musste unter seinem Körper begraben sein.*

*Ich sah lange, an der Leiter hängend, zu ihm hin, aber er bewegte sich nicht. Eine Blutlache begann sich unter seinem Bauch auszubreiten.*

*Ich kletterte nach unten und konnte keinerlei Lebenszeichen mehr an ihm feststellen. Also drehte ich ihn auf den Rücken und sah, dass er sich mit meiner Pistole in die Brust geschossen hatte.*

*Ich nahm ihm die Walther P5 aus der Hand.*

*Das heißt – ich wollte es tun.*

*Aber Frank Sabitzer war nicht tot.*

*Er stöhnte und ließ die Waffe nicht los. Da er den Finger noch am Abzug hatte, gelang es ihm abzudrücken. Der Schuss ging knapp an meinem Kopf vorbei, der Knall war ohrenbetäubend, und der Mündungsblitz blendete mich. Frank Sabitzer musste schwer verletzt sein, trotzdem entfaltete er Bärenkräfte. Wir rangelten um die Waffe. Ich wusste, wenn ich sie losließ, war ich verloren. Im Strampeln erwischte ich ihn mit dem Fuß im Gesicht. Er schrie auf, und ich hatte auf einmal die Waffe in der Hand. Reflexartig zielte ich auf ihn und schoss ihm mitten ins Gesicht. Ich weiß nicht mehr, wie viele Schüsse ich abgefeuert habe, es waren auf jeden Fall mehrere. Die aufblitzende Helligkeit und der Krach bei jedem Schuss hatten mich für eine ganze Weile taub und blind gemacht. Der Keller stank nach Blut, Schweiß und Kordit.*

*Ich fing an, am ganzen Körper zu zittern, und musste mich erst mal hochstemmen und auf den Stuhl setzen.*

*Ich war vollkommen ausgeflippt, nicht mehr ich selbst. Es war das erste Mal gewesen, dass ich tatsächlich völlig die Kontrolle über mich verloren hatte.*

*Fieberhaft überlegte ich, was zu tun war.*

*Es gab nur eine Möglichkeit, wenn ich nicht selbst in große Erklärungsnöte und Schwierigkeiten kommen wollte.*

*Ich musste etwas tun, von dem ich damals schon wusste, dass ich es mein restliches Leben lang nicht mehr aus dem Kopf kriegen würde ...*

*Aber mir blieb keine andere Wahl.*

*In diesem Moment kam es mir absolut richtig und konsequent vor.«*

Eine lange Pause entstand, in der es aus dem Lautsprecher des Kassettenrekorders nur rauschte.

Plötzlich setzte Wohlfahrts Stimme wieder ein.

*»Ich will's kurz machen. Ich zog die Leiche mit einem Flaschenzug aus dem Keller, schleppte sie zum Brunnen, warf sie hinein, schob den Deckel wieder zu, sperrte ihn mit dem Vorhängeschloss ab und machte, als sie den Kies und den Minibagger geliefert hatten, den Brunnen dem Erdboden gleich. Er dürfte in den letzten dreißig Jahren so zugewachsen sein, dass man nichts mehr sieht.*

*Dort unten auf dem Grund des Brunnens liegt also ein Mensch begraben, der ein grausamer Mörder war.*

*Ich bilde mir ein, dass ich es nicht bereue.*

*Aber ich musste mit dieser Schuld leben.*

*Ich habe diesen Mann einfach verschwinden lassen.*

*Ausgelöscht.*

*Es war, als hätte es ihn nie gegeben.*

*Ewiges Vergessen, das sollte die Strafe für ihn sein.*
*Das ist – wenn du so willst – mein Vermächtnis.*
*Du kannst es auch Geständnis nennen, wenn dir das lieber ist.*
*Mach damit, was immer du für richtig hältst, Max.*
*Ich bin nie damit fertiggeworden.*
*Bring du es zu einem Ende ...«*

Die Kassette machte klack.


In Madleners Kopf hallten die Worte von Wohlfahrt nach, lange
Zeit schaffte er es nicht, sich zu bewegen.

Endlich gab er sich einen Ruck und kramte in dem Päckchen
nach dem Foto, das an das Rhabarberkuchenrezept geklemmt war.

Auf der Rückseite stand das Datum: 18.6.1986.

Er drehte das Bild um.

Wohlfahrt und seine Frau in glücklichen Tagen vor über dreißig Jahren. Zwischen ihnen die Tochter, ein Teenager. Simone
Zoller war leicht wiederzuerkennen.

An ihrem Blick.

An ihrem leicht spöttischen Lächeln.

Nicht an ihren Haaren. Die waren damals noch eine unge-
bändigte Löwenmähne.

Er rechnete nach – sie musste also ungefähr in seinem Alter
sein.

Hinter den dreien konnte man die Jagdhütte und am linken
Rand den Brunnen sehen.

Es war genau so, wie Wohlfahrt es beschrieben hatte.


Madlener packte alles, auch den Rekorder, wieder in das Päckchen und sah auf seine Uhr.

Zeit, sich aufs Ohr zu legen.

Auch wenn er jetzt schon ahnte, dass ihm viel zu viel im Kopf
herumgeisterte, als dass er Schlaf finden würde.

Aber er versuchte es wenigstens.

## 79

Es war zwecklos.

Er hielt tapfer bis sechs Uhr in der Früh aus, dachte an sein seit gestern, null Uhr Mitternacht geltendes Mantra – »Think positive!« – und befand deshalb, dass es wesentlich besser gewesen war, die halbe Nacht mit offenen Augen die Decke anzustarren und alles, was jetzt und vor dreißig Jahren geschehen war, Revue passieren zu lassen und sich über die Folgen den Kopf zu zerbrechen, als sich von einem Alptraum zum nächsten zu quälen.

Trotzdem fühlte er sich wie erschlagen und musste sich regelrecht zwingen, aus dem Bett zu steigen. Er entfernte den Verband um sein lädiertes Knie, duschte eiskalt und wartete schon darauf, dass sein gegenwärtiger Nachbar gegen die Wand hämmerte, weil er noch schlafen wollte.

Aber nichts geschah. Schade eigentlich, dachte Madlener. Ich hätte mich gern noch mit einem Gegenklopfen verabschiedet.

Er fühlte sich schon wesentlich besser, trocknete sich ab, verpflasterte sein Knie, rasierte sich gründlich, zog sich an, holte seinen dunklen Anzug heraus, bürstete ihn ab, schlüpfte hinein, nachdem er sich in sein Achselholster gezwängt hatte – es wurde auch immer enger –, band sich seine schwarze Beerdigungskrawatte um, nahm seine ins Bad geworfene zerrissene und zerschnittene Hose in die Hand, die er in Erfüllung seiner Dienstpflicht als Polizist geopfert hatte, stopfte sie in den Mülleimer, öffnete den Safe, steckte seine Dienstwaffe ins Holster, gab zur Sicherheit noch einen kleinen Tupfer Zovirax auf die übliche Stelle an der Unterlippe und fragte sich gleichzeitig, während er in den Spiegel blickte, ob man von diesem weißen Zeug abhängig werden konnte und ob er das schon war.

Dann schlüpfte er in seine frisch geputzten schwarzen Lederschuhe, packte noch die Plastiktüte mit Harriets Sachen und verließ damit sein Hotelzimmer.

Wie in letzter Zeit, als er immer schon als Erster den Frühstücksraum enterte, war er der einzige Gast, die Küchenhilfe richtete gerade erst das Büfett her.

Er grüßte, sie grüßte zurück, und Madlener nahm Kaffee und Croissants und machte sich eine Butterbrezel für unterwegs, die er in eine Papierserviette einwickelte und sich in die Jackentasche stopfte.

Wie üblich verbrannte er sich seine Unterlippe am heißen Kaffee, weil er wieder einmal einfach zu ungeduldig war.

Hatte er nicht unlängst Harriet fehlende Geduld vorgeworfen?

Er musste unwillkürlich an einen Bibelspruch denken: *Warum siehst du den Splitter im Auge deines Bruders, aber den Balken in deinem Auge bemerkst du nicht?*

Routinemäßig ärgerte er sich über sich selbst, wählte eine Nummer auf seinem Handy und ließ sich mit der Unfallstation des Klinikums verbinden. Als er dort nach der Vernehmungsfähigkeit der Patientin Ilse Amendt fragte, bekam er zu seinem eigenen Erstaunen die Antwort, dass Frau Amendt schon auf ihn wartete und mit ihm sprechen wollte.

Das passte Madlener ausgezeichnet, er kündigte gleich seinen Besuch an, trank den letzten Rest Kaffee im Stehen aus und machte sich mit seiner Plastiktüte auf den Weg.

Aber dann kehrte er noch einmal zurück, eilte ans Büfett, beschmierte zwei Laugensemmeln mit Butter, belegte sie mit Käse, gab jeweils ein in Viertel geschnittenes Gürkchen dazu, klappte die Hälften zusammen, wickelte sie in Serviettenpapier und steckte sie ein.

Schneller, als die Küchenhilfe schauen konnte, war er auch schon wieder verschwunden.

Und den »Südkurier« hatte er auch noch mitgenommen.

Als langjähriger Stammgast konnte er sich so etwas erlauben.

## 80

Die Ärztin, mit der er am Vortag gesprochen hatte, führte Madlener ins Zimmer von Ilse Amendt.

Viel besser als gestern sah sie nicht aus, als er ihr heimlich die Fingerabdrücke abgenommen hatte. Aber wenigstens hatte sie die Augen offen und schien wach zu sein. Sie war mit Drainagen, Infusionen und Kabeln an Geräte angeschlossen, und ihr Gesicht sah dadurch, dass es von pechschwarzen Locken umrahmt war, noch bleicher aus.

Wieder nahm Madlener die vielen Tätowierungen an Unterarm und Hals wahr, die bis zum Haaransatz im Nacken und zu den Fingerknöcheln gingen. Sie waren ihm schon beim heimlichen Abnehmen der Fingerabdrücke aufgefallen.

Er stellte sich ans Bettende, während die Ärztin einen kurzen Blick auf die Geräteanzeigen warf.

»Fünfzehn Minuten, Herr Kommissar. Mehr nicht!«, sagte sie noch und ließ Madlener mit Ilse Amendt allein.

»Ich bin Kommissar Madlener«, stellte er sich vor. »Frau Amendt, wie geht es Ihnen?«

»Wollen Sie die Wahrheit oder die Lüge?«, fragte sie und deutete damit an, dass sie geistig voll bei der Sache war – auch wenn sie nicht so aussah, nach allem, was sie hinter sich hatte.

»Die Wahrheit«, antwortete Madlener. »Ich bin als Polizist hier. Und als solcher will ich immer nur die Wahrheit hören.«

»Also gut. Die Wahrheit ist: Mir geht's beschissen!«

»Dachte ich mir. Haben Sie Schmerzen?«

»Nein. Die haben mir was gegeben. Sind Sie der Mann, der mich gerettet hat? Das hat man mir jedenfalls gesagt.«

»Ich war daran beteiligt, ja.«

»Ich weiß nicht unbedingt, ob ich Ihnen dankbar dafür sein soll.«

»Kann ich verstehen. Frau Amendt – Sie wollen zur Sache aussagen?«

»Ja. Ja, ich will …« Sie sah ihn an. »Komisch, sagt man das nicht beim Heiraten?«

»Ich denke schon … Sie sind also damit einverstanden, dass ich unser Gespräch aufzeichne?«

»Ja.«

»Na schön«, sagte er und holte sein Smartphone heraus, schaltete es auf Audioaufnahme und legte es behutsam aufs Nachtkästchen. Dann nannte er Namen und Daten und bat Ilse Amendt, mit ihren Worten zu schildern, wie sie zur Brandstifterin geworden war.

»Aus Wut«, sagte sie.

»Über Martin Schöllhorn?«

»Ja. Sie wissen das?«

»Aus seiner Sicht. Ich habe mit ihm gesprochen. Sie wollten sich an ihm rächen, weil er sie verlassen hat. Stimmt das?«

»Könnte man so sagen … Ich hab damit angefangen, weil ich ihn fertigmachen wollte. Zur Strafe. Weil er mich wie einen Putzlappen behandelt hat. Mich betrogen hat. Ausgenutzt. Martin Schöllhorn ist ein Schwein …«

Sie schloss die Augen, um wieder herunterzukommen und normal weiterzuerzählen.

»Hat mir anfangs Spaß gemacht, die Bullen insgesamt zu verarschen.«

»Mit Ihrer Ducati? Im Tunnel? Die Donuts?«

»Ja.«

»Mit gefälschten oder geklauten Nummernschildern?«

»Ja.«

»Und dann die Maibaumnummer mit dem Mercedes … gefolgt von der Yacht im Hafen … den Bootshäusern und …« Er ließ den Satz im Raum stehen.

Ilse Amendt vervollständigte ihn: »… und der Kirche. Das war ein Fehler.«

»Durch diesen Fehler ist ein Mensch ums Leben gekommen.«

»Ich sagte ja – das wollte ich nicht. Ich wollte nie irgendwelche Menschenleben gefährden. Ich wollte, dass Martin Schöllhorn als Brandstifter entlarvt und an den Pranger gestellt wird. Obwohl er es nicht war. Das ist der entscheidende Punkt bei der Sache gewesen. Das mit dem Jungen in der Kirche ... Ich wusste nicht, dass da noch jemand war.«

»Aber sie haben sie trotzdem niedergebrannt.«

»Als ich die Kirche abgefackelt habe, fand ich die Idee genial.«

»Sie haben zugesehen, nicht wahr?«

»Ja. Ich hab's auf meinem Handy aufgenommen. Haben Sie mein Handy?«

»Bisher nicht.«

»Wäre nicht das erste Mal, dass ich's unterwegs verloren habe ...«

Madlener wollte nicht, dass sie jetzt den Faden verlor.

»Was war dann? Nachdem Sie alles auf Video aufgenommen hatten?«

»Dann ... dann wurde der Junge vom alten Schöllhorn aus der brennenden Kirche rausgeschleppt. Von da an konnte ich nicht mehr zurück.«

»Sie konnten nicht mehr aufhören? Weil Sie schon so weit gegangen waren?«

»So war es. Da war mir schon alles egal.«

»Sie wollten ihrem Ex ein Finale bereiten?«

»Oh ja. Die Kirche sollte nur der Auftakt zu etwas noch Größerem sein. Wäre mein Traum gewesen. Ist vielleicht besser, dass nichts daraus geworden ist ...«

»Was wäre es gewesen?«

»Das behalte ich besser für mich. Ich denke, ich habe auch so schon genug auf dem Kerbholz ...«

»Kann man wohl sagen.«

Die Ärztin schaute herein und deutete stumm auf ihre Uhr. Madlener zeigte ihr die fünf Finger seiner Hand – er wollte noch fünf Minuten.

Die Ärztin nickte und schloss die Tür wieder.

Madlener wandte sich erneut Ilse Amendt zu.

»Frau Amendt – was ich hier aufzeichne, ist nicht das offizielle Protokoll Ihrer Aussage, das müssen wir in aller Ausführlichkeit nachholen, sobald sie wieder dazu imstande sind. Ich will

Sie in Ihrem Zustand nicht weiter behelligen, nur eines noch: Wie haben Sie das mit den Dienstzeiten von Martin Schöllhorn hinbekommen? Woher hatten Sie die?«

»Das kann ich nicht sagen.«

»Wie Sie wollen.«

Er hatte die ganze Zeit über am Bettende gestanden, jetzt nahm er das Handy vom Nachtkästchen und schaltete es aus.

»Tun Sie mir einen Gefallen, Herr Kommissar?«, fragte Ilse Amendt.

»Kommt darauf an …«

»Legen Sie vor Gericht ein gutes Wort für mich ein.«

»Ein Geständnis wird vom Staatsanwalt und vom Richter im Strafmaß zu Ihren Gunsten gebührend berücksichtigt werden, so viel kann ich versprechen. Vorausgesetzt, Sie sagen wahrheitsgemäß aus. Das beinhaltet auch eine vollständige Aussage. Sie dürfen nichts verschweigen und für sich behalten, verstehen Sie mich?«

»Ja. Herr Kommissar – jetzt, wo Sie Ihr Handy ausgeschaltet haben, kann ich Ihnen zwei Dinge sagen. Sie wollten wissen, wie ich an den Dienstplan von Martin Schöllhorn gekommen bin? Es gibt einige beim weiblichen Personal, die auf diesen Scheißkerl nicht gut zu sprechen sind und nur zu gern bereit waren, mir mit den entsprechenden Daten auszuhelfen. Besonders im Präsidium.«

»Haben Sie von denen auch den Code für das Schloss von der Kfz-Verwahrstelle?«

Sie nickte.

»Mehr werde ich dazu nicht ausplaudern, ich will da niemanden mit reinziehen. Und damit zu Ihrer zweiten unbeantworteten Frage: Was ich noch plante, in Brand zu stecken. Das Schiff vom Seehas. In der Nacht vor seinem großen Auftritt.«

Die Ärztin kam wieder herein. »Herr Kommissar, bitte! Die Patientin braucht jetzt wirklich ihre Ruhe.«

»Ich gehe ja schon«, sagte Madlener. Aber er hatte noch eine Frage an Ilse Amendt. »Haben Sie in dieser Hinsicht schon Vorbereitungen getroffen?«

»Wenn Sie damit Brandbomben oder so was meinen – nein. Ich war gerade dabei, mir Martins Nummernschild für den letzten Brandanschlag zu holen, damit die Bullen diesmal auch ganz genau wissen, wer der Täter sein muss. Den Rest kennen Sie. Übrigens, wer war die Frau, die mich auf ihrem Bike verfolgt hat?«

»Meine Kollegin.«

»Richten Sie ihr mein Kompliment aus. Sie kann wirklich Motorrad fahren.«

Die Ärztin bugsierte Madlener endlich hinaus und machte die Tür zu.

Nach einer ganzen Weile, in der sie nur dalag und an die Decke starrte, hob Ilse Amendt ihren Oberkörper an, so gut es ging, schlug die Decke am Bettende um und sah auf ihren dick verbundenen Beinstumpf.

Sie ließ sich wieder zurück ins Kissen sinken, schloss die Augen und fing an zu weinen.

Das Weinen ging in ein Schluchzen über.

Sie fing an, um sich zu schlagen, und steigerte sich in eine regelrechte Raserei hinein, indem sie sich alle Schläuche, Drainagen und Kabel herauszureißen begann.

Der laute Alarm, der sofort ausgelöst wurde, war auf der ganzen Station zu hören.

Die Tür ging auf, Pfleger und die Ärztin kamen hereingeeilt.

## 81

Madlener klopfte und traf Harriet beim Frühstück im Krankenhauskittel an einem Tischchen sitzend an. Sie rührte mit einem Teelöffel in einem Joghurt herum und sah alles andere als glücklich aus.

»Frugal«, sagte er und setzte sich auf den zweiten Stuhl.

»Ich bin nicht krank«, sagte sie. »Aber bei dem Frühstück werde ich's noch. Ein Erdbeerjoghurt, bei dem man die Erdbeeren mit der Lupe suchen muss. Pfefferminztee, zwei Scheiben Graubrot, eine Scheibe Weichkarton oder analoger Hartkäse, ich weiß es nicht, und Margarine und Marmelade aus dem Plastikdöschen. Bin ich hier im Knast gelandet oder was?«

Madlener hob den Zeigefinger. »Einen Tag noch! Das wirst du wohl aushalten.«

Sie schwang sich mit Leichenbittermiene ins Bett zurück und schmollte.

»Hast du mir wenigstens was mitgebracht?«, fragte sie schließlich ungnädig, während Madlener probeweise am Weichkarton beziehungsweise am analogen Hartkäse schnupperte und das Gesicht verzog.

»Hab ich«, sagte er betont fröhlich. »Ausschließlich gute Nachrichten. Was willst du zuerst hören? Berufliches oder Privates?«

»Beides gut?«

»Definitiv!«

»Beruflich.«

»Also …«

»Nein, halt – warte. Lieber doch zuerst Privates.«

»Na schön. Frische Sachen zum Beispiel für die geduldige Patientin.«

Er hob die Plastiktüte aufs Bett, die von Harriet sogleich mit der gesunden Hand durchsucht wurde.

»Zufrieden mit der Auswahl, Agent Starling?«

»Ganz okay, Mr. Crawford«, maulte sie.

Dann sah sie zu ihm auf. »Sonst noch was?«

»Kaffee …«, antwortete Madlener und stellte ihr einen Kaffeebecher mit Deckel aufs Nachtkästchen.

»Aus der Cafeteria. Extra stark und noch heiß. Und hier …«

Er holte die eingepackten Laugensemmeln heraus, deren dicken Belag Harriet erfreut inspizierte, bevor sie herzhaft zubiss.

»Und beruflich?«, brachte sie mit vollem Mund gerade noch verständlich heraus.

Er zeigte ihr sein Handy vor. »Hier ist das komplette Geständnis von Ilse Amendt drauf. Das vorläufige. Ich glaube, sie wollte alles loswerden. Vielleicht war sie auch noch halb im Schockzustand, ich weiß es nicht. Die Ärzte mussten ihr den Unterschenkel amputieren.«

Harriet verzog das Gesicht.

»Und da hat sie noch Glück gehabt«, fügte er hinzu.

»Glaubst du, sie hätte weitergemacht? Wenn wir sie nicht erwischt hätten?«

»Ja. Das hat sie mir gesagt. Sie gratuliert dir übrigens zu deinem Fahrstil. Du kannst dir was darauf einbilden.«

»Dann ist der Fall also gelöst. Ich frage mich nur eines …« Sie taxierte ihn mit ihrem Blick von oben bis unten. »Warum siehst du eigentlich aus, als würdest du auf deine eigene Beerdigung gehen?«

## 82

Madlener stand abseits der großen Menschenmenge und spielte unbewusst mit seiner ungewohnten Beerdigungskrawatte herum. Auf dem Friedhof hatten sich die Jüngerinnen und Jünger der Kirche des heiligen Pfads zur Erleuchtung versammelt. Es waren gut um die dreihundertfünfzig Trauernde, die der Beerdigung ihres Mitbruders Noah Rohde beiwohnten und die, wie Madlener den Kennzeichen der vielen parkenden Autos entnahm, aus sämtlichen Gemeinden rund um den Bodensee stammten, viele aus Österreich und der Schweiz. Sogar ein Wagen aus Liechtenstein war da.

Sie alle waren den letzten Weg der Asche ihres Gemeindemitglieds in einer langen Prozession mitgegangen, die von Lama Oledahl angeführt wurde, der ganz in Weiß gekleidet die Urne vorantrug wie Parsifal den Heiligen Gral.

Schließlich versammelten sich alle in einem riesigen Halbkreis um das ausgehobene Grab in einem anonymen Gräberfeld.

Madlener hatte sich so weit weg wie möglich und so nah wie nötig zur Beerdigung postiert. Götze und Binder waren auf seinen Anruf ebenfalls gekommen und hatten mitgebracht, was er in Auftrag gegeben hatte.

Der Kommissar überprüfte das Dokument noch einmal auf dessen Richtigkeit.

Er stand auf einer kleinen Anhöhe, einerseits, weil er die Trauer aller, die den Toten gekannt hatten, respektierte, andererseits die Rede des Lama nicht unbedingt Wort für Wort hören wollte.

Predigten waren nicht sein Ding.

Predigten von Björn Oledahl schon gar nicht.

Und die Gebetstrommeln, die ein paar junge Gemeindemitglieder erklingen ließen, um nach einem gewaltig anschwellenden Crescendo in einer Kakophonie zu enden, erst recht nicht.

Aber bei dem Lärm, den sie veranstalteten, war ein Mithören unumgänglich, außer er hätte Ohrenschützer getragen.

Die Zeremonie zog sich in die Länge, weil der Lama, der erhöht auf einem extra herbeigeholten Podest stand und die Stimmung unter der Trauergemeinde zu steuern verstand wie ein evangelikaler Prediger im Süden der Vereinigten Staaten, nicht aufhören konnte, alle Übel der Welt aufzuzählen und zu verurteilen.

So, wie er das sah, musste es eine ganze Menge davon geben.

Er echauffierte sich dabei so sehr, dass bei seinem Anhang kein Auge trocken blieb. Immer wieder hoben die Trauernden die Arme und riefen unisono: »So ist es!«, »Wahrheit!« oder gegebenenfalls »Lüge!« – jedenfalls soweit Madlener das verstand. Akustisch gesehen.

Oledahl steigerte sich in eine Art Redetrance hinein, die alle mitriss und in eine einzige wehklagende Menschenmenge verwandelte.

Noch einmal trommelte sich die Schlagwerkfraktion die Hände wund, und endlich schien die Zeremonie zu Ende und die Urne versenkt worden zu sein, denn die Trauergemeinde löste sich auf und strebte dem Ausgang entgegen.

Björn Oledahl, umrahmt von seinen zwei Centerfold-Jüngerinnen und begleitet von zwei neuen Bodyguards, schritt voraus. Alle ließen ihm den Vortritt und machten den Weg frei.

Nur Madlener, Götze und Binder nicht.

Im Hintergrund hielten sich außerdem noch zwei Streifenpolizisten bereit.

Gemeinsam stellten sie sich Oledahl entgegen, sodass der Lama stehen bleiben musste, was seinen verklärten Gesichtsausdruck und seine Stimmung auf einen Schlag erheblich verdüsterte. Er gab seiner Entourage ein Handzeichen, anzuhalten, und wandte sich an Madlener.

»Was?«, sagte er nur.

In einem Ton, als wäre Madlener sein Lakai.

Genau diese hybride Herablassung war es, die Madlener bis aufs Blut reizte, auch wenn er sich das nicht anmerken ließ.

Er hätte sich nicht allzu sehr gewundert, wenn Oledahl tödliche Laserstrahlen auf ihn gerichtet hätte – falls seine Augen dazu physikalisch in der Lage gewesen wären.

Waren sie aber nicht, auch wenn Oledahl sich noch so viel Mühe gab.

Madlener wurde offiziell. »Björn Oledahl, wir müssen Sie vorläufig festnehmen. Wenn Sie Widerstand leisten, sind wir gezwungen, Ihnen Handschellen anzulegen.«

»So? Und mit welcher Begründung?«

»Nach Paragraf 26 Strafgesetzbuch.«

»Aha. Und wie lautet der?«

»Wer vorsätzlich einen anderen zu dessen vorsätzlich begangener rechtswidriger Tat bestimmt, wird gleich einem Täter bestraft.«

»Und das soll sich auf was beziehen?«

»Auf Ihren persönlichen Erlass, bei einem der Brandstiftung Verdächtigen gegebenenfalls Gewalt anzuwenden.«

»Haben Sie Beweise dafür?«

»Einen Zeugen. Seine Aussage.«

»Und wer soll das sein?«

»Karim Belrabi.«

Oledahl streckte ohne weiteren Kommentar seine Hand aus, und Madlener überreichte ihm den Haftbefehl.

Der Lama las ihn kurz durch, gab ihn an einen Bodyguard weiter und sagte: »Das geht sofort an Dr. Briller. Er weiß, was zu tun ist.«

Dann folgte er Madlener – Götze und Binder hatten ihn in ihre Mitte genommen.

Madlener hatte Oledahl absichtlich vor der gesamten Gemeinde abgepasst und festgenommen und war froh, dass sein Plan aufgegangen war. Nämlich, damit ein Exempel zu statuieren.

Es war eine Art Statement, um zu zeigen, dass der Staat immer noch stark genug und in der Lage war, seine Rechte wahrzunehmen.

Das hatte er nach einer hart geführten Diskussion mit Cornelius durchgesetzt, der es vorgezogen hätte, Björn Oledahl heimlich, still und leise festzunehmen, um nur ja kein Aufsehen zu erregen.

Aber Madlener hatte auf dem Gegenteil bestanden, auch weil er argumentierte, dass eine Verhaftung des Lama so oder so schnell an die Öffentlichkeit gelangte. Wenn er sie vor den Augen der Jünger vornahm, wollte er damit auch eine pädagogische Wirkung erzielen: Der Staat ließ sich eben nicht auf der Nase herumtanzen.

Cornelius wusste genau, was er Madlener zu verdanken hatte und dass er ihm etwas schuldig war. Deshalb stimmte er schließlich zähneknirschend zu.

Die Hoffnungen in Stuttgart in bestimmten Kreisen, namentlich bei Dr. Ilgner, Madlener elegant aus dem Amt kegeln zu können, erfüllten sich momentan nicht. Im Gegenteil – Madlener saß fester im Sattel denn je.

Bei seinem telefonischen Bericht über die Entwicklungen in Friedrichshafen hatte Cornelius sein Bedauern darüber ausgedrückt, aber er versicherte auch gleichzeitig, dass aufgeschoben nicht gleich aufgehoben sei. Er war bereit, weiter zu warten, bis Madlener einen falschen Schritt machte und ins Stolpern kam. Bisher hatte der sich aber keine Blöße gegeben.

Dr. Ilgner hatte kein Wort mehr dazu gesagt und kommentarlos aufgelegt.

Kurzzeitig hatte Madlener wirklich mit dem Gedanken gespielt, Björn Oledahl Handschellen anzulegen. Aber angesichts der großen Menschenmenge verzichtete er auf jede weitere Provokation. Die Verhaftung allein war schon Demonstration und Demütigung genug.

Alle Mitglieder der Kirche des heiligen Pfads zur Erleuchtung sahen stumm zu, wie ihr Lama auf den Rücksitz des bereitstehenden Streifenwagens neben dem Ausgang geleitet wurde.

Madlener stieg in seinen Dienstwagen und fuhr hinter dem Streifenwagen her ins Präsidium.

## 83

Madlener war nur ins Präsidium gekommen, weil er noch an seinen Computer wollte. Die Vernehmung von Björn Oledahl sollten Götze und Binder übernehmen, von ihm aus auch Cornelius selbst, falls Oledahl nur mit ihm sprechen wollte, was bei seinem Dünkel nicht ausgeschlossen war.

Er selbst hatte überhaupt keine Lust auf eine erneute Konfrontation mit dem Lama, weil man jederzeit damit rechnen musste, dass plötzlich Türen aufgerissen wurden und ein Dr. Briller hereinstürmte wie ein wutschnaubender Stier, bereit, jeden auf die sprichwörtlichen Hörner zu nehmen, der sich ihm entgegenstellte.

Diesmal wollte Madlener nicht das rote Tuch sein. Er hatte seinen Teil dazu beigetragen, den Lama erst einmal einzubuchten, den Rest sollten andere erledigen. Und bis Björn Oledahl durch den gezielten Einsatz von schweren juristischen Geschützsalven seines Verteidigers wieder auf freiem Fuß war, hatte er gezwungenermaßen genügend Zeit und Muße, seine eigenen Yoga-Übungen zur Anwendung zu bringen, um zu sich selbst zu finden oder zu wem auch immer. Da war eine Einzelzelle in der U-Haft ganz angemessen und hilfreich, dachte Madlener. Eine gewisse Schadenfreude konnte er sich dabei doch nicht verkneifen.

Er setzte sich schnell an seinen PC, weil er feststellen wollte, was über Frank Sabitzer in den polizeilichen Datenbanken nach so langer Zeit noch vorhanden war. Er fand die digitalisierte Akte, seine Vorstrafenliste war wirklich beeindruckend und deckte so ziemlich jede kriminelle Spielart ab. Aber sie endete abrupt im Sommer 1989.

Er wunderte sich, dass sie überhaupt noch im System war.

Am Ende war nur ein lapidarer Eintrag vermerkt. Er lautete: *Frank Sabitzer wurde von seiner Halbschwester 1990 als vermisst gemeldet. Entsprechende polizeiliche Maßnahmen sind eingeleitet worden. Bisher ohne Resultat.* Unterzeichnet hatte den Vermerk Kommissar Roland Wohlfahrt.

Madlener hatte genug gesehen. Er loggte sich aus und wollte gehen.

Aber Cornelius hatte ihn erspäht und bestand zunächst darauf, dass Madlener an der Vernehmung von Björn Oledahl teilnehmen sollte. Doch Madlener konterte damit, dass er eigentlich seit einer Woche im Urlaub war und sich nur kurzfristig eingeschaltet hatte, weil Not am Mann gewesen war.

Jetzt, wo mehr oder weniger alles in trockenen Tüchern sei, müsse er sich endlich um seinen Umzug kümmern, das sei ihm wichtiger.

Mit dieser Erklärung ließ er den Kriminaldirektor stehen.

Nachdem er sich im Hotel umgezogen hatte, machte er sich daran, seine vollgepackten Umzugskartons in seinem Dienstwagen zu verstauen, was sich als Herkulesarbeit herausstellte. Es war ein Fehler gewesen, die Kartons ganz voll zu machen. Er musste den Hausmeister gegen ein gutes Trinkgeld bitten, ihm beim Tragen zu helfen, allein war es schlicht und einfach nicht zu schaffen.

Gott sei Dank gab es im Haus seiner Wohnung einen Aufzug, der bis in die zugehörige Tiefgarage ging.

Aber bis er alle Kartons in den Aufzug geschleppt, gezogen, dabei Griffe abgerissen und geschoben und endlich alles in seinen eigenen Flur verfrachtet hatte, war er schweißgebadet.

Er duschte zum ersten Mal in seinem neuen Bad, zog frische Sachen an und fuhr zurück zum »Silbernen Zeppelin«. Dort ging er noch einmal sein Zimmer durch, insbesondere den Safe, bezahlte seine Schlussrechnung und stand mit einem seltsamerweise etwas mulmigen Gefühl schließlich im Freien vor seinem nun ehemaligen Dauerwohnsitz.

Ein wichtiger Zeitabschnitt seines Lebens war soeben zu Ende gegangen, dessen war er sich voll bewusst.

Aber bevor er noch sentimental zu werden begann, fuhr er gleich wieder weiter, weil er eine wichtige Verabredung hatte.

Simone Zoller, die Tochter von Kommissar Wohlfahrt, wartete auf ihn.

Er hatte sie angerufen und um ein Gespräch gebeten. Sie hatte sofort zugesagt und ihn zum Reihenhaus ihres Vaters bestellt, in dem sie immer noch mit dem Nachlass ihrer Eltern beschäftigt war.

## 84

*There is no dark side*
*Of the moon really*
*Matter of fact*
*It's all dark*
Pink Floyd, »Eclipse«

Die Tür zum Reihenhaus stand sperrangelweit offen, als Madlener an Wohlfahrts Zuhause ankam und aus seinem Auto stieg. Ein halb gefüllter Müllcontainer stand neben dem Eingang. Er klopfte der Form halber am Türstock an und betrat das Haus, das zum größten Teil schon leer geräumt war.

»Hallo!«, rief er. »Ich bin's, Max Madlener.«

Er warf einen Blick in die Küche und entdeckte dort Simone Zoller, die in alten Klamotten und mit einem Kopftuch um die Haare dabei war, die Wände orangefarben anzumalen. Sie stand auf einer Trittleiter.

Die verhältnismäßig neuen Küchenmöbel waren abgedeckt. Sie stammten noch von Wohlfahrt, so wie Madlener sie in Erinnerung hatte.

Simone Zoller hatte einen Farbspritzer auf der Wange und begrüßte Madlener mit winkenden Händen, weil sie Gummihandschuhe trug.

»Hallo«, sagte sie. »Entschuldigen Sie meine Aufmachung, aber wie Sie sehen, bin ich schwer beschäftigt …«

»Ich dachte, Sie wollen alles verkaufen.«

»Dachte ich auch zuerst«, antwortete sie. Sie kam von der Leiter, legte den Pinsel, mit dem sie noch Korrekturen angebracht hatte, auf dem Rand der Farbdose ab, zog sich die Gummihandschuhe aus und gab ihm die Hand.

»Kaffee?«, fragte sie.

»Gern«, antwortete er.

»Schwarz?«

»Schwarz.«

»Gott sei Dank«, sagte sie und lachte. »Ich hab nämlich noch keine Milch und keinen Zucker da.«

Sie schenkte aus einer Thermoskanne zwei Becher voll, die sie aus dem Hängeschrank über der Spüle holte.

Damit stießen sie an.

Nach dem ersten Schluck fragte Madlener: »Sie bleiben also hier?«

»Ja. Ich hab's mir überlegt.« Sie strich sich verlegen eine Haarsträhne aus der Stirn. »Ich war schon immer ein wenig sprunghaft …«

Dabei lächelte sie nervös.

Es stand ihr gut.

»Ich dachte, ich bin reif für einen Tapetenwechsel. Und außerdem bin ich hier in der Nähe meiner Mutter. Ich will sie von jetzt an regelmäßig im Heim besuchen. Solange sie noch lebt, werde ich das Haus auf jeden Fall behalten.«

»Hoffentlich bereuen Sie es nicht. Wegen des Nebels im Herbst und im Winter, Sie wissen schon …«

»Ob es für immer ist, wird sich zeigen. Und meine Wohnung in Berlin gebe ich vorläufig auch nicht auf«, sagte sie. »Fall gelöst, Herr Kommissar?«

»So gut wie, ja. Frau Zoller, ich bin gekommen, um Ihnen mitzuteilen, dass ich das Päckchen Ihres Vaters jetzt durchgegangen bin. Weil Sie mich doch gebeten haben, Ihnen vom Inhalt zu berichten …«

»Das ominöse Päckchen, ja … Nett, dass Sie extra deswegen vorbeischauen.«

»Versprechen müssen eingehalten werden, denke ich.«

»Schön wär's …«

Sie sahen sich an und stellten eine seltsame Art von stillschweigender Übereinkunft fest.

»Was wollte mein Vater mit dem Päckchen?«, fragte sie schließlich und brach den Bann.

»Es ging um einen alten Fall. Unschöne Details, die will ich Ihnen ersparen. Ich sollte ihn mir auf Wunsch Ihres Vaters noch einmal ansehen. Nach über dreißig Jahren. Weil er ihn nicht hatte lösen können.«

»Und? Können Sie's?«

»Ehrlich gesagt: nein.«

»Das wäre auch ganz schön viel verlangt, oder?«

»Ich hätte die ganze alte Asservatenkammer durchsuchen müssen, ob irgendwelche Beweismittel von damals den Umzug und die Jahre überstanden haben und ob dann mit den neuesten wissenschaftlichen Methoden noch etwas herauszubekommen wäre. Eine Sisyphusarbeit. Das ist meiner Meinung nach vergebliche Liebesmüh und Verschwendung von Steuergeldern.«

»Warum?«

»Weil der Betreffende, den Ihr Vater damals verdächtigt hat, aber nie überführen konnte, längst tot ist. Und Ermittlungen gegen Tote gibt es nicht.«

»Hätte ihn das zufriedengestellt? Diese Antwort?«

»Da bin ich mir absolut sicher.«

»Nun, in der Beziehung kannten Sie ihn besser als ich. Besser als jeder andere. Auch was seine Eigenheiten anging. Und davon hatte er wahrhaftig nicht wenige.«

»Um Gottes willen! Sagen Sie das nicht. Niemand kennt einen anderen Menschen wirklich.«

»Ist das Ihre feste Überzeugung?«

»Absolut!«

»Sie meinen also, es lohnt sich gar nicht, jemanden näher kennenzulernen, weil man sowieso nie wirklich hinter die Fassade eines Menschen blicken kann?«

»Das habe ich nicht gesagt.«

Sie sahen sich eine ganze Weile nur an.

»Dark Side of the Moon«, sagte sie.

»*There is no dark side of the moon really. Matter of fact it's all dark.*«

»Pink-Floyd-Fan?«

»Immer schon gewesen.«

Er griff in seine Tasche. »Hier. Deswegen bin ich eigentlich gekommen. Das wollte ich Ihnen zurückgeben.«

Er reichte ihr das Foto, das am Rhabarberkuchenrezept geklemmt hatte.

Sie betrachtete es. »Wo haben Sie das her?«, fragte sie.

»War im Päckchen.«

Sie drehte das Foto um.

»18.6.1986 … lange her …«

»Das Wochenendhaus auf dem Foto – gehört das noch Ihren Eltern?«

»Nein. Das hat mein Vater verkauft, als meine Mutter ihren Schlaganfall bekommen hat. Das Pflegeheim ist nicht gerade billig.«

»Verstehe.«

»Und was haben Sie mit den ganzen Unterlagen gemacht, die noch im Päckchen waren?«

»Das, was Ihr Vater sich gewünscht hat.«

»Und was war das?«

»Ich sollte alles nach Durchsicht wegwerfen. Es sind sowieso nur Kopien der Originalakten gewesen.«

Sein Handy klingelte.

»Entschuldigen Sie …«

Er nahm den Anruf an.

»Ja, Madlener? Kann ich dich zurückrufen? Ich bin gerade in einem wichtigen Gespräch … Okay, bis gleich.«

Er trennte die Verbindung und steckte das Handy weg.

»Ich muss los«, sagte er. »Es ist dringend.«

»Na, dann will ich Sie nicht länger aufhalten. Wissen Sie was? Sie müssen unbedingt zu meiner Housewarming-Party kommen …«

»Oder Sie zu meiner«, sagte Madlener. »Ich bin auch gerade umgezogen.«

»Meine findet nächste Woche statt. Wann genau, weiß ich noch nicht. Ich rufe Sie an.«

»Tun Sie das. Ich werde kommen. War mir ein Vergnügen, Frau Zoller.«

Er gab ihr die Hand.

»Ebenfalls«, erwiderte sie. »Bis dann. Und danke für das Foto.«

»Gern geschehen. Danke für den Kaffee«, sagte Madlener und ging.

Als er das Haus verlassen hatte, fühlte er sich auf seltsame Art leicht. So, als hätte er auf einen Schlag zehn Kilo abgenommen.

Das Päckchen von Wohlfahrt lag immer noch in seinem Kofferraum. Er hatte es noch nicht weggeworfen und Simone Zoller auch nicht die ganze Wahrheit gesagt.

Aber damit konnte er leben.

Es machte keinen Sinn, den alten Fall neu aufzurollen. Die Beteiligten waren tot. Was also sollte es bringen, Wohlfahrts Tochter die Wahrheit zu erzählen?

Und Wohlfahrts guten Namen und damit sein Andenken womöglich aufs Spiel zu setzen?

Cui bono?

Diese alte klassische Ermittlerfrage fiel ihm ein: Für wen war das gut?

Madlener war überzeugt, dass es besser war, die Büchse der Pandora wieder zu schließen und Wohlfahrt in den Augen seiner Tochter als den zu belassen, der er für sie gewesen war. Ein für seine Frau treu sorgender Ehemann und ein guter, verlässlicher Vater.

Es reichte schon, wenn seine eigene Vorstellung von Wohlfahrt und dessen Integrität Risse bekommen hatte.

Jetzt war es endgültig an der Zeit, das Päckchen für immer aus der Welt zu schaffen.

Er wusste auch schon, wie.

Aber vorher musste er Ehrmanntraut zurückrufen, was er im Auto sitzend noch machte.

»Du weißt schon, dass ich im Urlaub bin?«, sagte er ins Handy.

»Ich wollte dir nur was aufs Handy spielen. Dachte, dich interessiert's. Wir haben das Smartphone von Ilse Amendt gefunden und ausgewertet. Ich schicke dir die Highlights rüber. Die Originalvideos sind viel länger. Schönen Urlaub noch …«

Damit legte Ehrmanntraut auf, und Madlener sah sich an, was

er bekommen hatte: die wackligen Höhepunkte der Brände der zwei Bootshäuser und der Erleuchtungskirche.

Er hatte genug gesehen.

Madlener schaltete das Handy aus und fuhr los.

## 85

Wo sollte er nur anfangen?, fragte sich Madlener, als er endlich die Tür hinter sich geschlossen hatte und seine Wohnung mit den unausgepackten Kartons inspizierte.

Am besten mit dem Sinn- und Nutzlosesten von allem – dem Anschließen und Ausprobieren seiner Musicbox. Dann hatte er wenigstens etwas, das ihn aufmuntern konnte.

Irgendwie war ihm melancholisch zumute.

Fall gelöst, neue Wohnung, neues Leben, den alten Fall unter den Teppich gekehrt, statt ihn noch einmal gründlich durchzugehen – nur weil er Simone Zoller einen Gefallen tun wollte?

War das seine Art der Wahrheit?

Er schloss die Rock-Ola Capri II an und warf eine passende Münze ein, die wie immer im Geldrückgabefach war und für mehrere Titel reichte.

Er drückte auf »Nutbush City Limits«, und im Takt von Ike und Tina Turner räumte er den Inhalt seiner wenigen Umzugskartons aus, faltete sie wieder auseinander und stellte sie neben den Eingang. Dann rückte er die Möbel so zurecht, dass es wohnlicher wirkte.

Jetzt sah die Sache schon besser aus.

Er brachte den übrig gebliebenen Abfall in den Müllcontainer im Tiefgaragenkeller und begab sich wieder nach oben.

Dort vergaß er die Zeit und seine Gewissensbisse, wählte einen seiner Hits in der Jukebox nach dem anderen, von Amen Corner (»If Paradise Is Half As Nice«) bis ZZ Top (»Gimme All Your Lovin'«) – er hatte seine persönliche Playlist alphabetisch geordnet –, und fing an zu putzen.

Als er damit fertig und mit dem Ergebnis zufrieden war, glaubte er wieder an die Macht der Inspiration durch Musik.

Es war inzwischen dunkel geworden.

Er machte Licht an und setzte sich auf sein Sofa, gönnte sich ein Glas Chianti Rèmole zu Emerson, Lake and Palmers »Lucky

Man« und war stolz, dass er den Korkenzieher fast auf Anhieb gefunden hatte.

Er kannte den Text auswendig.

*A bullet had found him*
*His blood ran as he cried*
*No money could save him*
*So he laid down and he died*
*Ooh, what a lucky man he was …*

Leise sang er mit und wartete auf Emersons genialen Einsatz des Moog-Synthesizers. Dabei fiel ihm ein, was er eigentlich als Erstes hatte erledigen wollen – den Nachlass von Wohlfahrt aus der Welt schaffen.

Er nahm das Päckchen und ging damit auf seine Terrasse.

Dort hatte er den billigen Gartengrill aufgestellt, den er in seinem Kellerabteil gefunden hatte. Er musste vom letzten Wohnungsinhaber vergessen oder absichtlich zurückgelassen worden sein.

Jetzt war der Grill äußerst nützlich für sein Vorhaben. Nach und nach verbrannte Madlener Stück um Stück von Wohlfahrts schriftlichen Unterlagen, am Ende auch den Brief. Als das Feuer im Grill nach dem Einsatz von ordentlich viel Flüssiganzünder so richtig aufflammte – Madlener war erstaunt darüber, wie viel schwarzen Qualm das Zeug produzierte –, zog er zu guter Letzt das Tonband aus der Kassette heraus und warf alles hinein.

Reflexartig meldete sich bei dem Gestank und dem Rauch sein schlechtes Gewissen – umweltfreundlich war das nicht gerade, was er tat.

Aber menschenfreundlich, dachte er zu seiner eigenen Beruhigung und sah dem Lodern der Flammen zu, bis nur noch flockige Asche übrig blieb, die er mit seiner für alle Fälle bereitgehaltenen Gießkanne abschließend löschte, um zu verhindern, dass sie vom Wind noch weggeweht werden konnte.

Was eine ziemliche Sauerei verursachte, von der er nicht wusste, wie er das jetzt entsorgen sollte.

Und dann klingelte es auch noch. Sturm.

Die Klingel schrillte derart, dass er vor Schreck zusammenfuhr, er hörte sie zum ersten Mal und nahm sich fest vor, sie so schnell wie möglich durch einen Gong oder sonst etwas Harmonisches zu ersetzen.

Ob das ein Nachbar war, der ihn bei seiner Zündelei auf der nächtlichen Terrasse beobachtet hatte? Wer sonst in Gottes Namen konnte wissen, dass er heute eingezogen war?

Das Klingeln hörte nicht auf, Madlener eilte zur Tür und drückte auf die Gegensprechanlage. Endlich einmal eine nützliche Erfindung, wie Madlener fand, der ansonsten eine lange Liste von Dingen im Kopf hatte, die völlig frei von Nutzen und Notwendigkeit waren, der Diätroboter »Autom« mit Motivationssprüchen und mahnenden Worten zum Beispiel.

»Ja, bitte?«, fragte er in die Gegensprechanlage.

Es hörte auf zu klingeln, dafür pochte jemand an die Tür.

»Ich bin's«, hörte er eine ihm wohlbekannte Stimme. »Ich bin schon oben.«

Er riss die Tür auf.

Es war Harriet.

Sie fragte nicht lange und ging an ihm vorbei in die Wohnung. Sie hatte die Plastiktüte dabei und einen Pizzakarton.

»Harriet«, sagte Madlener, »es freut mich zwar, dich zu sehen – aber solltest du nicht im Krankenhaus in deinem Bett liegen?«

»Hab mich selbst entlassen«, antwortete sie kurz angebunden.

Er schüttelte den Kopf und machte die Tür zu. »Ich wusste es!«

»Warum regst du dich dann auf? Hast du irgendwo ein scharfes Messer, bevor die Pizza ganz kalt wird? Ich komme um vor Hunger!«

Sie schnüffelte.

»Hier riecht's angekokelt. Hast du was verbrannt? Alte Liebesbriefe?«

»So ähnlich«, sagte er. »Komm in die Küche.«

Harriet setzte sich an den Tisch und klappte den Karton auf, es war eine wagenradgroße Familienpizza.

»Halb vegetarisch, halb Salami extrascharf«, sagte sie.

Madlener hatte schon sein bestes Messer in der Hand und schnitt portionsgerechte Stücke für Harriet aus, schließlich hatte sie einen Unterarm in Gips. Sie verdrückten fast die ganze Pizza aus der Hand und tranken dazu Chianti Rèmole, den Madlener für beide eingeschenkt hatte.

»Geht's dir jetzt besser?«, fragte Madlener, als sie aufgab, weil sie nicht mehr konnte.

Sie streckte ihm ihr leeres Glas entgegen und nickte dazu.

Madlener goss nach, und sie leerte es mit ein paar Schlucken.

Inzwischen waren ihre Wangen schon ziemlich gerötet. Sie trank so gut wie nie Alkohol, also musste sie von den zwei Gläsern Rotwein ganz schön beschwipst sein, vermutete Madlener.

»Wie bist du hierhergekommen?«, wollte er wissen.

»Mit dem Taxi«, sagte sie.

»Woher hast du gewusst, dass ich hier bin?«

»Soll das vielleicht ein Verhör werden, Mr. Crawford?«, fragte sie, und Madlener merkte schon, dass ihre Aussprache etwas schwerfälliger geworden war. »Ich war vorher noch im Präsidium. Frau Gallmann sagte mir, du seist aus dem Hotel ausgezogen. Da dachte ich mir, bring ihm ein kleines Einstandsgeschenk mit. Etwas, das schon seit einer Weile in meiner Schreibtischschublade bereitliegt. Hab nur auf den passenden Anlass gewartet. Und jetzt – jetzt ist es so weit. Bitte …«

Sie fischte aus ihrer Plastiktüte ein kunstvoll mit Zeitungspapier verpacktes Geschenk heraus.

Madlener war völlig verblüfft: Harriet hatte ein Geschenk für ihn mitgebracht! In diesem Moment stellte er sich vor Überraschung wirklich nicht sehr clever an.

»Was ist das?«, fragte er.

Das Geschenk war etwa halb so groß wie ein DIN-A4-Blatt, quadratisch und sehr flach.

»Na, ein Benzinkanister kann's kaum sein, Mr. Crawford«, sagte sie. »Und eine Flasche Château Pétrus wohl auch nicht. Wo bleibt Ihr berühmter kriminalischer … ich meine: kriminalistischer Scharfsinn? Mach's auf, dann siehst du's.«

Er riss das Papier auf und zog eine Single in der Originalhülle heraus.

»Bohemian Rhapsody« von Queen.

Er hielt sie sich fast schon ehrfürchtig vor die Augen.

»Das kann doch nicht wahr sein ... Wo hast du die denn her?«, fragte er ungläubig.

»Vom Flohmarkt.«

»Harriet – ich weiß gar nicht, was ich sagen soll ...«

»Dann lass es! Na los, leg sie schon auf!«

Madlener schraubte eine Weile an seiner Jukebox herum, um an ihr Innenleben zu kommen, was gar nicht so einfach war. Vor lauter Eifer bemerkte er nicht, wie Harriet sich aufs Sofa legte, weil sie mit ihren Kräften am Ende war und außerdem nach dem üppigen Essen hundemüde. Für den Rest hatte der ungewohnte Wein gesorgt.

Endlich hatte Madlener es geschafft, die Platte seiner Musicbox einzuverleiben und sie laufen zu lassen.

Er hörte mit seligem Lächeln zu und drehte sich zu Harriet um, weil er sie fragen wollte, ob sie den Titel auch so gut fand wie er.

Aber sie war bereits auf dem Sofa eingeschlafen, obwohl die Jukebox nicht gerade leise war, auch wenn Madlener sie auf niedrigste Lautstärke gestellt hatte.

Er zog Harriet vorsichtig die Schuhe aus und legte eine Decke über sie.

Als Freddie Mercury am Ende von »Bohemian Rhapsody« angekommen war ...

*Nothing really matters*
*Anyone can see*
*Nothing really matters*
*Nothing really matters to me ...*

... ging er mit seinem Glas Wein auf die Terrasse hinaus und sah am Horizont hinter den Dächern der Häuser vor sich die glitzernden Lichter vom Schweizer Ufer und darüber den Sternenhimmel.

Er würde auch eine Housewarming-Party veranstalten.

Und er wusste auch schon ganz genau, wen er dazu einladen wollte.

Walter Christian Kärger
**DAS FLÜSTERN DER FISCHE**
Broschur, 400 Seiten
ISBN 978-3-95451-083-2

»*Walter Christian Kärger hat einen sprachlich ansprechenden, gut durchdachten und sehr spannenden Krimi geschrieben, der von der ersten bis zur letzten Seite in Atem hält.*« Das schöne Allgäu

Walter Christian Kärger
**TUNICHTGUT UND TUNICHTBÖSE**
Broschur, 384 Seiten
ISBN 978-3-95451-527-1

»*... so ist ›Tunichtgut und Tunichtböse‹ bis zur letzten Seite ein gelungener, sprachlich ansprechender und aktionsreicher Krimi, den man ungern aus der Hand legt.*« Esslinger Zeitung

www.emons-verlag.de

Walter Christian Kärger
**DER ZORN DES ZEPPELIN**
Broschur, 416 Seiten
ISBN 978-3-95451-797-8

*»Ein Lesegenuss für alle, die gut recherchierte und gut geschriebene
Krimis lieben.«* Das schöne Allgäu

www.emons-verlag.de

Walter Christian Kärger
**DAS KNISTERN VON EIS**
Broschur, 368 Seiten
ISBN 978-3-7408-0185-4

Winterliche Beschaulichkeit am Bodensee? Fehlanzeige! Ein skrupel-
loser Auftragskiller zieht eine blutige Spur durch die Region. Kommissar Max Madlener und seine Assistentin Harriet Holtby sind dem
Mörder dicht auf den Fersen, doch er scheint ihnen stets einen Schritt
voraus. Die Situation verschärft sich, als sich die lästigen Kollegen
vom LKA einschalten. Eine gnadenlose Hetzjagd beginnt ...

www.emons-verlag.de